日本人と中国故事

変奏する知の世界

森田貴之・小山順子・蔦　清行［編］

勉誠出版

日本人と中国故事——変奏する知の世界

森田貴之・小山順子・蔦 清行［編］

第四部◉学ばれる漢故事――日本漢文・抄物・学問

第五部◉拡大する漢故事――思想・芸能

はじめに

森田貴之

中国の文化や文学が日本の歴史・文化・文学に与えた影響の大きさはあらためていうまでもない。本書も、文学を中心に日本における中国文化の影響を考えるものであるが、「日本人と中国故事」と題した本書は「中国故事」（漢故事）」をキーワードとしている。

〝漢故事〟とは、前近代中国の特定の人物や場所、事物をめぐる逸話や伝説と一応は定義できるだろうか。例えば、「会稽《かいけい》の恥を雪《すす》ぐ」という古くから人口に膾炙《かいしゃ》してきた故事がある。中国・春秋時代、会稽山の合戦で呉王夫差《ふさ》に一度は敗れた越王勾践《こうせん》が艱難辛苦の末についに復讐を果たす、という物語である。

この故事について、『御成敗式目』第十三条「一、人を殴《う》つ咎《とが》の事」中の一文「右、打擲《ちょうちゃく》せらるゝの輩は其の恥を雪《きよ》めんが為、定めて害心を露《あらは》さんか」（原文漢文）に対する『蘆雪本御成敗式目抄』（岩波書店・中世法制史料集別巻）に以下のような箇所が見える。

雪ノ字ヲ用ル事、漢ノ古事也、言越王勾践与二呉王夫差一闘時、勾践負ケ給テ、越ノ会稽山ニ十九年引籠、而ニ十九年目ニ打出、范蠡以レ謀ヲ終勝也、会稽山ニ居ノ時、自レ呉瘡ノ汁ヲ送ルヲ、不レ知食レ之時、此ノ口ヲ洗ニ無レ水、天ノ与カ雪降、此ヲ以洗レ口ヲ、自レ是始、而ヲ雪ノ字ヲ雪レ恥ニ用是也

『御成敗式目』の条文において「雪」という字が用いられることの注釈として、汚物を口にした勾践がその口をすすぐために天が雪を降らせたという故事が紹介され、「雪む《きよ》」（雪ぐ《すす》）」という用字法に結びつけられている。

この「会稽の恥を雪ぐ」という句そのものは、『史記』「越世家」に「今既に以て恥を雪ぐ」のような形で、また同「貨殖列伝」に「范蠡既に会稽の恥を雪ぐ」と見え、『太平記』巻四に「古来、俗の諺にも「会稽の恥を雪《きよ》む」とは、この事

を申すなり」（岩波文庫）とあるように、呉越の一連の物語を指す最も簡潔な成語として用いられた。しかし、その典拠たる『史記』には、前掲のような挿話は見出せない。また『式目抄』自身も、「漢ノ古事」とは言うが、その特定の典拠文献を全く示していない。

『式目抄』の引く、勾践が呉から送られた「瘡汁」を口にするという話は、もともとは稗史『呉越春秋』の記述に端を発し、そこから展開した勾践が夫差の尿を飲んだ話（『平治物語』『源平盛衰記』『十訓抄』など）や、勾践が夫差の「石淋」を嘗めた話（『太平記』『曾我物語』など）に類似し、その亜種といえる。『平家打聞』には「後兵共に呉王の口を開かせて越王の尿を呉王に呑ましむ」（島原松平文庫本・原文漢文）と、会稽の恥を雪ぐべく、勾践が今度は夫差に自分を尿を呑ませたとする話まで見えるのだが、こうした多くのバリアントは、呉越合戦の故事が「会稽の恥を雪ぐ」という言葉とともに、勾践の〈忍耐〉と〈復讐〉の物語として定着していくにつれ、まさにその「会稽の恥」を象徴する出来事として関心が集まり、そこに新たな物語が付与されていったものと考えられる。

この「会稽の恥を雪ぐ」故事が典型的に示すように、漢故事は、始原的で正典化された作品の本文に直接依拠したもののみが流通する訳ではない。むしろそうした特定の本文から独立した物語がおのずと増殖し、諸書に展開して行くところに特徴がある。その一方で、漢故事は、何かの証明であったり、行動規範であったり、比喩表現の手段であったりと多種多様に用いられるが、その場合には、参照されるべき漢故事が多くの人々に知られていることが前提となっている。また、連歌や俳諧など、共有の知的基盤の上に成立する文学においては、とりわけその知識の共有が重要になるはずだ。物語などで暗に登場人物や物語設定の背景となっている場合などには、その知識の共有を暗黙の了解となり、故事に基づいていること自体が明示されないことも少なくない。漢故事は、規範や先例として時に絶対的な価値をもって用いられていながら、なおかつ原拠を離れて変化し続け、それでいて広く共通の基盤たり得ているのである。

そこで時代やジャンルを超えた様々な視点から、この融通無碍に変奏する漢故事の世界を多角的に捉えるべく、本書には【歌われる漢故事】【語られる漢故事】【座を廻る漢故事】【学ばれる漢故事】【拡大する漢故事】という五つの部を設けて論考を収録した。以下、その構成について解説しておきたい。

まず、第一部から第三部までは、文藝作品の漢故事について論ずるものである。漢故事は日本の文藝作品のあらゆる層に影響を及ぼしている。そして、その文藝作品をごく大雑把に分類するならば、韻文と散文という二つのジャンルに分けられる。それゆえ本書では、前者について【歌われる漢故事】、後者について【歌われる漢故事】の部を設け、それぞれについての論考を収載した。

第一部【歌われる漢故事】では、主に和歌、歌学を対象とする論をあつめた。和歌文学は、早くから漢詩文と接触し、その表現を摂取しながら成長した。その注釈においては、受容され、影響を与えた漢詩文の探求が不可欠である。それとともに、特に和歌においては、ことばの面では和語・歌語として、表現の面にでは日本的風景の中に醇化させた上で利用するという課題を伴っていた。和歌文学における不断の漢詩文摂取の営みを見て欲しい。

第二部【語られる漢故事】では、物語文学、軍記文学、説話文学における漢故事の利用を扱うものを収録した。物語文学には、漢籍に語られた物語の話型が影響を及ぼしている例が少なくない。それは日本的に語られなおされた故事の姿とも言いうる。また、軍記物語において現前の歴史を叙述するために引用される故事は、より直接的に、故事そのものを再話した例である。そして、それらの文学的基盤のひとつには、注釈書や説話集など様々な文献に広がる説話文学の世界があろう。幾度も語られることで拡散と集約を繰り返す漢故事の姿がそこに見えるはずだ。

第三部【座を廻る漢故事】では、連歌や俳諧に関する論考を収載している。漢故事が文芸作品の中に取り込まれるとき、作者と読者の持つ知識の共通と乖離が常に問題になる。あえてこの部を独立させたのは、連歌・俳諧といった〝座〟の文芸の場合、「作者」と「読者」の関係は通常の文芸の場合とは異なっており、当然、漢故事の受容という点でも通常の韻文とは異なる問題があると考えられるためである。文芸の場で新たな息吹を吹き込まれつつ受け継がれていく漢故事の姿が浮かび上がってくるに違いない。

さらに第四部・第五部として、論の射程を文芸以外のところにまで拡大することを試み、【学ばれる漢故事】【拡大する漢故事】の二部を設けた。

第四部【学ばれる漢故事】では、日本人が漢文に接触し受容される際の位相に注目して論ずるものを集めている。具体的には、日本漢詩文や抄物を題材とし、過去の日本人たちがいかにして漢籍から多様な知識を学び取っていったのか、漢籍摂取の最前線とも言うべき場に着目し、その実態を明らかにしようとするものである。厳密さを求める学びの世界にも立ち現れてくる、漢故事の日本的受容の実例を知ることが出来るだろう。

そして第五部【拡大する漢故事】では、芸能・思想その他に漢故事の与えた影響を論ずる。漢故事が日本で能や浄瑠璃に移入された例をはじめ、新たな文学作品を生み出していく様、あるいは思想的背景を形成した例などを論じたものを集めた。主に文芸から始まる漢故事の受容と影響が、結局は日本文化のありとあらゆる層に広がっていくものであることを示し、その包括的な理解をも展望せんとする試みである。

原典の本文との精緻な比較によって依拠本文を明らかにすることは、和漢比較文学研究の重要な課題である。同時に、特定の本文に依存することなく、むしろ本文を超えて、共通の知的基盤として広がっていく漢故事という〈知〉の世界の変奏の様相、また、その利用の様相を捉えていかなければならない。本書はおもに前近代の文芸的な素材を対象としているが、問題がそこに留まらないことは本書収録の諸論考によっても知れる。絵画や民俗、近代の歴史にまで及ぶだろう。本書が、その〈知〉の世界を切り拓く端緒となっていることを信じる。

なお、本書は科学研究費補助金を得た「中世における漢故事のパラフレーズ」（基盤研究(C)（16K02379）・平成二十八〜三十年）の研究成果の一部である。森田に加え、ともに本書の編者である小山順子・蔦清行両氏、さらに本書に自身の領域から論文を寄せている阿尾あすか・竹島一希両氏を加えた計五名がそのメンバーである。発足のくわしい経緯は小山氏によるあとがきに譲るが、いずれも京都大学で学んだ大学院時代に手探りで始めた研究輪読会に集ったメンバーである。そうした縁もあって、全員が指導を仰いできた大谷雅夫、木田章義両先生にお願いし、巻頭、巻末に論文をお寄せいただいた。我々の不躾な依頼を快諾してくださったこと、非礼をお詫びするとともに、改めて御礼申しあげる。また、お忙しいところ、編者の期待以上の熱量の注ぎ込まれた論考をお寄せ下さった方々にもあらためて御礼申し上げる。

二〇一八年八月吉日

「春宵一刻直千金」の受容と変容

大谷雅夫

おおたに・まさお――京都大学名誉教授。専門は国文学。主な著書に『歌と詩のあいだ――和漢比較文学論攷』（岩波書店、二〇〇八年）、『万葉集』一～五（共著、岩波文庫、二〇一三～二〇一五年）などがある。

蘇東坡の「春宵一刻直千金」は、中世日本の詩歌に故事成語のように受け入れられたが、「直千金」は、～は千金に換えられようか、千金どころではないと、反語や否定に変わる傾向があった。中国詩文の金銭表現の伝統を継ぐ「直千金」が、万葉集以来の誇張表現の上に受容されて、双方の表現の伝統の異なりから、その変容が生まれたのである。

一、故事成語となった詩句

（一）春宵一刻直千金

蘇東坡《そとうば》（一〇三六～一一〇一）の「春夜」は、今日の日本人に最も親しまれた詩の一つであろう。なかでも「春宵一刻直千金」の一句は、特に印象的な表現として誰もが記憶するものではないか。

春宵一刻直千金　春宵一刻直《あた》ひ千金
花有清香月有陰　花に清香有り月に陰《かげ》有り
歌管楼台声細細　歌管楼台声細細《さいさい》
鞦韆院落夜沈沈　鞦韆《しゅうせん》院落夜沈沈《ちんちん》

かつて津阪東陽《つさかとうよう》『夜航余話《やこうよわ》』（天保七年［一八三六］刊）は、この絶句を、結句からさかのぼり、「春宵一刻直千金」という「過激ノ語」によって結ばれる作と見るべきことを論じた。

――昼間、女たちが中庭のブランコで遊んだ喧噪も静まり、また楼台の夕宴の歌舞酔狂も果て、今ようやく、しめやかに花香り、月影かげろう清幽の夜となった。この春の宵の一刻（一昼夜を百刻に分かったその一）こそ、千金にも値する貴重な時なのだ――と、この詩を読み解いたのである。

（二）「過激ノ語」

その読解の当否はともあれ、「春宵一刻直千金」を「過激ノ語」とするのは、まさにその通りであろう。強烈な印象を与えるその一句は、中国でも日本でも諺のように意識されたらしい。そして、一つの諺が二つの文化で異なる意味合いになることが時にあるように、この句もまた中国と日本で違った含意をもった。『当代漢語詞典』（中華書局、二〇〇九年）は、「春宵」について「常用于指男女歓愛的夜晚、〜一刻値千金」と記述する。合山究『故事成語』（講談社現代新書、一九九一年）は、この句が「本家の中国においては、春の夜や自然の美しさを述べた詩の本義からそれて、ほとんどみな『男女の恋情』を述べるときに限定してもちいられている」ことに注意を喚起するが、まさにその用法である。他方、『新明解国語辞典』第三版（三省堂）は、「春宵《しゅんしょう》」の項にこの句を引いて「寒からず暑からぬ春の夜は酒を飲むにも詩を作るにも友と語るにも好適の時だ、効果的に使おう、の意」と解説する。さらに附言すれば、杉下元明「春宵一刻直千金――宋詩と江戸文学」（『江戸漢詩』ぺりかん社、二〇〇四年）は、江戸文芸中のこの句の使用例を数多く紹介して、「金銭の自由に流通」した江戸の世なればこそ、「直千金」の表現が広く愛唱されたことを説いている。

時と処により、この名句は異なる色あいを帯びたのである。

小考は、この詩が日本人の眼にふれるようになった時代にさかのぼり、「春宵一刻直千金」が日本の詩歌の中にどのように受け止められ、やがてどう変っていったか、その受容と変容のさまの中に、日本と中国、それぞれの人々の心性の一端を垣間見んとする試みである。

二、千家詩と詩人玉屑

（一）集外詩

東坡の詩集は古く二つの様態のものが舶載されていた。一つは、編年に詩作を集めた『東坡集』四十巻、『後集』二十巻であり、もう一つは、主題によって詩を分類排列した『王状元集註分類東坡先生詩』二十五巻である。前者は宋刊本が日本に伝存するもの。後者は数多くの五山版が出され、それによって『四河入海《しがにっかい》』という注釈書が作られるほどに流布したものであった。しかし、その二つの詩集はともに「春夜」を収めない。「春夜」はいわゆる集外詩なのである。

（二）二つの書

この詩は、『分類纂類唐宋時賢千家詩選』二十二巻と『詩《し》人玉屑《じんぎょくせつ》』二十巻、二つの書物に掲載されたものであった。

前者は宋の劉克荘の撰と伝えられ、唐宋の詩人の詩一二〇〇首ほどを主題別に集めたものである。その巻六・昼夜門「夜」にこの詩を収める。そして後者の『詩人玉屑』は南宋末の魏慶之撰の詩話集であり、その巻八の「沿襲」の部に、この詩と王安石の詩（夜直）の二つの詩について、流麗さは似かようが甲乙はあると説く楊万里『誠斎詩話』の一節を引用する。

誠斎論東坡介甫詩流麗相似

東坡云、「春宵一刻直千金、花有清香月有陰、歌管楼台人寂寂、鞦韆院落夜深深」、介甫云、「金爐香尽漏声残、剪剪軽風陣陣寒、春色悩人眠不得、月移花影上欄干」。二詩流麗相似、然亦有甲乙。

先にあげた詩の形は『千家詩選』のものである。右の『詩人玉屑』の詩は、傍線部にそれとの異同が見られるが、意味の上ではさほどの違いはないであろう。

（三）二書の受容

『詩人玉屑』は正中元年（一三二四）に僧玄恵《げんえ》（?～一三五〇）の加点した和刻本のあったことが知られる。『花園天皇宸記』の翌年十二月二十八日の記事にも「近代新渡の書有り。詩人玉屑と号す。詩の髄脳なり。和歌の義と全く異ならず。これらの書を見れば、歌の義自《おのづか》ら蒙《もう》を披《ひら》くべし」（原漢文）と言及される書物である。

また、五山僧の虎関師錬《こかんしれん》（一二七八～一三四六）の『済北《さいほく》集』巻第十一の「詩話」には、『詩人玉屑』が李白の「白髪三千丈」の句を豪にして理無しと批判するのを批判的に引用し、さらに同じ巻には、劉克荘撰と伝える『分類纂類唐宋時賢千家詩選』が、俗儒の編纂に成り、劉氏の名に仮託して出版されたものであることを論じる。

『詩人玉屑』も『千家詩選』も、鎌倉末から南北朝期にかけて、日本の知識人の書架にあった書物である。「春夜」はそれらによって知られた詩であった。

三、中世の詩歌における受容

（一）詩における受容

もちろん、書物があったからと言って、その内容のすべてが読まれていたとは限らない。しかし、こと「春夜」に関しては、それらの書の舶載と共にたちまち愛唱される詩になったものと思われる。他ならぬ虎関師錬『済北集』に、「春宵一刻直千金」を典故とする詩句が三例も見いだせるのである。次の五言律詩の結聯と、七言絶句の二つの転結句である。

和七夕韻（巻二）

千金酬一刻　千金一刻に酬《むく》ゆれば

幾許直今宵　幾許《いくばく》か今宵《こよひ》に直《あた》らん

屋雨（巻三）

誰将絶筆魯公法　誰《たれ》か絶筆魯公《ろこう》の法を将《もつ》て
摸写千金春夜愁　千金春夜の愁へを摸写《もしや》せん

漫興（巻三）

一刻千金春夜夢　一刻千金春夜の夢
暁鐘未破被鶏分　暁鐘未《いま》だ破《やぶ》らざるに鶏《とり》に分けらる

ついで、権律師守遍《しゆへん》自撰と推測され、花園天皇皇弟、青蓮院尊円《そんえん》親王の加点した「守遍詩歌合」（延文元年［一三五六］以前成立）にも次の対句が見られる。

月中桂一朶誰切　月中桂《かつら》の一朶《いちだ》誰《たれ》か切る
春夜直千金尚微　春夜直千金尚《な》ほ微《び》なり

月の中の桂の一枝をいったい誰が切ったのかとは、光かげろう春の月をそう言う。そして、その春の朧月夜を直千金とするのは、「尚ほ微なり」、まだ安すぎると詠う。東坡の詩は、このように、まずは十四世紀の日本の詩壇に受容されたのである。

（二）和歌における受容

その影響は、やや遅れて歌壇にも及んだ。

飛鳥井雅親《あすかいまさちか》（一四一六～一四九〇）の『亜槐《あかい》集』の歌に言う。

寄金述懐

おろかにて月と花とをいかがみんちぢのこがねもよしや春の夜

あだおろそかな気持ちでこの月と花とを見ようか。千金《ちぢのこがね》も、この春の夜に比べてみれば、いかほどでもないと詠う。

恋の歌にもそれが見られる。三条西実隆《さんじようにしさねたか》（一四五五～一五三七）『雪玉《せつぎよく》集』の作である。

寄金恋

時のまもあふ夜にかへむ物はあらじいかばかりなるちぢのこがねも

ほんの短い時間でも、恋しい人に逢う夜は何ものにも換えがたい。千金がどれほどの宝であっても、と言う。

このように、東坡の「春宵一刻直千金」の表現は、日本中世の詩と歌にただちに受け入れられ、その中に溶け込んだ。日本文学のなかに受容され、定着したのである。

四、その変容

（一）どう変わったか

しかし、「春宵一刻直千金」の詩の心は、それらの詩歌において、果たして、そのまま変わらなかっただろうか。

実隆の恋歌の例から振り返ろう。それは、逢瀬のひと時は千々の黄金にも換えがたいと詠うものであった。つまり、東坡の「直千金」を用いつつ、それを反転させて、千金の価値ではとうてい計りがたいと言うのである。雅親の「ちぢのこがねもよしや春の夜」もそうである。「千金」も問題にならない、春の夜はそれ以上の価値があると詠うのである。

それは和歌だけではなかった。虎関師練の詩句の最初の例は、七夕の二星の逢瀬の一夜は、一刻が千金なら、どれほどの価値になるか分からないと言うのであり、また守遍の「春夜」も、「直ひ千金尚ほ微なり」、千金でもまだ安い、それ以上の値打ちがあると詠う。

そのすべてとは言えないが、東坡の「春宵一刻直千金」の句は、中世日本の詩と歌に受容された時、「千金」の価値どころではないの意に転換されることが多かったのである。

(二) 連歌、和漢聯句、謡曲

さらに例を付け加えよう。

国際日本文化研究所「連歌データーベース」により「ちちのこかね」を検索してみると、次の二例が見つかる。漢字をあて、濁音を付して表記してみよう。

肖柏《しょうはく》『春夢草《しゅんむそう》』（永正十二年［一五一五］成）書陵部本

　命にかへて惜しめこの春

　　思ふ花ちぢのこがねや軽《かろ》からむ

宗長《そうちょう》『那智籠《なちごもり》』（永正十四年［一五一七］成）北野天満宮本

　ちぢのこがねもよしや後《のち》の世

　　ものごとに頼むはありのすさびにて

「ちぢのこがね」を、「軽からむ」「よしや」と、軽んじ、差し置く。「思ふ花」や「後の世」に比べるなら、「ちぢのこがね」さえ、どれほどのものでもないと詠うのである。

和漢聯句にも次のような付合《つけあい》がある。「延徳二年（一四九〇）六月八日和漢百韻」『室町前期和漢聯句作品集成』である。

　かすみをのぼる月ほのかなり　慶乗

　春宵金豈換（春宵金豈《あ》に換《か》へんや）　天祐

前句の「月ほのか」から「春夜」承句の「月に陰《かげ》有り」を連想して、その起句「春宵一刻直千金」を「春宵金豈に換へんや」の形にして付けたのである。ここでも、「直千金」が反語に変換されるのである。

貞和二年（一三四六）三月四日和漢百韻（同右）の次の例も同様であろう。

　一諾直千金（一諾直ひ千金）　沢

　みな月の風にはなにをたぐへまし　杉

前句の「直千金」を受けて、夏六月の涼風は何にも比べようがないと付ける。それを「直千金」以上のものと詠うのである。

謡曲にも、「春宵一刻直千金」の句は繰り返し引かれた。

一例のみを挙げておこう。十五世紀の作とされる「田村」である。

春宵一剋、価千金、花に清香、月に陰《かげ》　実《げに》千金にも、換《か》へじとは、今此時かや。

「価千金」と詠った直下に「実千金にも、換へじ」とそれを否定してしまう。やや時代は降る烏丸光広《からすまるみつひろ》（一五七九〜一六三八）の歌（『黄葉和歌集』）にも次のように詠う。

春夜
惜《を》しめ猶《なほ》ただ一時《ひととき》も春の夜はちぢのこがねに換へんものかは

以上のように、中世の日本文学に受容された東坡の「春宵一刻直千金」の表現は、〜は千金に換えられようか、換えられるはずがないという心に詠みかえられることが多いのである。

(三) 断言と反語、否定

もちろん、東坡の「直千金」の「千」は具体的な数字ではなく、無量無数の表現である。「直千金」とは要するにとんでもない価値をもつことを表すのであり、それは「ちぢのこがねに換へんものかは」と反語で言おうが、「実に千金にも、換へじ」と否定で述べようが、結局は同じだとも考えうるかも知れない。しかし、「直千金」と断言することと、それを反語や否定で言うのとでは、気分がやはり違うのではないか。表現の思想が異なると言っても、必ずしも過言ではないと思う。

五、「直千金」の表現の伝統

(一) 中国詩と反語、否定

「直千金」を反語や否定で表現する例は、中国にもないわけではない。たとえば明・唐寅《とういん》「一年歌」（『石倉歴代詩選』）は、

春宵一刻千金価　春宵一刻千金の価
我道千金買不回　我は道《い》ふ千金もても買ひ回《かへ》らしめず

と、春の一刻の時は、千金を積んでも買い戻せないと詩を結び、明・李昱《りいく》「題徐孟璣愛日堂」（『草閣詩集』）にも、

寸晷豈惟同尺璧　寸晷《すんき》豈《あ》に惟《た》だ同尺の璧《へき》のみならんや
一時何啻直千金　一時《いちじ》何ぞ啻《た》だ直ひ千金のみならんや

と詠う。一つの典拠にもとづく表現に趣向の変化をつけることは、日本でも中国でも、当然のこととして行われた。また北周・庾信《ゆしん》「擬詠懐二十七首（第六）」（『庾子山集』）の

一顧重尺璧　一顧《いっこ》は尺璧《せきへき》よりも重く
千金軽一言　千金は一言《いちごん》よりも軽し

という考え方が古くからあったことも無視すべきではない。

「直千金」は中国でも反語や否定で語られたのである。

（二）中国詩の「直〜」の表現

しかしながら、そのような表現よりも、東坡の句を受けるものの中では、

宋・喩良能《じゅりょうのう》「七夕戯詠」（『香山集』）

誰道初秋清夜永　誰《たれ》か道《い》ふ初秋清夜永《なが》しと
須知一刻直千金　須《すべか》らく知るべし一刻直ひ千金なるを

明・張寧《ちょうねい》「白都閫携牲酒相訪夜酌有作」（『方洲集』）

不是春宵花月宴　これ春宵花月の宴ならざるも
也応一刻直千金　也《ま》た応《まさ》に一刻直ひ千金なるべし

などのように、それを素直に踏襲する例の方が目立つであろう。また東坡自身の詩にも、

一枕清風直万銭　一枕の清風直ひ万銭
無人肯買北窓眠　人の肯《あ》へて北窓の眠りを買ふもの無し
（「睡起聞米元章到東園送麦門冬飲子」）

食罷茶甌未要深　食罷《をは》りて茶甌《ちやおう》未だ深きを要せず
清風一榻直千金　清風一榻《いつたふ》直ひ千金
（「睡起」）

という同様の表現が見られるのである。

そもそも中国の詩文には、ものごとを賞讃するのに「直千金」「直万金」「直万銭」などと述べることが多かった。それは普遍的な表現であった。

孟嘗君、一狐白裘有り。直ひ千金。天下無双なり。
（『史記』孟嘗君列伝）

相ひ思ふ千万里、一書直ひ千金
（盛唐・李白「寄遠十一首」第十）

金樽の清酒斗十千、玉盤の珍羞《ちんしう》直ひ万銭（同右「行路難」）

家書万金に抵《あた》る
（盛唐・杜甫「春望」）

八分の一字直ひ百金
（同右「李潮八分小篆歌」）

百憂二月に当り、一酔直ひ千金
（中唐・白居易「送常秀才下第東帰」）

東坡の「春宵一刻直千金」は、このような表現の伝統の上にあった。そして、中世日本の詩歌は、それをしばしば反語に、または否定の形に変えてしまったのである。

六、白居易の詩句の受容と変容

（一）その受容

白居易（七七二〜八四六）の詩についても、同様のことが言える。

右に挙げた「一酔直ひ千金」の他にも、白居易の詩には「直ひ万金」とする表現があった。

一餉《しやう》に愁《うれ》へは消ゆ直ひ万金
（「対酒」）

一日の安閒直ひ万金
（「閒臥有所思二首」その一）

一夜の潺湲《せんくわん》直ひ万金　（「南侍御以石相贈助成水声因以絶句謝之」）

忘憂の酒、安静、せせらぎの音などが万金に値するという表現である。

それらは、平安時代の漢詩人のたちまち模倣するところとなった。類例は少なくないが、紀長谷雄（八四五～九一二）の一例だけを挙げておこう。

晩日の寒声直ひ万金　（「閑居楽秋水」）

（二）その変容

ところがその中で、『本朝麗藻』の三月尽日の惜春の詩は次のように結ばれる。

一日歓を追ふは万金に勝《まさ》れり　（藤原輔尹「花落春帰路」）

一日の風雅は「万金」に価するという白居易の詩の表現を受け止めるとともに、歓楽の価値は「万金」以上だとそれを転換したのである。

和歌の事例も見ておこう。次は、白居易の新楽府「繚綾《りょうりょう》」の一節である。

昭陽舞人恩正深　昭陽の舞人恩正《まさ》に深く
春衣一対直千金　春衣の一対直ひ千金
汗沾粉汚不再著　汗に沾《ぬ》れ粉に汚《よご》れては再び著《き》ず
曳地踏泥無惜心　地に曳《ひ》き泥を踏《ふ》みて惜しむ心無し

昭陽宮の舞姫は君王の恩寵ふかく、春の衣の一着は千金の価値だ。しかし、汗に濡れたり、頬紅に汚れたりなどすれば、その衣はもう二度と身につけない。地面に引きずり泥中に踏みつけても惜しいと思わないのだ……。「直千金」の貴重な衣装を汚しても平然たる舞姫の姿を描いて、朝廷の奢侈の風を批判するのである。

その詩句の表現を借りて、権僧正公朝《こうちょう》（一二二六～一二九六）は次のように詠う。『夫木和歌抄』綾の歌である。

六帖題、綾
土《つち》にひく春の衣《ころも》の一《ひと》がさねちぢのこがねの数《かず》にまされり

地面に触れて汚れた春の衣は、千金《ちぢのこがね》よりも貴重なのだと言う。「直千金」という表現は、ここでも千金にもまさる意に変換されたのである。

（三）「あふはかりなき」

十世紀にまで遡れば、『後拾遺和歌集』（雑四）にも次のような歌の応酬があった。

貫之が集を借りて返すとてよみ侍ける　恵慶法師
一巻《ひとまき》にちぢのこがねをこめたれば人こそなけれ声《こゑ》は残れり

かへし　紀時文
古《いにしへ》のちぢのこがねは限《かぎ》りあるをあふはかりなき君がた

まづさ
恵慶《えぎょう》の歌は、貫之の歌集は一巻に黄金を籠めているので、その金の響きは作者の没後も消えないと詠う。それが白居易の詩句による表現であることは季吟『八代集抄』以来の指摘がある。『和漢朗詠集』巻下「文詞」に収められた次の五言絶句である。

遺文三十軸　遺《ゐ》文《ぶん》三十軸《さんしふぢく》
軸軸金玉声　軸軸《ぢくぢく》に金玉《きんぎよく》の声《こゑ》あり
竜門原上土　竜門《りようもん》原《ぐえん》上《しやう》の土《と》に
埋骨不埋名　骨を埋《うづ》んで名を埋まず
題故元少尹後集　白

それに「大風と小雅と、一字尽《ことごと》く千金なり」（初唐・張説「奉和聖製過寧王宅応制」）などをも合わせるなら、「一巻にちぢのこがね」の表現も生まれてこよう。恵慶法師の歌は、中国詩の表現をそのまま踏襲して、貫之の家集の一巻を「直千金」のものと賞讃するのである。

ところが、貫之の子の紀時文は、千金すらしょせんは高《たか》の知れた宝、あなたの玉の文はその重さを計量する秤《はかり》さえないものだとそれに答える。『古今和歌六帖』第五の次の歌の表現を用いるのである。

はかり
かけつればちぢのこがねも数《かず》しりぬなぞ我が恋のあふはかりなき

『寛平御時后宮歌合』『新撰万葉集』にも載せられる古歌である。秤にかけてみれば千金だって量ることができる。しかし、私の恋の重さは、いかなる秤でも計量しきれないと詠うのである。

(四) 古歌の力

この古歌の「ちぢのこがねも数しりぬ」の発想こそ、「ちぢのこがねは限りあるを」（紀時文）だけではなく、「春の衣を「ちぢのこがねの数にまされり」（公朝）と、また「一日歓を追ふは万金に勝れり」（藤原輔尹）と、さらに「直千金」を次々と反語や否定の形に変えてしまった詩歌表現の源泉だったのではないか。東坡の「春宵一刻直千金」の句の変容の背景には、古代の和歌のこのような誇張表現があった。古歌の力がそこに働いたのではないだろうか。

東坡の「春宵一刻直千金」の句が、白居易の「直万金」（対酒）、杜甫の「家書抵万金」（春望）などから、遠く「有一狐白裘、直千金」（史記）まで遡る表現の伝統を受けていたように、「春宵一刻直千金」を受容した日本の詩歌がそれを反語に、また否定の形に変容したことの背景には、古歌の「ちぢのこがねも数しりぬ」などの表現の伝統があったと思うのである。

もちろん、中国でも日本でもその形でない表現があって、それぞれが唯一のものでないことは言うまでもない。「千金は一言よりも軽し」（庾信）とも、また「晩日の寒声直ひ万金」（紀長谷雄）ともあることは先に紹介した。その種の表現は日中それぞれに少なくない。しかし、「直千金」などと言い切る表現と、それを反語にし、否定の形にする表現が日中双方の詩歌に特徴的なものであり、その性格を顕著に表すことは、おそらく間違いないであろう。

七、古歌の誇張表現

（一）万葉集の歌

古歌の「かけつればちぢのこがねも数しりぬ」とは、恋の心の非常な重さを詠った表現であった。そのような表現は、すでに万葉集の恋の歌にも見られたものであった。

八百日《やほか》行く浜の沙《まなご》も我が恋にあにまさらじか沖つ島守《しまもり》　（巻四）

行けども尽きぬ浜の砂の無限の数も、我が恋の数には及ぶまい、そうであろう沖の島守よと詠う。このような滑稽味さえ感じられる誇張表現は、古代和歌に特徴的なものであった。

山上憶良（六六〇～七三三か）の有名な「思子等歌一首」の

銀《しろかね》も金《くがね》も玉《たま》も何《なに》せむに優《まさ》れる宝《たから》子にしかめやも　（巻五）

は、金銀も、宝玉も、どうして秀れた宝物の子供におよぶことがあろうかと詠う。子を宝とする考え方は、『過去現在因果経』巻三に、釈迦の父白浄王《はくじょうおう》が我が子の苦行のさまを聞いて、「我、いま薄福《はくふく》、生れてかくの如き珍宝《ちんぽう》の子を失ふ」と嘆いた言葉のなかの「珍宝の子」という語に見られるものであった。憶良は、おそらくそのような思想に基きつつ、しかし、我が子はその「珍宝」にもまさる宝なのだと詠ったのである。ここにも、「直千金」を千金どころではないと変えたのと同様の誇張があった。五七五七七、和歌という小さな器の表現には、そのような誇張が、時に必要とされたのではないだろうか。

（二）誇張の表現

もちろん、中国詩にも「白髪三千丈」という著名な誇張表現の例がある。しかし、詩の表現は概して現実からひどくは乖離しないものである。「古詩十九首」第一に「相《あ》ひ去《さ》ること日《ひび》に已《すで》に遠く、衣帯《いたい》日に已に緩《ゆる》ぶ」（『文選』二十九）がある。詩では物思いのために痩せて帯が緩くなると言う。現実にもありうることの表現である。ところが、それらの影響を受けるものかも知れない『万葉集』の歌では、「二つなき恋をしすれば常の帯《おび》を三重《みへ》に結《ゆ》ふべく我《あ》が身はなりぬ」（巻十三）と詠う。いつもの一重の帯を三重に巻くほど痩せるとは、現実には絶対ありえぬ誇張である。わずか三十一文字、その短い表現は、どうしても身振りの大きなものとならざるを得ない。白居易の「春衣の一対直ひ千金」を翻案した歌の「土にひく春の衣の一がさねちぢのこがねの数にまされり」が、「ちぢのこがねの数にあたれり」とされた場合の迫力不足、その物足りなさを思えば、誇張こそが、和歌を和歌たらしめる重要な一要素だったことが理解できるのではないか。日本人の詩もまた、そのような和歌表現の影響を強く受けるものであった。「直千金」が「ちぢのこがねもよしや」（飛鳥井雅親）などと形を変えたのも、その誇張表現の一つであろう。「春宵一刻直千金」は、古歌の誇張表現の伝統の上に受容された結果、反語や否定の形に変えられることが多かったのだと思う。

八、金銭の表現

（一）詩と金銭

「直千金」の表現を日本の詩歌が反語や否定に変えてしまったもう一つの原因として、日中の文学表現に、金銭との親和性の違いの存したことが挙げられるかも知れない。

中国の詩に金銭に関わる表現が少なくないことは、ここまで引いてきた詩句からも十分に推察できるだろう。さらに、杜甫の詩から例を少し補おう。

後出塞五首第一
千金買馬鞍　千金もて馬鞍を買ひ
百金装刀頭　百金もて刀頭を装《よそ》ふ

錦樹行
莫愁父母少黄金　愁《うれ》ふる莫《な》かれ父母黄金を少《か》くを
天下風塵児亦得　天下の風塵児も亦た得ん

奉贈射洪李四丈
万里須十金　万里十金を須《もち》ゐて
妻孥未相保　妻孥《さいど》未だ相ひ保《たも》たず

与鄠県源大少府宴渼陂
応為西陂好　応《まさ》に西陂《せいは》の好《よし》みの為《ため》に
金銭罄一餐　金銭一餐《いっさん》に罄《つく》すべし

和歌にはもちろん、物語の類にもこのような表現はまれであろう。

しかも、金銭に関わる語は詩の自然描写にまで浸透していた。

出石門　駱賓王
石明如挂鏡　石明らかなること鏡を挂《か》くるが如《ごと》く
苔分似列銭　苔分《こけわか》れたること銭を列《つら》ぬるに似《に》たり

絶句漫興九首（第七）　杜甫

糝径楊花鋪白氈　径《こみち》に糝《さん》せる楊花は白氈《はくせん》を鋪《し》き

点溪荷葉畳青銭　溪《たに》に点《てん》ずる荷葉は青銭《せいせん》を畳《たた》む

苔や蓮の葉の丸い形を銭に譬える表現が普通にあったのである。しかし和歌にはこれらの表現は決して受容されなかった。そもそも字音語「ぜに」を戯笑歌以外のまともな和歌に用いることはあり得なかった。日本人は漢語「銭《セン》」に対応する和語さえ持たなかったのである。

（二）日中の相違

金銭への執着、吝嗇強欲の悪徳、そしてその反面の、金銀をいやしみ、喜捨を尊ぶ心。それらは、どの民族の、どの時代の人々にも共通して見られるものであろう。しかし、金銭に関わる言語表現においては、貨幣経済の先進地と後進地とでは多少の異なりがあったかも知れない。

「例えば、日本では、『浜崎あゆみのニューアルバム売り上げが百万枚突破！』と出るが、台湾では『浜崎歩《ピンチーブー》（浜崎あゆみのこと）の新盤五百万元突破』となる。イベントでも日本なら入場者数だが、台湾は『ジャッキー・チュン（張学友）のライブ、一晩で二百万元！』というふうに売り上げが出る。企業の業績も、日本では『シェアが二〇％』だとか、『前年比の伸びが五〇％』だが、台湾では全部、それが具体的な金額で提示される」（高野秀行『アジア新聞屋台村』集英社文庫、二〇〇九年）。また、「人民網日本語版」（二〇一八年三月六日）には、「中国、二月の興行収入が計一〇〇億元の大台突破　世界記録塗り替える」の見出しのもとに、「中国の二月の映画興行収入が一〇〇億元（約一六八〇億円）の大台を突破し、中国大陸部の一ヶ月当たりの興行収入記録である七三億七〇〇〇万元（約一二三三億七〇〇〇万円）のほか、北米市場で二〇一一年七月に作られた一三億九五〇〇億ドル（約一四七九億円）の記録も塗り替えた」という記事が載せられている。

それは中国語圏の表現と日本語表現との、さらには日中の文学表現の相違でもある。「春宵一刻直千金」の受容と変容も、日中の言語表現に関わる問題の一つなのであろう。

亀の和歌に見られる「蓬莱仙境」・「盲亀浮木」などの故事について

黄　一丁

こう・いってい——日本学術振興会特別研究員、京都大学院文学研究科国語学国文学専攻博士後期課程。専門は平安和歌、和漢比較文学。主な論文に「西本願寺本『赤人集』における千里歌と『千里集』二系統との関係について」（『国語国文』八五巻一二号、臨川書店、二〇一六年）、「和歌中汉风意象的起源与变化——以〝菊〟的意象为中心」（『日语学习与研究』一号、日语学习与研究杂志社、二〇一六年）などがある。

「鶴は千年、亀は万年」という諺があるように、亀は日本では長寿や恒久のイメージを持っている。それは既に中古の和歌に詠われるものだが、さらに遡れば、古代中国より伝来した思想である。本稿は亀というめでたい歌語の源流を論じ、中古和歌における中国古典文学からの受容、そしてその変容を解明する。

一、祥瑞より恒久へ——奇《くす》しき亀

（一）祥瑞としての亀

中国では、甲羅に文字や図の記された異亀が水中より出現することは、聖代の祥瑞と認識されてきた。上代から日本貴族に活用されてきた類書『芸文類聚』祥瑞部下・亀に載る漢故事からもそのことは窺える。

龍魚河図に曰く、堯の時、（中略）、大亀図を負ひて来たり、堯に投ず。尚書中候に曰く、堯、雒に璧を沈め、玄亀書を負ひて出づ。（中略）。又河に璧を沈め、黒亀文題を出だす。(1)

また、日本文学に大きな影響を与えた『文選』にも亀に関する祥瑞意識が見える。

蒼龍陂塘に覿《あらは》れ、亀書河源に出づ　（巻十一　景福殿賦）(2)

以上の例が示すように、堯帝のような聖人の代には亀が水から出現するという思想が古代中国には存在した。その祥瑞意識は、上代の日本貴族に知られ、政治にも大きな影響を与えた。国史によれば、川より出現した亀が献上されて改元されたことが、霊亀・神亀・天平・宝亀・嘉祥・仁壽の六度にも渡ったという。

亀の祥瑞意識は、それだけではなく、上代の和歌にも大きな影響を及ぼした。

藤原宮之役民作歌

やすみしし　わが大君　（中略）　わが国は　常世にならむ　図負へる　くすしき亀も　新た代と　泉の川に　（後略）
（『万葉集』巻一・五〇）(3)

持統天皇が藤原宮を造営した時に役民が天皇の治世を讃えた作品である。その中に見られる「図負へるくすしき亀も」という表現は、明らかに前引の『芸文類聚』や『文選』などに所載の漢故事を踏まえている。また「泉の川に」という表現にある「いづ」には「出づ」が掛けられており、亀は泉の河より出現したと解釈される。先に示した漢籍の「出」という文字に対応する表現と考えられるであろう。

亀の祥瑞意識は、『古今集』時代になると、『貫之集』の歌にも見られる。

延長五年九月廿四日、左大臣前栽のまけわざ、うどねり橘助縄がつかまつりけるに、はじめのだいのすはまにかきつけたる歌七首

（中略）

亀

波間より出でくる亀は万代とわが思ふ事のしるべなりけり
（『貫之集』七一二番）(4)

詞書によれば、この前後の七首の歌は、左大臣の藤原忠平が主催した前栽合わせで負けた罰として、橘助縄が調製した洲浜の台飾りに書き付けたものであり、七首とも主人への慶賀の意を含む詠である。当該歌の題は亀である。注目すべきは下線部の「波間より出でくる亀」である。前述のように、中国では、亀が水中より出ることは治世の祥瑞として考えられてきたが、貫之歌の「万代と我思ふことのしるべなりけり」の「万代」は明らかに主人の長寿を祝う語である。貫之歌にある亀は、前引の万葉歌のように聖代を言祝ぐのではなく、主人の長寿への賀意を表すものである。このような詠み方は、亀の祥瑞意識の和歌における変容の一つと言えるのではないだろうか。次の『古今集』賀歌（三五〇・三五五）も同様の例である。(5)

貞辰親王の叔母のよそぢの賀を大井にてしける日よめる　きのこれをか

亀の尾の山の岩根をとめておつるたきの白玉千世のかずかも

藤原三善が六十賀によみける

在原しげはる

鶴亀も千歳の後はしらなくにあかぬ心にまかせはててむ

三五〇番歌は女性の四十の賀を祝う歌であり、詞書にある大井は今の嵐山・嵯峨の辺りにある。片桐洋一氏が指摘するように、(6)「亀の尾の山」は嵯峨にある亀山であろう。「亀の尾の山」の「亀」は長寿のイメージであり、「岩根」は不変不動のシンボルである。

三五五番歌は同様に人の六十の賀の歌であり、初句に見られる鶴・亀はともに長寿のイメージとして詠まれている。片桐氏の指摘によれば、(7)亀の長寿という思想は、『白氏文集』にある「千齢与鶴亀」などの詩句に見られ、中国より伝来した思想であるという。その思想は、『初学記』などに既に見られたものである。

神亀有りて、長一尺九寸、四翼有り。万歳なれば則ち木に昇り居りて、亦た能く言ふ也。(『初学記』所引『拾遺記』(8))

亀、千年なれば毛生ひて、亀の寿五千年なれば、之を神亀と謂ひて、万年なれば、霊亀と曰ふ。(『述異記』(9))

亀千歳を号す　(『芸文類聚』所引「神亀賦」)

朝秀晨《あした》に終はり、亀鵠千歳なるは、年の殊なるなり　(『文選』巻五十四「弁命論」(10))

このような漢文学の表現と同様に、和歌における亀の長寿を詠む歌にも、「万代」・「千歳」などの表現が多く存在する。

ゐなかの家にかはあり、それに河かめながる

河亀も今万代はもろともに浪の底にてすみてわたらん　(『元真集』五七)

やす川のみなそこすみてつる亀の万代かねてあそぶをぞみる　(『兼盛集』一一〇)

元真の作は、河に流れる亀が万代まで棲むと詠んでおり、兼盛歌は、鶴亀ともに万代まで遊ぶだろうと詠んでいる。これらの和歌は、当然、漢詩文の表現に学ぶものであろう。

(二) 長寿から恒久へ

「亀」の長寿のイメージは、永遠の象徴ともなった。例えば、

桜の花の瓶に挿せりけるがちりけるを見て、中務に遣はしける　貫之

久しかれあだにちるなと桜花かめに挿されどうつろひにけり　(『後撰集』八二(11))

という歌が、「不老長寿の瑞祥である亀に瓶を掛け」(新大系注)たものとするなら、その掛詞の技法は、長寿の「亀」が既に永遠の象徴となっていることを語るものであろう。

さらに、亀の長寿や恒久のイメージは歌枕とも関わるようになる。前引した嵯峨の大井で詠まれた『古今集』三五〇番

歌を始め、亀という歌語の持つ長寿や恒久の意味は、「亀山」或いは「亀尾山」[12]という山城国にある歌枕や、「亀山」或いは「亀岡」という近江国にある地名と関連するようになった。

かめやま

亀山のこふをうつして行く水にこぎくる船はいく世へぬらん　（『貫之集』一六四）

ひくまつにちとせわくとも亀山に残る齢のおもほゆるかな

ゆき帰る人さへとほきねのびかなちよのまつひく亀のをの山　（『忠見集』八八・九二）

後冷泉院御時大嘗会御屏風、近江国亀山松樹多生たり

式部大輔資業

万代に千代の重ねてみゆるかなかめのをかなる松のみどりは　（『後拾遺集』四五八）

亀は「亀山」の歌枕と掛ける場合、山城国の嵯峨にある亀山を指す場合が多い。[13]『古今集』三五〇番歌と『貫之集』一六四番歌はその早い用例であった。また、『後拾遺集』四五八番歌の詞書にある「近江国亀山」という記述が示すように、「亀山」は近江国にある「亀の岡」という地名を指す場合もあった。漢故事における亀の長寿のイメージの影響を受けて、歌枕として嵯峨にある亀山（亀尾山）や近江にある亀山（亀の岡）も、長寿や恒久の象徴となったのである。

中古和歌における亀は、漢籍に由来する長寿のイメージを保ちつつ、永遠の象徴へと発展し、日本の地名である亀山などの歌枕とも結びついた。このような現象は、亀の歌語のもう一つの変容と言えるであろう。

二、歌枕から仙境へ
——蓬莱山を背負う亀

（一）蓬莱山に変わる亀山

歌枕としての亀山は、仙境の蓬莱山の異称としても詠まれる。この詠み方は、『拾遺集』の直前から増えている。以下の和泉式部歌と戒秀法師歌はその早い用例である。

煩ふときく人の許に、葵にかきて

亀山にありときくにはあらねども老いず死なずの百薬《ももくすり》なり　（『和泉式部続集』四二一）

陸奥の国のかみこれのぶがめのくだり侍りけるに、弾正のみこの内方の香薬つかはし侍りけるに　戒秀法師

亀山にいく薬のみありければとどめんかたもなきわかれかな　（『拾遺抄』二一五・『拾遺集』三三二）[14]

和泉式部歌の詞書によると、この歌は和泉式部が病になった友人の所に葵を送る時に添えて贈った歌である。「百薬《ももくすり》」

は漢語「百薬《ひゃくやく》」の和らげであろう。「老いず死なず」は漢語「不老不死」の訓読である。長寿を象徴する亀山にある菊のような仙薬のように効くと聞いているわけではないが、この薬は、老いることも死ぬこともないようにしてくれる薬だという歌意である。「効く」・「聞く」を掛ける「菊」は平安初期より長寿の仙薬として詠まれてきた。[15] この歌に見られる「亀山」が長寿のイメージを持つことは疑いないが、問題は、『和泉式部集全釈　続集編』が「亀山」を「蓬莱山」の異称と指摘することである。[16] 首肯しうる見解である。藤原清輔も先の戒秀法師歌についての解釈中に、「亀山」を「蓬莱山」の異称と説いているのである。

ゐなかへ行く人に香薬やるとてよめる歌なり。かめ山とよめるは蓬萊なり。亀背にあるやまなれば云ふなり。蓬萊には不死薬のあればいくくすりのみあればとどめむかたなきとよめる也。　（『奥義抄』[17]）

傍線部の「亀背にあるやまなれば云ふなり」は『列子』にある次の漢故事を踏まえている。

渤海の東、幾億万里なるを知らず。（中略）其の中に五山有り、一に曰はく「岱與」。（中略）五に曰はく「蓬萊」。（中略）華実皆滋味有り、之を食へば、皆老いず死なず。居る所の人は、皆仙聖の種にして、一日一夕、飛んで相往来する者、数ふ可からず。（中略）帝西極に流れて、群聖の居を失はんことを恐れ、乃ち禺彊に命じ、巨鼇十五をして、首を挙げて之を戴かしむ。（後略[18]）

「巨鼇」は巨大な亀の意であり、この故事は蓬莱山などの五つの仙山は十五の大きな亀に支えられているという神話を説いている。蓬莱山にはそれを食べれば老いも死にもしないという「華実」があり、それが二首の和歌に見られる「百薬」や「いく薬」の原拠となっている。このような故事の影響により、亀山が蓬莱山の異称になるのであろう。

『日本国見在書目録』には『列子』が録される。『芸文類聚』にも、『列子』の故事と類似する内容が見られる。当時の歌人にそのような知識があった可能性は十分にあるだろう。

符子曰く。東海に鼇有り。蓬萊を冠にして滄海に遊ぶ。
（『芸文類聚』蟻条）

亀山即ち蓬莱山である考え方は、中国文学には存在せず、日本における独自の発想である。しかしながら、日本漢詩を繙けば、以下の用例が見られる。

此地は鄰を卜へば俗境にあらず、亀山便ち是れ小蓬萊なり
（江吏部集・居処部「院」「秋日岸院即事」）

誰か謂ふ蓬萊は覓むること得難しと、亀山は近く鳳城の西に在り
（本朝無題詩「夏日遊法輪寺」其二・藤原明衡）

日本漢詩に見られるこの詠み方が、和漢兼作の作者である匡衡と明衡に見えることは、嵯峨の亀山が即ち蓬萊という認識が、和歌から日本漢詩に入ったことを暗示している。これは、和歌が漢文学より受容した内容を変容させ、また漢文学に反哺したという興味深い現象と見ることができよう。

(二)亀の甲の上の山

中古和歌では、亀と蓬萊山を同時に詠む場合、往々にして「亀の上にある山」という表現を使う。前引の『奥義抄』がそう述べていた。また、『源氏物語』胡蝶巻にある歌と、『千五百番歌合』に見られる源師光の判詞も、次のように詠んでいる。

亀の上の山も尋ねじ舟の内に老いせぬ名をばここに残さむ
（『源氏物語』胡蝶[19]）

千七十一番　右　内大臣
ももしきは亀上なる山なれば千代をかさねよつるのけごろも
右歌、ももしきの蓬萊宮を亀のうへの山といひあらはして、ちよをかさぬるつるの毛衣などはべるこそ詞たくみに義あらはれて、おもしろくはべれ[20]
（『千五百番歌合』一〇七一番　右）

更に、和歌には、以下のような発想も見られる。

あてみや
かぜ雲のおどろく亀の甲の上にいかなるちりか山とつもりし
（『宇津保物語』菊の宴[21]）

かめやまを
亀山の久しきほどを数《かぞ》ふればこふべくつもるちりにざりけり
（『輔尹集』三三）

一条どののさうじ十四枚がうた、はまなのはしはべる
（中略）
うきしま、はる
わたつみの底にねざさぬ浮島は亀の背中につめるちりかも
（『能宣集』三〇四）

わたつ海の亀の背中に居る塵の山となるべき君が御代かな
（『栄花物語』「殿上の花見」[22]）

この四首の共通点は、亀の上にある蓬萊山が積み重なった塵により成ったという認識である。塵が積もって山になるというその発想は、『古今集』仮名序にある「高き山も麓の塵泥よりなりて」という表現を思わせる。仮名序におけるこの表現は、古くより『古今集序注』等によって、白居易の詩句「千里始一歩、高山起微塵」の影響だと指摘されている。しかしながら、さらに追究すれば、そのような発想の濫觴は『荀子』勧学篇にある名句「積土成山、風雨興焉」まで溯る

ことができるだろう。

ところで、『宇津保物語』歌と輔尹歌には、「ちり」だけでなく「こふ」という表現も共通する。「こふ」は亀の「甲」である。『宇津保物語』歌は、風雲が驚く[23]亀の甲の上に、一体どれほどの塵が積もって、山となったのだろうと詠い、輔尹歌は、蓬萊山のような亀山の永久さを数えてみれば、（その上に積もる塵の数は）重ねるべき年月の数として願うべきものだと言う。

能宣歌と「栄花物語」歌には「こふ」の表現が見られないが、そのかわりに「背中」とある。この二首もまた、「亀」の甲の上に積もる「塵」の数ほどの年月を祝うものである。『栄花物語』歌は賀歌であり、能宣歌も、詞書が示すように、一条どの（貴顕）の家の屏風歌で、祝意が濃厚である。塵の数量の多さを用い寿命の長さを詠む例は、『金葉集』などにも見られる。[24]『栄花物語』歌や能宣歌の場合、歌人は長寿の亀や仙境である蓬萊山を数多い塵と結びつけて賀意を詠んでいる。

ここで注意を払うべきことは、当該の詠み方は和歌史においてこの四首にしか見られず、時代的にもかなり限定されていることである。『拾遺集』時代前後に生まれた独特の詠法と言いうるであろう。

三、仏法より逢瀬へ
——浮き木に値《あ》う亀

（一）釈教歌としての亀

平安時代の『法華経』の流行の影響を受けて、亀の歌は、『法華経』厳王品[25]にある「盲亀浮木」の比喩より新たな発想を吸収し、従来とは異なる詠み方が『拾遺集』の前夜に生まれる。その中でも、『発心和歌集』に見られる次の歌の題は、『法華経』厳王品の原文を翻案するもので、この種の詠み方の拠り所を明らかにしている。

妙荘厳王品　又如一眼之亀、値浮木孔、而我等宿福深厚、生値仏法

一目にて頼みかけつる浮木には乗り果つるべき心地やはする

（『発心和歌集』五一）

『法華経』原文及びその翻案和歌の意味するところは、この世に生まれて、仏法にめぐりあえた人は、まるで片目が見えない亀が浮き木にある穴に値ったように幸運だ、ということである。しかしながら、『発心和歌集』[26]より先に、選子内親王は既に『法華経』の比喩に基づく歌を作っていた。以下の歌がそれである。

女院御八講捧物に金して亀の形をつくりてよみ侍りけ

る

斎院

ごふつくす御手洗河の亀なれば法の浮木に値はぬなりけり　（『拾遺集』一三三七）

この歌の趣旨は、『法華経』厳王品に基づきつつ、片目の亀でも浮き木には巡り会うことができるというのに、斎院として神に仕える自分は、前世の罪業を御手洗川でいくら浄めても、浮き木つまり仏法には会えないというものである。初句の「ごふ（業）」には亀の「甲」[27]をかけるのであろう。

この歌は、仏教寓話の受容でありながら、賀茂斎院の御手洗川をも詠み込んで、仏教思想を日本本土の神道と融合させた歌であり、「盲亀浮木」を詠む最初の歌でもあった。

しかしながら、中古和歌では、仏法に巡り会えない亀はやがて親友や恋人に会えない人の見立てへと変容した。『拾遺集』時代の歌人である公任・赤染衛門・大江為基の三首の歌から、このような詠み方を窺える。

七月七日、説法をさすと聞きてやりし

偶さかに浮木よりける天の川亀のすみかをつげずや有るべき　（『赤染衛門集』一二二）

ほうりに為基しほう《ママ》詣であひておとせで出でにけるつとめて

波のよにあふ事かたき亀山のうききをただにかへすべしやは

返し

天河あとをたづぬる世なりせばあふ事やすきうききならまし　（『公任集』三六四・三六五）

赤染衛門歌は、『赤染衛門集』七番歌[28]の詞書によると、赤染衛門と為基との一連のやり取りの中の一首である。先行注釈が指摘しているように、[29]赤染衛門歌は、「亀のすみかをつげず」という表現に喩えて、為基が自分の所在を教えてくれないことを責める歌である。「たまさかに浮き木よりける」は為基が説法を行わせていることの喩え、「亀」はその説法に臨席している為基の喩え。「かめのすみかをつげずや有るべき」は、「なぜ説法の場所を教えてくれなかったのか（仏法に会う機会を与えてくれなかったのか）」という恨みでありながら、為基に会いたかったという気持ちでもある。

さらに、『公任集』に収録されている二首は、法輪寺にいた公任を為基が訪ねた時のやり取りである。公任歌に亀山を詠み込んでいるのは、法輪寺が亀山と同じく嵯峨にあるためである。「亀山」の亀には、同時に『法華経』の比喩に登場する浮木に値う亀を掛けている。公任歌の大意は、「波の激しい海で亀が浮き木に出会うことが難しいように、並大抵のことでは会えない私とせっかく亀山（に近い法輪寺）で出会ったのに、何もなすことなく帰してよいものでしょうか」となろう。すでに出家している自らを、仏法の象徴たる「浮き木」に喩えている。

一方、為基の返歌にある「天河」という表現に注目したい。前述した赤染衛門歌にも、同じ「天の河」という語が存在する。これは詞書にある「七月七日」と対応している。先行注釈の指摘するように、(30)天の河に浮かぶ浮木とは、『博物志』に見える「浮槎伝説」(31)を踏まえるものと考えられる。この二首は、「浮槎伝説」と「盲亀浮木」という漢故事と仏教寓話とを巧みに融合させたものである。為基歌の大意を示すと、「もしあの浮槎伝説のように貴方の跡を尋ねて行くことができる世であったならば、『法華経』の亀が浮き木に逢えたように、私も貴方に簡単に逢えるでしょう」となる。

(二) 恋歌への変容

このようにして、本来は仏法を宣教するための寓言である「盲亀浮木」の比喩は、『拾遺集』時代の歌人の手によって、仏法に逢えないのみならず、人と会えない象徴としても詠まれるようになった。このような発想は平安末期に成立した歴史物語『今鏡』所収の和歌説話では更なる変容を果たした。

（前略）今は斯くて止みぬべきわざなむめり、と思ひけるにつけても、いと心細くて、硯瓶の下に歌を書きて置けりけるを、取り出でて見れば、

行く方も知らぬ浮木の身なりとも世にし巡らば流れあへかめ

（『今鏡』敷島の打聞　第十）(32)

この部分は、小大進が夫から縁を切られるのではないかと思いつつ、家を出て行こうとする場面である。先行注釈の指摘するように、(33)この歌は、小大進が相手と再び会うことの難しさと再会したいという願望を詠んでいる。「浮木の身」は「浮木」と「憂き」とを掛け、「巡らば」は「眼暗《めぐら》」と掛け、最後の「かめ」は、「瓶」と「亀」とを掛けている。行方も分からない浮き木のような私の憂き身であっても、世の中に生き長らえたならば、あの『法華経』に説かれている片目の亀のように、この瓶の持ち主である貴方と再会しよう。この歌も明らかに、『法華経』にある「盲亀浮木」の比喩を踏まえており、歌の中の「かめ」も前述したように逢瀬の難しさを象徴する歌語である。歌には仏教的な要素はほとんどなく、完全な恋の歌となっている。このように恋の歌に「盲亀浮木」の譬えを詠みこむことは、中古末の歌人である寂蓮や定家の歌にも見られた。

千二百九番　右　寂蓮

思ふ事ちえのうらわの浮木だに寄りあふ末はありとこそきけ

（前略）又法花経には、一眼の亀のうき木のあなにあへるがごとしととけり、うみのかめいるばかりのあなあらば、うき木もちひさからじ、又張騫うき木にのりて河のみなかみをたづねたり、又海渚の人も槎にのりてあまの河へいたりて七夕ひこぼしにあへりといへり。（後略）

（『千五百番歌合』恋二　一二〇九番　右歌）

文治二年百首、又如一眼之亀値浮木孔、寄法文恋　前中納言定家卿

たとふなるなみぢの亀のうき木かはあはでも幾夜しをれきぬらん

（『夫木和歌抄』一三〇七三）

寂蓮歌は、恋二の部立の歌であり、顕昭の判詞の指摘する通り、この歌は三つの故事を踏まえる。そのうち、『法華経』の「盲亀浮木」と『博物志』の「浮槎伝説」は前述した。下線部の故事は『蒙求』の「博望尋河」である。この有名な故事は時代の下る『蒙求和歌』でも詠まれている。(34) 歌意は、思う事として、たとえ貴方は、そのちえの浦わの浮木のように定めなく値いにくいとしても、最後に二人はかならず天の河の彦星と織り姫のように、寄り逢うのだと聞いている。その漢故事三つを利用しつつ、値い難い人に値えるという「盲亀浮木」に、彦星に逢える「浮槎伝説」と織姫に逢える「博望尋河」とを巧妙に融合させて、将来の逢瀬を頼む気持を詠うのである。

定家歌の歌意は、その『法華経』の喩えにある盲亀の浮木のように逢えたわけではなく、私はあの人に逢わずに、幾夜泣きしおれているだろうと言う。詞書に記すように、法文に寄せて、恋の悲しみを詠うのである。

このようにして、本来は仏典の比喩に登場する亀は、中古歌人の意匠によって、人と逢い難いことを表す歌語へと変容し、更なる創造を果たした。この現象は漢詩と和歌の位相の差を暗示するものと言えよう。

四、漢詩と和歌の位相差
――受容されなかった漢故事

以上に述べたように、漢故事に見られる亀のイメージは和歌に取り入れられ、様々な詠み方を生んだ。ところが、漢文学における全ての亀の故事が和歌に入ったわけではない。その一つが、漢文学の亀に関する故事の中でも最も有名な『荘子』秋水の「曳尾塗中」であろう。

荘子、濮水に釣す。楚王、大夫二人をして往き先んぜしむ。曰く、「願はく境内を以て累はさん」と。荘子竿を持ち顧みずして曰く、「吾聞く、楚に神亀有り、死して已に三千歳なり。王、巾笥して之を廟堂の上に蔵す、と。此の亀なる者は、寧ろ其れ死して骨を留めて貴ばれん

か。寧ろ其れ生きて尾を塗中に曳かんか」と。二大夫曰く、「寧ろ生きて尾を塗中に曳かん」と。荘子曰く、「往け、吾将に尾を塗中に曳かんとす」と。(35)

荘子は、死んで三〇〇〇年の後も重宝とされる神亀よりも、生きて泥中に遊ぶ亀になりたいと言って、仕官することを断ったのである。この故事は、もはや引用は省くが、中国詩や日本漢詩にしばしば隠逸の志を表す表現に用いられたものである。

　しかし、「曳尾塗中」という故事は、中古和歌の世界にはほとんど見えない。その隠逸の思想は平安歌人には受け入れられなかったのであろう。受容され、変容される例がある一方で、また受容されなかった例もあったのである。

終わりに

　以上の四節において、筆者は、中古に見られる亀に関する和歌を収集し、先行研究に基づきつつ、それらを読んできた。

　第一節では、上代に見られる亀の祥瑞思想は中古において長寿を言祝ぐ歌語に変容し、そして亀の長寿のイメージはさらに恒久のイメージに変容しつつ、実在の亀から「亀山」という歌枕へと変ってゆく現象を指摘した。第二節では、亀山の詠み方が更に変わり、中国伝来の蓬莱山伝説とも融合し、新たな詠み方が作られたことを論じた。第三節では、『法華経』などの仏典にある「盲亀浮木」の比喩が中古和歌に取り入れられた例を挙げ、仏法を説くための寓言から、逢瀬の難さの象徴へと変容してゆく現象を確認した。

　日本古典文学における漢籍の受容は、必ず何らかの変容を伴うものらしい。拙稿で指摘した種々の事例も、そうした変容の一つと位置付けられるであろう。

注

(1) 本稿における『芸文類聚』の引用は『芸文類聚』(中文出版社、一九八〇年)によりつつ、字体を新字体に改め、訓読は私意による。

(2) 『文選』の訓読は中島千秋・高橋忠彦『新釈漢文大系七九〜八一　文選(賦篇)上中下』(明治書院、一九七七〜二〇〇一年)による。

(3) 『万葉集』訓読の引用は佐竹昭広・山田英雄・工藤力男・大谷雅夫・山崎福之『新日本古典文学大系・万葉集　一』(岩波書店、一九九九年)による。

(4) 『貫之集』の引用は田中登『校訂貫之集』(和泉書院、一九八七年)による。なお、適宜に仮名を漢字に変更する。

(5) 本稿における『古今集』の引用は西下経一・滝沢貞夫『古今集校本　新装ワイド版』(笠間書院、二〇〇七年)によりつつ、適宜に濁点を付け、仮名を漢字に改める。なお、本稿における歌番号はすべて『新編国歌大観』番号に従う。

(6) 片桐洋一『古今和歌集全評釈』中(講談社、一九九八年)

二八―二九頁。

（7）前掲注6片桐著・中、三七―三八頁。

（8）『初学記』の引用は、『初学記』（中文出版社、一九七八年）によりつつ、字体を新字体に改め、訓読は私意による。

（9）『述異記』の引用は『前定録　續録』（中華書局、一九九一年）所収の「述異記」によりつつ、私意により訓読し、字体は新字体に改める。

（10）書き下し文は竹田晃『新釈漢文大系九三　文選（文章篇）下』（明治書院、二〇〇一年）による。

（11）『後撰和歌集』の引用は小松茂美『後撰和歌集　校本と研究　校本編』（誠信書房、一九六一年）によりながら、仮名を適宜に漢字に改める。

（12）顕昭が『顕注密勘』に、「かめのをの山は亀山也。かめのをにたれば亀のをの山と云べきを、略してかめ山と云也」と述べていることから考えて、「亀山」と「亀尾山」は同じ場所を指すと考えられる。

（13）片桐洋一『歌枕歌ことば辞典』（笠間書院、一九九九年）一六三頁。

（14）『拾遺集』の引用は片桐洋一『拾遺和歌集の研究』（大学堂書店、一九七〇年）によりながら、仮名を適宜に漢字に改める。

（15）拙稿「和歌中汉风意象的起源与变化――以『菊』的意象为中心」（『日语学习与研究』第一号、二〇一六年）。

（16）佐伯梅友・村上治・小松登美『和泉式部集全釈――続集篇』（笠間書院、一九七七年）二七〇―二七一頁。

（17）本稿における歌論書の引用は佐佐木信綱・久曽神昇『日本歌学大系』（風間書房、一九五六～一九九七年）による。

（18）『列子』の書き下し文は小林信明『新釈漢文大系二二　列子』（明治書院、一九六七年）二一五頁によりながら私意で改める。

（19）『源氏物語』の引用は阿部秋生・秋山虔・今井源衛・鈴木日出男『新編日本古典文学全集　源氏物語』（小学館、一九九四～一九九八年）による。

（20）引用は有吉保『千五百番歌合の校本とその研究』（風間書房、一九六八年）によりながら、適宜に仮名を漢字に改める。

（21）『宇津保物語』の引用は河野多麻、日本古典文学大系『宇津保物語』（岩波書店、一九五九～一九六二年）によりつつ、字体は新字体に改める。

（22）松村博司・山中裕『日本古典文学大系　栄花物語』（岩波書店、一九六四～一九六五年）によりつつ、字体は新字体に改める。

（23）和歌では、風が「驚く」の主語として用いる例は「てにとらばたまらずきえむつゆによりをぎふくかぜのおどろきやせむ」（『大斎院前の御集』三八六番）という一例のみ存する。雲が「驚く」の主語として用いる例は当該歌のみである。ここの解釈は後考に待つ。

（24）『金葉集』三二〇。

祝の心をよめる

いつとなく風吹く空に立つちりの数もしられぬ君が御代かな

（25）この故事は、また『涅槃経』などにも見られるが、歌の詞書や、平安朝における『法華経』の流行から考えるとやはり『法華経』の影響が強かったであろう。

（26）『発心和歌集』は選子内親王による自選集であり、自序にある「于時寛弘九載南呂也」より、一〇一二年の成立と推測できる。

（27）亀の甲の表記は本来「かふ」であったが、十世紀中ごろに成立した『倭名類聚抄』の「甲」の条に、「甲、俗云、古不。」（京都大学国語学国文学研究室編『諸本集成倭名類聚抄』（臨川書店、一九六八年）所収「箋注倭名類聚抄」による）と載せているように、「こふ」という慣用音は平安中期にすでに現れている。

(28) 八講する寺にて、大江為基
おぼつかな君しるらめや足曳の山下水のむすぶ心を

(29) 武田早苗・佐藤雅代・中周子『和歌文学大系　二〇　賀茂保憲女集　赤染衛門集　清少納言集　紫式部集　藤三位集』（明治書院、二〇〇〇年）六九頁。関根慶子・阿部俊子・林マリヤ・北村杏子・田中恭子『赤染衛門集全釈』（風間書房、一九八六年）一二―一三頁。

(30) 前掲注29武田早苗・佐藤雅代・中周子著、六九頁。

(31) 旧説云く、天河は海と通じ、近世海渚に居る人有りて、年年の八月、浮槎の去りて来たること有り、期を失はず。人奇志有り、槎上を飛閣に立て、（中略）遥かに望めば宮中に織婦有り。一丈夫牽牛して渚の次《ところ》にて飲ますることを見る（中略）後ちに蜀に至れば、君平に問ひて、君平曰く「某年某月、牽牛宿に犯す客星有りき。」年月を計れば、正に此の人天河に到りし時也（引用は『博物志校正』第二版（中華書局、二〇一四年）によりつつ、訓読は私意による。字体は新字体に改める）。

(32) 引用は河北騰『今鏡全注釈』（笠間書院、二〇一三年）によりながら、適宜に仮名を漢字に改める。

(33) 前掲注32河北著、六七〇頁。

(34) 博望尋河
漢の武帝、張騫を使として、河のみなかみを極めに遣はしけり、遥かに十万里の浪を凌ぎて牽牛国に至りて、織女《たなばた》つめの紗《うすもの》あらふに逢いぬ。（中略）
あまの川うききにあへるみちなくは猶こそきかめ雲の水上
（新編国歌大観所載の『蒙求和歌（片仮名版）』九八番によりつつ、片仮名を適宜に漢字や平仮名に改める）

(35) 読み下し文の引用は、市川安司・遠藤哲夫『新釈漢文大系　八　荘子　下』（明治書院、一九六七年）による。

初期歌語注釈書における漢故事

――『口伝和歌釈抄』を中心に

濵中祐子

はまなか・ゆうこ――京都学園大学非常勤講師。専門は院政期歌学。主な論文に「『口伝和歌釈抄』から『綺語抄』へ――初期歌語注釈書の生成」（『和歌文学研究』九四号、二〇〇七年六月）、「『口伝和歌釈抄』所引の『古今和歌集』」（『和漢語文研究』一二号、二〇一四年）、「『毘沙門堂本古今集注』における平安末期歌語注」（『中世古今和歌集注釈の世界――毘沙門堂本古今集注をひもとく』勉誠出版、二〇一八年）などがある。

初期歌語注釈書である『口伝和歌釈抄』における漢故事を同時代の歌合判詞や歌学書と比較しつつ検討する。『口伝和歌釈抄』における「本文」は、特定の和歌の漢籍典拠のことではなく、「たかさご」「なでしこ」といった歌語そのものが実は漢故事に由来するものであることを注している。

はじめに

詠歌に対して、典拠や故事として依拠したもとの文章や詩句を「本文」もしくは「本説」と言う。特に漢籍を指すことが多いとされる。(1) 漢籍に由来する故事や漢詩句（本稿では以下「漢故事」と称する）は、歌語注釈書において、いつ頃、どのように取り上げられはじめたのであろうか。

平安期から鎌倉期は、多くの歌語注釈書が編まれた時代である。平安期歌学書における漢故事については、『俊頼髄脳《としよりずいのう》』における漢故事を考察した小峯和明氏の論がある。小峯氏によれば、『俊頼髄脳』の漢故事は西王母伝説や王昭君説話など著名な例ばかりであるとされる。(2) また、藤原範兼の『和歌《わか》童蒙抄《どうもうしょう》』は、作者が漢学者であることから、類書を含めた多数の漢籍を用いていることが知られている。すなわち『俊頼髄脳』や『和歌童蒙抄』の頃には、漢故事を注釈に用いることは一般的になっていたと見てよいので、それ以前の状況を検討していきたい。

一、歌合判詞における漢故事

漢故事を和歌と結びつけて論じる場として、歌学書以外では歌合の場が想定される。歌学書を検討する前に、先に歌合の判詞について簡略にふれておく。そのうち、判詞において漢故事が指摘される早い例をあげる。

『東塔東谷歌合』

七番　擣衣　左持

ながづきのながきよきけばころもうつももこゑちこゑやむときもなし

右

秋ふかみよ風しさむくなりゆけばころもしでうつおとぞたえせぬ

右歌、しだらかならずこはく、ことばたらず、又、ももこゑちこゑ、ただうちよむとはあしかるべきことならねども、ひとへに文集をよむならば、万声とはいはまほしきを、げにもじのおきにくくはべるぞかしな。

『東塔東谷歌合』は、永長二年（一〇九七）に、比叡山の東塔で催された歌合である。主催者、歌人未詳の歌合であるが、当時の有名歌人によると見られる詳細な判詞が付されている。(3)

傍線部「万声」は、『白氏文集』の「八月九月正長夜　千声万声無了時（八月九月正に長き夜　千声万声了む時無し）」に拠る。この摘句は『和漢朗詠集』（秋・擣衣・三四五・白）にも収められ、よく知られたものであった。秋の夜長に遠い夫を想って擣衣する妻の姿が描かれており、その衣を打つ音が千回万回と止むことが無いとされる。『白氏文集』を典拠に歌を詠むのならば、「ももこゑちこゑ」ではなく、「万声」と言いたいところであるが、詠み込むのが難しいと判じているのである。また、次のような例も見られる。

『内大臣家歌合元永元年（一一一八）十月二日』

（時雨）六番　左基持　師俊朝臣

さもこそは槙のまやぶき薄からめもるばかりにもうつ時雨かな

右俊勝　雅光朝臣

木の葉のみ染むるかとこそおもひしに時雨は人のみにしみにけり

俊云、前歌、槙のまやぶきなどいひなれたり、末に、うつ時雨とよめるぞおぼつかなき、若、蕭蕭暗雨打窓声と云（　　）きこゆるを思ひてよめるにや、かさりとも歌によまずはさらずもやあるべからん、かかることをよまんとては、そのすぢにいはで、みぐるしからずかまふるなり、…（中略）…基云、槙のまやぶき、さこそうすくとも打ちとほすまでふらん時雨こそ、うちに居たらん人おそろしかりぬべく覚え侍れ、代のはじまりにこそ、車のよこがみなどのやうにて雨は降り侍りけれ、いとおそろしう侍りける時雨かな、暗雨打窓声などぞ唐の歌にも侍るかし、風ふかれて横ざまにさはりたるかきをうつにこそ侍るめれ、されば、窓うつ雨に目をさましつつなど読める、いと哀に聞え侍るものを

『内大臣家歌合元永元年十月二日』は、内大臣忠通主催、源俊頼と藤原基俊の両判が付された歌合である。歌合の場では作者が互いに疑問を指摘し合い、後日、論議を主導した俊頼と基俊の判詞が提出された。[4]「さもこそは槙のやまぶき」歌について、両者とも『白氏文集』「（蕭蕭）暗雨打窓声（蕭蕭たる暗き雨の窓を打つ声）」をあげている。これも、『和漢朗詠集』（秋夜・二三三・上陽人　白）にも収められており、『源氏物語』（「幻」）でも「『窓を打つ声』など、めづらしからぬ古言をうち誦したまへるも」ととりあげられるように、よくしられたものである。玄宗皇帝からの寵を得られず、上陽宮に幽居する宮女が蕭々たる暗い雨の窓を打つ声に眠ることとなく悲しみに沈む様子をよんだものであるが、俊頼、基俊ともに『白氏文集』を引きつつ、師直歌の「槙のまやぶき」を「うつ時雨」という表現が不適切であると難じており、負となっている。

同一の歌合において、「口惜しや雲ゐがくれにすむたつもおもふ人にはみえけるものを」（恋二番・五一・俊頼）歌に対して基俊が「雲ゐがくれにすむ田鶴」という表現の典拠は「唐の文」にあるのではないかと疑われると述べ、その典拠として『世説新語』『源近《（ママ）》公相鶴経』（『准南八公相鶴経』か）を示す例。[5] 同じく基俊が「杯のしひてあひみむとおもへども恋しきことのさむるよもなき」（恋一番・四九・顕国）歌に対して、「なほ、ゑひといふ本文有りてやよくは侍らん…（中略）…唐にこそ千日酔ひたる人は侍りけれ」と「本文」という語を用いて批判する例も見られる。和歌を判じる上で、漢故事を指摘することが定着しつつあると考えられる。

なお、平安期歌合判詞において、「本文」という語が用いられているのは十六例が見られるが、そのうち「本文」が漢詩文をさすと見られるものは上記の『内大臣家歌合元永元年十月二日』「千日酔」、『中宮亮顕輔家歌合（長承三年〈一一三四〉）』の「依分暉度鵲鏡詠者、全非月、本文已為百詠文被歌歟」、『歌合文治二年（一一八六）』の「左歌、黄河ひとたびすむ、四海なみしづかなり、といふこと本文なれば」、同歌合

の「右歌、またこれも本文にて侍るとかや…（中略）…文集に、月明星稀烏鵲南飛、繞樹三匝何枝可依、といふことなり（後略）」の四例であった。また、論難書として知られる源経信『難後拾遺』（一〇八六年頃）においても、「ちのなみだ」という表現に対する「本文」として、『韓非子』の卞和の漢故事を引用する例が見られる。紙幅の都合で詳述は略すが、いずれもよく知られたものである。

このように、一一〇〇年前後から漢故事を典拠としていることが判詞等で指摘されはじめる。いずれの場合も、詠まれた和歌を理解するため、またその上で批判するために典拠とされた漢故事が示されていると考えられる。

二、『口伝《くでん》和歌《わか》釈抄《しゃくしょう》』における漢故事
——たかさご

では、歌学書では漢故事はいつ頃から注説にあらわれるのだろうか。歌語注釈書のうち初期のものである能因《のういん》著『能因歌枕』の原撰本部分、(6)『類聚抄』、また散逸書である藤原公任著の「四条大納言歌枕」「歌論議」の逸文、平安から鎌倉期の歌学書に見られる「古き歌枕」「古歌枕」として掲げられる注説類も検討したが、管見の範囲ではこれらの中に漢故事に関する注説は見当たらなかった。(7) 現存する歌語注釈書の範囲では、『口伝和歌釈抄』に見られる例が早いと見られるので、以下その具体例を検討する。

『口伝和歌釈抄』は、隆源《りゅうげん》もしくは隆源の周辺人物により、一一〇〇年頃著されたと見られる歌語注釈書である。伝本は、冷泉家時雨亭文庫蔵本のみの孤本。隆源著『隆源口伝』と祖本を同一にすると見られる。(8) 歌語を分類せず立項し、証歌と注説を示す。『口伝和歌釈抄』において、「本文」という語は十二箇所見られる。そのうち、「本文」が漢故事をさす箇所は五箇所。(9) 以下で具体例を検討していく。

九十二　たかさご

Aたかさかご《かはほんのまゝ》のをのへにたてるしかのね（ママ）ことのほかにも
　ぬるゝそでかな

たかさごといふに、あまたのあらそいあり。或人のいわく、a たかさごとはゝりまのくにゝあゆ《る》ところのなゝり。又ある人の云、b たかさごとわよろづのやまをいふ也。をのへとわ、やまのうへにをい（ママ）ふ也。本文云、積砂成山《イサコツモテヤマトナル》といへり。されば、素《ソ》性《セイ》法師

Bやまもりわいまはゝ（ママ）なむたかさごのをのへのさくらを
　りてかざゝん

後撰云、

Cたかさごのまつをみどりとみし事はもとのもみぢをし
らぬなりけり

「たかさご」の項目では、証歌Aを掲げた後、「あまたのあらそいあり」とした上で、或人はa「たかさごとは播磨の国の地名である」、別の或人のb「たかさごとは山の総称である」の二説をあげる。次に「をのへ」という語は「山の上」ということであると述べ、さらに「本文云、積砂成山といへり」とする。では、この場合の「本文」は何についての「本文」を指すのであろうか。

「たかさご」は、播磨国の歌枕として詠むのであれば、現在の兵庫県加古川市の加古川の河口にできた三角洲をさすとされる。(10) したがって、「をのへ」の注は、bの山の総称とする「たかさご」説の補説であると考えられる。(11)

また、「されば」を受けて証歌がさらに二首掲出されている。証歌B「やまもりわいまはゝなむ」は、『後撰集』(春中・五十・素性法師)所収。『後撰集』の詞書「花山にて道俗さけらたうべけるをり」からわかるように、素性法師が花山寺で詠んだものである。つまり、『口伝和歌釈抄』では説明不足の感は免れないが、播磨の歌枕としての「たかさご」ではない証歌として掲げられていると考えられる。証歌Cは、『後撰集』(恋四・八三四・よみ人しらず)に「わざとにはあらず時時ものいひ侍りける女、ほどひさしうとはず侍りければ」と詞書を付されておさめられている。「(たかさごの)松を常緑だと思ったのは、その下に隠れているうつろう紅葉を知らなかったからです(あなたの愛情を永遠だと思ったのは、内に隠れている心変わりを知らなかったからです)」と、「松」という語を導くための枕詞的な用いられ方をしており、歌枕ではないという点ではB歌と共通である。

すなわち、「されば」以後の証歌BCはb説に対応している。b説、「をのへ」注(b説補説)、「本文(積砂成山)」を受けて、「されば」と、b説に対応している証歌BC、という注説の流れを考慮すれば、「本文」は、b説に対応する「本文」ということになる。(12) また、冒頭で「たかさごといふに」と「たかさご」一語をピックアップしていることから、証歌に対応する「本文」という意識ではなく、「たかさご」という歌語そのものに対しての「本文」であると考えられる。

「積砂成山」の正確な典拠は見いだせなかったが、『文子』の「積徳成王、積怨成亡、積石成山(石積もりて山と成る)、積水成海、不積而能成者未之有也」、もしくは『荀子』の「積土成山(土積もりて山と成る)、…(中略)…積善成德、而神明自得、聖心備焉」「故積土而為山(故に土積もりて山を為す)、積水而為海…(中略)…積善而全盡、謂之聖人」、『説苑』

の「土積成山（土積もりて山と成る）、則予樟生焉」といった表現が近い(13)。いずれも、小さな事が積み重なって大きな成果を生むということを説いているが、ここでは字義通り「たかさご（高砂）」という歌語は、「砂が積もって山が形成される」ことから来ているという程度のことを説いていると見るべきであろう。

類似の注説は、『和歌童蒙抄』、『顕注密勘』顕昭注、上覚著『和歌色葉《わかいろは》』にも見られる。

『和歌童蒙抄』（木部・桜）

タカサゴノヲノヘノサクラサキニケリトヤマノカスミタヽズモアラナム

後拾遺第一ニアリ。二条関白殿ニテ、遥望山花トイフ心ヲ、江中納言ノヨメルナリ。タカサゴトハ、山ノ惣名ナリ。本文ニ、石砂長成山トイヘリ。ハリマノタカサゴニハアラズ。

『顕注密勘』

我のみとおもひこしかど高砂のをのへの松もまだゝてりけり

又高砂は山の惣名也。いさごつもりて山となる心也。山には尾と云所あれば、山尾のうへと云は峯を云也。素性、花山と云所にて、たかさごのをのへのさくらをりてかざゝむとよめるは、惣の山也。をのへの松といふ事は、播磨の高砂にてもよめり。又おしなべて外の山にてもよみたれば、まぎれぬべし。事に随、心えよむべし。

『和歌色葉』（二　たかさご）

二　山もりはいはゞいはなむ高砂のをのへの桜をりてかざさむ

これは播磨の高砂にはあらず。山のひとつの名をたかさごといふ。砂積成レ山といふ本文なり。をのへとは山のをのかみなり。

『和歌童蒙抄』では、「タカサゴトハ、山ノ惣名ナリ」と『口伝和歌釈抄』でのb説を掲げた後、「石砂長成山」という本文を示し、a説「播磨の高砂説」は否定する。『古今集注』では、b説と和文化した「砂積成山」の本文を掲げた上で、「尾の上」についての注を掲げ、「尾の上の松」は、a説「播磨の高砂にてもよめり」とする。『和歌色葉』では、「山もりはいはゞいはなむ」歌の「たかさご」が地名では無いことにふれ、「砂積成レ山」と本文を掲げた上でb説に近いものを掲げる。

このように、歌学書によって両説に対する評価は変わるものの、初期の注釈である『口伝和歌釈抄』で見られる二説がその後の歌語注でも継承されていることが確認される。さらに注目されるのは、「砂積成山」という漢故事が、歌学書によって小異はあるものの、「たかさご」という歌語そのものと結びつけられることである。先に確認したように、ほぼ同時期に見られる歌合の判詞では、あくまでもある詠歌を理解するための知識として漢故事が提示されていた。ところが、歌語注釈書では、ある歌語に漢故事が結びつけられ、他の詠歌においてもそれは適用される、という文脈で説明されるのである。

三、歌語と漢故事
――にしきをあらふ　なでしこ

引き続き、『口伝和歌釈抄』における漢故事を検討する。

廿三　あじろぎ
　義通《ヨシミチ》哥云、
Aあじろぎにもみぢこきまぜよるひをはにしきをあらふ
心地こそすれ
　これは、うぢのあじろのもみぢをよめる也。本文云、
魚鱗《キヨリム》洗《アラウ》二錦文《キムブムヲ》一撰にあり。能宣《ノフ》哥
Bあじろぎにかけつゝあらうにしきをひをへてよする
もみぢなりけり

注説では、まず「うぢのあじろのもみぢをよめる也」と指摘する。これは、証歌A『後拾遺集』（冬・三八五・橘義通）の詞書である「宇治にてあじろをよみ侍ける」に拠る。続いて「本文云、魚鱗洗錦文撰にあり」と漢故事を示す。訓点に従えば、『撰』という典籍に「魚鱗洗錦文」とあることになる。しかし、『撰』が何を指すのかは不明であり、「魚鱗洗錦文」という文言も管見の範囲では見当たらなかった。訓点を考慮しない場合、「魚鱗洗錦」という漢詩句が『文選』に見られることになるが、『文選』にもその他の資料にも該当のものは見当たらなかった。[14]

ところで、『口伝和歌釈抄』では「あじろぎ」を立項するものの、「あじろぎ」についての注説は付されない。「魚鱗洗錦（文）」は、「あじろぎ」ではなく、「にしきをあらふ」に対応するものと考えられる。証歌Bでも「あじろぎ」だけではなく、「にしきをあらふ」という歌語を含む証歌が掲げられる。つまり、「魚鱗洗錦（文）」という漢故事は「にしきをあらふ」という歌語に対しての「本文」であると理解できるのである。

当該歌に対する注は、藤原清輔著『奥義抄《おうぎしょう》』、『和歌童蒙抄』にも見られる。

○『奥義抄』〈にしきをあらふ〈付錦をさらす、魚鱗錦〉〉
十　あじろ木にもみぢこきまぜよるひをはにしきをあら

ふこゝちこそすれ

蜀江濯レ錦と云ふ文なり。春部に、花のかげたゝまくをしきこよひかなにしきをさらすにはとみえつゝとある歌もこの心也。かの江にあらひてさらせば錦の色のまさるなり。又にしきをばをかしく、たちうきことにいへばかくよめり。又魚鱗錦といふことあり。二説あり。一には魚鱗は錦ににたるなり。一には魚鱗を焼きて、その灰を錦にさせば色のよき也。

『奥義抄』では、「蜀江濯錦」という漢詩句が「本文」として指摘される。これは、『文選』左思・蜀都賦「貝錦斐成　濯色江波（貝錦斐を成して　江波に色を濯ぐ）」に拠る。蜀は錦の名産地であり、蜀江で錦をさらすという光景は『和漢朗詠集』（春・花・一一八・順）にも「亦蜀人濯文之錦粲爛（亦た蜀人文を濯ふに錦粲爛たり）」と取り上げられていることからもわかるように、日本でもよく知られていたものと考えられる。『奥義抄』でも、「かの江にあらひてさらせば錦の色まさるなり」とされる。

また、「魚鱗錦」という語が見られる[15]。その意味は、ふた通りあるとされる。「一には魚鱗は錦ににたるなり」については、「錦鱗」という語が漢詩文に見られるので、そういった表現を示したものと考えられる。また、「一には魚鱗を焼きて、その灰を錦にさせば色のよき也」については、『後漢書』（王符列伝）等に見られる「濯錦以魚、浣布以灰（錦を濯ぐに魚を以てす、布を浣ふ灰を以てす）」に拠るものと見られる。なお、『和歌色葉』では、当該箇所について、『奥義抄』に拠ったと見られるほぼ同文が見られる。

注目されるのは、注の中で示される「花のかげたゝまくをしき」歌である。『奥義抄』では、漢故事「蜀江濯錦」を示した後、当該歌を掲げ、「この心なり」とする。この歌は、『後拾遺集』（春下・一三九・清原元輔）におさめられているものであるが、「花」つまり桜の花が散り敷いた庭を錦をさらす光景に例え、立ち去るのが惜しいと詠んだものであり、紅葉と氷魚の銀色が混じり合って網代木に寄っていく光景が水中で錦を洗っている様に例えられた義通歌とは、詠まれた季節も情景も大きく異なる。したがって、清輔が義通歌と元輔歌に共通すると指摘するのは、「にしきをあらふ」と「にしきをさらす」の「本文」がともに「蜀江濯錦」であるという点であると考えられる。つまり、「この心（すなわち漢故事本文）」とされるのは、証歌に対してではなく、歌語「にしきをあらふ／にしきをさらす」に対してのものであることになる。『奥義抄』と成立が前後する『和歌童蒙抄』の該当箇所も確認しておく。

○和歌童蒙抄（地儀部・氷）
　アジロギニモミチコキマゼヨルヒヲハニシキヲアラフコ、チコソスレ
後拾遺第六ニアリ。少納言橘義通ガヨメル也。ニシキヲアラフトイフコト、紅葉哥ニ見タリ。
○同（宝貨部・錦）
　モミヂバノナガル、アキハカハゴトニニシキアラフトヒトヤミルラム
後撰第七ニアリ。益州有青衣水。益州人織錦。既竟先須此水洗之、然後緩紩。及左思蜀都賦曰、貝錦斐然濯色江波。

『和歌童蒙抄』義通歌の掲出部分では「ニシキヲアラフトイフコト」と、やはり「にしきをあらふ」という表現に注意がおかれ、やはり「左思蜀都賦曰」と『文選』の蜀都賦が揚げられる。

『口伝和歌釈抄』では「魚鱗洗錦（文）」、『奥義抄』『和歌童蒙抄』では蜀都賦が、漢故事本文として指摘されている。義通の歌のみならず「にしきをあらふ」という歌語そのものに漢故事本文があるという説明がなされているのである。

もう一例を見ておく。

百九　なでしこ
Aあきこひ《（「な」の誤か）》しいまも《も》みてしかやまがつのかをにさけ《（ママ）》やまとなでしこ
　本文云、鍾愛《ショウアイ》勝《スクレタリ》二衆草《シュサウニ》二（ママ）故云撫子《ナテシコ》。後撰云、
Bとこなつに思そめてわ人しれぬ心のほどはいろにいでなん
　本文云、艶契《エンチキル》千年故《ニ》云《イフ》常《トコ》夏。

A「あきこひしいまもみてしか」歌は、『古今集』（恋歌四・六九五・よみ人しらず／『古今和歌六帖』三六三〇）等に所収。山がつの家に咲いていた「なでしこ」は、ここでは女性の暗喩であり、恋しい、今も会いたい、と歌ったものである。本文として、「鍾愛勝衆草故云撫子（鍾愛衆草に勝れたり、故に云ふ撫子）」、他の雑草に比べて抜きんでて鍾愛するので「撫子」と称するのである、とされる。「故云」という表現からもわかるように、証歌を理解するためと言うよりは、なぜ「撫子」と言うのか（表記するのか）という点についての「本文」である。Bの歌では「なでしこ」という語は読まれておらず、「とこなつ」という語に話題がうつる。『口伝和歌釈抄』では説明がなされていないが、『能因歌枕』に「とこなつとは、なでしこの花をいふ也」とあるように、「とこなつ」は「なでしこ」の異名である。また、『源氏物語』でも

玉鬘は「撫子」と呼ばれ（帚木）、常夏巻の巻名由来となった「なでしこのとこなつかしき色を見ばもとの垣根を人やたづねむ」でも「なでしこ＝とこなつ」という了解のもと詠まれており、説明の必要が無いほど異名として知られていたものとみられる。その「とこなつ」の本文として、「艶契千年故云常夏（艶に千年を契る、故に云ふ常夏）」が掲げられている。この場合も、「なぜ『とこなつ』と称するのか」を説明するための「本文」である。

この二つの「本文」もまた、いずれも明確な出典が見いだせなかった。ただし、他の歌学書にも類似の漢故事がみられる。

『綺語抄《きごしょう》』（なでしこ）
われのみぞあはれとおもはん日ぐらし《きりぐす》のなくゆふぐれのやまとなでしこ　素性
本文云、鍾愛勝㆓衆草㆒。故云㆓撫子㆒。艶契㆓千年㆒。故云㆓常夏㆒。

『顕注密勘』
我のみやあはれとおもはむきりぐす、なくゆふぐれのやまとなでしこ
瞿麦をば鍾愛抽㆓衆草㆒、故曰㆓撫子㆒。艶装千年、故曰㆓常夏㆒と、家経朝臣の和歌序にかけり。(16)

『散木集注』
塵をだにすゑじとぞおもふさきしより妹と我がぬるとこなつの花
（中略）鍾愛勝㆓ル衆草㆒ニ故曰㆓撫子㆒。さればなでしことよむときは、子によせてよむなり。艶装契㆓ル千年㆒ヲ故ニ曰㆓フ常夏㆒ト。さればひさしきこゝろをよむには、つねのこゝろをよむなり。

右に示したように、藤原仲実著『綺語抄』と顕昭の著した『顕注密勘』『散木集注』では、小異はあるものの『口伝和歌釈抄』に見られた「とこなつ」「なでしこ」両方の漢故事が引かれている。証歌は異なるため、やはり「とこなつ」「なでしこ」という歌語そのものに対する「本文」という認識であると考えられる。その他にも、「本文ニ、鍾愛勝㆓衆草㆒トイヘレバ、ナデシコト云也」（『和歌童蒙抄』）、「鍾愛抽㆓衆草㆒之故、撫子とはいふ」（『奥義抄』）、「鍾愛抽㆓衆草㆒之故撫子といふ」（『色葉和難集』）などが見える。『口伝和歌釈抄』が直接的な影響を与えたということではないにせよ、(17)早い段階で指摘されている漢故事はその後も継承されていることがわかる。

「なでしこ」「とこなつ」というよく知られた歌語にも、実は背景となる漢故事がある、というのが『口伝和歌釈抄』の

注釈の要点であろう。証歌自体は、漢故事を知らねば理解できないものではなく、むしろ直接的な関係性は無い。和歌を理解するためではなく、ある歌語の背景に漢故事があるということが重要であったと考えられる。そしてその注釈方法はその後の平安期注でも継承されているのである。

四、証歌と漢故事

ここまで、初期歌語注釈書である『口伝和歌釈抄』における漢故事の引用を確認してきた。『口伝和歌釈抄』では、歌語と漢故事を結びつけるという方向で施注しており、掲出された証歌を理解するための漢故事引用ではないと述べてきた。最後に上記のケース以外の箇所を確認しておく。

十三　龍門仙室《リヨウモムノセムシツ》

伊勢歌云、

あしたづにのりかよふるやどなればあとだに人はみへぬ
なりけり

仙人はつるにのりてあるくといふ本文ありて、
はれはか《(我は、か)》へるにのりてふるさとにゆきたりし事なる
べし、されば人のあとなしといゑり。

「あしたづにのりかよふなる」(『能因法師集』一四、『千載集』雑歌上・一〇三八・能因)歌は、『能因法師集』詞書に「竜門にまうでて、仙房にかきつく」とあるように、大和国吉野の龍門寺の一室である「仙室」を詠んだものである。(18)「本文」があるとされる「仙人が鶴に乗る」ことについては、「鶴駕」という語のもととなった、周の霊王の太子晋が仙人となり、白い鶴に乗って去ったという『列仙伝』の故事等が知られる。崔顥の黄鶴楼詩でも「昔人已乗黄鶴去　此地空余黄鶴楼（昔人已に黄鶴に乗りて去る　此地空しく余る黄鶴楼）」と、仙人が鶴に乗って立ち去った後の黄鶴楼がよまれる。以降の注は本文上の乱れがあると見られるが、「故郷に帰って行くのに、鶴に乗ったという事であろう」と解釈できる。「されば人のあとなしといゑり」は、仙人が鶴に乗って故郷に帰ったあとの宿坊であるため「龍門仙室」には、人の形跡すら見えないと言っている、と注されている。『千載集』では、当該歌の次に「おなじ竜門寺のこころをよめる」として、清輔の「山人のむかしのあとをきてみればむなしきゆかをはらふ谷かぜ」を配列するが、やはり仙人の跡である龍門寺の仙房を尋ねても、そこには誰もおらず谷風が無人の床を払うばかりであると詠まれる。

『列仙伝』は日本国見在書目録に見え、早くから日本に伝来していたことが知られるが、『口伝和歌釈抄』ではどの資料に拠ったものなのかを示すわけでもなく、他の箇所のよう

に漢故事本文を引用しているわけでもない。当該歌には本文があり、「されば」と、その知識によって当該歌が理解できる、と注している。また、「龍門仙室」は当然ながら歌語ではない。立項語とするのは不自然であるといえる。

「本文」という語は用いられていないが、漢故事を引いて証歌を説明していると見られる例をもう一つあげておく。

百六十七　そうもく
そうもかく思ひに《（ママ、そうもくが、か）》いかゞたとうべきこわいなづまのひかりばかりぞ

そうもくとは、たうの人のなゝり。おほけなき心をさして、みもくだかれしひとなりとぞいふめる。くわしからず、たづぬべし。

「そうもかく思ひにいかゞ」歌は、他出が『和歌童蒙抄』（三五四）にしか見られず、詳細は不明である。「そうもく」は「唐の人の名」であるとされており、汎用性のある歌語とは考えられない。ただし、「おほけなき心をさして、みもくだかれし人」とあることから、掲出歌を解釈するために「そうもく」という人物について説明しているものと見られる。先ほどの「龍門仙室」の例と同様に、漢故事本文は示されていない。また、「そうもく」が指す人物、典拠は不明である。[19]

つまり、『口伝和歌釈抄』に示されている漢故事は、

①歌語自体に漢故事の背景があると注するもの
②掲出した和歌の解釈に関わる知識として漢故事を示すもの

の二種があるということになる。①の方法はその後の歌学書でも継承されていく。②については、「本文」や「本説」として漢故事を示す場合の、スタンダードな姿勢である。先に見た歌合判詞における漢故事の指摘も、詠まれた和歌を解釈するためであった。

ただし、歌合に見られた漢故事は、周知されているが故に論難に使いやすいものが用いられる傾向にあった。それに対して、『口伝和歌釈抄』では、すべての漢故事典拠が明確に特定できなかった。これは、知足院忠実女の后がね教育のため執筆された『俊頼髄脳』が、有名な漢故事ばかり掲げていることと対照的である。『口伝和歌釈抄』の場合、著者も執筆目的も知られないが、十分には周知されていない漢故事知識であればこそ、注釈の対象となりえたと見なすことができ、本書の性格の一端を示すものと考えられる。[20]

むすびに

歌学書において漢故事を指摘する初期の例として、『口伝和歌釈抄』を中心に検討した。ほぼ同時期の歌合判詞では、特定の和歌を理解し批判するために、その和歌が拠った「本

文」となる漢故事が指摘されはじめる。しかし、歌語注釈を目的とする『口伝和歌釈抄』では、歌語と漢故事が結びつくということに着目している例が見られた。またそれは、その後の歌学書でも継承されていく様子が確認できた。

すべての漢故事の出典が不明確、あるいは特定しにくいことにも注意が必要であろう。これは、『俊頼髄脳』や歌合判詞がよく知られた漢故事を掲げていたことと対照的である。『白氏文集』などの誰もが知る漢故事を掲げるのではなく、歌語や証歌が漢故事と結びつくことに知識として価値があるものを掲げる傾向にあると考えられる。漢故事の受容の方法から、『口伝和歌釈抄』の性質や指向性をうかがうことができると考えられるのである。

そもそも、「本文」として漢故事を掲出するというのはどういった理由によるのだろうか。掲出された証歌の作者は、必ずしもその語彙が漢故事由来であるとは考えていなかったであろう。一般的には、漢故事「本文」に基づいて作歌するものと考えるが、『口伝和歌釈抄』のような歌学書では、従来の歌語に付加価値を見出すという目的で漢故事「本文」を示しているのである。「本文」として示されるのは、漢故事以外に『万葉集』などの古歌や『古事記』『日本書紀』がある。万葉語や難語が隆盛し、歌語に典拠や由緒が求められた当時、「たかさご」や「なでしこ」といったありふれた歌語にも実は漢故事に基づく由来があるという知識は、需要があったものと考えられる。歌語が典拠、由緒あるものであることを裏付けることへの関心は、歌学や論難が隆盛していく当時の状況をよく反映していると言える。

注

(1) 日本古典ライブラリーWeb図書館辞典ライブラリー「本文」項、日本古典文学全集『歌論集』巻末「歌論用語」の「本文」項（小学館、一九七五年）に拠る。平安期歌学書における「本文」については、小川豊生氏「院政期の歌学と本説――『俊頼髄脳』を起点に」（『日本文学』三六、一九八七年）、佐藤恒雄氏「本文・本歌（取）・本説――用語の履歴」（『国文学』四九―一二、二〇〇四年）の論がある。

(2) 小峯和明氏「『俊頼髄脳』と中国故事」（『中世文学研究』八、一九八二年八月）。王昭君説話については、岡﨑真紀子氏「平安期における王昭君説話の展開」（『成城国文学』一一、一九九五年三月／『やまとことば表現論 源俊頼へ』笠間書院、二〇〇八年）に詳しい。

(3) 萩谷朴氏『平安朝歌合大成』第五巻（一九五七年、同朋舎）に拠る。

(4) 萩谷朴氏『平安朝歌合大成』第六巻（一九五七年、同朋舎）に拠る。

(5) 実際は、俊頼は「雲居がくれに居る龍」と詠んだのであり、「田鶴」との理解は基俊の誤解である。

(6) 浅田徹氏「『能因歌枕』原撰本と現存本」（『国文学研究』

九二、一九八七年）参照。

（7）『袖中抄』「ゐもりのしるし」（第六）において「ゐもりのしるしとは兼名苑云（云々）。私云、上にかける博物誌の文に同。仍不ㇾ書ㇾ之。歌論議、和語抄等おほやう同様なれば略也。」とある。「四条大納言歌論義」「和語抄」ともに『口伝和歌釈抄』より先行すると見られる歌学書である。どちらも散逸していて確認はできないものの、「同様」と指摘する内容が『博物誌』のこととは断定できないので除外しておく。

（8）冷泉家時雨亭叢書三八『和歌初学抄　口伝和歌釈抄』（朝日新聞社、二〇〇五年）解題に拠る。

（9）十二例のうち、五例が漢故事、五例は和歌、一例は『日本書紀』を指す。残り一例「（稿者注、「しながどり」を）いのしゝをいふといふ事は本文ありとの給へり」（五、しながどり）は不明。

（10）片桐洋一氏『歌枕歌ことば辞典　増補版』（笠間書院、一九九九年）に拠る。

（11）加古川市には尾上松で知られる尾上神社があり、「をのへ」が地名として詠まれている例もあると考えられるが、『口伝和歌釈抄』では本文の乱れがあるものの「山の上」であることを注しているのでここでは措く。

（12）『隆源口伝』では、以下に示したように「うけ習ひたるをしるすべし」としてb説があげられ、a説は「此の外」の説として掲げられる。

　高砂の尾のへにたてる鹿のねにことの外にもぬるゝ袖かな

　　高砂といふにあらそひあり。然はあれどもうけ習ひたるをしるすべし。高砂とはよろづの山をいふなるべし。その故は本文云、積砂成山といへり。然ればいふなるべし。尾のへとは山の尾のへをいふなるべし。素性歌云、

　山守は言はゞ言はなむ高砂の

　　但し此の外にも、播磨にも高砂の尾のへとよめり。それは所の名なれば驚くべからず。

（13）『文子』『荀子』（孫卿子）『説苑』は、『日本国見在書目録』に書名が見える。

（14）「戯錦鱗而夕映、濯繡羽而景過（錦鱗戯れて夕に映え、繡羽濯ぎて景過ぐ）」（『芸文類聚』草部下・芙蕖）が近いか。

（15）後拾遺集の勘物にも「魚鱗錦と云事か」（冷泉家時雨亭文庫蔵本）、「魚鱗錦云事か。別紙考」（国立歴史民族博物館蔵本）とある。『口伝和歌釈抄』の「魚鱗洗錦（文）」と関わりがあるかどうかは不明。

（16）『家経集』（六八）詞書に「詠瞿麦勝衆花〈序者〉」とある。

（17）ただし、『綺語抄』は『口伝和歌釈抄』を編集資料の一つとしていると見られる。拙稿「『口伝和歌釈抄』から『綺語抄』へ――初期歌語注釈書の生成」（『和歌文学研究』九四、二〇〇七年）参照。

（18）『口伝和歌釈抄』において作者が伊勢とされている理由は未詳。

（19）『和歌童蒙抄』に、「ソウモクトハ、唐ノ人ナリ。ヲホケナキ心ヲコシタリシモノナリ」、『和漢朗詠註抄』に、「或説云、宗則ト云人、五月五日ニ菖蒲ノ冠ヲシテ行道《ユクニ》ヲ、見テ女人美ナルヲ、オホケナキ心ツキテ思死ニ死ニ、キ」との記述があるが、やはり出典は不明である。

（20）①と②との違いは、漢故事本文を示すか示さないかという違いでもある。黒田彰子氏「和歌童蒙抄はいかなる歌学書か」（『和歌文学研究』一〇二、二〇一一年）に拠ると、『和歌童蒙抄』では、漢文本文を引用する場合と和文で引用する場合とがあるのは、依拠資料の違いであるとされる。『口伝和歌釈抄』の

場合、用例数が少ないこともあり、該当するかどうかは不明であるが、注意すべき見解であるため掲げておく。

附記　『口伝和歌釈抄』の底本は、冷泉家時雨亭叢書第三十八巻『和歌初学抄　口伝和歌釈抄』（朝日新聞社、二〇〇五年）に拠り、『綺語抄』は徳川黎明会叢書和歌篇四（思文閣出版、一九八九年）、『和歌童蒙抄』は、古辞書叢刊刊行会（雄松堂書店、一九七五年）に拠る。その他の歌学書は『日本歌学大系』（風間書房）によるが、表記はわたくしにあらためた箇所がある。影印については、見せ消ちや傍書の再現につとめた上で、清濁と句読点はわたくしに付した。アルファベット記号や傍線は便宜的に付したものである。和歌の引用は、新編国歌大観に拠る。歌番号は新編国歌大観番号。漢籍は『四部叢刊』、それ以外は新編日本古典文学全集（小学館）に拠る。

中世和歌における「子猷尋戴」故事の変容

阿尾あすか

あお・あすか——奈良学園大学専任講師。専門は中世和歌。主な著書・論文に『コレクション日本歌人選12　伏見院』（笠間書院、二〇一一年）、「東京国立博物館蔵「伏見院詠草」の性格——合点・丸印の意味するもの」（『京都大学国文学論叢』三〇号、二〇一三年）などがある。

「子猷尋戴」は、和文学の世界では、伝統的な和歌の文脈で捉えなおされたり、原典の要素を一部切り捨てたりして変容して摂取されている。中世和歌においても、原典とは異なる、いにしえの風雅な交友の話として享受されてきた。漢故事も、歌人たちには、「王朝古典」として摂取されていったと考えられる。

一、「子猷尋戴」と月

(一)和歌における「子猷尋戴」の受容

中世和歌に受容された漢故事は多いが、当時、初学者にもよく知られたものの一つに「子猷尋戴《しゅうじんたい》」が挙げられる。晋の王子猷が、雪の夜、興を覚えて友人の戴安道《たいあんどう》を尋ねたが、興が尽きたので安道に会わずに門前で引き返したという「子猷尋戴」の故事は、院政期頃から和歌に詠まれるようになった。

Aもろともに見る人なしにゆきかへる月にさをさす舟路なりけり　（堀河百首七九一・秋二十首、月・藤原仲実）

　別当実行の許にて、月前思遠といへる事を

Bこよひもやぬしをもとはでかへりけんみちの空には月のすむらん　（散木奇歌集四九八・秋部七月）

二首ともに、誰かと共に月を見ることもなく帰路につく詠歌主体を詠む。これらが「子猷尋戴」を踏まえることについては、Aについては『和歌色葉《わかいろは》』に、Bについては『散木《さんぼく》集注《しゅうちゅう》』に指摘がある。『和歌色葉』は「この歌の心は、王子猷、戴安道は月を愛する友也。雪夜王子猷家を出でて見るに四方如二明月一なりければ、棹二小船一為レ尋二戴安道一到二剡県一。然而不レ尋二王子猷一還。」と述べ、『散木集注』は「これは、王子猷尋二戴安道一事也。月入興すぎば不レ謁空帰事也。」とする。AとBともに院政期の詠作だが、Aが契機となってBが詠まれたようである。[1] 王子猷が戴安道を訪れようと思ったきっかけを建久期成立の『和歌色葉』では、月に眼目を置きながら「雪月の興」によるものとしているが、A・Bでは、月のみに限定し秋の歌として詠んでいる。このようなとらえ方は『唐物語』第一「王子猷、戴安道を尋ぬる語」にも見え、すでに田中幹子氏、[2] 三田明弘氏[3]に指摘があるように本説の内容とは異なるものである。

(二) 漢故事としての「子猷尋戴」

「子猷尋戴」の故事は、『世説新語』「任誕第二十三」・『晋書』巻八十列伝第五十「王徽之伝」・『蒙求《もうぎゅう》』などに見られる。冒頭で述べたように、これらの書では、王子猷はまず、降り積もった雪に感興を覚えたとする。以下に、『蒙求』の出典となった『世説新語』、『晋書』の本文を引用する。

①王子猷居二山陰一、夜大雪。眠覚、開レ室、命酌レ酒、四望皎然。因起仿徨、詠二左思招隠詩一、忽憶二戴安道一。時戴在レ剡。即便夜乗二小船一就レ之、経宿方至。造レ門不レ前而返。人問二其故一。王曰、吾本乗レ興而行、興尽而返、何必見レ戴。

（『世説新語』）

②徽之字子猷、性卓犖不羈、為二大司馬桓温参軍一、蓬首散帯、不レ綜二府事一。（中略）嘗居二山陰一、夜雪初霽、月色清朗、四望皓然。独酌レ酒詠二左思招隠詩一、忽憶二戴逵一。逵時在レ剡。便夜乗二小船一詣レ之、経レ宿方至。造レ門不レ前而反。人問二其故一。曰、本乗レ興而行。興尽而反。何必見二安道一邪。

（『晋書』）

①、②の傍線部の箇所ともに、雪の夜に感興を催したとする。説明がより詳細なのは②の『晋書』で、月光に照らされた雪景色の美しさに興を催したとする。確かに、子猷が戴安道を思い出したのは左思の「招隠詩」の一節、「白雪停二陰岡一、丹葩曜二陽林一」（『文選』第二十二）を吟じたからであり、美しい雪景色が感興を催した直接の契機といえよう。[4] 一方で興が尽きたのは、夜が明けた、すなわち月が沈んでしまったからである。子猷が月光に照り輝く雪景色の素晴らしさに興を催したというのが、本来の話であったことが確認できよう。「子猷尋戴」故事にとって、雪と月とは共に欠くことのできないものであった。

(三) 和文学での「子猷尋戴」

それが、和文学では、しばしば月のみにクローズアップしてこの話が引き合いに出されるようになる。先ほどのA・B

の和歌や『唐物語』の説話同様、『浜松中納言物語』（巻二）や『無名草子』も、子猷が明月に心ひかれて安道を尋ねようとした話とし、雪については言及しない。こうした和文での「子猷尋戴」の変容について、小峯和明氏は、「月下の孤独な心情をうたう」伝統的な和歌表現が根底にあることを指摘している。(5)

こうした明月と「子猷尋戴」を結び付けるとらえ方は和文だけに限ったことではない。日本漢詩においては、より早い段階から見られる。『本朝無題詩』巻三「月前」は、秋の月に対する感興を詠んだ漢詩を集めるが、そこで「隠几倩思尋レ友趣、子猷遥棹剡渓舟」（「秋月詩」藤原明衡）、「不レ奈子猷余興尽、適逢二華客一幸相尋」（「月下言レ志」藤原明衡）のように「子猷尋戴」が引き合いに出されている。他に、「三五秋天乗レ月興、心情弥動感方向」（「対レ月独詠」大江匡房）(6)、「誘二引桂華一乗レ興出、金商暮景到二禅扉一」（「法性寺翫レ月」藤原周光）などもこの故事を踏まえる。漢詩で月は、「三五夜中新月色、二千里外故人心」（和漢朗詠集二四二・巻上・秋十五夜付月・白）のように、遠くの友を思うものとして詠まれるので、同様に月に興を覚え友を思う話として「子猷尋戴」が引き合いに出されたものであろう。当然、『和漢朗詠集』巻上、冬、雪に「翅似レ得レ群栖レ浦鶴、心応レ乗レ興棹レ舟人」（三七八・邑上御製）とあるように、「子猷尋戴」を雪と結び付けてとらえる方が本説に忠実であることは、貴族達に認識されていた。(7)しかしながら、一方で平安時代中期には、月を詠む詩歌の情緒が混入する形で内容が変容し、それが院政期の和歌にも影響を与えていることは注意すべきだろう。

（四）俊成以降

このように和歌に摂取されるようになった初期の段階で、変容が窺われる「子猷尋戴」の故事であるが、藤原俊成や新古今歌人の和歌になると、また受容の仕方に変化が見られる。

Cたづぬべき友こそなけれやまかげや雪と月とをひとり見れども
（右大臣家歌合治承三年二九・十五番左持・雪・皇太后宮大夫入道）

この自詠に対し、俊成は判詞で「心は山居の雪を見て、彼王子猷が山陰の雪夜、戴安道をおもへる事をいへるにやとは見え侍れど、歌のおもてに雪の事すくなく侍らむ」と述べている。Cの内容が「雪」の題意を充分に表していないことへの謙遜ととらえられるが、Cや判詞から俊成は、「子猷尋戴」の故事を本説にする場合には、雪が欠くべかざる設定であることを意識していたと言える。時期は下るが、のちに俊成は、

こよひさへただやかへらん月ゆゑにともをたづねしこひならなくに

（六百番歌合六五二・恋部上・二十六番右負・見恋・六条経家）

のごとき月と結び付ける詠み方に対して、判詞で「右の戴安道、常の事なるべし」と述べている。俊成は、こうした「子猷尋戴」と月を結び付ける和歌の詠み方に月並みなものを感じ、原典に戻った本説取りを行ったものと考えられる。

また、Cの歌は、子猷が住んでいた地名の「山陰」を普通名詞の「やまかげ」と取りなして、奥深い山里に暮らす隠者のイメージへと転化している。(8) こうした「やまかげ」と「子猷尋戴」との取り合わせは、定家や良経といった、俊成の周辺の歌人も摂取している。(9)

Dあくがれし雪と月との色とめて梢にかほる春の山かげ　（拾遺愚草六〇八・花月百首）

E山かげやともをたづねしあとふりてただいにしへのゆきのよの月　（秋篠月清集五七八・南海漁父百首・山家十首）

Dの定家の歌は、春の花の色から雪や月を連想し、春の隠者の住まいに王子猷のイメージを重ね合わせる。「あくがれし」という表現(10)で雪月への強い憧憬とそこに耽溺していく詠歌主体を表し、風雅に生きる隠者のおもかげを浮かび上がらせる。Eの良経の歌は、雪の夜の月に、「子猷尋戴」のイメージを重ね合わせて詠むが、「ただいにしへの」という表現で、そうした風雅な交わりはすでに失われたものであることを印象づける。良経はほかにも「さと人の卯花かこふ山かげに月と雪とのむかしをぞとふ」（老若五十首歌合一一二・五十八番右勝・夏）のように、「子猷尋戴」を今はもう無い、いにしえの隠者の風雅な交わりとして詠んでいる。

このように、定家・良経は、「子猷尋戴」の故事を、風流文雅な隠者の友情の話としてとらえており、注意される。また、先に挙げた俊成のCの歌も、せっかくの雪と月との美しい景色が目の前にあっても、それを分かち合えるような、風雅を解する友はいないという内容であり、同様のとらえ方が前提にあろう。また、Dの定家の歌は雪月花が詠まれ、当時人口に膾炙した詩句、「琴詩酒友皆抛レ我、雪月花時最憶レ君」（和漢朗詠集七三三・巻下・交友）のイメージが重ね合わせられている。(11) 中世になると、こうした風雅な文人の友情に対するあこがれをもって、「子猷尋戴」が享受されていく様相が窺われる。

二、中世和歌に表された「子猷尋戴」

（一）風雅な友情

先に見たDの歌は、「子猷尋戴」の故事と「雪月花時最憶レ君」の詩句とを重ね合わせるものであったが、この詩句の世界に、王子猷と戴安道との友情をなぞらえる発想は『蒙求和歌』にも見える。

王羲之が第四の子王子猷と戴安道とは多年の共なり、琴詩酒の遊には莚を一にし、雪月花の詠には袖を交へずと云ふ事なし、子猷、山陰に籠りゐたるに、夜大に雪ふれりけり、子猷、眠りさめて、酒くみて四望するに、景気皎然たり、独心を澄しつつ、左思が招隠の詩を詠じて、剡県の安道を思へり、則ち一の小船に棹して剡県に趣く、沙堤、雪白くして、水面に月浮べり、船の裏のながめ、波の上の哀れ、一として心をくだかずと云ふ事なし、あくがれ行くに、戴安道が家の門の辺りに至りて、五夜まさにあけなんとして、万感既に尽きにければ、空しく漕返るを、あはでは何かにと聞ゆれども、雪月の興にのりて来りて、興つきて返りぬ、何ぞ必ずしも戴安道にあはん、とぞ答へける

なにか又あはぬなみとぞおもふべき月と雪とは友ならぬかは　（八七）　（本文は平仮名本に拠った）

二重傍線部——片仮名本、混態本では、「あはでかへると」

傍線部の箇所に、そのまま雪月花の詩句を踏まえた表現が見える。『唐物語』にも、王子猷のことを「たゞ春の花、秋の月にのみ心をすまし」たとし、戴安道を「おなじさまに心をすましたる人」とする。『蒙求和歌』、『唐物語』ともに、二人の友情を四季の風流に没頭する文雅なものとして描くが、そうした風雅に生きる王子猷の姿は、戴安道のもとへ赴く道中も船上から見る光景の一つ一つに心を動かす、『蒙求和歌』の波線部の描写に顕著にあらわれている。また、『唐物語』は王子猷を「ことにふれてなさけふかき人」とし、興つきて安道に遭わずに帰ったことを「心のすきたる程はこれにておもひしるべし」とする。池田利夫氏は、このように風流の世界に没入して生きる『唐物語』の王子猷像を、原話にはない「潤色」とする。[12] 詩歌における月の表現の影響や、日本文学での雪月花の摂取によって、「子猷尋戴」が、風流文雅に没頭して生きる隠者の友情の話へと変容しているのである。

（二）典拠の王子猷像

では、原話では、王子猷はどのような人物として描かれているのか。これについては、すでに田中幹子氏に詳細な論考があるが、[13] 再度確認しておきたい。

「子猷尋戴」の故事は、『世説新語』「任誕　第二十三」や『晋書』「王徽之伝」に含まれる話である。『世説新語』の「任誕」は、「気ままで世俗の礼法などには一切こだわらずにふるまうこと」[14] を意味し、この巻では竹林の七賢をはじめ、礼法にとらわれず自由にふるまう、超俗的な人物の故事

を収録する。王子猷のエピソードも「子猷尋戴」以外にも複数載るが、（1）他人の家で気に入った敷物を見つけると勝手に持って帰った、（2）空き家に仮住まいして竹を植え「此の君」と呼んだ、（3）面識のない桓子野（桓伊）が笛の名人と聞いて、相手が高位にも関わらず笛の音を聞かせてほしいと頼み、聞いたらそのまま挨拶もせずに立ち去った、というように、いずれも超然、傍若無人な人物像を伝えるものである。一節（二）②に引用した『晋書』も、子猷のことを、「性卓犖不羈」、他より優れ、束縛されない人柄だとしている。

田中幹子氏は、『晋書』での王子猷は「秩序社会の枠を超越し、激しい感情の揺れに身を投じ」る人物像を持つことを指摘、「子猷尋戴」についても、『蒙求』で対にされている「呂安題鳳」が「鈍い者に対する容赦ない揶揄の故事」であることから、「この故事を風雅を愛する人の一挿話とは解せなくなる」と述べている。[15] 対となった「呂安題鳳」の故事は、嵆康と交友のあった呂安が、康の留守中に対応した、兄の喜に対して「鳳（凡鳥）」の字を書いて立ち去ったというもので、喜が康と違い凡人であるので相手にならないと示したのに、喜は自分に対する賛辞と考えたという話である。「呂安題鳳」と「子猷尋戴」、この対の故事は、凡俗の理解を超えた優れた人物の交友についての話と解される。『世説新語』の王子猷の描かれ方も併せると、「子猷尋戴」の子猷は、老荘思想に根ざした、超俗的な生き方をする人物として描かれていると言える。これに比べ、本節（一）で見た、和文学での「子猷尋戴」の王子猷は情緒的であり、故事の中で主眼となるべき部分が大きく変容してしまっている。

（三）中世和歌における「子猷尋戴」

和文学において「子猷尋戴」が本質的に変容した形で受容されていることを確認したところで、再び中世和歌での表現を見よう。

F山陰や松のとぼそもうづもれて月ぞさし入る雪の枕に

（御室五十首五九七・雑・閑居・藤原家隆）

Fは「子猷尋戴」を詠んだものとされるが、[16] 複合的に本歌・本説取りをしたもので、「松のとぼそ」が『源氏物語』「若紫」の「奥山の松のとぼそをまれにあけてまだ見ぬ花の顔を見るかな」（北山僧都）を踏まえるとの指摘がある。[17] 「松のとぼそ」とは山家を示すが、Fは訪れる人もなく雪にうずもれた山家暮らしの孤独を詠む。「雪の枕」は先行例がないが、これに類する「氷の枕」が「みづどりのうきねのとこのはるかぜにこほりのまくらとけやしぬらん」（江帥集一一・春）のように、つらい一人寝の意を含ませた「浮き寝」と共に用いられていることから、そこに恋の情趣を読むことは可能だろう。「月ぞさし入る」という表現には、『源氏物語』「明石」の、光源氏が明石の君をはじめて訪れる時の文章、「むすめ住ませたる方は心ことに磨きて、月入れたる真木の戸口けしきことにおし明けたり」が意識されているのではないか。Fでは、雪の月夜に戸を開けて人の訪れを待つが、人は来ずに月光のみが枕元にまでさし入る情景が描かれ、想い人の訪れを山家で待つ、詠歌主体の孤独へと主題が転化されている。

(四) 中世和歌における「子猷尋戴」摂取の変容

このように「子猷尋戴」を踏まえながら、現実の山家暮らしの孤独を詠む用例は多い。

G花や月をひとりながめぬなさけには雪にぞふかく思しりぬる　（拾玉集四四三七・短冊・雑）

Hおのづからもとめぬともは山かげにありけるものをはなとりのやど（伏見院御集二七八・古巣、幽情只愛洞中春）

I山かげやむかしのなさけさぞなあはれ我もとともほしきゆきの月夜に　（伏見院御集一九〇一・寄雪月）

Gは『和漢朗詠集』の雪月花の佳句も踏まえ、友と賞美する四季の風流（なさけ）というのは、雪に最も深く思い知られるというのだ、と詠む。『唐物語』や『蒙求和歌』に描かれた「子猷尋戴」とも同質の内容である。第二句で、雪月花の風流を「ひとり」で「ながめ」なかったと表現しているところに、通常、そのような友は得られがたく、雪月花も、一人で賞美せざるをえないことが多いという前提があることがわかる。一節（四）で見た、俊成周辺の歌人達と同想のもと、詠まれた歌と考えられる。なお、当該歌の引用本文である私家集大成『拾玉集』（底本宮内庁書陵部蔵本）は、「雑」という題だが、青蓮院本では「友」となっている。Gでは、「子猷尋戴」のような友は通常持てないことを逆接的に表している。

Iは、そうした友を持てない、山家暮らしの孤独を詠んだ歌である。「子猷尋戴」を「むかしのなさけ」とする表現は、前節で見た『唐物語』『蒙求和歌』などと、故事のとらえ方において軌を一にする。また、GやIでは、本説の、興が尽きたので友を訪れなかったという部分は切り捨てられ、子猷が安道と共に風雅を解する親友であったという部分がクローズアップされている。中世和歌でのこの故事の受容の仕方はおおむね、この形に添うものである。

Hは詞書に「古巣」とあるが、これは「古集」の誤りで『千載佳句』所収の佳句を句題とする。自ら探し求めずとも、自分の友はこの山家にいる花や鳥である、という内容で、人と交わることなく山家を訪れる鳥の声や桜の美しさに充足する詠歌主体を表現する。[18]「子猷尋戴」を踏まえないとする考えもあるが、[19] 和歌の中で、「山かげ」と共に、「たづぬ」や「とふ」、「友」が詠まれている場合は、この「子猷尋戴」が意識されていると見てよいのではないか。この条件を満たす、他の和歌では、おおむね「雪」または「月」と共に詠まれ、「子猷尋戴」を踏まえているからである。『連珠合璧集』では、

山かげトアラバ　片山かげ、太山かげともいふ
雪の夜故事　友をたづねし事也　友を尋ぬる（以下略）

とする。当該歌は、「友」を「もとめ」るという表現で、「たづね」ていると言うのとは異なるが、他に用例がなく類義の言葉であることから、同様に考えてよいように思われる。また、前節で見た『蒙求和歌』の和歌、「なにか又あはぬなみとぞおもふべき月と雪とは友ならぬかは」（八七）は、平仮名本本文だと波線部のようになり意味がとれないが、片仮名本では「アハデカヘルト」となり、これを解釈すると、友に会わないといってもそもそも月と雪とが我が友ではないか、という内容である。Hも、山家暮らしには月や雪、花や鳥が友である、という風流人の境地を示した和歌と考えればよいのではないか。Hは、「子猷尋戴」のような友は得られがたいという前提をもとに、そうした友など求めずとも良いではないか、と孤独な山家暮らしに充足する心境を詠んでいるのである。

（五）中世和歌における「子猷尋戴」の変奏

人口に膾炙し、新古今和歌によって歌の題材として定着した「子猷尋戴」だが、これ以降、和歌でのこの故事の主題は、古代中国の風流文雅な交友に思いを寄せ憧憬の念を抱く、またそのような交友が自分にはないことから山家での孤独を感ずる、というものに類型化する。一方で、自然の情景にこの故事のイメージを揺曳させて、表現世界に重層性を持たせる例も見られる。

J猶さえて友まつ雪の降そふや雲間の月の光なるらん
（草根集四二六二・月前雪）

K芦の葉の夕霧がくれ鳴雁や山かげ遠き友したふらむ
（雪玉集六八一四・芦辺雁）

次の雪が降るまで残っている雪のことを「友待つ雪」というが、Jは、この「友待つ雪」の上に降り注ぐものを、雪かとみまごう月光だと、表現する。「月の光」と「雪」、「友」という要素によって「子猷尋戴」のイメージを浮かび上がらせ、月光と雪そのものを王子猷と戴安道に喩えているものと考えられる。同想の歌に、

ふりはれて月の光の友まつや夕ぐれうづむ山のしら雪
（草根集九六〇二・十二月四日、右京大夫の家の月次に・暮山雪）

吹かぜに月ぞ夜わたるうの花の友待雪や村雲のかげ

（松下集六三八・二十日、天満宮法楽とて、人の百首を一日によむべきにて、すすめられし中に、卯花）

などがあり、これらも月光や雪、卯花という、白色を基調とした自然美の情景に、「子猷尋戴」のイメージを重ね合わせるものである。(20)

Kは「月光」や「雪」という要素が和歌に無いため、「子猷尋戴」を踏まえるのか迷うところではあるが、これまで本論で見てきた内容からすれば、遠く「山かげ」にいる「友」を「したふ」という点において、やはりこの故事が意識されていると言えよう。本歌は『万葉集』「葦の葉に夕霧立ちて鴨が音の寒き夕し汝をば偲はむ（安之能葉尓由布宜里多知弖可母我鳴乃左牟伎由布敝思奈乎婆思努波牟）」（巻十四・三五七〇・防人歌）で、遠く家族から離れる孤独を詠む。Kの詠歌主体は、夕霧たちこめるなか仲間を呼ぶ雁の声を、お前も遠くあの「山かげ」にいる「友」を恋しく思っているのか、と自らの心情に重ね合わせて聞いている。「遠き」、「したふ」という表現からは、「山かげ」と、詠歌主体との間には、距離的な遠さだけでなく、時間的な遠さもあることが読み取れる。Kは、古歌を基調として、そこに慕わしい、いにしえの「子猷尋戴」の故事を揺曳させることで、和歌全体に奥行きを与えているのである。

このように見てくると、「子猷尋戴」がより深層のところで享受されるようになり、より和歌的な文脈で表現されるようになっていることが窺われる。

三、まとめ

以上、中世和歌における「子猷尋戴」の受容と変容について見てきた。漢故事を、和文の世界に置き換えていくとき、その文芸の性質に合わせて、本説とする故事そのものの性質も変容していかざるを得ない。「子猷尋戴」の故事は、それが主題であったはずの老荘思想的な要素を切り捨て、和文の性質に合わせて、風流人の話として享受されるに至った。限られた字数の中で表現世界を展開しなければならない、和文のエッセンスともいうべき和歌において、その傾向は顕著であり、「子猷尋戴」は、物の情趣を解する「いにしえ」の文人の話として、歌人たちの憧憬を以て受容されていくようになる。和歌での受容が進むに従って、この故事も「和文」化していったと考えられるのである。そのような状況でこの故事を摂取する中世歌人たちの意識は、王朝物語などの古典を摂取する時のそれと大きな違いはなかったのではないか。ある意味、その故事の主題からはかけ離れた、表層的な受容と言えるかもしれない。

中世歌人たちは月光と雪に、いにしえの文人の交友を思い、時にはその景物自体を風流人の友ととらえ、ついには月光と雪そのものを王子猷と戴安道に見立てるまでになった。そうした表現の広がりは、元はこの話が漢故事であることは意識されていたであろうが、「子猷尋戴」が「王朝古典」として受けとめられていったことと大きく関わっていると言えよう。

※和歌の本文と歌番号は、私家集は私家集大成に拠り、それ以外は国歌大観に拠った。なお、私家集の濁点については私に符し、踊り字はすべて直した。『和漢朗詠集』は新潮社の新潮日本古典集成、『万葉集』・『源氏物語』は小学館新編日本古典文学全集、『唐物語』は小林保治編『唐物語全釈』（笠間書院、一九九八年）、『和歌色葉』『散木集注』は日本歌学大系、『連珠合璧集』は国立国会図書館デジタルコレクション（dl.ndl.go.jp/info:ndljp/pid/2544948）、『本朝無題詩』は群書類従文筆部、『世説新語』『文選』は明治書院の新釈漢文大系に拠った。また、『晋書』の本文は、『晋書』（中華書局、一九七四年）に拠り、訓点は私に符した。

注

（1）竹下豊『堀河院御時百首の研究』（風間書房、二〇〇四年）第二章第三節一七七頁。初出は片桐洋一編『王朝文学の本質と変容　韻文編』（和泉書院、二〇〇一年）。

（2）田中幹子「『子猷尋戴』説話の日本文学における受容と変遷」（『和漢比較文学』七、一九九一年）、のちに『和漢・新撰朗詠集の素材研究』（和泉書院、二〇〇八年）第二章三節所収。

（3）小林保治編『唐物語全釈』（笠間書院、一九九八年）六―七頁。

（4）前掲注3書。

（5）小峯和明『院政期文学論』（笠間書院、二〇〇六年）Ⅶ第四節八三七頁。初出は、「唐物語小考」（『中世文学研究』一二、一九八六年）。

（6）前掲注1書、本間洋一『本朝無題詩全注釈一』（新典社、一九九二年）の指摘による。

（7）たとえば句題詩でも、題字を別の語におきかえなくてはならない破題の際、「雪」に対応する内容として「子猷尋戴」が引き合いに出される。佐藤道生「平安後期の題詠と句題詩――その構成方法に関する比較考察」（『和歌文学研究』九一、二〇〇五年）、のちに『句題詩論考　王朝漢詩とは何ぞや』（勉誠出版、二〇一六年）8に所収。

（8）前掲注2書、西山美香「〈聖地〉山陰における「子猷尋戴」故事――自画像としての王子猷」（『文学』一二―一、二〇一一年）。

（9）村中菜摘「定家の歌における『子猷尋戴』（『蒙求』）摂取」（『大学院開設十周年記念論文集』ノートルダム清心女子大学、二〇〇五年）。

（10）花や月に「うかれ出る」、「あくがれ」る心を詠んだ歌人に西行がいるが、久保田淳氏は『新古今歌人の研究』第一篇第三章第一節（東京大学出版会、一九七三年。初出『国語と国文学』三九―一一、一九六二年）で、美への限りない憧憬を表したこの表現が、王朝女房文学の系譜上にあることを指摘している。

（11）前掲注2書では、この詩句や、その色から月と雪とを取り合わせる漢詩文の発想などから、「子猷尋戴」の故事を雪月花に結び付ける発想が生まれたとする。

(12) 池田利夫『日中比較文学の基礎研究翻訳説話とその典拠補訂版』第四章一節（笠間書院、初版一九七四年、補訂版一九八五年）一二一―一二二頁。同様の指摘は、小峯前掲注5書にもある。なお、小峯前掲注5書は、院政期の歌林苑の、「風雅脱俗」を指向する「『すき』の精神」が、『唐物語』に影響を与えているとする。

(13) 前掲注2書。

(14) 目加田誠『新釈漢文大系七八　世説新語』（明治書院、一九七八年）九〇八頁。

(15) 前掲注2書。

(16) 久保田淳前掲注10書第三篇第二章第三節七八一頁。茅原雅之「藤原家隆の和歌――御室五十首詠について」（『日本大学文理学部人文科学研究所　研究紀要』六〇、二〇〇〇年）。

(17) 茅原雅之前掲注16書。

(18) 拙稿「伏見院の和歌題と漢文学」（『国語国文』八六―四、二〇一七年）参照。

(19) 中村健史「伏見院歌出典考――雲鳥、求めぬ友、残せる文」（『研究と資料』七四輯、二〇一五年）。

(20) 田中幹子氏は、前掲注2書において、「白を基調とし、さびしく寒々としたものに美を見いだした中世の歌人たち」の美意識にかなったことから、和歌における「子猷尋戴」の故事摂取が盛んになったとする。

附記　この研究は「中世における漢故事のパラフレーズ」（科学研究費基盤研究(C)、研究課題16K02379）の成果の一部である。

『伊勢物語』第六十九段「狩の使」と唐代伝奇

小山順子

こやま・じゅんこ――京都女子大学文学部教授。専門は和歌文学。主な著書・論文に『藤原良経』（笠間書院、二〇一二年）、『和歌のアルバム――藤原俊成 詠む・編む・変える』（平凡社、二〇一七年）、「藤原俊成自讃歌考」（『国語国文』八六巻四号、二〇一七年）などがある。

『伊勢物語』六十九段の典拠として、唐代伝奇「鶯々伝」が指摘されている。六十九段を考察する際に、「鶯々伝」との比較検討が重ねられているが、「鶯々伝」がそもそも『遊仙窟』から影響を受け、神人婚姻譚の系譜を継いだ物語である。この点を充分に思量した上で、六十九段と比較する必要がある。

はじめに

『伊勢物語』第六十九段（以下、六十九段と略す）は、業平と思しき男が伊勢斎宮と一夜をともにするという禁忌の恋を描いた、古来有名な章段である。『伊勢物語』の題の由来となったという説も有力で、物語を代表する章段の一つである。

章段末尾には、後人注で「斎宮は水の尾の御時、文徳天皇の御女、惟喬の親王の妹」と記され、業平と恋をした斎宮とは恬子内親王であるとまことしやかに伝えられてきた。二人の間に生まれた秘密の子どもが高階家の養子となり、高階家は業平と斎宮の子孫であると、後人は噂したのである。六十九段が記す斎宮との密通が史実なのか、虚構なのかについては、古来、説が交錯してきた。現代において、史実説を主張するのは角田文衞(1)が代表であるが、仏教に帰依した清和天皇の時代に鷹狩は行われていないこと、斎宮の和歌に見いだせる対句表現や倒置法が業平歌の表現の大きな特徴であり業平の歌であると考えられること(2)などの理由が挙げられ、虚構であるという認識が主流になっている。

斎宮章段が虚構であると考える根拠の一つが、唐代伝奇小説「鶯々伝《おうおうでん》」を典拠としていることである。「鶯々伝」が六十九段の原拠であるという指摘は、早く田邊爵[3]によってなされ、その後、目加田さくを[4]も類似共通する叙述を取り上げて指摘・検討している。その後、六十九段について考察する際には、必ずといってよいほど「鶯々伝」について触れられるが、特に上野理・渡辺秀夫・田中徳定・芳賀繁子・仁平道明・丁莉・神田龍之介の諸氏によって、「鶯々伝」が六十九段の典拠であるという視点からの考察が重ねられてきた[5]。

本稿では、「鶯々伝」の唐代伝奇における特質や位置づけを考えた上で、六十九段の「鶯々伝」摂取の方法や、物語としての性質について考察することを目的とする。

一、「鶯々伝」との比較

「鶯々伝」は中唐の詩人・元稹による伝奇小説で、「会真記」とも呼ばれる。この作品に関する宋・元代の記述を検討し、本来の名称は「伝奇」であったという指摘[6]もあるが、小稿では混乱を避けるために、最もよく用いられている「鶯々伝」で呼称を統一する。「鶯々伝」の梗概を簡単に述べる。

張生という青年が、崔氏の未亡人を助け、その娘・鶯々と出会う。鶯々に求愛し一度は拒絶されるも、結ばれて逢瀬を持つようになる。しかし張生は科挙の受験のために長安へ行き、次第に鶯々への気持ちは冷め、手紙で恋情を訴える鶯々を捨てる。その後、二人は別の相手と結婚する。

「鶯々伝」と六十九段との類似・共通点を、上野氏・渡辺氏の指摘によって挙げる。

①母親が娘に、男を重要な客人として引き会わせること。

②侍女―小童を伴って、鶯々―斎宮が男のもとを訪れること。

③朧月の出た夜であること。

④夜通し無言で過ごしたこと。

⑤翌朝、昨夜の出来事を夢かと疑うこと。

特に重視されているのは②③である。朧月夜に、女性が侍女を先立てて男を訪れる、という設定が最大の共通点として注目されてきた。

加えて、田中氏は「鶯々伝」と六十九段の相違点を詳細に指摘している。

（イ）崔氏の娘――神に仕える神聖な斎宮。

身分と立場の違い。但し、女性が遠縁であるのは共通する。

（ロ）普救寺――常人の立ち入ることのできない伊勢斎宮寮。

（ハ）張生はたまたま相宿していた崔氏を救ったことから

出会う――男は狩の使として伊勢に下向していたことから出会う。

（ニ）張生は侍女・紅娘を買収して会おうとするが拒否される――男は「われてあはむ」と伝えたのみで直接的な行動に出ていない。また「女もはた、いとあはじとも思」っていない。

（ホ）六十九段のみ、翌朝に女性から歌を贈っている。

（ヘ）張生と鶯々は一ヶ月近く逢瀬が続く――男と斎宮は一夜限りで別れる。

（ト）出発に際し、張生が鶯々に真心を言い聞かせる――斎宮から男に上句が贈られ、男が下句を付ける。

田中氏以降、芳賀繁子・丁莉・神田龍之介の諸氏が、「鶯々伝」を六十九段の典拠と捉えながら、二者の間にある相違点に着目し、相違点を六十九段の独自性と見て、六十九段の構想・主題・人物像などについて論じている。

二、『遊仙窟』との比較

しかし、「鶯々伝」が六十九段の典拠であるという前提のもと、「鶯々伝」のみと比較して、その差異を六十九段の独創性と単純に見なしてよいのだろうか。「鶯々伝」との比較という限定的な視点からのみ六十九段を見るだけでは、その相違点の持つ意味を見誤る危惧があると思われるのである。

注目されるのは、佐藤敬子氏が『遊仙窟《ゆうせんくつ》』と六十九段の共通点を指摘し、「鶯々伝」ではなく典拠は『遊仙窟』の方が適当であるという論を出していること[7]である。佐藤氏が挙げる『遊仙窟』との共通点は、以下の十点である。

（A）女性が本来は人と関わりのもてない存在であること。

（B）常人の足の踏みこめない場所であること。

（C）男性が「使い」としてそれぞれ赴いていること。

（D）第三者的存在がいること。

（E）月の出ている晩であったこと。

（F）女性の方から逢いにくること。

（G）夢かどうか疑う心境になること。

（H）契りをかわした翌朝、詩または歌の贈答をかわすこと。そしてその時、女性の方から先に詩を作り、また歌を詠じてやること。

（I）次に逢おうとしても、難しいことがわかっていること。

（J）血の涙を流すこと。

佐藤氏は続考[8]において、細部の類似についてだけではなく、話形や主題に即した考察も行っている。すなわち、『遊仙窟』との類似性は、「一夜契り」の話型の枠組みを生かそうとしたものであり、子供の有無が問題となる「一夜孕み」ではないこと、また罪の意識を伴わない「禁忌の恋」であること、女性が主体であるという三点を、『遊仙窟』の形式を引用したものであると指摘している。

佐藤氏は、『日本見在書目録』にその書名の見えない「鶯々伝」より、確実に日本で読まれており著名であった『遊仙窟』の方が、典拠としての蓋然性が高いことを、『遊仙窟』を典拠として考える根拠としている。『遊仙窟』が奈良時代から日本で広く読まれたものであり、『伊勢物語』の他の章段においても利用されている以上、佐藤氏の挙げる『遊仙窟』との共通点は、特に「鶯々伝」と六十九段との差異を考える上で顧みる必要がある。(A)(B)(C)(H)はそれぞれ、田中氏が指摘する(イ)(ロ)(ハ)(ホ)に該当し、また(I)は二人の恋が一夜限りのものであったことを含めて考えると(ヘ)にあたる。

但し、佐藤氏が指摘する類似点のうち、(D)(E)(F)(G)は「鶯々伝」にも該当する叙述があることには注意が必要である(それぞれ、「鶯々伝」との共通点②③②⑤に該当)。なお(G)は、『遊仙窟』では交情の前、張郎が十娘を夢に見ての感慨であり、逢瀬の翌朝の感慨である「鶯々伝」の方が六十九段に近い。

確かに「鶯々伝」と六十九段との類似は単なる偶合と見なしえないほどに多く、また細部に至るまで酷似している。「鶯々伝」が『日本見在書目録』に見られないからといって、可能性を否定することは難しい。「長恨歌伝」「任子怨歌行」などが確実に日本に伝来していた唐代伝奇であるが、同時代の東アジア諸国における知的交流の中で流行・流布していたことを考えると、記録に残らなくとも日本においても読まれていた可能性は高いのである。(9) 但し、「鶯々伝」を典拠として考えるとしても、それは「鶯々伝」だけに発想や記述を依っていることを意味しない。どちらがより『伊勢物語』の典拠としてふさわしいか、中心をなしているかという議論は、あまり意味が無いように思われる。それよりも、両者に共通する叙述や要素が見いだせる意味を考えなくてはならない。

「鶯々伝」『遊仙窟』両者に類似する叙述や要素が見いだせるのは、そもそも「鶯々伝」が『遊仙窟』の影響下にある作品である側面があるからと考えられるのである。「鶯々伝」中に挿入される「会真詩」や、主人公の張生と崔鶯々という名称も、『遊仙窟』の張生・崔十娘を継承したものであると指摘されている。(10) 従来、『伊勢物語』には初段に『遊仙窟』の摂取を指摘されてきた。日本における『遊仙窟』享受の広がりや、『伊勢物語』の他の箇所に踏まえられていることを考えると、作者（初段も六十九段も原伊勢物語に含まれていたと推測されている）が「鶯々伝」を享受し利用しようとする際に、「鶯々伝」が『遊仙窟』の影響下にあることは充分に窺知しえたと判断されるのである。

先行研究では、「鶯々伝」が六十九段の典拠であるという前提のもとに、相違点を分析し、「鶯々伝」を土台にしてどのように物語を創造しているか、という視点から考察している。無論、物語の構成や表現の方法を考える上で、如上の手法は有用である。但し、『伊勢物語』が『遊仙窟』の享受のもとにある作品であることを考え合わせると、「鶯々伝」と『遊仙窟』の関係および唐代伝奇における両者の特質を見定めたうえで、六十九段の典拠としての考察を進める必要があると思われるのである。

三、唐代伝奇の系譜から

そもそも唐代伝奇とは、六朝時代の志怪小説から発展した分野であった。初唐の『遊仙窟』は唐代伝奇の初期の作品である。

『遊仙窟』は初唐の張鷟（六五八～七三〇）の著作で、主人公・張生が洞天で神女・十娘と過ごす一夜の歓楽と別れを描いたものである。放蕩の文人であった張鷟の遊女との交情を、神仙世界における神女との交歓という形で描いたものと考えられている。神仙世界に舞台を借りるのは、志怪小説から引き継いだ枠組みである。六朝時代、神仙世界の女性と人間の男性との恋愛譚は盛んに語られていた。夢幻世界での神仙との恋愛伝説が、唐代になって、人間世界における男女の恋愛譚へと展開していったのである。それを発展させた、現実世界における人間の男女の恋愛譚を語る唐代伝奇の中でも、「鶯々伝」は初期のものとして位置付けられている。

「鶯々伝」は、元稹の個人的実体験を背景とする恋愛譚であると古くから推測されている。当時の文人たちは、立身出世のために名門令嬢と結婚し、それまで恋愛関係にあった女性を捨てることがしばしばあったという。[11] 元稹自身、韋夏卿の娘・韋叢と結婚し、官界の中枢に入ったものの、後に左遷され政治的な挫折を味わう。元稹には『元稹集』には入っていないが「夢遊春七十韻」（『才調集』所収）という五言古詩があり、「鶯々伝」との関係が論じられている。[12] こちらは、夢で訪れた洞天における女性との交渉と別れ、未練が描かれる。官僚として生きる自身の生き方への迷いから、神仙世界の二度と逢えない女性を懐かしむという内容である。この「夢遊春」は、六朝時代の神仙との恋愛という枠組みを利用し、過去の恋愛を懐かしみ揺れる思いを吐露した作であると考えられているが、「鶯々伝」は、神仙世界という舞台を借りず、人間世界における現実的な恋愛譚となっている。『遊仙窟』が神仙世界における恋物語という旧来の枠組みを借りながら表現した恋愛譚を、現実世界で展開させたのが、「鶯々伝」の新しさであった。

しかし「鶯々伝」の中にも、志怪小説から『遊仙窟』へ続く、神仙世界を舞台とする系譜が継承されている。それは、「会真詩」の中に見出すことのできる、夢幻的な恋の在り方である。「会真詩」および「鶯々伝」の別称「会真記」の「真」とは、道教的神仙世界の仙女を意味する。「会真詩」は、張生が鶯々に贈ったという記述があるだけで、本文は記されていない（張生の「会真詩」に倣って、元稹が「会真詩三十韻」を作って唱和したとして、詩が収められている）が、詩の中では鶯々のことを神仙世界の女性として描き出しており、二人の恋を神人婚姻譚になぞらえていることが示されているのである。

「鶯々伝」の唐代伝奇における新しさや、それでもなお残る旧来の神人婚姻譚の影響を思量すると、六十九段が『遊仙窟』と「鶯々伝」の中間的な恋愛譚であることが見えてくる。つまり、舞台は伊勢斎宮という神聖な神域であり、恋の相手は神に仕える斎宮である。この設定は、神仙世界に近い非日常の空間・神聖な女性の造型として機能しており、志怪小説や『遊仙窟』の神仙世界における恋愛譚の持つ非日常性・夢幻性を備えさせる。しかし、伊勢斎宮が神域であるといっても、それはあくまでも人間世界・現実に存在する場所であり、空間である。斎宮もまた、神聖な女性ではあるが人間である。現実世界に立脚した物語であり、非現実を語るわけでは決してないのである。

四、六十九段の構想

従来、「鶯々伝」と六十九段との差異として、または六十九段の独自性として指摘されてきた点も、六十九段が描く男と斎宮との恋が『遊仙窟』と「鶯々伝」との中間的な位置にあると考えると、その特質が明確になると思われるのである。〝擬・神人婚姻譚〟としての話型や伝統を視野に入れた上で、六十九段の独自性について検討していきたい。

まず、女性の身分・立場の違いである。「鶯々伝」で張生と結ばれる女性・鶯々は、深窓の令嬢ではあるが、出自も環境も一般的な女性であり、斎宮のように神に仕える神聖な女性、恋の相手として禁忌に触れる存在であるわけではない、という点である。また、張生と鶯々はその後も同棲し、一夜の恋に終わったわけではない。このような相違点は、六十九段が六朝時代の神人婚姻譚以来の伝統に則っていると考えると分かりやすい。[13] つまり、『遊仙窟』に見いだせるような典型的・旧来型の神人婚姻譚と「鶯々伝」の現実性を両立させる設定が、伊勢斎宮であったということである。

　また、斎宮から男のもとを訪れるという設定についても、通常の婚姻・恋愛とは異なるために注目され、様々な解釈が加えられている。[14] なお六十九段と同様に、「鶯々伝」においても、二人の初めての交情の際に鶯々が張生を訪ねており、儒教的男女観では衝撃的であると注目されている。陳寅恪はこれを鶯々が妓女であったためと考えているが、[15] 内山知也・黒田真美子の両氏は鶯々の情熱や衝動を読み取っている。[16]

　こうした女性の側から男性を訪れ一夜を共にするという設定は、神人婚姻譚を背景に置いて考えるべきであろう。神仙世界に入り込むのは男であるが、神女との交情は神女の訪れによってもたらされる。神女が一夜の契りを人間の男に与えるのであり、人間の男はそれを甘受する立場である。こうした神人婚姻譚の在り方は、宋玉「高唐賦」や『遊仙窟』でも同様である。鶯々は離別の後に自らの行為を「自献」と恥じているが、六十九段では恋の切なさは描かれても、禁忌を犯した罪悪感は表れていない。これも、相手を神女として捉えるならば、相互に罪の意識を感じる必要は無いからであると考えられる。斎宮が男を訪れるという設定も、単純に女性の情熱や積極性に由来するのではなく、神人婚姻譚の伝統に裏付けられた設定として捉えられるのである。「鶯々伝」・六十九段ともに、女性に神性を付与した設定であると考えれば、ひとまずはこの点について説明しうる。

　話型としての神人婚姻譚を取り入れたというだけではなく、『遊仙窟』との関わりについて検討すると、注目されるのは、共通点（C）、「鶯々伝」との相違点（ハ）である。張郎は公務により彼の地を訪れ（冒頭に「僕従二汧隴一、奉レ使二河原一」、張郎が自己紹介する言葉に「暫因二駈使一、来二至於此門一」とある）、これが出会いのきっかけとなる。「鶯々伝」では「張生遊二於蒲一。……曰二普救寺一、張生寓レ焉。」とあり、公務ではない。さらに張郎は公務のために出立しなくてはならず、十娘と別れざるをえない（別れの際の張郎の言葉に「所レ恨別易会難、去留乖隔、王事有レ限、不二敢稽停一」とある）。

　一方の「鶯々伝」ではその後、張生と鶯々はおよそ半年から一年の間、恋人としての日々を過ごすが、張生は科挙の試験に呼び出しを受け、長安で受験するが失敗。鶯々から気持ちが離れた張生は、綿々と恋情を手紙で訴える鶯々を捨てる。一年後、張生も鶯々も別の人と結婚した。その後、張生が鶯々の家の近くを通った際に、会いたいと申し入れたが、鶯々は再会を拒絶した。物語の枠組みから見ると、私的な旅の途上で出会い、交際し、心変わりによって別れる「鶯々伝」は、六十九段とは大きく異なるのである。

公務によって出会い、また別れざるをえないという状況設定は、六十九段の枠組みとして重要なものである。さらに、相手が神聖な女性であり、一夜の恋で別れてゆくという要素を勘案すれば、「鶯々伝」ではなく『遊仙窟』が六十九段の枠組みとなっていると想定されるのである。

つまり、「鶯々伝」を踏まえるところから物語が構想されたと見るよりも、『遊仙窟』を物語の枠組みとして利用しながら、恋の進行を具体性や現実性をもって描き出すために、細部の描写や設定を「鶯々伝」に依って表現した物語が、六十九段であったと考えるのが適当ではないか。「鶯々伝」のみとの比較では、六十九段の持つ特質は浮かんでこない。『遊仙窟』を枠組みとしながら、「鶯々伝」の描写を取り入れたという位置づけから、六十九段の持つ独自性について考察することが必要であると考えられるのである。

結びに

では六十九段における「鶯々伝」の意義とは、単に神女との婚姻譚の系譜を受け継ぎながら、人間の女性との恋愛譚を描いた物語として、細部の描写に利用されているのみにとどまるのであろうか。

六十九段は、前半は物語の展開も細部も「鶯々伝」に倣っているが、後半は「鶯々伝」から離れる。この点については、すでに先行研究でもたびたび指摘されている。しかしこの後半についても、『伊勢物語』二十四段の典拠であるという指摘が、早くに渡辺三男氏によってなされているのである。[17]

〝擬・神人婚姻譚〟とは相容れない、立身出世のための離別とそれによる心変わりというモチーフは、六十九段には取り入れられなかったが、独立して二十四段に取り入れられたと考えるならば、『伊勢物語』が「鶯々伝」に寄せた関心が、神人婚姻譚の系譜という側面や、細部の描写の巧みさのみではなかったことを示しているのである。

山本登朗氏は、[18]六十九段および『伊勢物語』が、唐代伝奇小説の日本版を作ろうとして創作された物語であったこと、そしてそれを生み出したのは業平自身であったことを論じている。『遊仙窟』にせよ「鶯々伝」にせよ、作者自身を思わせる主人公が登場し、体験談や実話のような形を取ることでリアリティを確保しながら、虚実の混交した物語を作っている。この方法が、『伊勢物語』の基本になっているという指摘である。『遊仙窟』から「鶯々伝」へ。神仙世界における神人婚姻譚から、現実の女性との恋愛譚へ。「鶯々伝」をはじめとする新しい唐代伝奇が、『伊勢物語』に与えた影響は、『伊勢物語』そのものの特質にも関わっている。唐代伝奇における「鶯々伝」の新しさがどのように『伊勢物語』に活かされているかは、今後さらなる検討が必要である。

注

(1) 角田文衞『紫式部とその時代』(角川書店、一九六六年)第三部「恬子内親王」。

(2) 片桐洋一『伊勢物語の新研究』第三編第二章「伊勢物語の始発――第六九段をめぐって」(明治書院、一九八七年。初出、一九七五年)、同『古今和歌集全評釈』(講談社、一九九八年)六四五番歌【鑑賞と評論】、同『伊勢物語全読解』(和泉書院、二〇一三年)。

(3) 田邊爵「伊勢竹取に於ける傳奇小説の影響」(『國學院雑誌』四〇―一二、一九三四年)。

(4) 目加田さくを『物語作家圏の研究――その位相及び教養よりみたる物語の形成〔補訂版〕』(初版・武蔵野書院、一九六四年。補訂版・パルトス社、一九八六年)第八章第一節第三項「詩及び唐代伝奇」。

(5) 上野理「伊勢物語「狩の使」考」(『国文学研究』四一、一九六九年)、渡辺秀夫「伊勢物語と漢詩文」(『一冊の講座　伊勢物語』有精堂出版、一九八三年)、田中徳定「伊勢物語第六十九段をめぐって」(『駒澤国文』二二、一九八五年)、芳賀繁子「『伊勢物語』第六十九段考――「鶯々伝」との比較にふれて」(『中古文学論攷』九、一九八八年)、仁平道明「『伊勢物語』と中国文学」(『和漢比較文学論考』武蔵野書院、二〇〇〇年)、丁莉『伊勢物語とその周縁――ジェンダーの視点から』(風間書房、二〇〇六年)第十四章「「狩の使」の達成――『鶯鶯伝』を土台にして」、神田龍之介「『伊勢物語』第六十九段試論――唐代伝奇「鶯々伝」との比較を中心に」(『国語と国文学』三三―三、二〇〇六年)。

(6) 黄冬柏『『西廂記』変遷史の研究』(白帝社、二〇一〇年)第一章二「西廂故事の由来――『伝奇』(『鶯々伝』)」。

(7) 佐藤敬子「『伊勢物語』第六十九段における『遊仙窟』享受試論」(『三松』六、一九九二年)。

(8) 佐藤敬子「勢語六九段の再創造――遊仙窟の引用の意味」(『三松』八、一九九四年)。

(9) 李宇玲「唐代伝奇と平安文学」(『源氏物語と唐代伝奇『遊仙窟』『鶯鶯伝』ほか』青簡社、二〇一二年)。

(10) 陳寅恪「読鶯鶯伝」(『元白詩箋証稿(陳寅恪文集之六)』上海古籍出版社)。

(11) 小南一郎『唐代伝奇小説論――悲しみと憧れと』(岩波書店、二〇一四年)第二章「鶯鶯伝――元白文学集団の小説創作」。

(12) 前掲注10陳論文、前掲注11小南著書。

(13) 泉紀子「斎宮章段の成立と虚実」(『伊勢物語　虚構の成立(伊勢物語　成立と享受①)』竹林舎、二〇〇八年)は、「鶯々伝」を六十九段の典拠であるとして比較検討する先行研究ならびに佐藤敬子氏の論に対して、『文選』所収「高唐賦」「神女賦」や『玉台新詠』の六朝詩の表現と六十九段の記述・和歌との類似性を挙げて、特に「鶯々伝」『遊仙窟』のみに典拠を限定する必要がないと論じている。

(14) 関口裕子『日本古代婚姻史の研究　上』(塙書房、一九九九

三年）〔I〕第二編第三章第二節「男女双方による自己の結婚＝性関係の決定権の保持——附・求婚権、離婚権の保持」は女性からの求婚を示す史料の一例として挙げている。榎村寛之『斎王の恋』と平安前期の王権——『伊勢物語　狩の使』章段の意味するもの」（『古代文化』五六、二〇〇四年）は、正統な王としての性質を付与された業平から、斎宮が発遣儀礼を受ける物語であるという読みを示し、鈴木日出男『伊勢物語評解』（筑摩書房、二〇一三年）六十九段【評釈】は「神の来臨を歓待する人間の所作に擬える表現」と考えている。

（15）前掲注10陳論文。

（16）内山知也「鶯々傳の構造と主題について」（『日本中国学会報』四二、一九九〇年）、中国古典小説選5『枕中記・李娃伝・鶯鶯伝〈唐代II〉』（明治書院、二〇〇六年）鶯鶯伝解説（黒田真美子）。

（17）渡辺三男「伊勢物語の二十四段は会真記の翻案か」（『駒澤国文』一、一九五九年）。

（18）山本登朗「在原業平と伊勢物語の始発」（『伊勢物語　虚構の成立（伊勢物語　成立と享受①）』竹林舎、二〇〇八年）。

附記　本文引用は、『伊勢物語』は新編日本古典文学全集（小学館）に、「鶯々伝」『遊仙窟』は岩波文庫による。

なお本稿は、科研費（16K02379）及び国文学研究資料館基幹研究「鉄心斎文庫伊勢物語資料の基礎的研究」（研究期間・二〇一六～二〇一八年、研究代表者・小林健二）による成果の一部である。

『源氏物語』胡蝶巻における風に吹かれる竹

瓦井裕子

かわらい・ゆうこ――就実大学講師。専門は日本文学（中古）。主な論文に「歌合における『源氏物語』摂取歌――源頼実と師房歌合をめぐって」（『中古文学』九六号、二〇一五年）、「九月十三夜詠の誕生――端緒としての『源氏物語』摂取」（『国語国文』八五巻七号、二〇一六年）、「禖子内親王家歌合と『源氏物語』摂取――源師房の関与をめぐって」（『日本文学』六五巻九号、二〇一六年）などがある。

『源氏物語』胡蝶巻の風に吹かれる竹の情景には、閑居を主題とする白居易の詩が引用され、それに基づいた理解がなされてきた。しかし、風に吹かれる竹は『源氏物語』において恋愛の文脈で描写されている。この乖離に注目し、表現史を辿ることにより、『源氏物語』と同時代、作者周辺でなされた表現との関わりの中から、白詩引用について考察する。

はじめに

白居易は竹を好み、その詩に繰り返し詠った。「養㆑竹記」（『白氏文集』巻二六）には、竹の根元の固さが徳に、竹の直な姿が中庸に、竹の空洞が虚心に、竹の節が貞節な志に通じることが述べられる。赤井益久氏は、白居易にとって竹は理想的生活、閑居の象徴であり、竹に風が吹きわたるさまを眺める「北窓」を「竹が涼風や香気を窓に運び、安逸をもたらす小空間」と把握していたことを指摘する。(1)

白居易が繰り返し詠う風に吹かれる竹のうち、わが国でもっとも愛好された詩の一つが、「贈㆓駕部呉郎中七兄㆒」（『白氏文集』巻一九）である。清新な初夏、ひとり悠々自適な生活を楽しむこの詩は、やはり閑居を主題とする。特に「風生㆑竹夜窓間臥　月照㆑松時台上行」の一節は『千載佳句』『和漢朗詠集』などに採られ、人口に膾炙した。

『源氏物語』においても、この詩を引きながら源氏の玉鬘への懸想が語られる。そこでは風に吹かれる竹の情景が鮮やかに描出され、初夏の爽やかな情景が白詩と重ね合わせられながら読まれてきた。『源氏物語』にはもう一例、夕霧と雲居雁の恋の場面に、風に吹かれる竹が見える。ここには白詩との直接的な影響関係は見られないが、古注以来やはり白詩引用が指摘されている。このように『源氏物語』においては、風に吹かれる竹がまず白詩の影響下において解釈されてきた。

　しかし、風に吹かれる竹自体は白詩の独創ではなく、漢詩にひろく見出すことができる。また、漢詩のみならず和歌を中心とした和文にも散見され、しかも、『源氏物語』成立前後には和文での用例が急速に増加していることも確認される。このような状況は、『源氏物語』の風に吹かれる竹に関して、従来のように白詩のみを重ねる通行の解釈に大きな疑問を投げかける。

　本稿では、風に吹かれる竹に焦点をあて、その表現史を辿ることにより、まず『源氏物語』と同時代にこの情景がどう扱われたのかを明らかにする。その上で白詩や和歌が影響しあい、複層的な文脈から新たな解釈が生まれてくることを指摘したい。

一、玉鬘物語における白詩引用

まず『源氏物語』の中でも、玉鬘をめぐる物語における風に吹かれる竹、および白詩引用について確認する。『源氏物語』の玉鬘十帖と呼ばれる一連の巻々は、位人臣を極めた源氏が四季の町を配して造営した大邸宅・六条院の最初の一年を四季折々の情景とともに描き出し、月次絵のような様相を呈する。その中でもっとも重要な女君として登場してくるのが玉鬘である。玉鬘は源氏のかつての恋人・夕顔が頭中将との間にもうけた娘で、表向きは源氏の娘として引き取られた。源氏は貴公子たちが彼女に執心するさまを楽しむが、自身もまたひそかに慕情を募らせていく。

　玉鬘十帖の三帖目にあたる胡蝶巻後半では、源氏がついに玉鬘へ思いを打ち明け、彼女に迫る物語が展開する。その懸想の中で繰り返し描かれるのが、風に吹かれる竹の情景であった。

　胡蝶巻の四月、玉鬘の部屋を訪れて語るも、思いを口にすることはためらわれる源氏の目に、庭の呉竹が留まる。

　気色ある言葉は時々まぜたまへど、見知らぬさまなれば、すずろにうち嘆かれて渡りたまふ。御前近き呉竹の、いと若やかに生ひたちて、うちなびくさまのなつかしきに、立ちとまりたまうて、

　「ませのうちに根深くうゑし竹の子のおのが世々にや生ひわかるべき

思へば恨めしかべいことぞかし」と、御簾をひき上げて聞こえたまへば、ゐざり出でて、

「今さらにいかならむ世か若竹の生ひはじめけむ根をばたづねん

なかなかにこそはべらめ」と聞こえたまふを、いとあはれと思しけり。(2)

（胡蝶・③・一八二〜一八三）

呉竹は夕顔ゆかりの景物であった。(3) 若々しい呉竹が風になびいているさまに源氏は興を引かれ、玉鬘に歌を詠みかける。玉鬘のいる六条院夏の町には、造営当初から「前近き前栽、呉竹、下風涼しかるべく」と、竹が風に吹かれる涼しげなさまを期して呉竹が植えられており、六条院が初めての夏を迎える胡蝶巻で、さっそく竹に風の吹きわたるさまが描かれる。

まもなく、源氏は玉鬘に慕情を訴えた。その一連の場面でもまた、竹が風に吹かれる情景が描かれる。白詩引用は、まずここで行われる。雨上がりの静かな夕暮れ、源氏は木々の青々と爽やかなさまを見て白詩の一節を口ずさみ、玉鬘のもとへ向かう。

雨のうち降りたるなごりの、いとものしめやかなる夕つ方、御前の若楓、柏木などの青やかに茂りあひたるが、何となく心地よげなる空を見出だしたまひて、「和して且清し」とうち誦じたまうて、まづこの姫君の御さまのにほひやかげさを思し出でられて、例の忍びやかに渡りたまへり。

（胡蝶・③・一八五）

源氏の誦す「和して且清し」は、従来指摘されてきた通り、『白氏文集』巻一九「贈二駕部呉郎中七兄一」を踏まえる。

四月天気和且清　四月天気　和にして且つ清し、
緑槐陰合沙隄平　緑槐　陰合して　沙隄　平かなり。
独騎二善馬一銜鐙穏　独り善馬に騎りて　銜鐙穏かに、
初著二単衣一支体軽　初めて単衣を著て　支体軽し。
退レ朝下レ直少二徒侶一　朝を退き　直より下りて　徒侶少く、
帰レ舎閉レ門無二送迎一　舎に帰り　門を閉ぢて　送迎無し。
風生レ竹夜窓間臥　風の竹に生ずる夜　窓間に臥し、
月照レ松時台上行　月の松を照す時　台上を行く。
春酒冷嘗三数盞　春酒　冷かに嘗む　三数盞、
暁琴閑弄十余声　暁琴　閑に弄す　十余声。
幽懐静境何人別　幽懐　静境　何人か別つ、
唯有二南宮老駕兄一　唯だ南宮の老駕兄有るのみ。(4)

この詩は閑居の楽しみを詠う。新緑の爽やかな四月、宿直から帰った後、静かな自邸で風に吹かれて竹が鳴る音を聞き、月光が松にさすのを見てそぞろ歩き、酒を嗜み、琴を弾く。その境地は「幽懐静境」とされ、白居易と老駕兄にのみ分かり合えるものだと述べる。

源氏は「御前の若楓、柏木などの青やかに茂りあひたる、何となく心地よげなる空」に白詩の「緑槐陰合沙隄平」を重ね、「和して且清し」とこの詩を誦す。胡蝶巻も白詩と同じ初夏四月、時季もふさわしく、六条院の爽やかな新緑も白詩に通う。源氏は新緑の若々しさにも玉鬘の匂いやかな美しさを思い、彼女の部屋を訪れて、ついに抑えがたい慕情を吐露する。想像だにしなかった事態にとまどう玉鬘に切々と語るうち、月が上っていた。そのとき、風に吹かれる竹が再び同じ白詩を引用しながら描かれる。

雨はやみて、風の竹に生るほど、はなやかにさし出でたる月影をかしき夜のさまもしめやかなるに、人々は、こまやかなる御物語にかしこまりおきて、け近くもさぶらはず。（胡蝶・③・一八七）

ここでは「風生竹夜窓間臥　月照松時台上行」の句を引いて、「風の竹に生るほど、はなやかにさし出でたる月影をかしき夜のさま」が語られる。この一連の明らかな白詩引用には異論を挟む余地がない。理想的仙境として造営された六条院の初夏の情景は瑞々しく、この白詩を引くことによって一層その清雅は鮮やかである。

しかし、これら風に吹かれる竹が、閑居を主題とする白詩を引用しながらも、源氏が親子ほども年の離れた玉鬘に魅惑され、ついに玉鬘に迫る場面のもっとも重要な情景として描かれていることには注意が必要である。藤本勝義氏が「この両者の特殊な愛情関係を導く重要な契機をなしている基点に、「呉竹」は確固として位置付けられている」(5)と指摘するように、呉竹は夕顔ゆかりの景物、玉鬘への源氏の慕情を語る鍵なのであった。その竹が風に吹かれるさまは、玉鬘への懸想を象徴するものとして据えられ、繰り返し描かれていく。

『源氏物語』全編を通して、景物としての竹は(6)八つの場面で描かれ、そのうち、風に吹かれるさまや音に焦点をあてたものは四例と半数にのぼる。玉鬘への懸想に関わるのは、胡蝶巻の二例、その前提となる六条院造営時の庭の描写一例、計三例である。これに、少女巻の夕霧と雲居雁の恋一例が加わる。つまり、風に吹かれる竹は、玉鬘物語だけでなく『源氏物語』を通して恋愛の文脈で用いられている。天野紀代子氏は(7)、玉鬘への懸想で取り上げられる呉竹が、藤原兼輔・清正らから紫式部の家系で継承されてきた興味の対象であったこと、それと風を取り合わせることが紫式部独自の手腕であり文人趣味であったことを指摘して、風に吹かれる竹について漢詩からの直接的な影響を見る。確かに風に吹かれる竹は漢詩由来の好尚だが、恋愛の文脈で用いようとする『源氏物語』の姿勢は、文人趣味から大きく隔たっている。はっきりと白詩を引用する場面でさえ、白詩の主題である閑居と、『源氏物語』における恋愛の文脈との間に、大きな乖離が生じていることは明らかである。

『源氏物語』において、漢詩を引用しつつも、その場面との間に主題的な関わりがない例は、藤原克己氏(8)・陣野英則氏(9)によって既に報告されている。それは諷喩詩に関してではあるが、白詩の明確な主題が『源氏物語』に引用されるとき大きく変換され、また白詩を用いた戯画化さえなされているという指摘は示唆に富む。玉鬘物語における白詩引用がその事例にあたるか否かは検討を要するが、ここでも白詩が閑居の強調のみを目的として持ち出されたのではないことは明らかである。白詩で清雅な閑居を象徴していた風に吹かれる竹は、表面的には爽やかな初夏の雰囲気を伝えるものの、その内実は玉鬘に執する源氏を象る。風に吹かれる竹の情景は、白詩引用によって清雅な閑居の側面が強調されてはいるが、その根底にあるのはあくまで恋愛の文脈であった。この風に吹かれる竹に恋愛の文脈を読みとる発想は、はたして『源氏物語』の独創であったのか。以下では、風に吹かれる竹の表現史を概観しながら、『源氏物語』に至る過程を確認していきたい。

二、漢詩の中の風に吹かれる竹

白居易は竹に風が吹きわたるさまを好んだが、それ自体は白詩に特徴的なものではない。谷口高志氏(10)は、既に中唐期以前には「風竹」「竹風」の語が詩語として定着しており、白居易ら中唐期詩人たちがそこから新奇な音楽的表現を見出そうとしたことを指摘する。風に吹かれる竹は漢詩において伝統的な景であり、「風生竹夜窓間臥」もそれを踏襲するものであった。

白居易も「贈駕部呉郎中七兄」において詠ったように、漢詩におけるこの情景の一つのありようが、閑居の象徴であった。

含風自颯颯。負雪亦猗猗。(11)

（『芸文類聚』巻八九・南朝斉・虞羲・見江辺竹詩）

梁園開勝景。軒駕動宸衷。早荷承湛露。修竹引薫風。(12)

（『全唐詩』巻一〇四・韋安石・梁王宅侍宴応制同用風字）

跂予北堂夜。搖筆酬明哲。緑竹動清風。層軒静華月。

（『全唐詩』巻一三八・儲光羲・酬李処士山中見贈）

寒更伝暁箭。清鏡覧衰顔。隔牖風驚竹。開門雪満山。

（『全唐詩』巻一二六・王維・冬晩対雪憶胡居士家）

風に吹かれる竹は、穏やかな閑居の象徴に留まらない。情感を強く揺さぶる景としてもまた早くから機能してきた。晋の張協は歳月の過ぎる早さを思い、「浮陽映二翠林一　廻飈扇二緑竹一」(13)（『文選』巻二九・雑詩十首）と、はやくも巡りきた秋の情景を詠う。李頎は、「秋声万戸竹。寒色五陵松。」（『全唐詩』巻一三四・望秦川）と異郷にある悲哀を吐露する。また、哀悼の情を託す景として描かれることもしばしばあり、「西園有明月。修竹韻悲風。」（『全唐詩』巻九十九・盧僎・譲帝挽歌詞二首）や、「商人酒滴廟前草。蕭颯風生斑竹林。」（『全唐詩』巻二十三・陳羽・湘妃怨）などと詠われた。竹の葉のそよぐさま、ざわめく音が、聞くものにとって特別な感興を催させ、それが一方では閑居の象徴となり、また一方では、自身の悲哀や故人への哀悼の表現ともなったようである。

和製漢詩においても風に吹かれる竹は早くから詠われ、既に『懐風藻』に見える。

桑門寡言晤。策杖事迎逢。以此芳春節。忽値竹林風。(14)

（『懐風藻』・釈智蔵・翫花鶯）

春の情景ではあるが、「竹林風」に竹林七賢が暗示され、俗世を離れた理想的なものとして把握されている。島田忠臣は風に吹かれる竹を好んだらしく、多くの作例が残されている。それは「咫尺池頭相要会　梅霖半夏竹風秋」(15)（『田氏家集』・池上追涼）などのように涼を感じさせるものである一方、

無心未必鎮弾琴　有眼何因久対林
安臥息心兼合眼　興来時与竹風吟

（『田氏家集』・閑適）

などのごとく、閑居の象徴としても詠われた。

これら和製漢詩における風に吹かれる竹は、ひろく漢詩を受容した成果であっただろうが、白詩からの直接的な影響を窺わせるものも多い。慶滋保胤「池亭記」は四季それぞれの閑居のさまを次のように述べる。

況乎春有二東岸之柳一、細煙嫋娜。夏有二北戸之竹一、清風颯然。秋有二西窓之月一、可二以披レ書。冬有二南簷之日一、可以炙背。(16)

（『本朝文粋』・慶滋保胤・池亭記）

ここには白居易の別の詩「偶作」の「清風颯然至　臥可レ致二義皇一」（『白氏文集』・巻五二）からの影響が想定されている。

白詩の中でも風に吹かれる竹について和製漢詩にとりわけ大きな影響を及ぼしたのが「贈二駕部呉郎中七兄一」であった。これを踏まえる漢詩では、夜あるいは暁にひとり臥して竹林に吹く風の音に耳を傾けるさまが描出される。

晦跡未抛苔径月　避喧猶臥竹窓風　佐幹(17)

（『和漢朗詠集』閑居・六二一）

風月自通幾二客心一　相携未レ飽思尤深
文場猶嗜照レ窓影　詩境更耽過レ竹音(18)

（『本朝麗藻』・源則忠・夏日同賦レ未レ飽二風月思一。）

このように、俗世をよそにひとり風に吹かれる竹の音を聞き、そのさまを見ることは、平安期の人々にとって閑居の象徴であり、理想的生活をあらわすものであった。

このような漢詩における風に吹かれる竹の把握と、『源氏物語』がこれを恋愛の文脈に用いようとする態度とは、一見すると大きな隔たりが存在している。従来この隔たりには注意が払われず、特に胡蝶巻に関しては白詩引用が指摘されるに留まってきた。しかし、『源氏物語』は漢詩文の豊かな教養をもつ作者によって書かれたとはいえ、和文である。また、独創的な表現も多いが、基本的には当時の表現の論理や好尚に拠る。『源氏物語』の情景や表現を考える際、そこに漢詩との乖離があればなおさら、和文における当時の理解を無視することはできない。

三、和歌における風に吹かれる竹

和文において、風に吹かれる竹はまず和歌で取り上げられた。もっとも早いものが、大伴家持に見える。

わが宿のいささむら竹吹く風の音のかそけきこの夕べかも

〔和我屋度能　伊佐左村竹　布久風能　於等能可蘇気伎　許能由布敝可母〕

（『万葉集』巻第一九・四二九一・（二月）廿三日依レ興作歌二首・家持）

巻一九の巻末に置かれた春愁三首の二首目である。先祖伝来の邸にひとり座し、清浄な竹[19]へ春の夕風が吹く音に耳を傾けて、そこはかとない悲哀を感じる。この歌にも関わる巻末の左注には『毛詩』小雅が踏まえられており、竹に吹く風の音にひとり感慨を覚えるのが漢詩の伝統的な在り様であることを考えても、この歌に漢詩からの影響を想定してよかろう。

よりはっきりとした漢詩の面影は、貫之歌に認められる。

松と竹とあり

松もみな竹もあやしく吹く風はふりぬる雨の声ぞ聞こゆる[20]

（『貫之集』Ⅰ・四八五）

貫之は、竹が風にそよぐ音から雨音を連想する。このような聴覚的連想も、次のような漢詩において見られるものである。

風驚暁葉如聞雨。月過春枝似帯煙。

（『全唐詩』巻三三四・令狐楚・郡斎左偏栽竹百余竿炎涼已周青翠不改而為牆垣所蔽有乖愛賞仮日命去斎居之東牆由是俯臨軒階低映帷戸日夕相対頗有翛然之趣）

窓前月過三更後。細竹吟風似雨微。

（『全唐詩』巻五四五・劉得仁・秋夜）

貫之が漢詩に学ぶことによって、風に吹かれる竹の歌を仕立てたことが理解されよう。

次に例が確認されるのは、平安中期の曾禰好忠を待たねばならない。好忠は天禄二年（九七一）頃成立の「毎月集」において、猛暑を前にした五月下旬の歌として左記を詠む。

うへそよぐ竹の葉波のかたよるを見るにつけてぞ夏は涼しき

（『好忠集』Ⅰ・五月はて・一五三）

目前の竹に風が吹きわたるさまを見て、爽やかな涼しさを感じている。竹に吹きわたる風に涼を感じる漢詩は数多くあり、たとえば白詩にも「望春花景暖　避レ暑竹風涼」（『白氏文集』巻一五・渭村退居、寄二礼部崔侍郎・翰林銭舎人一詩一百韻）や「炎天聞覚レ冷　窄地見疑レ寛」（『白氏文集』巻一五・題二盧秘書夏日新栽竹一二十韻）などとある。また、和製漢詩においても「世上清冷風竹前　人間歓楽酒盃仙」（『田氏家集』・夏日竹下命小飲）などと、詠われている。好忠はこの情景を好んだようである。同じ「毎月集」のなかで、八月にも再び、

寒さのみ夜ごとにまさるなよ竹の風にかたよる音の悲しさ

（『好忠集』Ⅰ・八月中・二二八）

と、今度は竹が風に揺れる音を、寒さと同時に孤独感をも募らせる音として捉えている。

このように見てくると、和歌における風に吹かれる竹への興味は、漢詩に多くを拠っていることが看取される。しかし、現在確認しうる歌はかなり少ない。和歌よりも和製漢詩により多くの作例を見出せることから、風に吹かれる竹の景は依然として漢詩の領域に属するものであったと考えられる。

一方で、十世紀半ばごろ、風に吹かれる竹を恋愛の文脈で用いる歌も確認されはじめる。『後撰和歌集』には、二人の男から求愛された女が片方の男にのみ返歌をしたことを、もう片方の男が恨んだ歌が載る。

女に物いふ男二人ありけり、一人が返事すと聞きて、いま一人がつかはしける

なびく方ありけるものをなよ竹の世にへぬ物と思ひけるかな

女の心変はりぬべきを聞きてつかはしける

ねに泣けば人笑へなり呉竹の世にへぬをだにかちぬとおもはん

（『後撰和歌集』恋五・九〇六～九〇七）

ここでは、男に好意を示した女を、風になびく竹に喩える。なんらかの事物が風になびくことを、女が男になびくことの喩えとするのは和歌の伝統的発想であった。たとえば、小野小町は、「あだなる風に波がなびくように、頼りにならないあなたに私がなびけというのですか」と詠む。

（仇名に、人の騒がしう言ひ笑ひけるころ言はれける人の問ひたりける、返事に）

ともすればあだなる風にさゞ波のなびくてふごと我なびけとや　（『小町集』Ⅰ・七三）

能宣は、忍んで通う女が親の意向で別の男と結婚すると知り、「富士山の煙は意にそまない方向にはなびかないのに」とその男との結婚を受け入れた女を恨む。

年ごろ忍びて契りてはべる人の、親の異人にと思ひはべるけしきを見て、心にもあらず離れぬべきこと丶、言ひおこせてはべるに

富士の嶺にもゆる煙は風ふけど思はぬ方になびくものかは

（『能宣集』Ⅰ・一七二）

『大和物語』に登場する、夫がいながら別の恋人を作った女は、自身の心を花すすき、夫と恋人をともに風に喩え、花すすきが風になびくと詠む。

さて、この男、「女、こと人にものいふ」と聞きて、「その人とわれと、いづれをか思ふ」と問ひければ、女、

花すすき君がかたにぞなびくめる思はぬ山の風は吹けども[21]

（『大和物語』・第一四一段　浪路）

これらは風を男、風になびく事物を女として、風に吹かれその方向になびくさまに、男になびく女を喩える。『後撰和歌集』の歌もまた、風に吹かれる竹を別の男になびく女の喩えとする点においてまさしくこの列に連なるものであり、漢詩よりも和歌的発想に強く支配されている。

『蜻蛉日記』天禄二年（九七一）二月の記事にも、道綱母自身を竹に喩える歌が見える。

二日ばかりありて、雨いたく降り、東風はげしく吹きて、一筋二筋うちかたぶきたれば、いかで直させむ、雨間もがな、と思ふままに、

なびくかな思はぬかたに呉竹のうき世のすゑはかくこそありけれ[22]

（『蜻蛉日記』・中巻・二二〇）

植えたばかりの呉竹が激しい風雨に倒れかけてしまう。道綱母はその竹に自身を投影し、「思はぬかたに」「なび」いて無残な姿になった「呉竹」に、兼家の求愛になびいた「うき世のすゑ」、愛情の衰えに苦悩するはめになった自身を喩える。風は兼家の当初の情熱、そして現在の失寵による作者の厳しい状況をも含んでいようが、一貫して兼家の道綱母に対する態度や扱いを表している。これもまた、女のさまを風になびく竹に喩えるものであった。『後撰和歌集』などのような男の求愛に女がなびいたという伝統的な発想からはやや離れるものの、基本的にはその発想の延長線上にあると捉えてよかろう。

『後撰和歌集』や『蜻蛉日記』における風に吹かれる竹は、風に吹かれる事物（男になびく女）という和歌的発想を基に

している。これは、貫之や好忠が漢詩を源としてこの情景を歌にしたこととは大きく異なっている。『後撰和歌集』や『蜻蛉日記』も一方では漢詩由来の情景を想定したであろうが、その詠みぶりは明らかに伝統的和歌に範を求めるものであった。

四、『源氏物語』前後

ただし、十世紀後半までの和歌において、風に吹かれる竹は詠まれはするものの例に乏しい。ところが、十世紀末から十一世紀初頭、和文において、風に吹かれる竹が突如として頻繁に取り上げられるようになる。

『枕草子』「あはれなるもの」の中には、次の記述が見える。

九月つごもり、十月ついたちのほどに、ただあるかなきかに聞きつけたるきりぎりすの声。鶏の子抱きて伏したる。秋深き庭の浅茅に、露の色々の玉のやうにて置きたる。夕暮、暁にかは竹の風に吹かれたる、目さまして聞きたる。また夜なども、すべて。(23)

（『枕草子』・一一五段・あはれなるもの）

夕暮や明け方、河竹が風にそよぐ音を一人聞くことに、清少納言はしみじみとした感興を覚えたようであった。これは個人的な嗜好というよりは、漢詩を踏まえたものであろう。ひとり竹が風に吹かれる音を「目さまして」つまり臥したまま聞くという行為は、直接的に「贈㆓駕部呉郎中七兄㆒」の「風生竹夜窓間臥」を踏まえると考えられる。

和歌においても風に吹かれる竹は複数確認される。『小大君集』には以下の歌が載る。

竹のあるところにて風の吹くに、いみじうさゝめきければ

風吹けば波やはさはぐ河竹のながるゝ水に声のかよへる

（『小大君集』・五）

風が吹いて河竹の葉がそよぐ音に、水が流れる音との類似を見出す。貫之歌「ふりぬる雨の声ぞ聞こゆる」に見られたような、竹の音から雨音を想起する漢詩を源とする側面もあろうが、むしろ河竹を起点として「波」「ながるゝ水」という流水音の縁語に発想が及んでおり、風に吹かれる竹の音が和歌の技法によって昇華されている。

『枕草子』『小大君集』は、漢詩か和歌かという発想の根幹に違いはあるものの、いずれも風に吹かれることで生じる竹の音に焦点をあてる。その音に、なにか言語化しにくいような感興、「あはれ」を感じている点も共通する。

一方、より具体的な心の動き、恋人への感情も詠まれた。次は馬内侍の歌である。

忍びたる人、河竹を植へよとてをこせたれば

風ふけば梢かたよる河竹のよゝになれなば根もたえぬべし

（『馬内侍集』・一三九）

馬内侍は恋人から、庭に植える河竹を贈られた。彼女は、竹が風に吹かれてなびく状態が長く続けば河竹の根が絶えてしまうように、自分が涙を流すままでは関係も終わってしまうだろうと返した。[24]竹の縁語「よ」「ね」が馬内侍の泣くさまを表しているが、関係が絶えるのではないかとまで泣く理由は、男が「忍びたる人」で表立っては通っておらず、頻繁な訪問が望めなかったからであろう。風に吹かれる竹に、恋人の来訪を待つ自身の姿を重ねている。

和泉式部の歌にも同じ趣向が見える。

（いとつれづれなる夕暮れに、端に臥して、前なる前栽どもをただに見るよりはとて、物に書きつけたれは、いとあやしうこそみゆれ、さはれ人やはみる、小さき松に）

竹

ありし人あらば来なまし風吹けばうへうちそよぐ竹のよごとに

（『和泉式部集』Ⅰ・八一七）

竹に風はおとずれるが、故人となった恋人が自分のもとにやって来ることはない。それでもなお風に吹かれる竹を見て、和泉式部はその訪れを願う。馬内侍や和泉式部は、風に吹かれる竹の情景の中でも、竹に訪れる風に譬喩の比重を置き、自身のもとを訪れる恋人の姿を投影していこうとする。

このように、十世紀末から十一世紀初頭、風に吹かれる竹が和文において複数確認される。これらの例に、『源氏物語』も加わる。それは十世紀後半までのまばらな作例しか確認できない状況とは大きく異なり、資料の残存状況の問題があるとはいえ、この時代に至って風に吹かれる竹への興味が和文において急速に強まったことを示していよう。

注目されるのは、十世紀末から十一世紀初頭において風に吹かれる竹を和歌や散文で描いた人々が、すべて女房として出仕する女性であったことである。『源氏物語』でこれを描いた紫式部や和泉式部は、一条帝中宮彰子に仕える女房である。『枕草子』の清少納言は一条帝皇后定子の女房。馬内侍も一条帝皇后定子や大斎院選子に仕えた。小大君は円融帝中宮媓子と春宮時代の三条帝に仕えている。

十世紀末から十一世紀初頭においても、現存するのは女房の手になるもののみで、男性の和歌は管見の限り確認できない。漢詩にもほとんど例がなく、『本朝麗藻』[25]にわずかに残るのみで、[26]平安後期の『本朝無題詩』が数多くの作例を収載していることとは対照的である。この後、和歌において風に吹かれる竹が再び取り上げられるには『堀河百首』を待たね

ばならないことも考えると、この時代の男性にとって風に吹かれる竹に対する興味は薄く、和文において専ら女房たちに享受され、好まれたと考えられる。

五、『源氏物語』の風に吹かれる竹

風に吹かれる竹は、『源氏物語』成立当時、女房たちの手で和文において表現されていた。そこでは漢詩のような閑居や清雅ではなく、恋愛の文脈が色濃い。そして、『源氏物語』もまた、風に吹かれる竹を恋愛の文脈で描き出す。このような状況を考えるとき、風に吹かれる竹に白詩引用を指摘し、それのみに拠って理解することは一面的な解釈と言わざるをえない。白詩、また広く漢詩に由来する表現であることを押さえた上で、作者周辺でこの情景が好まれていた状況を考えあわせることが、その解釈において非常に重みを持ってくるはずである。

改めて胡蝶巻を確認したい。四月、源氏は思わせぶりな言葉を口にするが、玉鬘はそれに気づかない。もどかしさを感じる源氏は、風になびく若々しい竹に目を留める。

> 気色ある言葉は時々まぜたまへど、見知らぬさまなれば、すずろにうち嘆かれて渡りたまふ。御前近き呉竹の、いと若やかに生ひたちて、うちなびくさまのなつかしきに、立ちとまりたまうて、……

この情景に導かれて、竹の根をめぐる和歌が贈答される。この時点ではまだ白詩は引用されておらず、玉鬘への懸想を象る風に吹かれる竹は、白詩とは関係のないところから出発する。白詩が引用されるのは、玉鬘についに迫る前後である。その日、玉鬘のもとへ足を向ける契機となったのが、白詩の情景を思わせる新緑であった。

> 雨のうち降りたるなごりの、いとものしめやかなる夕つ方、御前の若楓、柏木などの青やかに茂りあひたるが、何となく心地よげなる空を見出だしたまひて、「和して且清し」とうち誦じたまうて、まづこの姫君の御さまのにほひやかげさを思し出でられて、例の忍びやかに渡りたまへり。

玉鬘に慕情を訴えるうちに夜となり、再び白詩を引用しながら、風に吹かれる竹、美しい月が描かれる。

> 雨はやみて、風の竹に生るほど、はなやかにさし出でたる月影をかしき夜のさまもしめやかなるに、人々は、こまやかなる御物語にかしこまりおきて、け近くもさぶらはず。

玉鬘の物語の中で、風に吹かれる竹に言及する例が野分巻にもう一つある。同年八月、源氏と玉鬘との関係は一線こそ超えていないが、源氏の執着はやまない。野分の見舞いに来た夕霧は、二人のただならぬ様子を目撃して驚く。

御前に人も出で来ず、いとこまやかにうちささめき語らひきこえたまふに、いかがあらむ、まめだちてぞ立ちたまふ。女君、

吹きみだる風のけしきに女郎花しをれしぬべき心地こそすれ

くはしくも聞こえぬに、うち誦じたまふをほの聞くに、憎きもののをかしければ、なほ見はてまほしけれど、近かりけりと見えたてまつらじと思ひて、立ち去りぬ。御返り、

「した露になびかましかば女郎花あらき風にはしをれざらまし

なよ竹を見たまへかし」など、ひが耳にやありけむ、聞きよくもあらずぞ。（野分・③・二八〇〜二八一）

激しい野分に六条院も被害を受けた直後である。玉鬘は女郎花が野分に吹かれるさまを詠み、源氏の仕打ちに自分が困りはてていると歎ずる。これに対し源氏は、女郎花はなびくからこそ風にもしおれないのだとして、「なよ竹をごらんなさい（風になびいているから折れないでしょう）」と返す。「なよ竹」は風になびくという特性によって、女郎花と風の贈答の流れの中で言及され、恋愛、とりわけ女が男になびくことの象徴として持ち出されてくる。

胡蝶巻の風に吹かれる竹もまた、「御前近き呉竹の、いと若やかに生ひたちて、うちなびくさま」と、風になびく様子に焦点があてられていた。玉鬘への懸想の中で風に吹かれる竹に言及されるとき、重要なのは風になびくさまであったことが明らかとなる。「和して且清し」「風の竹に生るほど」は白詩の表現を引くものであるが、白詩引用は玉鬘への慕情をはじめて訴えたその時に限定的な事象であり、玉鬘の物語における風に吹かれる竹の本質的なものではなかった。

これを踏まえて和歌に立ち返ると、風に吹かれる竹が「なびく」と表現された『後撰和歌集』や『蜻蛉日記』が、まず見逃せない事例として浮かび上がる。そこでは、風になびく竹が男になびく女の喩えとなっており、「なよ竹を見たまへかし」という源氏の発言に端的に示されるように、『源氏物語』も基本的には男になびく女を暗示するものとして把握している。

ただし、玉鬘はついに源氏になびかなかった。風に吹かれる竹は、「うちなびくさまのなつかしきに、立ちとまりたまうて」と源氏がこの情景に目を留め、また「なよ竹を見たまへかし」と源氏が発言するように、源氏自身によって見出さ

れていく。風に吹かれる竹は、玉鬘が自分になびくことを期待する源氏の心象風景なのであった。白詩引用は、そのような中で行われる。風に吹かれる竹を詠う有名な詩「贈㆓駕部呉郎中七兄㆒」の引用は、おそらく玉鬘の物語において風に吹かれる竹を表現するための一つのバリエーションであっただろう。

しかし詩の主題は閑居であり、玉鬘への懸想という恋愛の文脈とは乖離する。『源氏物語』全体を通して巧みな引用を駆使する作者が、単に風に吹かれる竹のバリエーションとしてのみこれを持ち出し、その主題にまったく配慮しなかったとは考えにくい。その乖離もまた企図されたものであっただろう。

今、一つの解釈を提示してみたい。胡蝶巻において源氏は三十六歳の壮年、太政大臣として位人臣を極めた理想的な為政者である。六条院はそのような源氏が「静かなる御住まひ」を志して造営した大邸宅であった。そこでは見事な行事が催され、女君たちも睦まじく、理想的な生活が繰り広げられている。しかし、一方で源氏は玉鬘にどうしようもなく魅惑されてゆく。紫上もそのひそかな執心を見抜き、源氏は「いかがあべからむと思し乱れ、かつはひがひがしうけしからぬわが心」を自覚するのであった。玉鬘に抱く源氏の思いは、夕顔ゆかりの呉竹が風に吹かれるさまに象られる。その心象風景に閑居を主題とする白詩をあえて引用することによって、理想的生活を志しながらも玉鬘への慕情に惑っていく源氏の姿が、一種の諧謔性を伴いながらより鮮明に示されるのではなかったか。

このような解釈の前提となるのが、当時の風に吹かれる竹への興味である。同じ時代に生きた女房たちの表現としてこれが定着しており、しかも恋愛の文脈で用いられることが珍しくなかったからこそ、『源氏物語』もまた玉鬘に懸想し、自分になびくことをひそかに願う源氏の心象風景として機能させることができたのである。男になびく女の象徴という意味では『後撰和歌集』や『蜻蛉日記』などの詠みぶりをより直接的に踏襲するかもしれないが、同時代の作者周辺で頻用された表現の反映として、この情景はまず取り上げられたのであった。

おわりに

以上、玉鬘の物語における風に吹かれる竹の情景を白詩との関係から検討し、漢詩におけるこの情景の意味合い、和歌史における漢詩摂取とその展開を述べてきた。風に吹かれる竹は、和文においては十世紀末から十一世紀初頭の女房たちの手によって表現され、彼女たちの間で共有されていた。そこで共通理解として存在していた恋愛の文脈が、『源氏物語』の理解の重要な鍵になることを指摘した。

白詩引用を指摘し、胡蝶巻の情景が閑居を表すとする考えは、明らかな引用がある以上もちろん重視されるべきではある。しかし漢詩に限らず、引用指摘は有用である一方、一旦典拠が示されるとその他の文脈が無意識のうちに排除されていくきらいがある。本稿で扱った『源氏物語』の場面も、閑居の白詩が引用されたために、恋愛の文脈は見落とされてきた。しかし、恋愛の文脈を前提とした閑居の白詩引用は、むしろ理想的生活を目指しながらも恋愛に惑っていく源氏の姿を端的に示すものとして興味深い。『源氏物語』成立当時の作者周辺でなされた表現に、あえてまったく異なる白詩を重ねることによって、複層的な意味合いを生み出していく『源氏物語』の作為を看取できよう。

注

（1）赤井益久「白詩風景考」（『中唐詩壇の研究』創文社、二〇〇四年）、初出「白詩風景小考――「竹窓」と「小池」を中心として」（『國學院雜誌』第九十七巻一号、一九九六年）。

（2）『新編日本古典文学全集　源氏物語』（小学館、一九九四〜一九九八年）。

（3）笹生美貴子「『源氏物語』に見られる「呉竹」――《夕顔・玉鬘母子物語》の伏線機能」（『語文（日本大学）』第一二四号、二〇〇六年）。

（4）『新釈漢文大系　白氏文集（四）』（明治書院、一九九〇年）。

（5）藤本勝義「六条院四季の町の植物設定をめぐって――玉鬘物語の構想に関する一私見」（『季刊　文学・語学』第六一号、一九七一年）。

（6）垣の材料としての竹、竹の模様などは除いた。また、第五節で扱った源氏の発言も、眼前の情景を述べているのか譬喩なのかを判断できないため、含めなかった。少女巻における六条院完成時の夏の町の描写は、この時点ではまだ実現していないものの、美的好尚を示す点、本稿で扱う胡蝶巻の例と重要な関係を有す点を考慮して用例に含めた。また、笹に関しては詠まれ方が大きく異なるため、採らなかった。

（7）天野紀代子「『源氏物語』の四季――六条院造営と障屏画の方法」（『日本文学誌要』第三五号、一九八六年）。

（8）藤原克己「白氏諷喩詩の引用をめぐって」（『国文学　解釈と教材の研究』第四十四巻五号、一九九九年）。

（9）陣野英則「『源氏物語』「玉鬘十帖」の『白氏文集』引用――「篝火」巻における白詩からの変換の妙」（『日本古代文学と白居易――王朝文学の生成と東アジア文化交流』勉誠出版、二〇一〇年）。

（10）谷口高志「衝突の音――中晩唐期の詩歌に見られる聴覚的感性の変容」（『中国研究集刊』第五一号、二〇一〇年）。

（11）『芸文類聚』（中華書局、一九六五年）。

（12）『全唐詩』（中華書局、一九六〇年）。

（13）『新釈漢文大系　文選　詩篇（下）』（明治書院、一九六四年）。

（14）『日本古典文学大系　懐風藻　文華秀麗集　本朝文粋』（岩

波書店、一九六四年）。
（15）『田氏家集注』（和泉書院、一九九一～一九九四年）。
（16）『新日本古典文学大系　本朝文粋』（岩波書店、一九九二年）。
（17）『新編国歌大観』（日本文学web図書館版）。以下も勅撰集・私撰集・歌合の引用はこれによる。なお、私に用字を改めた箇所がある。
（18）『本朝麗藻簡注』（勉誠社、一九九三年）。
（19）次田真幸『萬葉集講説』（明治書院、一九六四年）、鈴木武晴「大伴家持絶唱三首」（『都留文科大学大学院紀要』第三号、一九九九年）。
（20）私家集の引用は『新編私家集大成』（日本文学web図書館版）による。なお、私に漢字をあて、濁点などを附した。
（21）『新編日本古典文学全集　竹取物語　伊勢物語　大和物語　平中物語』（小学館、一九九四年）。
（22）『新編日本古典文学全集　土佐日記　蜻蛉日記』（小学館、一九九五年）。
（23）『新編日本古典文学全集　枕草子』（小学館、一九九七年）。
（24）『和歌文学大系　中古歌仙集』（明治書院、二〇〇四年）では、「私たちの仲も慣れてしまうと竹の根が絶えるように、私の泣き声も絶えてしまう」と解するが、男が「忍びたる人」である点、上の句との繋がりがやや不自然な点を考慮し、『私家集注釈叢刊　馬内侍集注釈』（貴重本刊行会、一九九八年）の解釈を採用した。
（25）「文場猶嗜照㆑窓影　詩境更耽過㆑竹音」（源則忠・夏日同賦㆑未㆑飽㆓風月思㆒。）、「横㆑剣腰間連㆓竹響㆒　続㆑銘座下送㆓荷香㆒」（藤原道長・左右好風来）。前掲注18による。
（26）十世紀後半の作例も『類聚句題抄』『粟田左府尚歯会詩』などに残るが、やはり少ない。

西施・潘岳の密通説話をめぐって

――『新撰万葉集』から朗詠古注まで

黄昱

コウ・イク――国文学研究資料館機関研究員、日本女子大学非常勤講師、青山学院大学非常勤講師。専門は和漢比較文学、中世文学。主な論文に「『徒然草』における漢籍受容の方法――第二十五段「桃李もの言はねば」をめぐって」（『国文学研究資料館紀要・文学研究篇』三九号、二〇一三年）、「漢訳される『徒然草』――異種『蒙求』をめぐって」（『総研大文化科学研究』一〇号、二〇一四年）などがある。

西施と潘岳は中国の代表的な美女美男であり、「沈魚落雁」「西施捧心」「擲果盈車」「潘楊之睦」など、多くの逸話を残した人物でもある。時代が八〇〇年ほど隔たったこの二人は日本の古典世界において密通する逸話が伝えられている。本稿は日本と中国に展開されていた西施と潘岳の説話を辿りながら、この密通説話が生成する文化的背景を探る。

はじめに

西施《せいし》は春秋時代（紀元前七七〇～前四七六頃）末期の越の国の人で、「沈魚落雁」「西施捧心」などの諺が表したように、王昭君・貂蝉・楊貴妃とともに中国の四大美女の一人であり、呉の国を滅ぼした傾国の美女として知られている。潘岳《はんがく》は西晋時代（二六五～三一六）を代表する文人で、「藉田賦」「秋興賦」「閑居賦」などの作品が『文選』に収録され、鍾嶸の『詩品』に上品と分類されて「潘才如レ江」と讃えられている。その類い稀な美貌は『世説新語』『晋書』『蒙求《もうぎゅう》』をはじめとする多くの書物に取り上げられ、「潘湛連璧」「擲果盈車」といった諺が作られるほど人口に膾炙するものである。西施と潘岳は中国の美女美男の代表的人物であり、それぞれ多くの伝説を残したが、興味深いことに、生きた時期が八〇〇年ほど隔たっており、現実にも中国の古典世界にも出会うことが無かったこの二人は、日本の古典世界において密通する逸話が伝えられている。本稿は中国と日本の古典作品における潘岳と西施の描かれ方を辿りながら、この「西施潘岳」

の密通説話が形成される文化的背景を考察する。

一、朗詠古注に見られる西施と潘岳の密通

『和漢朗詠集』上巻・春・雨の部の「或垂二花下一、潜増二墨子之悲一、時舞二鬢間一、暗動二潘郎之思一」という句に付された見聞系の古注に、潘岳が西施と密通した罪で流罪になった説話が記されている。この句の出典について諸古注は「密雨散如レ糸賦」に拠るとするが、この賦の原作と作者は確認できない。『朗詠集』の古写本や古注釈は作者を「右牢」「紀納言」「江以言或都在中」などと表記しているが、三木雅博氏は中唐以降の唐人賦句の可能性を指摘している。(1)

表1のように、この句の出典についてこれらの古注は「密雨散糸賦」という賦の摘句と、「密雨散如糸」という詩の序文と無注記との三類に分かれる。作者については「紀納言」(紀長谷雄)或いは「紀」とする注記が多いが、東大本『私注』は大江以言或いは都在中と注するほか、作者無注記の本もある。

句の前半「或垂二花下一、潜増二墨子之悲一」は『淮南子《えなんじ》』『蒙求』などに見える「墨子悲糸」の故事を用いて、花の下に降りかかる雨を花色に染められた糸に見立てて詠んだ。後

表1

	出典	作者	二毛の故事	潘岳の美貌	潘岳の略歴	その他
私注書陵部本	密雨散糸賦	紀納言	秋興賦、二筋	顔色美	晋代、虎賁中郎将	白氏文集の引用
私注東大本	蜜雨散如糸序	江以言或都在中	秋興賦、二筋	顔色美	晋代、虎賁中郎将	白氏文集の引用
註抄	無	無	秋興賦、二筋	語林の引用	晋代、虎賁中郎将	無
見聞系天理本	無	無	無	無	無	山繭説話
見聞系国会本	無	無	二筋	無	無	密通説話、山繭説話
書陵部本	蜜雨如散糸詩序	無	無	無	無	老人の悲しみ
書陵部本系広島大本	密雨散如絲序	紀納言	二筋	無	無	無
永済注	密雨散絲賦	紀	二筋	ヨニスクレテ、タクヒナカリキ	晋代、虎賁中郎将	白氏文集
和談鈔	蜜雨如散糸賦	紀納言	二筋	タクヒナキ美士	晋代	無

半「時舞二鬢間一、暗動二潘郎之思一」は髪の間に降り注いだ細雨を白髪に見立てて、はじめて自分の白髪を見て驚き悲しんだという潘岳「秋興賦」の故事を用いて巧妙に対句を組み立てた。潘岳の「二毛」の嘆きは「秋興賦」（『文選』巻一三）の冒頭に「余春秋三十有二、始見二二毛一」と記されて以来、多くの作品に引用されて広く知られた故事である。特に白居易の詩に愛用され、(2) 山上憶良「哀二世間難一レ住歌一首」（『万葉集』巻五）に「所以因作二一章之歌一、以撥二二毛之歎一」、菅原道真「始見二二毛一」（『菅家文草』巻三）に「我老レ於レ潘一十年、二毛何処甚留連」と見られるなど、日本の漢詩文にも用例が少なからず確認できる。朗詠古注の多くはこの「二毛」の故事を用いて「潘郎之思」を解釈しているが、「二毛」を白髪「二筋」と解釈したものがほとんどである。『文選』李善注が杜預の『春秋経伝集解』を引いて「二毛、頭白有二二色一也」と注したように、黒髪に白髪が混じった二色の髪というのは「二毛」の本来の意味で、白髪「二筋」説の由来は不明である。また、平安末期鎌倉初期頃成立の『私注』『註抄』は「秋興賦」の篇名を挙げその内容を引用して注しているが、他の朗詠古注は「秋興賦」の篇名を挙げず「二筋」説のみを記した。「二毛」の故事が漢籍の世界から離れて朗詠古注の世界において説話化されていく過程が垣間見られる。

さらに、**表1**が示したように、潘岳の二毛の嘆きの故事を用いた古注と潘岳の美貌を述べた古注が多い中、注目すべきは、見聞系の朗詠古注が記す、潘岳に関する説話である。

・『和漢朗詠集見聞』（天理本）

或垂花下　或花ノ下垂トハ（中略）我カ鬢ノ上ニ、雨ノ降リカヽルハ、潘郎ト云シ人ノ、常ニ鬢ノ辺ニ糸ヲ持上テ、引ニ似タリト云也。件ノ人、常ニ山野ニ入テ、山マユヲ取集テ、引テ売買シテ之一、世ヲ渡シヲ云也。

・『和漢朗詠注』（見聞系国会本）

或垂花下者、春ノ雨ノ細カ、花ヨリフリ下リタルハ、糸ノサカリタルニ似タリ。故ニ、密ニハ雨如シ散糸一ヲ云也。（中略）藩郎者、藩安仁事也。藩郎カ鬢ニハ、三十二ノ歳、始テシラカ、二スチヲイ出タリシ故ニ、三十二ヲ、二毛ノ歳ト云也。故ニ、半岳ハ、二毛ノヲイ出タリシヲ歎テ、心ヲ動カセシ也。舞ハ、フリカヽルト云意也。又云、藩郎ト云シ者ノ、西施ト云シ后キノ美女ト、密懐ス。依テ其ノ科カニ、里ノ山ニ被ニ配流一セ。拾テ山藺《マユヲ》一、引テ糸一ヲ、売テ世ヲ過《スコシ》也。細雨ノ長ク垂ルヲ、藩郎カ、挙テ左右ノ手一、鬢ノ間ニ糸ヲ引クニ辟《喩歎》ル也。

見聞系の朗詠注は院政期以前の成立と考えられているが、(3) 現存序注と題注のみが残る鎌倉初期書写の知恩院本以外、現存するほかの伝本は室町以降のものである。天理本は降り注ぐ雨を潘岳が鬢髪の辺りに持ち上げた糸のようであると解釈し、潘岳がいつも山野に入り、拾い集めた山繭で生計を立てていたという説話を記した。国会本は潘岳が三十二歳の時はじめて白髪二本が生えたため、三十二歳を二毛の歳という由来を説明した。さらに「又云」として、潘岳が西施という美しい后に密通した罪で里山に配流され、拾った山繭から引き出した糸を売って生活していた説話を記した。この説話は管見の限り、ほかに類話を見ないものである。山繭は山中の蚕が作った繭であり、繭は糸の縁語として「行方なくかきこもるにぞひきまゆのいとふ心の程は知らるる」（『金葉和歌集』巻八・恋歌下）のように和歌に詠まれた例が見られる。また、西施は胸が痛む持病で、いつも眉をひそめている様子が「西施捧心」の故事で知られている。雨―糸―繭、或いは西施―眉―繭という連想からこの説話が作られたと考えられるが、生きた時代が八〇〇年も隔たった潘岳と西施の恋情はどのように生み出されたのだろうか。二人の出会いは『新撰万葉集』に遡れる。

『新撰万葉集』は上下二巻からなる詩歌集であり、その序文によれば、上巻は寛平五年（八九三）、下巻は延喜十三年（九一三）の成立である。『拾遺和歌集』巻一・春の歌「浅緑のべの霞はつつめどもこぼれてにほふ花ざくらかな」の詞書に「菅家万葉集の中」とあることから、本集は古くから菅原道真の撰と認識されたことがわかる。『和漢朗詠集』も『新撰万葉集』の「暁露鹿鳴花始発、百般攀折一時情」という萩の漢詩を収録しており、『私注』に「新撰万葉集ノ詩。菅丞相」と注している。『新撰万葉集』は『寛平御時后宮歌合』など先行の歌合を主な撰歌資料としており、和歌は万葉仮名によって表記されている。本集は『古今和歌集』成立以前の歌集として重要な資料であるとともに、和歌一首ごとに七言絶句の漢詩を配する詩歌集でもある。漢詩と和歌を併載する形式という視点から『和漢朗詠集』の先蹤的存在と指摘されている。(4)

ただし、本集上巻の序が「先生非㆔啻賞㆓倭歌之佳麗㆒、兼亦綴㆓一絶之詩㆒挿㆓数首之左㆒」と記したように、成立した当初は数首の漢詩が綴られたのみであり、すべての和歌に漢詩が付されたわけではない。下巻の漢詩が全て欠くテキストも存在し、特に下巻の漢詩についてその内容の拙劣さと押韻・平仄といったような漢詩の規則に従っていないことが指摘されており、本集の漢詩は二次以上の増補によるものである。(5)本集の撰者や漢詩作者について不明な点が多いが、その編纂と作詩には道真およびその門人が関わっていることが否めない。近来の研究は詩歌の比較対照の論点から本集の漢詩の価値を積極的に見直している。例えば、渡辺秀夫氏の一連の研究は本集の漢詩は「後発的、付随的」な性格を有するものの、和歌の単純な訳ではなく、「優れて文化的なコード変換」というべき漢詩的解釈であり、それを評価するに際しては「和漢比較対照的」な表現の遊びの場への配慮が欠かせないと述べた。(6) 呉衛峰氏は本集は和歌的世界と漢詩的世界の対立と融合によって二つの文学伝統の共存する場であると指摘し、(7) 新間一美氏は和漢比較の視点から本集に示された和歌と漢詩文の豊かな文学の世界の広がりこそが平安朝的文学世界であると評価した。(8) このように、『新撰万葉集』の漢詩について、和歌の漢訳として成功しているかどうかを評価するのではなく、そこに展開された表現世界、いわゆる「平安人の空想の世界」(9) に目を向けると、正統な漢詩文に見えない多彩なイメージの世界が待ち受けている。現実世界ではありえない潘岳と西施の出会いはまさにこのようなイメージの世界の産出物である。

二、『新撰万葉集』に見られる西施と潘岳の恋情

『新撰万葉集』に「西施潘岳」という表現を詠み込んだ漢詩は上巻に一首、下巻に二首見られ、この組み合わせは偶然ではなく、詩の作者が意識的に使われたものと考えられる。

・上巻・春・四番

花之《ハナノ》樹者《キハ》今者《イマハ》不掘殖《ホリウヱシ》立春者《ハルタテハ》移徙色《ウツロフイロニ》人《ヒト》習《ナラヒ》藝里《ケリ》

花樹栽来幾適㆑情、　花樹栽ゑ来たりて幾ばくか情に適ふ

立春遊客愛㆓林亭㆒。　立春の遊客　林亭を愛す

西施潘岳情千万、　西施潘岳　情千万

両意如㆑花尚似㆑軽。　両意花の如く　尚軽きに似たり

上巻・春の四番の和歌は『寛平御時后宮歌合』に素性法師の歌として挙げられたもので、『古今和歌集』『古今和歌六帖』『素性集』にも収録されている。(10) 漢詩は「花樹」「適情」「遊客」「林亭」など白詩或いは白詩集団が愛用した表現を用いている。(11) 春になると移ろいゆく花の色にならって人も心変わりしてしまうという和歌の下句に対応する漢詩の後半は、西施と潘岳は多情な人で、二人の心は花のように移ろいやすく軽薄のものであると、西施と潘岳を花にならって心変わりする人物の例として詠み込んだ。潘岳と西施はそれぞれ『初学記』巻一九・人部下の美丈夫第一と美婦人第二の冒頭に置かれた美男美女の代表的人物である。『新撰万葉集』の漢詩に、このように名高い伝説的な男女を対比させる例は少な

くない。[12] しかも、西施の美貌は李白「西施」（『全唐詩』巻一八二）に「秀色掩二今古一、荷花羞二玉顔一」と蓮の花に喩えられており、白居易も「花中此物似二西施一、芙蓉芍薬皆嫫母」（『白氏文集』巻一二「山石榴寄二元九一」）と、山石榴の花を西施に比類するなど、美女の西施と花は結び付きやすいものである。

潘岳もまた河陽県の長官を務めた時、県内に広く桃李の花を植えた事績が知られ、「河陽一県花」と称された故事は庾信の「枯樹賦」をはじめとする漢詩文、『白氏六帖』などの類書に見られる。日本にも嵯峨天皇がそれに因んで離宮の河陽宮を営んで、「河陽十詠」（『文華秀麗集』巻下）など平安朝の漢詩に用例が多数確認できる。後の『浜松中納言物語』に河陽県の后が登場するほど、潘岳―河陽―花という連想が定着したものである。二人とも花に結びつきやすい人物ではあるが、漢籍の世界において移ろいやすい心の持ち主という人物像は確認できない。むしろ、潘岳が妻の楊氏のために記した「内顧詩」「悼亡詩」は『文選』に収録され、二人の一途な愛情は「潘楊之睦」という故事に伝えられている。『新撰万葉集』四番の漢詩は「西施潘岳」を意図的に用いたことによって、花樹の故事から美男美女の代表である二人の名を持ち出しながら、漢籍の世界から逸脱する多情・軽薄の人物像を付け加えて、自由かつ斬新な表現世界を作り上げた。

・下巻・秋・一六六番

秋来《アキクレ》者《ハ》天雲《アマクモ》左右《マテ》丹《ニ》裳《モ》不黄葉《モミチヌ》緒《ヲ》虚《ソラ》佐《サ》陪《ヘ》験《シル》久《ク》何《ナニ》歟《カ》見《ミ》湯《ユ》濫《ラム》

雲天灑レ露黄葉錦、　雲天露を灑ぎて黄葉の錦

漢河浅色草木紅。　漢河は浅色　草木は紅なり

西施潘岳両絺身、　西施潘岳ふたりながら絺《かたびら》の身

山河林亭匂千色。　山河林亭　匂ひ千色なり

下巻の二首の漢詩になると、西施と潘岳の恋情をほのめかすような表現が現れた。下巻・秋の一六六番の和歌は『寛平御時后宮歌合』に「秋といへばあま雲までにもえにしを空さへしるくなどか見ゆらん」とあり、上の句に異同が見られる。秋の紅葉の色は空に漂う雲まで染めてしまう景色を詠んだ和歌に対応するのは漢詩の前半である。『文選』に収録された潘岳の代表作「秋興賦」の影響下、秋を描いた平安漢詩に潘岳が詠み込まれた例は多く確認できる。例えば、『経国集』巻一三に紀長江「七言奉試賦得二秋一首一」に「黄葉瓢零秋欲レ暮、則知潘鬢颯如レ糸」と詠まれ、黄葉の零落から潘岳の鬢髪が糸の如く白くなったことを連想し、前掲した『和漢朗詠集』の詩文にも類似する発想が見られる。『新撰万葉集』詩中の「雲天」「灑露」「黄葉」「漢河」「草木」「両絺身」「山河」などの言葉は和歌に詠まれた景物を漢詩化した表現としても捉えられるが、「於レ是乃屏二軽箑一、釈二繊絺一、藉二莞

蒻一、御二給衣一。庭樹槭以灑落兮、勁風戻而吹レ帷一、「槁葉夕殞」、「攀二雲漢一以游騁」、「蕭瑟兮草木揺落而変衰」といった「秋興賦」の表現を踏まえたことは明らかである。このように、『新撰万葉集』は「あきくれば」の歌を漢詩に詠み換える際、秋の象徴的人物である潘岳とその代表作「秋興賦」を用いたのは漢籍の伝統に沿った表現世界であるが、漢籍に例を見ない「西施潘岳」の表現を詠み込んだのは、上巻の四番漢詩に基づいた平安朝漢詩人の自由な想像によるものと理解されよう。(13)

・下巻・恋・二二八番

人《ヒトヲ》見《ミ》手《テ》念《オ》裳《モ》牟《フ》事《コト》谷《タニ》有《アル》物《モノ》緒《ヲ》暗《ソラ》丹《ニ》戀《コフル》曽《ソ》葬《ハ》處《カ》無《ナ》雁《カリ》介《ケ》留《ル》

西施潘岳本慇懃、　　西施潘岳本より慇懃なり
何汝與レ我愁涙流。　　何ぞ汝と我と愁涙流るる
滴涙似二鮫人眼玉一、　　滴りたる涙は鮫人の眼の玉に似たり
凝粉如二鳳女顔脂一。　　凝れる粉は鳳女の顔の脂の如し

さらに、西施と潘岳の恋情を一番端的に表したのは下巻・恋の「人を見て」歌(14)に付した漢詩である。この漢詩の第三句と第四句「滴涙似二鮫人眼玉一、凝粉如二鳳女顔脂二」は『和漢朗詠集』上巻・秋・蘭所収の都良香の詩文「凝如二漢女顔施レ粉、滴似二鮫人眼泣レ珠」に拠ると指摘されている。(15)問題の第一句と第二句は、西施と潘岳はもとより懇ろな仲であるのに、どうしてあなたと私との関係は憂いの涙が流れるほどはかないものなんだろうと、和歌に詠まれた片思いのつらさを西施と潘岳との懇ろな関係と対比させて描いている。ここで注目したいのは、二人の関係を描く「慇懃」という言葉である。この言葉は古くから深い情意を表すものとして使われてきた。(16)白居易の「長恨歌」にも「為レ感二君王展転思一、遂教三方士殷勤覓二」と「臨レ別殷勤重寄レ詞、詞中有レ誓両心知」と、「慇懃」を二回用いた。特に注意されるのは男女の密会に使われた例である。『史記』列伝第五七・司馬相如伝に「相如乃使レ人重賜二文君侍者一、通中慇懃上。文君夜亡奔二相如一、相如乃與馳二帰成都二」と、司馬相如が人を使わして卓文君の侍者に賜りものを重ね、密かに二人の恋情を取り次がせた場面における用例である。その後、卓文君は司馬相如と駆け落ちすることになるが、ここで「慇懃」は二人が密かに通じた場面に用いられたことが確認できる。さらに重要なのは、『晋書』列伝第一〇・賈充伝に記された韓寿と賈充の娘の賈午の密通譚における用例である。韓寿は潘岳と同じように『世説新語』『晋書』『蒙求』において容姿端麗な美男として描かれ、「擲果潘安」「韓寿偸香」は西晋貴公子の風流譚として広く知られている。初唐の詩人喬知之の「倡女行」

に「昨宵綺帳迎二韓寿一、今朝羅袖引二潘郎一」と、二人を対句に詠み込んだ例も見られる。また、潘岳は韓寿と賈午の息子賈謐に諂い仕え、賈謐と親交を結んだ「二十四友」の筆頭であったことが『蒙求』「潘岳望塵」に伝えられるなど、潘岳と賈一族との関係は深いものである。『晋書』の本文に「寿聞而心動、便令三為通二殷勤一」と、賈午の侍女が韓寿に彼女の心情を伝えた後、韓寿が侍女に頼んで二人の関係を密かに取り次がせた場面に「慇懃」という言葉が用いられた。[17] 潘岳を取り巻くこれらの人物関係は、潘岳に現実では不可能な恋情を作り出す契機になったのではないかと考える。ちなみに道真に学んだ紀長谷雄の「貧女吟」(『本朝文粋』巻一)に「公子王孫競相挑、月前花下通二慇懃一」と、『新撰万葉集』と同じように「慇懃」という言葉で男女の情愛を表現した。

『新撰万葉集』の漢詩は「遊戯的な〝和―漢比較・対応〟の性格を有し、正格な漢詩文の世界にはない和―漢の出会いの場が見られると、渡辺秀夫氏が指摘した。[18]「西施潘岳」という表現と二人の恋愛説話は、氏の言う漢詩文と「ものがたり」に近接する領域に生み出された変容の一例として捉えられる。このように、『新撰万葉集』の漢詩に詠まれた西施と潘岳の恋情は、漢籍の表現を借りながら、漢籍の世界から逸脱して、平安人の豊かな想象世界が作り出した西施と潘岳の多情・軽薄のイメージと、潘岳をめぐる複雑な説話世界によって持たされた変容と考えられる。

三、西施・潘岳の密通説話の生成背景

(一)西施

前節では、見聞系朗詠注における西施と潘岳の密通説話の先蹤は『新撰万葉集』の三首の漢詩に遡れることを述べた。本節では、中国と日本の古典世界における西施と潘岳の描かれ方を考察し、二人の密通説話の生成の背景を探りたい。

西施は中国の四大美人の筆頭であるが、その実在について疑問が多く残る人物でもある。まずは先行研究に導かれながら、西施の経歴をまとめたい。[19] 現在では呉越の戦いで越王勾践が呉の国を滅ぼすために呉王夫差に献上した美女の一人として知られる西施であるが、『史記』呉太伯世家と越王勾践世家にその名が全く見られない。ただし、先秦時代から文献に西施の名はしばしば見られる。一番古いものは『管子・小称』に「毛嬙西施、天下之美人也」と見られる例であるが、『管子』の作者管仲は西施より二〇〇年以上早い時代の人物であるため、『管子』のこの部分は後人による偽作である可能性が大きい。ただ、西施が毛嬙とともに美人の代表として取り上げられた例はほかに『慎子』『神女賦』『韓非子』『戦

国策』『淮南子』などの文献にも見られる。それから、『荘子・天運』に胸を抑え眉を顰めた西施の姿が描かれており、『蒙求』に「西施捧心」[20]の故事が記されている。『墨子・親士』に「西施之沈、其美也」と、はじめて西施は溺死で、その美貌が原因であるという西施の最後について言及した。このように、漢代以前の西施は美人の代表的人物として挙げられたのみで、呉越の戦いとの関連性が見られない。後漢になると、『越絶書』『呉越春秋』などの史書に、越王勾践が美人計を仕掛けて丞相の范蠡を使わし、西施を呉王夫差に献上させた記述が見られる。

『呉越春秋』巻九・勾践陰謀外伝に西施は苧蘿山（浙江省紹興市）の出身で薪を売る女性として描かれているが、現存する『越絶書』『呉越春秋』のテキストに西施の最後を記す部分は見られない。唐代の『呉地記』所収の『越絶書』の逸文に「西施亡二呉国一後、復帰二范蠡一、同泛二五湖一而去」と、西施が范蠡とともに越国を去った伝説が記されている。一方、南宋（一一二七〜一二七九）の『西渓叢語』所収の『呉越春秋』の逸文に「呉亡、西子被レ殺」と、西施が殺された最後を記した。その後、西施と范蠡が駆け落ちした伝説が広く語られたが、西施の名が見られない正史はもちろんのこと、『蒙求』『琱玉集』『文鳳抄』『明文抄』など西施の伝記を記した日中の類書のいずれもこの説話を記していない。それに対して、西施を詠んだ元稹「春詞」の一句「西施顔色今何在、応レ在二春風百草頭一」は『和漢朗詠集』下巻・雑・草に収録され、その古注に西施と勾践の恋情が記されている。

・『和漢朗詠注』（見聞系国会本）

西施顔色《カ》者《ト》、西施ハ越王《ノ》勾践伯母《ヲハ》、震旦第一《ノ》美人也。越王《カ》呉王《ニ》トラレテ、既《ニ》キラルヘカリシ時、此《ノ》西施《ヲ》見《テ》、命《ヲ》タスカリシ也。（後略）

・『書陵部本 朗詠抄』

西子――、西施ハ、越国美女也。呉王召テ、后トス。（中略）越王允《イン》常ハ、越ノ羅山ニヒトリ至ル時ニ、一リノ女房アリ。（中略）時、王車ニ乗テ、帰玉フ。夫婦ノ契、不浅。允常ノ御子、勾践モ亦、西子ヲ愛シテ、西施ヲ随ヲ、随身シテ、呉王夫差ヲ伐ンカ為ニ、呉ニ入。勾践カコマレテ、菟角スヘキ様ナシ。范蠡ト云臣下、謀《ハカリコト》ニ、西子ヲ以テ、呉王ニ献シテ、勾践モ范蠡モイカサレテ越ニ帰。委クハ、史記ニ見タリ。（中略）文選ニ云、南国有佳人、容皃如二桃李一。註云、南国トハ、越国ヲ云。佳人トハ、西施也。（後略）

・『和漢朗詠集仮名注』（書陵部本系広島大本）

西施《ハ》、越国《ノ》西《ノ》堺《ニ》住《セリ》。故《ニ》、其名《ヲ》、西施《ト》云

也。而ニ、美女ニシテ、皃チ絶対ノ人ナレハ、始メニ勾践愛セシカトモ、後呉王ヘ召シテ后トス。（後略）

見聞系と書陵部本系の朗詠注に漢籍に類話を見ない西施と勾践の説話が展開されている。西施は呉国に送られる前に勾践の后であったことや、允常と勾践と二人の越王に愛されたこと、これらの朗詠注に語られた説話は漢籍に類話が見当たらないものであるが、『平家物語』に見られる藤原多子が近衛帝と二条帝の二代の帝に仕えた話型との類似性が徐萍氏に指摘されており、徐氏は朗詠古注に記された西施説話を黒田彰氏が提起した「中世史記」の世界において位置付けた。(21)しかし、西施と潘岳の逸話を合わせて考えれば、日本の古典世界に独自に展開された西施説話の先蹤は『新撰万葉集』をはじめとする平安朝漢詩文の自由奔放な表現世界まで遡れる。

（二）潘岳

潘岳の伝記は『晋書』巻五五に見られ、『世説新語』や『初学記』『蒙求』『琱玉集』に数多くの逸話が確認できる。潘岳は妻の楊氏と睦まじい仲であり、楊氏が亡くなった後も再婚せず、愛情に一途で忠実な人物として有名であるにも関わらず、日本における潘岳の多情な人物像はどのように形成したのか。一つ考えられるのは、前述した奔放な恋をした賈午と韓寿の説話および賈一族との関係の影響である。密通の歴史事実こそ確認できないが、賈午の姉である皇后賈南風が愍懐太子を廃しようとする時、太子を陥れるための謀反の文章を潘岳に書かせたなど、潘岳は荒淫放恣な賈后に信頼され、(22)権力に媚びた悪評もある。

もう一つ重要なのは、文学作品に描かれた潘岳の人物像である。新間一美氏は『新撰万葉集』に西施と潘岳が浮気心を持つ代表のように描かれたのは、二人が『遊仙窟』に登場する故であると推定した。(23)西施が『遊仙窟』に登場したのは「路逢二西施一、何必須レ識」と「能使二西施一掩レ面、百遍焼レ粧、南国傷心、千迴撲レ鏡」との二箇所である。『金剛寺本遊仙窟』に見られる後者の注に注目したい。注は勾践が呉王に献上するための美女を探したところ、諸曁県北羅山で薪を売る容貌美麗な西施を得たという孔曄『会稽記』の記述を引用し、「西施掩面」は宋玉「遇神女賦」に見られると説明した。対句の「南国傷心」について、曹植の詩「南国有佳人、花容若桃李」（『文選』巻二九「雑詩六首」）を用いて注したが、前掲した『書陵部本 朗詠抄』の波線部を参照していただきたい。波線部は「註云、南国トハ、越国ヲ云。佳人トハ、西施也」とあるが、管見の限り『文選』注にこの詩に描かれた佳人を西施と解釈したものは見られない。しかし、『遊仙窟』のこの部分は十娘の美貌を褒め称えるために西施と南国の佳人を対比に用いた。『遊仙窟』とその注を通して、西施と曹植が詠んだ南国の佳人と関連づけることは十分にあり得ると思う。ちなみに、『遊仙窟』のこの場面は歴史上有名な美人の故事を並べて十娘の美貌を描いているが、前述した韓寿と賈午の話も「遥聞㆓香気㆒、独傷㆓韓寿之心㆒」と、西施とともに挙げられている。

それと同様、潘岳の多情な人物像も日本に伝わる一連の『遊仙窟』説話を通して理解できる。『遊仙窟』の作者である張文成と則天武后が密通した逸話は院政期から説話集と軍記、物語、注釈の世界に少なからず確認できるが、この逸話は漢籍の世界に見られない。

・『唐物語』巻九

昔張文成といふ人ありけり。すがたありさまなまめかしくきよげにて、色をこのみなさけ身にあまれりければ、よにありとある女、さながら心づよくはおぼえさせりけり。（中略）きさきにたてまつりける。

こひわぶるそこのみくづとなりぬればあふせくやしき物にぞ有ける

この文は、遊仙窟と申て我よにもつたはれり、きさきこれをみ給たびに、御身ほろびぬくおぼされけり。唐の高宗の后に則天皇后の御事也。

・『唐物語』巻二六

むかし潘安仁といふ人ありけり。姿有様類なく艶めかしく清げにて、その形は玉などのよく光る様にぞ見えける。秋のあはれを述べて賦に作り、ことに触れて情け深くやさしかりければ、世中にありける女、さながらなをきゝ形を見るより、下もえの煙り絶ゆる時なかりけり。車に乗りて道を行くに、道にあひたる女、思の余りにや、橘の枝を取りて、車のうちに投げ入れけり。人ごとにかくしければ、果物車に余りにけり。

めぐりあふこともやあるとからぐるまつみあまるまでなれるたちばな

『唐物語』巻九は『遊仙窟』の成立を伝説的に語った物語である。色好みの張文成は武后に深く恋慕し、ようやく一夜の契りを結んだ。その後、再び逢うことが叶わない武后に自分の気持ちを伝えるため、『遊仙窟』を著し武后に奉呈したという、『遊仙窟』の成立譚ともいうべきこの密通説話は『宝物集』、延慶本『平家物語』、見聞系朗詠注、永済注と書陵部本系朗詠注などに取り入れられた。潘岳は『遊仙窟』に「容貌似㆑舅、潘安仁之外甥。気調如㆑兄、崔季珪之小妹」と名前が挙げられている。この一句は『和漢朗詠集』下巻・妓女に収録されており、張文成と則天武后の密通説話はこの句の古注にも用いられた。それに加えて、『唐物語』巻二六の潘岳説話と巻九の張文成説話を比べると、波線で示したように、二人とも風流で情け深く、世の中の女性に愛される魅力的な人物として造型されていることが確認できる。さらに、『宝物集』巻四に「則天武后ハ長文成ニ値。陵園ノ妾ハ潘安仁ニ契ヲムスブ」と、武后と張文成との恋とともに陵園妾と潘岳との契りが持ち出されており、『浜松中納言物語』巻三に「昔かうやうけんに侍りけんはんがくといひ侍りける人などこそ、名を伝へ侍り。隣なる女、これを思かけて、三歳まで見侍りけるを、はんがくはえ知らず侍りける」と、同じ高名な美男である宋玉と潘岳が混同されている。このように、張文成・潘岳・宋玉といった漢土の名士は、漢籍の伝統から離脱した日本の説話・物語の世界に展開された伝説において同じ好色風流な性格を持つ人物として受容され、時には混同されたことによって、これら独自の恋愛譚が作り出されていたのではないか。

むすびに

以上、史実上でも漢籍の世界でも出会うことがなかった西施と潘岳の密通説話を論じてきた。見聞系の朗詠古注に潘岳が后の西施と密通した罪で山に配流された説話が見られる。その背景には、中世の説話・注釈の世界に展開された西施と潘岳のそれぞれのイメージの影響があり、特に日本の『遊仙窟』受容をめぐって生じた一連の風流恋愛譚が大いに寄与したことが想定される。一方、このように日本の古典世界に独自に展開された西施と潘岳の密通説話は『新撰万葉集』をはじめとする平安朝の漢詩文に遡れる。『新撰万葉集』に三回も用いられた「西施潘岳」という表現と、そこにほのめかされた二人の恋情は、漢籍世界の伝統を踏まえながら、平安詩人の想像力が和歌の表現世界と重なり合って創出したものと思われる。

このように、中国古典世界で名高い人物の故事が日本に伝わってから、漢と和の出会いによって生み出された新たな漢土人物像は漢詩文・注釈・説話の世界に広がる一方、物語にも浸透して更なる和の表現世界が展開されていった。[24] これに関する考察は今後の課題として深めていきたいと思う。

使用テキスト

朗詠古注…『和漢朗詠集古注釈集成』（大学堂書店、一九九四年）。『文選』…中国古典文学叢書（上海古籍出版社、二〇一〇年）。『白氏文集』…『白居易詩集校注』（中華書局、二〇〇九年）。『万葉集』『浜松中納言物語』…新編日本古典文学全集。『菅家文草』『本朝文粋』『宝物集』…新日本古典文学大系。『金葉和歌集』『拾遺和歌集』…『新編国歌大観』（一部表記を改めたところがある)。『新撰万葉集』…『「新撰万葉集」諸本と研究』所収元禄九年版影印(和泉書院、二〇〇三年)。『全唐詩』『呉越春秋』…『欽定四庫全書』所収。『経国集』…『国風暗黒時代の文学』中巻(下)Ⅱ(塙書房、一九七九年)。『史記』…中華書局一九八二年版。『晋書』…中華書局一九七四年版。『管子』『墨子』…新釈漢文大系。『遊仙窟』…『金剛寺本遊仙窟』(塙書房、二〇〇〇年)、新釈漢文大系参照。『唐物語』…『唐物語全釈』(笠間書院、一九九八年)。

注

(1) 三木雅博「『和漢朗詠集』所引唐人賦句雑考」(『和漢朗詠集とその享受』勉誠社、一九九五年)。

(2) 『白氏文集』に見られる「二毛」の用例は「三十生二二毛一、早衰為二沈痾一」(巻六「寄二同病者一」)、「莫レ怪独吟秋思苦、比レ君校近二二毛年一」(巻一三「秋雨中贈二元九一」)など十例ほど確認できる。

(3) 「和漢朗詠集古注釈集成解題」(伊藤正義・黒田彰・三木雅博編『和漢朗詠集古注釈集成』第二巻・上、大学堂書店、一九九四年)。

(4) 新間一美「『新撰万葉集』の成立と意義」(『国文学　解釈と鑑賞』七六巻八号、二〇一一年八月)。

(5) 田中大士「黄河考——新撰万葉集漢詩の手法」(『万葉』一一八号、一九八四年六月)、黄少光「新撰万葉集の形成——その詩律学の考察を通して」(『東アジア比較文化研究』一号、二〇〇二年六月)などを参照。

(6) 渡辺秀夫「和歌と漢詩——『新撰万葉集』から『菅家万葉集』へ」(『国文学　解釈と教材の研究』三七巻一二号、一九九二年十月)、「第五章「新撰万葉集」論——上巻の和歌と漢詩をめぐって」(『和歌の詩学　平安朝文学と漢文世界』勉誠出版、二〇一四年)などを参照。

(7) 呉衛峰「和歌と漢詩——『新撰万葉集』をめぐって」(『比較文学研究』六七号、一九九五年十月)。

(8) 前掲注4論文参照。

(9) 小島憲之「第三章白詩圏の文学　四平安人の空想の世界」(『古今集以前』塙書房、一九七六年)。

(10) 初句を「花の木も」、第三句を「あぢきなく」とする本がある。

(11) 小島憲之「第三章白詩圏の文学　三『新撰万葉集』の詩と歌」(『古今集以前』塙書房、一九七六年)、新撰万葉集研究会編『新撰万葉集注釈　巻上(一)』(和泉書院、二〇〇五年)、半澤幹一・津田潔『対釈新撰万葉集』(勉誠出版、二〇一五年)などを参照。

(12) 前掲注9参照。

(13) 『新撰万葉集』における人物故事の詠法はこのように漢籍の人物像から逸脱する空想的世界の展開が見られることは、前掲注9小島論文、前掲注5田中論文などの先行研究に指摘されている。

(14) 『寛平御時后宮歌合』恋三番、『後撰和歌集』巻第一〇・恋二に収録されている。

(15) 前掲注9参照。

(16) 例えば、『詩経・周南・巻耳』鄭玄の箋注は「此章為レ意不レ尽、申二慇懃一也」と注し、深い情けの意味で「慇懃」を用いた。

(17) 『世説新語・惑溺篇』は賈午と韓寿の密通説話を記しているが、「通慇懃」の表現が見られない。

(18) 渡辺秀夫「『伊勢物語』——漢詩文との響き合い」(『国文

学解釈と教材の研究』四三巻二号、一九九二年二月)。

(19) 西施の経歴については、矢嶋美都子「西施のイメージの変遷——美女から隠逸世界の色どりまで」(『お茶の水女子大学中国文学会報』七号、一九八八年四月)、曽甘霖「唐前西施形象演変考」(『江漢学術』二四巻四号、二〇〇五年八月)などを参照。

(20) 『蒙求』上巻に「荘子曰、西施病レ心而矉二其里一。其里之醜人、見而美レ之、帰亦捧レ心而矉二其里一(後略)」と見られる。

(21) 徐萍「『太平記』の西施説話考——比較文学の視点から」(『東京大学国文学論集』一〇号、二〇一五年三月)。

(22) 『晋書』巻五三に「賈后将レ廃二太子一、詐称二上不一レ和、呼二太子一入朝。既至、后不レ見、置二於別室一、遣レ婢陳レ舞賜レ以二酒棗一、逼飲酔レ之。使二黄門侍郎潘岳一作二書草一」とある。

(23) 前掲注4参照。

(24) 例えば、韓寿賈午説話に見られる覗き見、垣根、奇香などの要素は『伊勢物語』『源氏物語』との関連性や、『唐物語』の潘岳説話に漢籍に見られない橘が用いられたことなどが注目される。前掲注18渡辺氏の論文は『伊勢物語』がこのような「漢文世界の沃土(和—漢比較対照的な表現場)を力源として立ちあがって来た」ことを指摘した。

延慶本『平家物語』の李陵と蘇武

森田貴之

もりた・たかゆき――南山大学人文学部准教授。専門は中世文学・軍記物語。主な論文に「『太平記』の兵法談義――その位置づけをめぐって」（『太平記』国際研究集会編『太平記をとらえる第三巻』笠間書院、二〇一七年）、「『太平記』稲村ケ崎のコスモロジー」（鈴木健一編『浜辺の文学史』三弥井書店、二〇一七年）、「『八幡愚童訓』甲本の漢籍利用法粗描――武内宿禰と北条氏にふれつつ」（『国語国文』八六巻四号、二〇一七年）などがある。

『蒙求』の「蘇武持節」や「李陵初詩」をはじめ、「蘇武雁書」や「蘇武鶴髪」など、『漢書』に記された李陵と蘇武の物語からは多くの故事が生まれた。『平家物語』に語られる李陵と蘇武の物語は、それらの故事を集大成しつつ、『平家物語』に応じた物語へと再編成されている。その物語の構成と意図を追った。

はじめに

中国・前漢時代に同じく匈奴《きょうど》に抑留されるも、漢への忠節を貫いて艱難《かんなん》を経て英雄として帰還した蘇武《そぶ》と、反逆の汚名を着せられ胡国で一生を終えた李陵《りりょう》。彼らの二人の物語（以下、李陵蘇武譚と呼ぶ）は、『漢書《かんじょ》』「李広蘇建伝」や「匈奴伝」をはじめ、帰朝後に李陵に帰国を勧めた蘇武の書翰《しょかん》への李陵の返信に仮託された「蘇武に答ふるの書」（『文選』）などを通じて、日中両国において人口に膾炙《かいしゃ》してきた。[1]　また、『漢書』「司馬遷《しばせん》伝」や、司馬遷が思いを述べた書翰「任少卿に報ずるの書」（『漢書』『文選』等所収）により、李陵の弁護をして宮刑《きゅうけい》に処せられた司馬遷の悲劇「李陵の禍《か》」もよく知られている。

一連の李陵蘇武譚からは、『蒙求《もうぎゅう》』に採られた「蘇武持節」・「李陵初詩」両故事のほか多くの故事が生まれた。『和《わ》漢朗詠集《かんろうえいしゅう》』に「賓雁《ひんがん》に書を繋《か》くれば秋葉落つ　牡羊《ぼよう》に乳を期すれば歳華空《むな》し」（巻下・詠史・在昌・694）とある雁に文を運ばせる「雁書《がんしょ》」・牡《おす》の羊の乳を待って羊を飼う「牧羊《ぼくよう》」故事、同じく「漢帝傷嗟《しようさ》す　蘇武の来りし時の鶴の髪」（巻下・白・798・白賦）とある苦難により白髪になったことをいう「鶴髪《かくはつ》」[2]故事など、李陵蘇武譚は最も多くの故事を生んだ物語の一つと言っていい。[3]

とりわけ「雁書」故事は、『宝物集《ほうぶつしゆう》』巻三に「雁書の事、歌にもおほくよみて侍るめり」とあるように、歌語「雁の玉章《たまづさ》」の典故《てんこ》ともなった。その例歌の筆頭に掲げられる紀友則《きのとものり》「秋風にはつかりが音ぞきこゆなる誰《た》が玉章《たまづさ》をかけて来《き》つらむ」は、『古今和歌集』（巻四・秋歌上・207）や『和漢朗詠集』（巻上・秋・雁・324）にも採られ、その注釈（古今注・朗詠注）を通じても李陵蘇武譚が広まった。

しかし、その「雁書」故事も、漢籍においてさえ、その細部は一様ではない。『漢書』は、蘇武の死亡を主張する匈奴に対して、同じく匈奴に抑留されていた常恵《じようけい》が、謀計として雁書の話をするよう漢使に伝え、その謀《はかりごと》により匈奴側が蘇武の生存を認める、という物語で、雁書はあくまで架空の出来事とされる。一方、この雁書を事実として扱う『琱玉集《ちようぎよくしゆう》』感応篇のほか、劉向《りゆうこう》『新序《しんじよ》』のように、蘇武の忠節心には関心を示すものの、雁書には全く触れないものもある。

日本においても同様で、『俊頼髄脳《としよりずいのう》』は「はかりごとをなして」とするが、『宝物集』のように雁書を事実として扱うものも多い。[4] また、同文的同一話であっても、その焦点の当て方には差異があり、例えば『俊頼髄脳』は、「それによそへて、かの雁の歌は詠むなり」と歌語の由来として紹介するのみであるが、その『俊頼髄脳』を承《う》けた『今昔物語集』では話末評が加えられ、「然レバ、虚言《そらごと》ナレドモ、事ニ随《したがひ》テ可云《いふべ》キ也ケリ。衛律ガ謀ノ言《こと》ハ賢《かしこ》カリケリトナム語リ伝ヘタルトヤ」と、方便としての嘘を評価している。[5]

さらに、雁書の真偽のみならず、その提案者、雁書を結びつけた位置（頸《くび》か翅《はね》か足か、など）や文字を書く方法（血、柏など）、手紙の文面など、より細かな点においても差異があり、加えて李陵蘇武譚という物語によって何を例証させようとするのか、などの違いまで含めれば、さらに多様な形態がある。[6] 著名なものであっても、というよりむしろ、著名であるがゆえに、原典を離れて多くの訛伝《かでん》を生んで行くのが故事の世界といえる。

そうして、李陵蘇武譚の訛伝が広がる一方で、それらの多様な李陵蘇武譚から取捨選択を行い、新たな李陵蘇武譚を作り上げていくことも行われる。その典型が『平家物語』巻二「蘇武」（巻、章段名は覚一本）であり、関連故事を複数含み最もよくまとまった李陵蘇武譚の一つである。

この『平家物語』の李陵蘇武譚については、『宝物集』との関係を視野に入れた今成元昭氏による先駆《せんく》的な研究があり、諸書の李陵蘇武譚を、〈辛苦〉・〈持節〉・〈智謀〉をテーマに雁書を蘇武救出の謀計《ぼうけい》とする旧態の蘇武譚と、雁書を事実とし〈望郷〉〈恩愛〉をテーマとする新態の蘇武譚とに分類され、『平家物語』諸本の推移の中に、新旧両態の混在する延慶本や『源平闘諍録』の段階から徐々に「旧態的要素を完全に駆逐」していく〈望郷〉〈恩愛〉的傾向を見出された。(7) また、柳瀬喜代志氏、増田欣氏らは、延慶本『平家物語』が源《みなもとの》光行《みつゆき》『蒙求和歌』を素材の一つとしつつ、長編の李陵蘇武譚を構築していることを論じられた。(8) さらに、佐伯真一氏は、『平家物語』主要諸本の検討から、延慶本が新態の蘇武譚を取り入れ、やはり〈望郷〉〈恩愛〉を主題としていること、覚一本等が〈持節〉に回帰していくこと、などを論じられた。(9)

そこに黒田彰氏が、主に覚一本『平家物語』本文を対象に、他の『平家物語』諸本にも触れながら、朗詠注や古今注、胡《こ》曾詩《そし》注、千字文《せんじもん》注、蒙求注、百詠《ひゃくえい》注、その他の故事書、幼《よう》学《がく》書およびその注釈書などに広がり、またそれらを通じて定着していった多種多様な李陵蘇武譚の存在を紹介し、〝中世史記〟なる世界を示された。(10) これにより、『平家物語』各諸本の李陵蘇武譚の志向を問うならば、そうした〝中世史記〟の世界との関わりを前提とし、それらを素材として新たに構築されたものとして、改めて問い直さねばならなくなった。

本稿では、『平家物語』諸本のうち、古態を留める点の指摘される延慶本から第一末「漢王ノ使ニ蘇武ヲ胡国ヘ被㆑遣事」に語られる李陵蘇武譚をとりあげる。延慶本についても既に、『延慶本平家物語全注釈』(汲古書院)という関連文献等を網羅《もうら》した貴重な成果があるが、その成果に学びつつ、延慶本が日本中世に流布した多種多様な李陵蘇武譚からどのように情報を取捨選択し、どのように新たな李陵蘇武譚を構築していったのか、延慶本の李陵蘇武譚の展開を改めて追い、特徴的と思われる部分を中心に小考を試みたい。

延慶本の李陵蘇武譚

(一)王昭君説話と李陵派兵と族刑、投降

多くの李陵蘇武譚は、発端となる匈奴への李陵派兵の詳しい経緯を記さず、単に〝胡国を伐《う》つため〟などと簡略な場合が多い。少しく経緯に触れる場合でも、例えば、朗詠注のうち『和漢朗詠集永済注《えいさい》』などは「漢武帝ノ時、匈奴トイヒテ、胡国ノエビスアリキ。カレ、謀反ヲオコシテ、ミカドニソムキタテマツリシカバ」と匈奴の脅威に言及したりする。(11) それに対し、延慶本は、本来は時期を全く異にする王昭《おうしょうくん》君説話

を前段に置き、そこに李陵の派兵を関連付ける。

昔、唐国ニ漢武帝ト申帝マシ〳〵ケリ。王城守護ノ為ニ数万ノ栴陀羅ヲ被レ召タリケルニ、其期スギケルニ、胡国ノ狄申ケルハ、「（中略）適賢王ノ聖主ニ合奉テ、帰国ノ思出ナニカセム。願ハ君三千ノ后ヲ持給ヘリ。一人ヲ給テ胡城ニ帰ラム」ト申ケレバ（中略、いわゆる王昭君説話）、武帝、此事ヲヤスカラズ思給テ、李陵ト云兵ヲ大将軍トシテ、胡国ヲ責ニツカハス。

こうした王昭君説話と李陵蘇武譚との接続については、国会本『和漢朗詠注』に、この二つの説話を結びつける「王昭君ハ、一面ノ琵琶ヲ、馬上ニ弾ジテ、明月ニ嘯テ、胡国ニ去リ畢ヌ。漢王恋ノ病ト成テ、取返サン為ニ蘇武李陵等ヲ遣セシ也」という形があることが紹介されており、延慶本独自の形態ではない。(12) ただし、この王昭君説話の発端が、「王城守護」にあたっていた夷狄が漢から帰国する際、武帝に対して后の一人を求めたことにある点は注意される。また、王昭君が選ばれてしまった原因も、画図に頼った帝の責任であることはいうまでもない。(13) 延慶本で描かれる王昭君降嫁《こうか》をきっかけとする漢側の派兵には、大義名分が全くないことになる。こうした、武帝に対して批判的と思われる視点はこのあとにも見られる。

次は、派遣された李陵が故国に捕らわれる経緯である。

其勢僅ニシテ千騎ニスギザリケリ。李陵胡国ニ行テ微力ヲ励テ責戦ト云ドモ、魚鱗鶴翼之陣、官軍不レ得レ利コトヲ。皇旗電戦之威、逆ヒ類似リレ乗ニレ勝ニ。而ル間ダ官軍滅テ、終ニ狄ノ為ニ李陵被レ取テ、胡国ノ王単宇ニ仕ハル。

延慶本は、李陵の軍勢が一〇〇〇騎に及ばない小勢であったと具体的な数値を示したうえで、(14) 奮戦するも敗れ、胡国に仕えることになった李陵の姿を提示する。これは、例えば古今注のうち『弘安十年古今集歌注』が女色に迷った李陵の失策を語ることや、王昭君説話との接続という点では延慶本と近似していた国会本『和漢朗詠注』が、やはり女性を用いた匈奴側の策略に言及していることとは大きく異なる。(15) 延慶本は李陵の戦い方などは全く批判しない。

さらに、この李陵の敗戦の報に接した武帝は、怒りのあまり李陵を族刑《ぞくけい》に処してしまう。しかも李陵の母を責め殺すのみならず、父に至っては墓を掘り返してその死骸を罰するに至ったとする。李陵の族刑は『漢書』等にも見え、母・弟・妻子および親族にまで刑が及んだとあるが、父親の墓を暴いた話までは見られない。(16) 延慶本では、武帝の悪辣《あくらつ》さが他書以上に強調されているわけだが、その際の李陵の心情は、以下のように描かれる。

李陵是ヲ伝聞テ、悲ヲノベテ云、「我思キ。胡国追討ノ使ニ被レ撰之時ハ、彼国ヲ亡シテ君ノ為ニ忠ヲ致サムトコソ思シカ。サレドモ軍敗テ、胡王ガ為ニトラハレテ仕ワルト云トモ、朝夕隙ヲ伺テ、胡王ヲ滅テ日来ノ怨ヲ報ゼムトコソ思シニ、今カヽル身ニナリヌル上ハ」トテ、胡王ヲ憑テ年月ヲ送ル。武帝是ヲ聞キ給テ、李陵ヲ呼給ヘドモ不レ来。

こうした延慶本の李陵の投降に至るまでの展開や心情描写は、基本的に武帝に対して批判的で、かつ李陵に対して同情的なものであるといえよう(17)。そして、この李陵の心情の吐露《とろ》は後段でも再び繰り返される(後述)。

(二) 蘇武の派兵と苦難

さて、李陵の派兵の失敗の後、「サテモ漢王軍ニ負ケ給ヒヌル事ヲ安カラズ思シ食シ」た武帝は「李将軍ト云フ者ト、蘇子荊《そしけい》(注:蘇武)ト云フ兵トヲ」派兵する(18)。再び武帝の個人的な思惑《おもわく》で匈奴への侵攻が行われ、さらなる悲劇を招くことになるわけだが、延慶本はここで、武帝が蘇武に軍旗(=「節」)を授ける場面を描く。

蘇武ヲ近ク召寄セテ、軍ノ旗ヲ賜トテ武帝宣ケルハ、「此ノ旗ヲバ、汝ガ命共ニ持ベシ。汝若戦場ニシテ死セバ、相構テ此ノ旗ヲバ我許ヘ返スベシ」ト、宣命ヲ含ラレケリ。

これもまた、国会本『和漢朗詠注』の「夷国ヲ討ニ下ル者ニハ、必ズ天子ノ旗ヲ給也。蘇武、此旗ヲ給テ、十九年ノ間、不レ失、漢ニ返テ武帝ニ奉リシ、此ヲ云レ節《ト》也」とする記述と関わる。蘇武の持した旗に関しては、それを笞《むち》代わりに牧羊したことや旗飾りが落ちてしまったことなどが『漢書』に見え、それが「持節」故事として諸書に引き継がれている。延慶本は、そうした場面を描かず、朗詠注に拠ることで、あくまでも皇帝との関係において「持節」故事を取り上げている。そして、このことは帰朝後に皇帝に返還する場面が描かれることともつながる(後述)。

さて、李陵に続いて王昭君奪還に派遣された蘇武もまた匈奴に捕らえられ、足を切られて胡国に留められてしまう(引用省略)(19)。そのことは、次の『古今集』広貞注ほかの古今注に類似の記事がある。

其中に蘇武一人いきのこりて、猶しなぬ事をにくみて、一足を切て田村にはなちすてにけり。一足はありといへども、一足なければ、ふるさとへかへるにもならずして、たゞ他国にして年月をわたりけり。田村にはいありきて、春はくはひをひろい、秋はおちほをひろいてぞ、はつかに命をつくかてともしける。さるまゝに、は田にすむものにて、雁はいとよくみなつきて、わがとものごとくしておちず。これにしたがひむつびたりけり。

（『古今集』広貞注）

この「切足」故事は、古今注では、蘇武が自分の意思に反して胡国に留められたことの説明として機能しているが（波線部）[20]、延慶本では若干経緯が異なり、捕らわれてすぐ、他の三十余人とともに足を切られる。しかし、続く胡国での蘇武の生活描写（傍線部）には、明らかな古今注の影響がある。[21]

古京ノ妻子ノ恋キ事、日夜旦暮ニワスレズ。瓢箪屡バ空シ、草顔淵之巷ニ滋シ。藜藿深鎖、雨原憲之枢ヲ湿ケムモ、是ニハ過ジトゾ覚シ。彼ハ僅ニハニフノ小屋モアリケレバコソ、雨モ枢ヲ湿シ、草モ巷ニ滋カリケメ。此ハ草葉ヲ引キ結ブ、アヤシノ柴ノヤドリモナケレバ、只野沢田中ニハイ行テ、春ハクワイヲ堀リ、秋ハ落穂ヲ拾テゾ、アケクレハスグシケル。禽獣鳥類ノミ朋トナレリケレバ、常ニハ羊ノ乳ヲ飲テ明シ晩シケリ。秋ノタノムノ雁モ他国ニ飛行ドモ、春ハ越地ニ帰ル習アリ。是ハイツヲ期スルトシナケレバ、只泣クヨリ外ノ事ナシ。

帰雁隔《へだつ》ル雲ノ余波《なごり》マデ同ジ跡ヲゾ思ツラネシ

ただし、『古今集』広貞注では、田村で暮らしたことで雁と蘇武が馴れ睦び、心が通いあったことで「雁書」が実現する、というように、即座に雁書故事が結びつけられていた。それに対して、延慶本は「禽獣鳥類ノミ朋トナレリケレバ」とはするものの、直後に「常ニハ羊ノ乳ヲ飲テ」とあるように、別の「牧羊」故事に結びつけ、ここではまだ雁書を持ち出さない。

延慶本が雁書になかなか触れようとしない姿勢は、古今注のみならず、朗詠注と比較しても明らかである。「牧羊」故事は、前述の通り『和漢朗詠集』収録詩句において雁書とともに触れられるものであり、当然、各種の朗詠注もそれに触れる。[22]しかし、例えば次の『和漢朗詠集永済注』のように、「牧羊」故事はやはり即座に「雁書」故事に結びつく。

又、武ヲシテ、北海ノホトリニ、ヒツジヲカハセケレバ、武、天ニアフギテ、ナゲキテイハク、北来之雁、南往之鳥、我カ故郷ヲスグラムトイヒケレバ、天、ソノ心ヲアハレミテ、二ノカリヲ、石穴ニヲトセリケレバ、武、書ヲカキテ、カリノクビニツケテケリ。

（『和漢朗詠集永済注』）

これに対し延慶本は、「牧羊」故事に触れたあとも、すぐには雁書を持ち出さず、むしろ雁との〝違い〟を強調し、さらに『蒙求和歌』から和歌一首を引用している（先掲、点線部）[23]。

この和歌は、『蒙求和歌』春部・帰雁題に配された「王粲《おうさん》覆棊《ふっき》」のものであるが、王粲の故事自体は「雁」とは全く関係がない。(24) その意味では、秋部・雁題に「蘇武持節」を収録する『蒙求和歌』から、同じ「雁」に関連する帰雁題の和歌を抜き出したに過ぎない。しかし、延慶本の「秋ノタノムノ雁モ他国ニ飛ビ行ケドモ、春ハ越地ニ帰ル習ヒアリ。是ハイツヲ期スルトシナケレバ、只泣クヨリ外ノ事ナシ。」という、定期的に都と胡地を往還できる雁とは異なる自身の境遇を嘆く文脈と、雁に思いを寄せる『蒙求和歌』の和歌とはうまく重なってはいる。そして、延慶本の展開においては、ここで往還し得る雁との違いを示すことにより、雁書で都への伝書がなされ、帰国がかなうという、この後の〝奇跡〟がより強調されることになり、蘇武の苦難の時期が強調されることになるという効果もある。

さらに、延慶本はこのあともまだ雁書の件を持ち出さず、武帝の死と昭帝（延慶本「照帝」）の即位、そして、匈奴の嘘による蘇武生存の隠蔽《いんぺい》へと話題を移していく。

武帝隠レ給ヌ。（中略）照帝位ヲ受給テ、蘇武ヲ尋ニ遣ス。早失ニキト偽リ答ケル間、未ダ有ト計ダニ、古里人ニ聞レバヤトハ思ヘドモ、嵇田《けいでん》ノ畝ニ住ム身ナレバ、甲斐ナク是ニモ合ザリケリ。牡羊ニ乳ヲ期シテ、歳化空ク重テ、僅ニイケルニ似レドモ、漢ノ節ヲ失ハズ。言ノ下ニハ暗ニ骨ヲ滑《ケ》ス火ヲ生シ、咲《ヲコ》ノ中ニハ偸ニ人ヲ刺ス刀ヲ鋭グ。イカニモシテ胡王単于ヲ滅シテ古京ヘ帰ラムト思ヘドモ力及バズ過シケリ。

このあたりの延慶本の叙述は、次の『蒙求和歌』秋・雁「蘇武持節」に拠っているが（傍線部）(25)、その『蒙求和歌』もまた、即座に雁書に話題を繋げていることに注意したい。

武帝カクレタマヒテ、昭帝ノ世ニナリテ、帝ノ使ヒ匈奴ノ国ニイタリテ、蘇武ヲタヅヌルニ、ハヤクシニニキトイツハリコタヘケリ、イマダアリトバカリダニモ、フルサト人ニキカレバヤト思フカヒナシ、アキノソラヲムカヘテ、宮コノカタヘユク雁ノアシニフミヲムスビツケテケリ、雁、南ヲサシテトビサリヌ

（『蒙求和歌』片仮名本）

先掲の通り、延慶本はここでもまだ雁書を持ち出さず、『和漢朗詠集』から再び「牡羊に乳を期すれば歳華空し」（前掲）の句を引くとともに、同じく『和漢朗詠集』より「言の下には暗に骨を消す火を生《な》す 咲《え》みの中《うち》には偸《ひそ》かに人を刺す刀を鋭《と》ぐ」（述懐・759・良春道）を用いて、忠節を貫く蘇武の姿を示す（点線部）(26)。この「言の下には」以下の句は本来李陵蘇武譚とは全く関わらないもので、延慶本が独自に李陵蘇武譚に持ち込んだものと見られる。延慶本は、皇帝主導による

救済の可能性が消えてもなお、苦難に耐え、心中に刃を研ぎ続ける蘇武の姿を描き出し、その長い「持節」の末にようやく「雁書」の奇跡を訪れさせるのである。

(三) 蘇武の雁書と帰還

朝暮ニ見馴シ雁ノ、春ノ空ヲ迎テ都ノ方ヘ飛行ケルニ、蘇武、右ノ指ヲクヒ切テ其血ヲ以テ柏葉ニ一詞ヲ書テ、雁ノ足ニ結付テ云ケルハ、「一樹ノ影ニ宿リ、一河ノ流ヲ渡、皆是先世ノ契リナリ。何況ヤ己ハ肩ヲ並テ年久シ。争カ此ノ愁ヲ訪ハザラム」トテ、雁ニ是ヲコトヅケヌ。

前段に続く「春ノ空ヲ迎テ都ノ方ヘ飛行ケルニ」(27)もまた『蒙求和歌』(前掲箇所)に拠る表現であり、以下、『蒙求和歌』との接点が顕著になっていくが、延慶本は、『蒙求和歌』の触れない、雁書の具体的な方法や蘇武の心境などを描写している。

それらの描写は、『古今集』広貞注の「柏の葉にゆびの血をもつてかける」などに類似し、さらに『説法明眼論』《せっぽうめいげんろん》叙の表現「一樹の下に宿し一河の流を汲み(中略)是先世の結縁なり」を利用したものである。(28)

続く、雁書を帝が手にする段も同様で、『蒙求和歌』には、

帝、上林苑ニアソビタマフヲリシモ、賓雁、書ヲカケテイタレリ、トリテミタマフニ、蘇武サリテヨリコノカタ十九年ノウレヘヲカキツヅケタルナリケリ、カギリナクアハレトオボシテ

(『蒙求和歌』片仮名本)

と簡潔な描写しかないが、延慶本は、その構造を引き継ぎつつ(傍線部)、蘇武が帝に訴えたという「サリテヨリコノカタ十九年ノウレヘ」の内容を具体化して描いている。

折節御門上林薗ニ御幸シテ、霞メル四方ヲ打詠、千草ノ花ヲ見給ニ、雁一行飛来テ、遥ノ雲ノ上ニハツネノ聞ユルカト覚ルニ、一ノ雁無レ程飛下ル。アヤシト叡覧ヲ経ルニ、結付タル書ヲクヒホドキテ落シタリケルヲ、官人是ヲ取テ照帝ニ献ル。帝自ラ叡覧ヲ経給ニ、其詞云、「昔ハ巌穴ノ洞ニ籠《こめら》レテ、徒ニ三春之愁歎ヲ送リ、今ハ嵇田ノ畝ニ放レテ、空ク胡狄之一足ヲ聞ク。設ヒ身ハ留テ而胡地ニ朽トモ、魂ハ還テ而再ビ漢君ニ仕ム」トゾ書タリケル。是ヲ御覧ジケルニ、帝無レ限哀ト思食テ、歎ノ御涙ヲサヘガタシ。

こうした雁書の具体的な内容もまた『弘安十年古今集歌注』など古今注に類似記事が存在する。しかし、「昔ハ巌穴ノ洞ニ〜、今ハ嵇田ノ畝ニ〜」(点線部)という「昔」と「今」の対比は、『弘安十年古今集歌注』に「李、此色ヲ見知リ蘇武ヲトラヘテ雪深キ山ニ流ス。三年ヲ経テ召返ス。猶、

其ノ思ノ色見ユレバ、片足ヲ切テ広田ニ追放ツ」とある、李陵と蘇武との敵対関係や、それに伴う蘇武の境遇の変化を語る箇所が前提となっているものである。延慶本は、そうした記述を一切持たないため、なぜ「三春」といった単位で「昔」と「今」が区切られるのか、雁書の内容が全く意味をなさない。これは『蒙求和歌』の文脈に具体性を持たせようと部分的に古今注を利用した結果と考えられ、延慶本の李陵蘇武譚の中心的な構造は、基本的に『蒙求和歌』に拠ったものであることがわかる。

さて、雁書により蘇武の生存を知った帝は、続いて永律を派兵し、ついに王昭君と蘇武とを得る。

> 蘇武未《いまだ》生テ有ケル物ヲトテ、永律ト云賢キ兵ヲ大将軍トシテ、百万騎ノ勇士ヲ率テ胡国ヲ責給ニ、今度ハ胡国敗ラレテ単于モ既ニ失ニケリ。永律、照君ヲ取返シ、蘇子荊ヲ尋得タリ。

この経緯は、『蒙求和歌』には「カギリナクアハレトオボシテ、タシカニ蘇武ヲタテマツレトセメラレテ、ソノトキカヘシタテマツリテケリ」とあるのに対して、延慶本では、衛律（延慶本は永律）を大将として「百万騎ノ勇士ヲ率テ胡国ヲ責給ニ」と、大軍を派遣しての奪還作戦が行われたことになっていることが注目される。

ここで派遣される衛律とは、本来は蘇武の匈奴への降伏を説得せんとした人物である。[29] ただ、日本では、『俊頼髄脳』などのように、蘇武の帰国に尽力し、漢使に雁書の謀《はかりごと》を提案した人物ともされる。延慶本の「永律ト云フ賢キ兵」という表現は、衛律の知略面に注目したもので、彼を雁書の謀の提案者とする説の影響も感じられるが、延慶本は、そうした謀計ではなく、あくまでも大軍による奪還としていることにあらためて注意したい。

この「百万騎」という数値は、『古今集』広貞注の「いそぎ軍兵をもよほしたてゝ、百万騎をつかはして」に一致するが、李陵を派遣した際の「其勢僅ニシテ千騎ニスキザリケリ」という延慶本の叙述とはちょうど対照的である。延慶本は、こうした具体的な数値を示すことで、李陵派兵時の武帝と同じ轍を踏むことなく、ついに匈奴攻略に成功したことを語っているわけである。[30]

そして、派遣する兵の多寡が皇帝の一存で決まるとするならば、李陵や蘇武の戦略面への言及がなかったことも含め、延慶本の李陵蘇武譚の関心は、臣下の知略や戦略ではなく、あくまでも武帝・昭帝それぞれの皇帝の対応と、それによって揺り動かされる李陵・蘇武ら臣下の運命に向けられているといえよう。

（四）李陵の五言詩と後日談、話末評

延慶本は、蘇武の奪還のあと、再び視点を李陵に戻す。故国から帰国する蘇武の物語は、同時に胡国に留まる李陵の物語でもあるからだが、李陵蘇武譚のうち、蘇武の雁書による帰還に物語の重点が置かれた場合、李陵の存在は必ずしも不可欠な存在ではない。事実、中国の『琱玉集』も『新序』も、日本の『俊頼髄脳』も李陵を登場させない。一方、延慶本は、李陵の派遣からその経緯を詳述し、大きく取り上げていた。胡国に留まる李陵は、帰国する蘇武に対してこれまでの経緯を振り返り、五言詩を送る。

李陵余波ヲ惜テ云ク、我身年来君ノ御為ニ二心ナシ。就ㇾ中、胡国追討ノ大将軍ニ撰レ奉シ事、面目ノ一也。然ドモ宿運ノシカラシムル事ニヤ、御方ノ軍敗テ胡国ノ王ニトラハレヌ。サレドモ如何ニモシテ胡王ヲ滅シテ、漢帝ノ御為ニ忠ヲ致サムトコソ思シニ、今母ヲ罪セラレ奉リ、父ガ死骸ヲ掘ヲコシテ打セタメ給ケム。亡魂イカヾ思ケム。悲トモ愚也。又親類兄弟ニ至マデ、一人モ残ラズ皆罪セラルヽ事、歎ノ中ノ歎也。故郷ヲ隔テ、只異類ヲノミ見ル事ノ悲キ」トテ、李陵、蘇武ガ許ヘ五言ノ詩ヲ送レリ。其詞云、「携ㇾ手上㆓河梁㆒、遊子暮何之。二鳧倶北飛、一鳧独南翔。余自留㆓斯館㆒、子今帰㆓故郷㆒」。是レ五言ノ詩ノ始也。此心ヲヨメルニヤ、

同ジ江ニムレヰル鳧ノ哀ニモ返ル波路ヲ飛ヲクレヌル

ここで李陵が語る内容は、延慶本独特の「父ガ死骸ヲ掘ヲコシ」たことも含めて延慶本が前段までに語ってきたものと齟齬《そご》することなく構成され、その心情の吐露も、すでに物語の中で語られたものの繰り返しである。この一見不用意にも見える重複は、次の『蒙求和歌』羇旅部「李陵初詩」の構成を引き継いだことに由来する。

李陵、漢王御使ヒトシテ、胡国ヲセメニオモブキテ、五千ノツハモノヲシテ、十万ノエビスニトリコメラレテ、トシヲヘケリ、エビスノ王、禄ヲホドコシテ、ツカハムトスレドモ、シタガハズシテ、漢ノ節ヲオモヘリ、エビスイカリテユルサズ、ハルカニ故郷ヲヘダテテ、タダ異類ヲノミゾミケル、時ニ、蘇武スデニ宮コヘ返ルヨシヲキキテ、蘇武ニ詩ヲオクレリ、携手上河梁、遊子暮何之、又云、二鳧倶北飛、一鳧独南翔、余自留新館、五言ノ詩コレヨリハジマレリ

オナジエニムレヰルカモノアハレニモカヘルナミヂヲトビオクレケル

（『蒙求和歌』片仮名本）

延慶本が李陵の一連の五言詩としていたものは、元々の出典においては、李陵と蘇武それぞれの立場に仮託された別々の詩である。(31) しかし、『蒙求和歌』も、その標題が「李陵初詩」であることもあってか、「又云」で区切るものの二首ともに李陵の詩として扱っており、(32) 延慶本はここでもその本文を利用していることがわかる。ところが、その漢詩以前の箇所においては、『蒙求和歌』は、匈奴に決して降伏しない李陵の姿を描いており、やむなく降伏したとしていた延慶本とは多くの相違があった。

この『蒙求和歌』の描く降伏せず「持節」する李陵は、李陵と蘇武とを対等に描き、五言詩の絶唱を強調しようとする意図によるものかと思われるが、多種多様な李陵蘇武譚の中にあってもかなり特異なものである。『蒙求和歌』のこうした李陵像を採用していない延慶本は、『蒙求和歌』「李陵初詩」の前半部分を延慶本前半部の文脈に即したものに差し替えたため、先述した同一の描写の繰り返しが生じたのだと考えられる。延慶本が、『蒙求和歌』の構造を引き継ぎつつ、内容的な齟齬《そご》が生じないように再構成されたものであることがあらためてわかるだろう。

さて、延慶本はこの段のあとに、皇帝のもとにこの李陵の詩が届けられたことを記す。こうした記述は『蒙求和歌』にはなく、延慶本独自の展開である。

忩《いそ》ギ御門ニ参リテ、李陵ガ詩ヲ奉ル。帝是ヲ御覧ジテ、哀トオボシケレド甲斐モナシ。先帝ノ御時給ハリシ旗ヲ懐ヨリ取出シテ、御方ノ軍敗レテ、胡王単于ニトラワレテ嵆田ノ畝ニ放レテ、年月悲リツル事、又李陵ガ愁歎セシ事、カキクドキ細ニ語申セバ、御門悲涙キアヘ給ハズ。

そもそも詩句が「余…、子…」であるように、この李陵の詩は、李陵・蘇武二人の間で交わされるべき内容で、その内容が皇帝のもとに届くことはあまり意味をなさないはずである。にもかかわらず、この李陵の詩が皇帝の元に届けられ、「哀トオボシケレド甲斐モナシ」という状況が後日談として示される。加えて、蘇武の口からも、蘇武自身のこれまでの境遇とともに李陵の愁歎《しゅうたん》が伝えられ、「御門悲涙キアヘ給ハズ」となったことまでもが語られる。

これは、族刑に処せられた李陵が胡国に留まることを選んだ時にも、「武帝是ヲ聞キ給ヒテ、李陵ヲ呼ビ給ヘドモ来ズ」と、李陵の本心を後から知る武帝の姿が示されていたこととも重なる。延慶本はその李陵蘇武譚において、一貫して皇帝と李陵との関係を描いているのである。

蘇武についても同様で、蘇武が持し続けた「節」すなわち旗が返還される際、『蒙求和歌』「蘇武持節」は「アマタノトシヲヘダテテケレバ、カホノ色オトロヘ、カシラシロクナリテ、アリシニモアラズゾナリニケル」と容貌の変化を語る、いわゆる「鶴髪」故事によってその悲劇的運命を強調するのみであるのに対し、延慶本には

蘇武生年十六歳ニシテ胡国ヘ越キ、卅四ニシテ旧都ヘ帰リタリシニ、白髪ノ老翁ニテゾ有ケル。後ニハ典属国ト云官ヲ給ハテ君ニ仕ヘ奉リ、遂ニ神爵元年ニ年八十余マデ有テ死ニケリ。

と、再び任官され「君ニ仕ヘ奉」ったことが同時に示され、この記事をもって蘇武の物語の幕が閉じられている。(33)

おわりに

ここまで関連資料との比較を行いつつ、延慶本の李陵蘇武譚の展開を追ってきた。延慶本の李陵蘇武譚は、物語中に全三首に及ぶ『蒙求和歌』所載和歌を引用するものの、事件の発端として『蒙求和歌』にはない王昭君説話を詳述するほか、李陵や蘇武が胡国に留まる経緯についても『蒙求和歌』とは距離があった。しかし、その後の『蒙求和歌』に接近した箇所を見ると、『蒙求和歌』の「蘇武持節」「李陵初詩」両故事を基本的な骨格とし、古今注や朗詠注などと重なる情報によって、その細部を補うような形で構成されていた。延慶本の李陵蘇武譚は、『蒙求和歌』の叙述に、前日譚・後日譚など『蒙求和歌』の両故事が触れない詳細な情報を加えることで、〝完成した〟李陵蘇武譚を志向したものと捉えるべきだろう。

そして、その再構成に際しては、多くの素材、話題を持ち込んでいた。例えば、蘇武と妻との関係は蘇武譚にしばしば見られるモチーフなのだが、(34)延慶本も、胡国滞在時の蘇武について「古京ノ妻子ノ恋シキ事、日夜旦暮ニワスレズ」と描写し、それを承けて「故郷ニ帰リ旧宅ニ行タレバ、蘇武去シ年ヨリ帰京ノ今ノ年マデ、旧妻愁ノ余ニヤ、毎年一ノ衾ヲ調テ棹ニ並テ懸ヲケリ。細ニ是ヲ算レバ十九ニテゾ有ケル」と、蘇武を待っていた妻の描写を最後に示し、そのモチーフを取り込んでいる。そうした細部も含め、延慶本は李陵蘇武譚の諸要素を集成する志向を持ちつつ物語を構成しているのである。

そのため延慶本の李陵蘇武譚は、一見、寄せ集めの物語とも見える。しかし、『蒙求和歌』本文を中心に置いて比較を試みたとき、その全体に共通する傾向もまた見えた。

まず、その前日譚においては、朗詠注に見られる王昭君説話との接点から王昭君説話を取り込み、武帝による大義なき、かつ寡勢での出兵が李陵の敗戦を招く様が描かれていた。さらに武帝の理解を得られず、族刑どころか父の墓まで暴かれ、

已《や》むなく匈奴に従う李陵の姿も描かれた。この李陵蘇武譚の前段をなす物語により、『蒙求和歌』その他の諸書が大きくは取り上げない皇帝の存在がクローズアップされている。延慶本の李陵は、皇帝によって悲劇に追い込まれる印象がより強い。

　蘇武についても、皇帝が自ら蘇武に旗を授ける場面が描かれたほか、『蒙求和歌』「王粲覆棊」の和歌を含め、雁書の奇跡に至るまでの長い苦難の時が古今注などに拠りつつ丁寧に描かれ、ようやく事態を察した皇帝によって救出のための大軍での出兵がなされることになる。そして、帰還後のエピソードとしても、旗の返還場面や再出仕が具体的に描かれるなどしていた。単純に蘇武側の状況のみを語る『蒙求和歌』と比べても、皇帝の存在感は大きく、それだけ蘇武の皇帝に対する忠節の意識も明確に強調されているといえよう。

　今成元昭氏が、『平家物語』に、雁書の計という〈智謀〉ではなく、〈望郷〉によって〈奇蹟〉を生じさせるという〈恩愛〉的傾向を見いだされて以来、延慶本についても〈辛苦〉〈持節〉より、〈恩愛〉〈望郷〉の物語としての側面が強調されてきた。たしかに、王昭君にしても、李陵、蘇武にしても、悲痛な帰京の願いを等しく抱《いだ》いており、〈望郷〉的要素は色濃い。延慶本に採られた『蒙求和歌』の和歌三首もまた、基本的に〈望郷〉の文脈に置かれた歌であるといっていい。

　しかし、本稿で見てきたように、延慶本は、その『蒙求和歌』の基本的構造に加えて、古今注や朗詠注と関わりながら、情報を〝追加〟していた。そして、そこではむしろ、李陵と蘇武の二人の〈辛苦〉がさらに強調され、〈持節〉の要素も『蒙求和歌』以上に強くあらわれるかたちになっていた。この〈辛苦〉や〈持節〉といった要素は、たしかに旧態の蘇武譚から引き継がれてきたものではあるが、不要な残存物などではなく、延慶本は改めてそれらの要素を取り入れ直しているのである。李陵蘇武故事の集大成的性格のある延慶本にとって、〈恩愛〉〈望郷〉への志向があろうとも、〈辛苦〉〈持節〉もやはり不可欠な要素であったわけだ。

　そして繰り返しになるが、李陵、蘇武ら（もちろん王昭君も）に〈辛苦〉を味わわせ、等しく〈望郷〉の想いを抱かせたのも、その後の運命を翻弄したのも、基本的には皇帝、すなわち時の為政者の判断だったとして描かれていた。延慶本では、蘇武の救出は〈智謀〉ではなく、皇帝の武力によって実行されたほか、本来、李陵と蘇武の間でのみ交わされる、いわゆる蘇李詩が、蘇武を通じて皇帝のもとにまで届けられていた。李陵と蘇武との対比のみによって語られることも少なくない李陵蘇武譚だが、延慶本は、皇帝と李陵、蘇武それぞれとの関係を描き出そうという意思を持ち続けている。

覚一本『平家物語』は、「漢家の蘇武は書を雁の翅に付て旧里へ送り、本朝の康頼は浪のたよりに歌を故郷に伝ふ。かれは一筆のすさみ、これは二首の歌、かれは上代、これは末代、胡国、鬼界が嶋、さかひをへだて、世々はかはれども、風情はおなじふぜい、ありがたかりし事ども也」と、蘇武の雁書と康頼の卒塔婆流との類同のみを語るが、延慶本は、本章段末尾に「李陵ハ胡国ニ留リ、俊寛ハ小島ニ朽ヌ。上古末代ハカハリ、境ヒ遼遠《はるか》ハ隔レドモ、思心ハ一ニシテ、哀ハ同ジ哀也」と、李陵と俊寛、蘇武と康頼との両方を相似的に捉えることを明言する。

その康頼・俊寛の二人の運命を分けたのは、「一人モ留マラム事ハ中々罪業タルベシト覚エ候」と全員の恩赦を願う重盛に対して、清盛が「康頼ガ事ハサル事ニテ、俊寛ハ且ハシラレタル様ニ随分入道ガ口入ニテ法勝寺ノ寺務ニモ申ナシナムドシテ人トナレル物ゾカシ。其ニ人知レズ鹿谷ニ城ヲ構ヘ事ニフレテ安カラヌ事ヲノミ云ケル由ヲ聞ガ、殊ニ奇怪ニ覚ルナリ」（延慶本・第二本「建礼門院御懐任事」）と怒り、俊寛だけを流刑地に残す判断をしたことによる。康頼、俊寛の運命の全てを清盛に帰すことはできないまでも、大きく左右してはいる。康頼・俊寛の物語は、『平家物語』においては、当然だが清盛物語の一部でもある。

本来の物語から派生し、また断片化した種々の故事が、軍記物語において再び集成され新たな物語として語られるとき、新たな視点が重層的な視点の一つとして物語に持ち込まれる。これはなにも珍しいことではない。李陵蘇武譚に『平家物語』の世界が重ねられようとするとき、そのまなざしは、おのずと蘇武と李陵のみならず為政者へも向かっていったのだろう。

引用本文

引用に際しては、表記や濁点の有無、用字、訓点等を適宜改めた箇所がある。

『和漢朗詠集』…小学館・新編日本古典文学全集、『宝物集』七巻本…岩波書店・新日本古典文学大系、『古今和歌集』…岩波書店・新日本古典文学大系、『俊頼髄脳』…小学館・日本古典文学全集、『今昔物語集』…岩波書店・新日本古典文学大系、延慶本『平家物語』…汲古書院・延慶本平家物語全注釈、国会本『和漢朗詠注』・『和漢朗詠集永済注』…大学堂書店・和漢朗詠集古注釈集成、『弘安十年古今集歌注』…赤尾照文堂・中世古今集注釈書解題、『古今集』広貞注…臨川書店・京都大学国語国文資料叢書、『蒙求和歌』（片仮名本）…角川書店・国歌大観、『説法明眼論』…寛文五年刊本、覚一本『平家物語』…岩波書店・日本古典文学大系

注

（1）史実としての李陵蘇武譚に迫るものには、護雅夫『李陵』（中公文庫、一九九二年）および冨谷至『中国歴史人物選　ゴビに生きた男たち――李陵と蘇武』（白帝社、一九九四年）がある。

（2）『注好選』第七一話「蘇武が鶴の髪」はこの故事を取り上げたもの。

（3）『和漢朗詠集』では「李陵の胡に入るに同じ　但だ異類をのみ見る」（444・鶴鶏群に処るの賦）や「衣を擣つ砧の上には俄に怨別の声を添ふ」（241・已上十五夜の賦）、「胡塞には誰か能く使の節を全くせん」（389・相規）なども李陵蘇武譚に関わる。

（4）『宝物集』には「漢王、上林苑といふ所にてあそびたまひけるに、雁の足に文つけたりけるを見たまひければ、蘇武が文なりけり」とある。

（5）岩波・新日本古典文学大系の脚注は「衛律の語り（騙り）に焦点があって蘇武はほとんど機能しない」と評する。

（6）一例を挙げれば、『体源抄』は「爰に衣は身を隠しがたく、食は命を支へがたし。例は蘇武が胡国に有しに雪を食を持て、伯夷が首陽山に栖しに蕨を折て身をたすく」（日本古典全集）と、通常の「食」以外で命を支えた例として用いる。

（7）今成元昭「平家物語と隣接文献との交渉をめぐる問題――宝物集の周辺」および「中国系説話――蘇武説話」（『平家物語流伝考』風間書房、一九八〇年）など。

（8）柳瀬喜代志「『百詠和歌』『蒙求和歌』を媒體とする軍記所載の漢故事――受命の君と忠臣像の變容譚二、三題をめぐって」（『日中古典文学論考』汲古書院、一九九九年）、増田欣「平家物語と白居易の新楽府（2）新楽府「新豊折臂翁」」および「平家物語と源光行の蒙求和歌」（『中世文藝比較文学論考』汲古書院、二〇〇二年）など。

（9）佐伯真一「平家物語蘇武談の成立と展開――恩愛と持節と」（『国語と国文学』五五―四、一九七八年）。

（10）黒田彰「蘇武覚書――中世史記の世界から」および「神道集、真名本曾我と平家打聞」（『中世説話の文学史的環境』和泉書院、一九八七年）。

（11）「李陵の胡に入るに同じ　但だ異類をのみ見る」（前掲注3参照）に対する注釈。なお、史実としての王昭君降嫁については藤野月子『王昭君から文成公主へ――中国古代の国際結婚』（九州大学出版会、二〇一二年）が詳しい。

（12）「王昭君」標題注にある。『弘安十年古今集歌注』には、蘇武雁書故事とともに、「二には」として王昭君が漢を恋いて雁書を行ったとする異説を載せる。

（13）この点は延慶本に限らず、白居易「昭君怨」や『漢書』も同様。

（14）『漢書』や「蘇武に答ふる書」では、歩兵五〇〇〇人で出兵している。

（15）女色に迷う李陵の姿は、『漢書』において陣中に女人がいて士気があがらず、李陵がそれらを処刑した記事を淵源とする。

（16）死屍に鞭打つ例としては伍子胥が平王の墓を暴いた例が有名（『史記』「伍子胥伝」）。

（17）基本的展開や李陵の心情は『胡曽詩抄』「李陵台」や『和漢朗詠集和談鈔』とも重なるが、父の墓の話はない。

（18）そもそも蘇武は『漢書』では使者として李陵以前に匈奴に入っており、匈奴に赴いた直接の理由は、王昭君はおろか李陵とも関わらない。

（19）足を切るのは五刑のうち、肉刑の一つ「刖」にあたる。

(20) 広貞注には「我ふるさとにをとつれん事を、ねん比におもふといへとも、一足はきられぬ、ことつけやるたよりは又なし、思ひわひて年月をいたつらにすくす也」ともあり、雁書に頼らざる得なかったことの説明としても機能している。

(21) 「瓢箪屢ば空し〜是には過ぎじとぞ覚えし」は『和漢朗詠集』（草・437・直幹）による表現。

(22) 牧羊故事は、『漢書』では、牡羊が乳を出せば帰国させるという不可能な約束をいうが、『永済注』など蘇武が羊乳を飲んで飢えを凌いだことを前面に出すものもある。

(23) 延慶本は、王昭君説話末尾にも和歌一首（『後拾遺和歌集』1019「王昭君をよめる」懐円法師）を引用するほか、第二本「左少弁行隆ノ事」にも『蒙求和歌』巻三・秋・槿「顔駟蹇剥」の和歌を引く。その歌句には小異があり、『蒙求和歌』諸本の中に全句が完全に一致するものはないが、片仮名本第二種本や第三類本に部分的に一致する形が見られる。片仮名本第二種本や第三類本は、不備の多い現存片仮名本『蒙求和歌』を復元する可能性を持つものであり、延慶本が直接なんらかの『蒙求和歌』に拠ったと考えてよい。

(24) 片仮名本『蒙求和歌』第二種本にある「囲碁有二帰雁之勢一故云」という注記によれば、囲碁に「帰雁之勢」という石配列があるといい（『忘憂清楽集』や『玄玄碁経』にはない）、『芸文類聚』巧芸部所引の後漢・馬融『圍棊賦』にも「連連雁行」とある。碁石を雁の飛ぶ様に喩えることはあったらしい。また、王粲は碑文も一見して記憶しており、『顕注密勘』に「又雁書といふ事は、雁のつびつたなるが文字ににたれば云とも申。詩にも水底模書雁度時とつくれり」とあるように、文字列を雁に見立てるところから「帰雁」題に結びつけられた可能性もある。なお、章剣『『蒙求和歌』校注』（渓水社、二〇一二年）は帰雁の「かえる」と「かえす」（覆）を結びつけたとする。

(25) ここまでの経緯は、『蒙求和歌』は『類林』や『説苑』逸文（『和漢朗詠集永済注』所引）に似た内容で延慶本とは異なっている。『類林』と『蒙求和歌』の一致は黒田彰氏の指摘するところであり、『永済注』が「説苑云」と引くものにも近い。ただし、現行の宋・曽鞏編校の『説苑』二〇巻には該当箇所はない。なお、『和漢朗詠集永済注』は546「遺愛の甘棠は剪ること勿れと謡う」でも「説苑」を引くが、こちらは現行『説苑』に見える。

(26) この句は『太平記』巻十六「多々良浜合戦の事 付 高駿河守例を引く事」にも見え、軍記物語に常套句的に使われるが、蘇武譚に用いるものは他にない。

(27) 本来は秋とあるべきで不審。また続く箇所でも、胡国への鴈の飛来の季節が「霞メル四方ヲ打チ詠メ、千草ノ花ヲ見給フニ」と春になっている。

(28) 『平家物語』巻一「祇王」や巻十「千手前」にも同句が見える（章段名等は覚一本）。

(29) 『漢書』では、李陵自身が「嗟乎、義士、陵と衛律との罪は上天に通ず」と述べ、李陵・衛律と蘇武とが対比される。

(30) 一部の諸本ではこの不均衡が修正されているほか、『盛衰記』は、『永済注』「コガネヲモテ、マカヒタマフ」を承け、金銀による買収工作とする。

(31) 「携手上河梁」以下は『文選』に「與蘇武三首」とある李陵仮託の五言詩の一部であり、「二鳧倶北飛」以下は、『古文苑』巻八に「別李陵」とある蘇武仮託の五言詩の一部である。いずれも『芸文類聚』巻二十九・人部十三「別」に「又贈蘇武詩曰」・「漢蘇武別李陵詩曰」として収録されている。李陵・蘇武に仮託された詩は、他に『文選』李善注の引くものなどが知られる。李陵・蘇武の時代には五言詩は成立しておらず、仮託されたものだが、彼らの悲劇的運命と別れが生む絶唱が、五言詩の成立にふさわしい状況と考えられたのだろう。なお、これらのいわゆる蘇李詩については松原朗「蘇武李陵詩考――離別詩の一つの源泉」（『中国詩文論叢』二一、二〇〇二年）参照。

（32）この『蒙求和歌』の形態は、「蘇武持節」においても『蒙求和歌』との関連が指摘される『類林雑説』に「陵贈武五言詩十六首其詞曰、二凫倶北飛、一凫独南翔、我独留斯館、子今還故郷、一別秦與胡、会見誰何殃、幸子当努力、言笑莫相忘」（筆記小説大観）と、李陵の詩として「二凫倶北飛、一凫独南翔」以下の詩が引用されていることと重なる。「蘇武持節」と同じく『類林』的な記述が『蒙求和歌』に流れ込み、それを延慶本が利用したことになろう。なお、現存『蒙求和歌』諸本では「子今帰故郷」にあたる五言を欠くものが多いが、片仮名本第二種本や第三類本にはこれを持つものがあり、やはり、何からの片仮名本『蒙求和歌』に延慶本の如き形があったものとみてよい。また、延慶本の和歌の第五句「おくれぬる」も、片仮名本『蒙求和歌』第二種本には同形のものがある。

（33）この後に国会本『和漢朗詠注』に近い雁札や玉章の語義についての話題や『蒙求和歌』「李陵初詩」所収歌が掲出される。

（34）『和漢朗詠集』「衣を擣つ砧の上には俄に怨別の声を添ふ」（241・已上十五夜の賦）が蘇武と妻とのことに付会されるほか、『秘府本万葉集抄』、謡曲「卒都婆流」などでも妻子の離別の感情が語られる。

[III　座を廻る漢故事——連歌・俳諧・俳文]

故事と連歌と講釈と——『故事本語本説連歌聞書』

竹島一希

たけしま・かずき——熊本大学大学院人文社会科学研究部准教授。専門は連歌を中心とする日本中世文学。主な論文に「南北朝連歌の分析——前句の肝要をめぐって」(『国語国文』七四巻九号、二〇〇五年)、「東家流の神道」(『国語国文』八六巻四号、二〇一七年)などがある。

『故事本語本説連歌聞書』は、連歌の実例を用いた故事講義の聞き書きであるが、従来漠然と東国で編纂されたと推測されていた。今回連歌史の観点から改めて本書を検討すると、本書は十六世紀後半、上野国新田氏周辺で作成された可能性の高いことが判明した。その一方、本書所引作品の出典など、考究すべき問題も多い。

はじめに

『故事本語本説連歌聞書』(以下『故事』[1])は、三井文庫旧蔵、カリフォルニア大学バークレー校現蔵の資料である。渡辺守邦「資料紹介　U・C・バークレー校蔵『古事類』——もう一つの『連集良材』」(以下渡辺論文[2])で紹介、翻刻され、その後渡辺論文の副題にも掲げられていた『連集良材』と関連して言及される。[3]

『故事』の成立に関して、渡辺論文は「著者は、どうやら地方連歌壇に身を置いた者であったらしい」と述べ、『故事』が東国で成立したことを示唆する。しかし、著者や成立時期についてのそれ以上の論究はなく、『連集良材』との関係も「簡単に論じられるものではない」とする。

『故事』はほぼ全ての項目で連歌を引用し、「故事」の「本語・本説」を典拠とした「連歌」に関する「聞書」という、内題の通りの本文を持つ。とはいえ、これまで連歌史の観点から『故事』が検討されたことはなかった。今回、『故事』所引の連歌の検討を通して、『故事』の成立を改めて考えたい。

成立について

論を始める前に、渡辺論文に従って、『故事』の内容に関わる基礎的な情報を掲げる。

『故事』は、外題に「古事類」、内題に「故事本語本説連歌聞書　上」とある。全部で一三三の項目があるが、通し番号106以降末尾までが『歌林良材集』「有由緒歌」の抜き書きである[4]。一方、本書には半丁分の余白や記事の中断が複数箇所見られるため、本書の親本の段階で相当の脱落や欠損が存在していたと推測される。すなわち、本書は本来、「故事本語本説連歌聞書　上」、内題には見えない「同　下」、また『歌林良材集』抜き書きその他とを合わせた、連歌詠作に必要な参考書「古事類」であったらしい。

また、「傅悦と云所に、鍬をもち、つゝみを築者、此絵にすこしもたがはず。黄なるものを頭にかけしも少もたがはず」（12「碑文故事」）などに見える同じ言葉の反復は、語り口調の反映と見られ、内題の通り確かに「聞書」であったようだ。さらに、『故事』には誤字、当て字も多く見え、それも本書の成立や書写過程をうかがわせるものとなっている。

さて、渡辺論文は、7「燕丹太子故事」、99「雪中の笋故事」を根拠に、『故事』が地方で成立したと論じる（『故事』を引用する場合は、考察の対象とする部分のみ掲出する。以下同）。

7 一、燕丹太子故事

　当世都方より下りたる句に、

　うをやこほりをゝりいづらん

と、王祥故事を其まゝ心も詞も不替。たゞしいかん〱。

99 一、雪中の笋故事

　其王祥も孝行にて、自ら魚取作鮓献母ニ。此古事の句、ありまゝに当世郁《都カ》がたの連歌に見えし。師資のためにしるしをく。

　あはれみのふかきおもひしまかせきて

　魚やこほりをおどり出らん

　　わざと作宗からず。

7は、「秦皇驚歎、燕丹之去日烏頭。漢帝傷嗟、蘇武之来時鶴髪。（秦皇驚歎す、燕丹が去し日の烏の頭。漢帝傷嗟す、蘇武が来し時の鶴の髪）」（和漢朗詠集・巻下・白・七九九・白賦）で知られる燕の太子丹の故事。また99は、二十四孝の孟宗の故事を説明する過程で、同じ二十四孝の王祥の故事に言及している。一目で分かる通り、7と99には同じ連歌が引用されるが、7では「其まゝ心も詞も不替」、99では「あり（の脱カ）まゝに」とある。両項目とも、当該句が王祥の故事を典拠そのままに詠じていることを指摘する。そこに7「都方より下りたる」、99「郁《都カ》がたの連歌」とあるように、当該句は京都から伝えられたものであるという。裏を返せば、この講義の地は、都から離れたある地方なのだろう。

ここで問題であるのは、この句の出典である。この句は、

あはれみもふかき親にしつかへきて
うほや氷りを躍いでけん（大原野千句・第一・四二・心前）

であろう。「大原野千句」は、元亀二年（一五七一）二月五日から七日にかけて、大原野の小塩山勝持寺にて張行された。7や99の「当世」が、この一五七一年から遠く隔たるとは思えない。「当世」の語感から判断して、『故事』は遅くとも一五九〇年には成立したと考えて良い。

『故事』には多くの連歌師の名前が見えるが、最も生年が新しいのは宗養（大永六年〈一五二六〉～永禄六年〈一五六三〉）である。41「仙京」に「七草はけふまた六の花のかな　宗養」と見えるが、この句は「七種もけふまたむつのはな野かな　同（昌休）」（発句帳・一九四）と、本来別人の句である。ついで、紹巴（大永五年〈一五二五〉～慶長七年〈一六〇二〉）の句「つゞみにもときのかはるやしらるらん／君にいさめのなきはこの御代　紹也《巴》」（101「誹謗木、同諫鼓故事」）も、「鼓にも時のかはるやしらる覧／きみにいさめのなきはこの御代」（新撰菟玖波集・賀・一三一一・一条兼良）が正しい出典になる。

結局、『故事』で生年が最も下るのは、先の心前（未詳～天正十七年〈一五八九〉）、または里村昌休（永正七年〈一五一〇〉～天文二十一年〈一五五二〉）あたりになるが（但し、両者とも句が引用されるのみで、名前は出ない）、これは一五七一年から一五九〇年までを『故事』の成立と見た先の推測と矛盾しない。

また、渡辺論文は、69「一樹ノ陰ノ宿、一河ノ汲レモ流ヲ、他生ノ縁」に、地方、中でも東国との関係を見出す。

ちぎるともえやは一樹のしたすゞき　宗牧

69一、一樹ノ陰ノ宿、一河ノ汲レモ流ヲ、他生ノ縁(5)
此発句は、笠間の大嶺、上洛して宗牧にあひ申。関東へ御下向ならば、一折興行可申とあらましせしに、宇都宮へ御下向と聞て、宮中へ罷越。宗牧御宿参、宮中にて一折興行の時、折節夏なれば、如此。一樹のかげの下すゞみも他生の縁となさると也。

「笠間の大嶺」が京都で宗牧に会い、宗牧の関東下向の際の連歌会を約した。そして宗牧が宇都宮に下向したことを仄聞した「笠間の大嶺」は、先の約束通り、宇都宮において連歌会を張行した。そのときの発句が宗牧の「ちぎるともえやは一樹のしたすゞき《(みカ)》」で、69の標題に従い、「一樹のかげの下すゞみも他生の縁となさる」ことを含意する。先約通りの一

時の連歌会であっても、「他生の縁」となるような深い関係を結びたい、というのである。

渡辺論文は本文中の「宮中」という語に注目して、「宮中とは、宇都宮市内という意味らしいが、これは地域的な限界を持つ呼称だったのではないか」という。だが、「宮中」を音読みせず、「みやのうち」と訓で読めば、それほど不自然ではない。それよりも宗牧句に注目しよう。

「天文十三年（一五四四）の秋、長月廿日余り」、宗牧は京都を出立して『東国紀行』の旅に出た。京都から東海道を経て、天文十四年三月七日に「関東巡礼観音浅草」（金龍山浅草寺）に参詣し、その後隅田川を越える記事で記述は唐突に終わる。宗牧が同年九月二十二日に下野国佐野（栃木県佐野市）にて客死することを思えば、病気の悪化等で記事をまとめることが叶わなかったのであろう。(6)

『東国紀行』には記されていないが、隅田川を越えた後、宗牧は白川の関まで足を延ばした。(7)晩年の宗牧の句集は断片的なものが残されているに過ぎないが、その中の一つ、『宗牧句集』〈金沢市立図書館本〉に、次の句が収められている。

宇都宮にて

50　月に風秋をならしの下葉哉

51　契ともさやは一樹の下涼み

50の詞書「宇都宮にて」は51にもかかると考えられ、『故事』に伝えられるように、当該句が宇都宮で詠まれたことを証している。(8)しかも、『故事』によれば、当該句詠作の背景には「笠間の大嶺」との交流があるという。この「笠間の大嶺」は、笠間飯田（茨城県笠間市飯田）を領した大嶺氏の一族の広康か。久保整伯編『笠間城記』(9)（正徳元年〈一七一一〉）の三瓶明神（現在の三瓶神社）の項に、「永禄十二（一五六九）己巳年、大峰民部太夫広康勧請之」とある。この広康、または「広基子広康、広康子広政」とあるような一族の者が上洛して宗牧と東国での連歌を約し、宇都宮にてそれを実現したとすれば、時期的に符合する。これを裏付ける他の資料は見えないが、連歌師と武士の動向を思えば、いかにもあり得ることである。しかも、その地域の外では無名の武士の逸話を収めるということは、『故事』がその近辺で成立したことを示唆していよう。

『故事』所収句の作者

前章で検討したように、『故事』は東国にて編纂されたと思しい。『故事』に引かれる句の作者は、心敬、宗祇や兼載など、著名な連歌師が多い。その一方で、連歌史においてほとんど知られていない名も見える。珠易（33・35）、木就（35・58・92）、繁世（37・91）、長俊（44）、芳能（49）、兼能

（54・56）、尚能（88）らである。彼らが東国の人物である可能性はないだろうか。本書には誤写、脱落が多く、これら作者名も全てが正しいものを伝えている保証はないが、改めて検討したい。

まず、珠易は、以下の二句に見える。

33一、児童(10)

おぼゝえずまくらをこゆる風吹て

菊のながれをくむ秋の山　珠易

此付句は、枕をこゆると云前句に、菊の流を付給ふこと、児童が古事たるべきよし見及候。

35一、梅婦人古事

ひとしきり竹吹しほる風あらみ

梅咲かげはふえのねもうし　兼載

玉だれに風は又ふき吹〳〵て

花散笛のおもしろのよや　珠易

見たしや床しこゑのみはうし

吹といへば笛にも梅のちるものを　木就

此三句、落梅の曲と云楽あり。苔《昔》梅のせい、女と現じ、美人あり。名を梅婦人と云。或時、笛の楽に落梅の曲を吹ければ、此声を聞て、日影に雪霜のきゆる如に消うせぬと也。有女房、此美人を始て吹しと云説あり。くはしくは問尋べし。

特に35について考える。「落梅の曲」は、「落梅曲旧唇吹雪、折柳声新手掬煙。（落梅曲旧りて　唇雪を吹く、折柳声新たにして　手煙を掬る）」（和漢朗詠集・巻下・管弦付舞妓・四六七・菅原道真）に直接に負うが、もとは「梅花落」の楽府題にもなる笛曲の名である。なお、「梅婦人」の説話の典拠は未詳である。

実は、35の珠易句の作者は宗牧が正しい。宗牧句集の古注釈である『孤竹』に、次のようにある。

玉だれに風は又吹又吹て

花ちる笛のおもしろの世や

本歌、笛のさうがをよめる歌なり。笛のねの春おもしろく聞ゆるは花ちりたる《り》と吹ば成けり、と有。是は自讃の句、能前句を分別しておもへとぞ。又々吹てと有に、笛の音のあかず面白心こもれる。さて、落花をもて玉だれは皆付たり。風は云にをよばず也。本歌より引出るゝ落花なれども、先大略は、又吹てと云には笛の面白心を付。玉だれには落花を付られたる也。こまかなる付様の上、類句稀成下句也。一句の心は、本歌に任て笛のさうがの心迄也。

（孤竹・一六九）

『孤竹』は、天文九年から十一年春までの宗牧の句に対する注釈書である。注者は未詳ながら（円淳か）、宗牧の直談をもとにしている。(11) 宗牧自身は自句の典拠を「笛の音の春面白く聞こゆるは花散りたりと吹けばなりけり」（後拾遺集・雑六・俳諧・一一九八・読人不知）と明かしたようだ。しかしこれは、同句が「落梅の曲」、及びそれに付随する「梅婦人」の故事に依拠するとした『故事』と、その本説が異なる。この差異は何に起因するのだろうか。

35の兼載句は、本来は『愚句老葉』一四八三他に収められる宗祇の作である。宗祇は「笛に落梅の曲とてあり。吹落はいかゞ」と自注を付け（愚句老葉）、当該句が落梅曲に基づくという。出典未詳の木就句も、付句の「笛にも梅のちる」から考えて落梅曲を典拠とすると思われる。そして珠易（宗牧）句も、「梅」の語は詠まれないものの、「花散笛」から落梅曲を想起できる。『故事』の注冒頭に「此三句、落梅の曲と云楽あり」とあるように、『故事』は落梅曲の観点から、この三句を一貫して扱っていることが理解できよう。

例えば「梅ちりはつる里のさびしさ／笛の音や吹おくりたる春の風」に、「笛に《に》落梅曲と云あり。笛の音の春おもしろく聞ゆるははなちりたりとふけばなりけり。丹、ちゝりくたりたんなど吹返し、と源氏にあり。笛のしやうが也」（称名院追善千句注・第五・七七）と注される。この付合の典拠に関して、紹巴は落梅曲と後拾遺集歌とを明かし、弟子の素丹は、『源氏物語』手習巻で、横川僧都の母尼が和琴を弾く場面、「みな異物は声をやめつるを、これをのみめでたると思て、『たけふ、ちゝりく、たりたんな』などかき返しはやりかに弾きたる、言葉ども、わりなく古めきたり」を指摘する。そして、この箇所の一条兼良『花鳥余情』〈松永本〉は、「此は笛のねのかくきこゆる也。それを和琴に尼公のひきたる也。唱歌などにおなじ」の後に、後拾遺集歌を掲出する。つまり、落梅曲と後拾遺集歌、『源氏物語』は、知識において非常に近いところに位置しているのである。こう考えれば、宗牧句をめぐっての『故事』と『孤竹』との相違はそれほど大きいものではない。寧ろ、『故事』が述べる「梅婦人」の故事こそ、例句三句の内容から離れている。従って、『故事』の講義の折、主たる落梅曲の説明に沿った三句が例示されたが、記録には余談の「梅婦人」の故事の方が書きとどめられた、といった事情も想定できよう。なお、「さうが」（孤竹）、「しやうが」（称名院追善千句注）、「唱歌」（花鳥余情〈松永本〉）は、いずれも「Xǒga　歌うこと。または、口で鼓や笛の音を出すこと」（日葡辞書）。

そして、珠易(12)の名前も宗牧の近くで見出すことができる。『東国紀行』天文十三年（一五四五）の歳暮のころ、駿河府中

にて、

歳暮皆々取り乱しにて、いふ一座も侍らぬも尤もの事なればとて、竹軒興行のあらまし申しきたれり。この立春を迎へて満八十なり。上洛の序まで命も期しがたしとて頻りなれば、

細石にかぞふるとしは暮もなし

と祝し侍り。

とある。年末の慌ただしさの中で、「竹軒」が一座を催そうとし、宗牧に発句を依頼した。宗牧は彼の傘寿を祝して、「細石にかぞふるとしは暮もなし」と詠じた。無論、「我が君は千代にや千代に細石の巌となりて苔のむすまで」（古今集・賀・三四三・読人不知）による祝言である。この句は、『宗牧句集』〈金沢市立図書館本〉では「珠易九十歳興行」の詞書のもとに収められ、『東国紀行』の「竹軒」が珠易であることが判明する。また、『東国紀行』天文十四年一月二十六日、府中を出立するに当たって、珠易は「旅衣うらやましさはおいづるのとびたちぬべき心とをしれ」の和歌を送り、宗牧は「旅衣うらやましくはとびもたてあしも心もわかの浦鶴」と書き送った。恐らくは老齢のため、珠易は宗牧出立の見送りに来なかったようであるが、宗牧のもとへ送別の和歌を贈り、宗牧もそれに応えている。

さらに、この珠易は、永正六年（一五〇九）の宗長の『東路の津登』の旅に同行した、駿河国今川家の連歌師と同一人である。同年七月、宗長は駿河国から白河の関を目指すが、戦乱のために断念し、同年十二月鎌倉に下着する。『東路の津登』はこの五ヶ月の紀行文であるが、『東路の津登』〈祐徳稲荷神社中川文庫本〉に「其あくるあしたに、舟橋を見にとて、同行の安量・珠易などいふ打つれてまかりたりし」とあり、珠易の同道が窺える。宗長関係では他に、『宇津山記』永正十四年冬、『宗長手記』大永五年（一五二五）九月尽にその名が見える。『連歌総目録』[13]によれば、永正二年八月二十二日賦玉何連歌、大永五年九月二十一日賦何人連歌に宗長と一座する。大永七年、宗牧は宗長に伴って駿河国まで下向したが[14]、その折りに宗長を介して珠易と面識を得たのだろう。

珠易の住む駿河国から、例えば宇都宮や笠間まではかなりの距離がある。しかし、宗長ら連歌師の直談をもとに伊勢国で編纂された『二根集』にも、「鹿の音や遠山もとの夕時雨」の珠易句が見える。また、『二根集』には、『東国紀行』の旅中で詠まれた宗牧句も掲出される。それらは、『東国紀行』に同道した宗養（宗牧男）が、宗牧の死後に関東から上洛する途上、伊勢国で伝えたものと考えられている[15]。このように、「宗養、関東帰京の時、山田にて物語」（二根集）。このように、宗長や

宗牧などの連歌師の情報網を通して、珠易の句が遠隔地に伝わることも十分可能なのである。

今言及した『東路の津登』には、次の繁世の名も見える。

37一、漢高祖紫雲

子をたづねつゝみちまよふやみ

紫の雲にあふちの五月山　　繁世

さて、付句の心は、子を尋つゝ道まうみと云所に、五月闇と云事あれば、紫の雲に似たるあうちの花なれば、高祖の紫雲の古事に、五月闇を子を思ふ闇に付なし、かく思ひよれる也。

91一、鶴之駕の古事

はし《ね》なくていかゞのぼらん天つ雲

願ひをみつるのりものもがな　　繁世

此付句は丁令古事にてはなし。昔四人して各心々のねがひをしけるを、こしに十万貫を付て鶴にのりて雍州へ下たきとねがう。一人は鶴に乗て天に登度とねがう故事あり。此心にて、ねがひを満る乗るものもがなと付給ふべし。

37は「漢祖龍顔」（蒙求）に関連して、「もとより彼君居ます所には紫雲立」という故事を詠じたもの。『蒙求和歌』「漢祖龍顔」に「高祖ガキタル所コトニ紫雲タナビキケリ」とあるなど、広く知られた故事である。前句の「子を思う闇」から五月闇を連想し、五月に咲く樗の紫の花を雲に見立てて付ける。91の「丁令古事」は「鶴帰旧里、丁令威之詞可聴。竜迎新儀、陶安公之駕在眼。（鶴旧里に帰る、丁令威が詞聴きつべし。竜新儀を迎ふ、陶安公が駕眼に在り）」（和漢朗詠集・巻下・鶴・四四八・都良香）に見える丁令威の故事。一方、その後ろに引かれるのは、『韻府群玉』「揚州鶴」に「有客言志。一願為揚州刺史、一願多貨財、一願騎鶴上昇。其一人曰、腰纏十万貫、騎鶴上揚州。（客志を言ふ有り。一は揚州の刺史とならんと願ひ、一は貨財の多からんことを願ひ、一は鶴に騎りて上昇せんことを願ふ。其の一人曰く、腰に十万貫を纏ひ、鶴に騎りて揚州に上らん、と）」（古今事文類聚・騎鶴上揚州にも）とある説話である。付句に「願ひをみつる」とあるので、鶴になった丁令威ではなく、「揚州鶴」の故事の方が典拠に相応しい。

『東路の津登』〈彰考館本〉では、繁世は、「これより壬生といふ所へゆく。横手刑部少輔繁世、あひともなはれて連歌あり」（永正六年八月）、「横手刑部少輔繁世、此一座にもいであひて、必駿河へもきたるべきよしあれば」（同年閏八月）と二度出てくる。この横手繁世は、「源繁世」の名で『新撰菟玖波集』に二句入集する武士である。[16]「源繁世／新田、号横手五郎」〈新撰菟玖波集作者部類〈大永本〉〉とあるように、上野国新田（群馬県太田市）の新田家に仕えた。主人の新田尚純ともども『新撰菟玖波集』に入集するほどの連歌好士である。

ついで、『故事』の繁世が横手繁世であるとすれば、次の句に見える「尚能」は「尚純」の書き誤りではないだろうか。

88一、巨霊神[17]

　いまこそ殖したみもやすけき

九とせくるしむことのいかばかり　尚能

　此付句、右の故事九年の洪水の古事なるべし。

紙幅の都合で図示しないが、「尚能」の「能」字は、連歌七賢の「能阿」の「能」字と同字形であるので、「能」字であることは動かない。とはいえ、「能」字と「純」字とは草書体がよく似ており、本書の数多くの誤写を考慮に入れれば、「尚能」を「尚純」と復元することも十分に可能である。

新田尚純[18]は、「源尚純」として『新撰菟玖波集』に九句入集する。「新田治部大輔、関東住」（新撰菟玖波集作者部類〈大永本〉）。政治的には、新田家重臣の横瀬国繁、成繁（業繁）に実権を奪われ、隠棲を余儀なくされるが、母は蜷川親当（智蘊）女、父家純も宗祇や兼載の句集に名前が残るなど、もともと文事の盛んな環境に育った。『東路の津登』〈彰考館本〉永正六年八月には、

　このあした、利根河の渡をして、上野国新田庄に礼部隠遁ありて今は静喜、彼閑居よりまかりよるべきよしあれば、四、五日あり。連歌二度あり。

　つゆわけし袖にみゆべき野山哉

かれより度々の文につきて、白河のあらましもいできておもひたちぬるこゝろばかりなるべし。

とあり、尚純の頻りの誘いが、宗長の今回の旅の出立を促したことが分かる。『東路の津登』では他に、「静喜より若殿原あひそへられて」足利に赴く、永正六年閏八月尚純宅で連歌を張行するなど、宗長に対する尚純の心遣いが垣間見える。

また、次の「芳能」も、同様に芳純の誤りであろう。

49一、飲酒戒

　鬼にまされる人のたばかり

毒となり薬となるも酒なれや　芳能

　酒点童子と云鬼をば、銚子もろ口にて中にへだてをなして、一方には式の酒をつぎ、一方には毒の酒をつぎて謀ると也。それにより、祝言の時、銚子にて片口つゝみて出す也。

先ほどの尚純は、当時関東に住まいしていた兼載と、『新編抄』という人別句集を編纂したことでも知られる。しかし、尚純は編纂の途上で死去し、その親類と推測される芳純法師[19]によって完成を見た。三条西実隆は『新編抄』序文におい

て、芳純を「尚純が夢のゆかり、露のなさけをしれる世すて人」と評している。『東路の津登』、『東国紀行』に芳純の名は見えないが、『東国紀行』の折の宗牧と連歌会で一座している。

一、関東かぬま、芳順兼載弟子上野新田人と云人と宗牧あらそひの句、

すみのぼる夜の月のさやけさ

水上の秋もゆかしきたかせ舟　芳順

澄のぼると水上とを宗牧さゝれし。宗養執筆也。芳順、文字、澄昇と書、嫌はぬ由云。都に当世はきらふ由云。芳順不用。（二根集）[20]

宗牧は、前句の「すみのぼる」の「のぼる」字と、付句の「水上」の「上」字との重なりを差合と認めたが、芳順（芳純）は「すみのぼる」は「澄昇」と書くと主張して、宗牧の意見を容れなかった。尚純は『連歌会席式』も残しており、新田一族の周辺で連歌が盛んであったことが窺えるが、芳純も尚純や兼載の座に連なって経験を積み、当時東国で一家言を有するほどになっていたのである。[21]

以上、『故事』に見える珠易、繁世、尚能、芳能について考察した。珠易は駿河国の連歌師、繁世、尚能（尚純）、芳能（芳純）は上野国新田の武士の一族である。これらの人々に共通するのは、宗長や宗牧と交流があった点である。連歌師は行く先々で在地の人々と連歌を通して交流し、情報や知識を伝達した。『故事』はそのような網の目の結節点に成立した書物といえるのである。

おわりに

本稿は、『故事』に見える連歌や作者名を根拠に、『故事』は遅くとも一五九〇年までに、東国で編纂された可能性が高いことを論じた。

編纂者について、これ以上具体的には未詳である。しかし、憶測を重ねるなら、新田尚純、芳純法師の子孫は、その有力な候補となろう。[22]特に芳純には、「一、霧まよふ風や山窓夕月夜　世楽／世楽は芳順子」（二根集）とある、世楽という名の子がいたことが伝えられる。先述の通り、尚純、芳純らは『新編抄』の編纂を志した。『新編抄』本体は散逸したため、その詳細を窺うことはできないが、編纂過程において様々な資料を手元に集めたことは容易に想像できる。それらを利用して彼の地で講義が行われ、それを聞き書きして『故事』の原型は誕生したのではなかったか。『新撰菟玖波集』には、新田家中から尚純、繁世、横瀬国繁、横瀬業繁の四名が入集している。「尚純を中心にして一族被官の間で、質的にきわめて高い連歌会が頻繁に張行されていたことを推測し

てよい」[23]が、そのような日々の修練が『故事』の土壌となったと思われる。

『故事』には、『連集良材』や『連歌寄合』との関係、各故事の出典など、考えるべき問題は多い。それらは別稿にゆずり、今回は基礎事項に限って考察した。

引用文献一覧

和歌、『和漢朗詠集』は『新編国歌大観』に拠る。その他の引用文献は以下の通りである。

東路の津登〈彰考館本〉・〈祐徳稲荷神社中川文庫本〉…重松裕巳編『宗長作品集〈日記・紀行〉』（古典文庫、一九八三年）、大原野千句…鶴崎裕雄・黒田彰子・宮脇真彦・島津忠夫編『千句連歌集　八』（古典文庫、一九八八年）、笠間城記…『笠間城記』（東京大学史料編纂所／四一四一・三二／六四。編纂所のウェブサイトで公開されている画像に拠る）、花鳥余情〈松永本〉…伊井春樹編『松永本　花鳥余情』（桜楓社、一九七八年）、愚句老葉…金子金治郎編『連歌古注釈集』（角川書店、一九七九年）、源氏物語…柳井滋・室伏信助・大朝雄二・鈴木日出男・藤井貞和・今西祐一郎校注『源氏物語　五』（岩波書店、一九九七年）、顕伝明名録…正宗敦夫編『顕伝明名録　上』（日本古典全書刊行会、一九三八年）、孤竹…廣木一人・松本麻子編『連歌大観　第二巻』（古典ライブラリー、二〇一七年）、称名院追善千句注…京都大学文学部国語学国文学研究室編『京都大学蔵貴重連歌資料集　第六巻』（臨川書店、二〇〇二年）、新撰菟玖波集〈実隆本〉…天理図書館善本叢書和書之部編集委員会編『新撰菟玖波集実隆本』（八木書店、一九七五年）、新撰菟玖波集作者部類〈大永本〉…横山重・金子金治郎編『新撰菟玖波集　實隆本』（角川書店、一九七八年）、新編抄序…鶴崎裕雄「上野国国人領主岩松尚純の連歌とその資料」（黒田基樹編『上野岩松氏』戎光祥出版、二〇一五年）、説法明眼論…鈴木英之『中世学僧と神道　了誉聖冏の学問と思想』（勉誠出版、二〇一二年）、宗牧句集〈金沢市立図書館本〉…『連歌集』（金沢市立図書館藤本文庫／〇九六・八・一／一二五。国文学研究資料館蔵のマイクロフィルムの紙焼き写真に拠る）、東国紀行…『新校群書類従　第十五巻　紀行部』（内外書籍株式会社、一九二九年）、二根集…奥野純一編『二根集　下』（古典文庫、一九七五年）、日葡辞書…土井忠生・森田武・長南実編訳『邦訳日葡辞書』（岩波書店、一九八〇年）、発句帳…湯之上早苗『発句帳　資料と研究』（桜楓社、一九八五年）

注

(1)　『故事』は、国文学研究資料館蔵のマイクロフィルムの紙焼き写真に拠る。

(2)　「資料紹介　U・C・バークレー校蔵『古事類』――もう一つの『連集良材』」（『国文学研究資料館調査研究報告』第九号、一九八八年）。

(3)　鈴木元「中世和歌の一環境」、「紅葉のふみ――年中行事歌合の一首から――」、「『題葉譚』逍遙」（『室町連環――中世日本の「知」と空間』勉誠出版、二〇一四年）を参照。

(4)　この通し番号は、『故事』本文に振られた漢数字の通し番号をアラビア数字にしたもので、完全な通し番号ではないが、渡辺論文の翻刻に従う。

(5)　標題は「宿一樹下、汲一河流、……皆是先世結縁（一樹の下に宿り、一河の流れを汲み、……皆これ先世の結縁なり）」

(説法明眼論)を典拠とする中世の慣用句。『平家物語』巻七「福原落」や謡曲「江口」、「紅葉狩」そのほかに見える。

(6) 斎藤義光「宗牧・宗養終焉の記」(「解釈」第三十五巻第一〇号、一九八九年)、木藤才蔵「宗牧」(『連歌史論考 下 増補改訂版』第十二章二、明治書院、一九九三年)を参照。

(7) 小川幸三「宗牧『東国紀行』補綴――金沢市立図書館本を中心に」(金子金治郎編『連歌研究の展開』勉誠社、一九八五年)を参照。

(8) なお、『実暁記』では、「清水ながる丶柳かげとよみたる在所にて/契ともえやは一木の夕すゞみ」の形で収められる。この詞書によれば、当該句は西行が「道の辺に清水流るる柳陰しばしとてこそ立ち止まりつれ」(新古今集・夏・二六二)を詠じたとされる、いわゆる遊行柳での句となろう。詞書の相違や遊行柳の伝承など、考えるべきことは多いが、今は省略する。

(9) 『笠間城記』については、「『笠間城記』の編纂」(笠間市史編さん専門委員会編『新笠間市の歴史』Ⅳ七4、二〇一一年)を参照。

(10) 慈童説話については、伊藤正義「慈童説話考」(『国語国文』第四十九巻第一一号、一九八〇年)、阿部泰郎「慈童説話の形成――天台即位法の成立をめぐりて(上・下)」(『国語国文』第五十三巻第八・九号、一九八四年)を参照。

(11) 長谷川千尋『孤竹』解説(『連歌大観 第二巻』所収)を参照。

(12) 珠易については、大嶋俊子「宗長の周辺(中・その二)」(『女子大国文』第三三号、一九六四年)、田中隆裕「『無名発句帳』と今川氏文化圏」(『中世文学』第三四号、一九八九年)を参照。なお、『顕伝明名録』巻三には「珠易 同〔連歌師〕 宗祇門弟」とある。

(13) 連歌総目録編纂会編『連歌総目録』(明治書院、一九九七年)。

(14) 鶴崎裕雄「老いの果ての失意」(『戦国を往く連歌師宗長』第五章、角川書店、二〇〇〇年)を参照。

(15) 注7前掲小川論文を参照。

(16) 横手繁世については、金子金治郎「作者の地方分布」(『新撰菟玖波集の研究』第五章二、風間書房、一九六九年)を参照。

(17) 禹の治水については、例えば『胡曾詩抄』「7嶓塚」に載るが、『故事』と同じものは見いだせなかった。

(18) 新田尚純については、注16前掲金子論文、木藤才蔵「兼純・尚純・芳純」(『連歌史論考 下 増補改訂版』第十一章一3)、鶴崎裕雄『戦国を往く連歌師宗長』(角川書店、二〇〇〇年)、同「上野国国人領主岩松尚純の連歌とその資料」、山田烈「岩松尚純像と連歌」(『上野岩松氏』)を参照。

(19) 芳純については、注18前掲木藤論文、注18前掲鶴崎「上野国国人領主岩松尚純の連歌とその資料」、片山享「『天文鈔本新古今倭謌集春夏』について」(『甲南国文』第三〇号、一九八三年)を参照。

(20) 芳純について、『二根集』には「芳順狂歌/山桜さもこそあらめむば玉の黒髪山は面目もなし」ともある。この句は「日光山にて/むば玉のくろ髪いづら山桜 宗牧」の次に掲出されるので、芳純は宗牧とともに日光山に赴いたらしい。

(21) 注18前掲木藤論文参照。

(22) 『二根集』で「関東の人」とされる「来順」も、法名から考えて新田の一族か。

(23) 注18前掲木藤論文参照。

附記 引用は本文ままを原則としたが、読みやすさを考慮して、改行を施し、句読点、濁点を付した。

「負日」の系譜——「ひなたぼこ」の和漢

河村瑛子

日光を浴びることは、和漢の詩文における主要な詩材の一つであるが、その詠われ方は一様ではなく、時に大きな隔絶を見せる。本稿では、その淵源にある『列子』の故事に着目し、その受容と漢詩文における展開、および和語「ひなたぼこ」の表現史を吟味することで、「負日」というモチーフの系譜を描き出す。

はじめに——「負日」の淵源

寛政七年（一七九五）冬、成美《せいび》は次のような句文を著した。

不老庵、地をかゆる事いくたびぞや。すべての人は、すみつきし処のはなれがたきならひなるに、主翁たよりにつきて処をさる事、したうづをかゆるよりすみやかなり。これその胸中物にほだされざる、もつとも貴むべし。このたびや、冬の日うけよき方をたづねて、負日のたのしびに春をまたむとす。市まちのありさま、さぶけくさう〴〵しきに、ひとり此庵ののどけきこゝちするは、あるじの閑なるによるなるべし。

節季候の門にたつとき松の凪　（『随斎句藁』）

東羅坊還児《かんじ》（湖十門の俳人）の庵である「不老庵」落成を記念した句文である。(1) 発句に「節季候《せきぞろ》」（歳末に家々を回る門付芸人）が詠まれることから晩冬の作と知られる。俳文の梗概は次の通りである。還児は一所不住の身であり、このたびは冬でも日当たり（日うけ）の良い場所を求めて庵を結び、春

かわむら・えいこ——京都大学大学院文学研究科助教。専門は日本近世文学。主な論文に「古俳諧の異国観——南蛮・黒船・いぎりす・おらんだ考」（『国語国文』八三巻一号、二〇一四年）、「上方版『私可多咄』考」（『近世文芸』一〇〇号、二〇一四年）、「「かたち」考」（『国語国文』八六巻五号、二〇一七年）などがある。

を迎えようとした。折しも世間は、一年で最も寒さ厳しく慌ただしい時節にあたる。その中にあって不老庵は暖かく、世俗の喧噪とは隔絶しており、身をおけば心がのどやかになる。「のどか」は春の季語であるから、一足早く春を迎えたかのように感じるというのであろう。そして、それはひとえに庵主の「閑」なる志向によるのだと述べ、門褒めの発句を付す。文人的な「去俗」を求める成美の俳諧観を反映した清雅な一篇である。

「負日のたのしびに春をまたむとす」という一節に注目したい。「負日」は身体を日光に曝す意であり、(2) ここでは晩冬、日差しを浴びることを楽しみつつ春を待つことをいう。現代日本語で言い表すならば「ひなたぼっこ」の情景にあたろうか。注意すべきは、「負日」という漢語を用いることから知られるように、成美が日光を浴びるというモチーフを漢的な素材として捉えていることである。

『漢語大詞典』「負日」項が「后世詩文又常以《列子》所載故事為典」と指摘するように、「負日」という表現の淵源には次に挙げる『列子』楊朱篇の故事がある。(3)

宋国有《ニ》レ田‐夫。常《ニ》衣《テ》二縕黂《ピラヲ》一、僅《ニ》以《テ》過《スゴス》レ冬《ヲ》。暨《ヲヨンデ》二春東《ノ》作《ニ》一、自曝《サラス》二於日《ニ》一。不レ知《ラ》三天下之《ノ》有《コトヲ》二広廈・隩室・綿纊・狐狢一。顧《テ》二其妻《ニ》一曰、負《フ》二日之《ノ》暄《アタヽカナルヲ》一人莫《シ》二知《ル》者《ノ》一。以《テ》献《ゼバ》二吾《ガ》君《ニ》一、将《ニ》レ有《ント》二重賞一。里之《ノ》富室告《テ》レ之曰、昔人有下美《スル》二戎菽・甘枲《ジ》・茎芹・萍子《ヲ》一者上。対《シテ》二郷豪《ニ》一称《ス》之。郷豪取嘗《テナムレバ》之、蜇《サシ》二於口《ヲ》一、惨《イタマシ》二於腹《ニ》一。衆哂《ワラツテ》而怨之。其《ノ》人大《ニ》慙。子《ハ》此《ノ》類也《ナリ》。

（寛永四年〈一六二七〉和刻本『列子鬳斎口義』による。反切注記は省略した）

大意は次の通りである。宋国にある農夫があった。麻の破れ衣（縕黂）でやっと冬を越すような暮らしぶりで、世の中に大きな建物（広廈）や暖かい部屋（隩室）、綿や毛皮でできた衣服（綿纊・狐狢）のあることを知らなかった。春の農作業（東作）をしながら、農夫は体に受ける日差しの暖かさ（暄）に気が付き、これを天子に献上すれば褒美が貰えるだろう、と妻に話す。それを聞いた里の富者は、農夫に次のように語った。昔、豆やみみな草、芹の茎や水草を美味と思う田舎者がおり、(4) 土地の豪族（郷豪）に向かってそのうまさを吹聴した。豪族がそれを食べたところ、口の中は虫に刺されたようにひりひりし、腹も痛んできたために、豪族は人々に嘲笑された。その結果、田舎者は恨まれることとなり、大いに恥をかいた。お前もそれと同じである、と。自らの知見の範囲でしか物事を考えられない田夫の愚かさをいう逸話である。

この故事は和漢の詩文に大いに利用され、しばしば短縮して「負暄」と表される。近世期に流布した詩学書『円機活

法』（寛文十三年〈一六七三〉和刻本）「曝《サラス》レ日《ニ》」条には、

負《フ》レ暄《ヲ》　列子　宋有《ニ》二田夫一。謂《テ》レ妻曰《ニク》、負二日《ノ》之暄《ヲ》一人莫レ知《ルコト》。以《テ》献《ゼバ》二吾《ガ》君《ニ》一、将《ニ》レ獲《ント》二重賞《ヲ》一。

として載り、『韻府群玉』巻四にも「負暄献君」が立項される。『大永八年四月二十七日和漢聯句』では、

今はとて民はあら小田うちかへし／負暄或献芹（暄を負ひ或いは芹を献ず）

と、春の田作を詠んだ前句から『列子』の故事を発想し、春の句（「芹」は春季）において「負暄」が用いられる。

成美俳文における「負日」と、その淵源にある『列子』の「負日」は、ともに身体を太陽に曝すことを表現してはいるが、ニュアンスを異にする。もっとも成美は『列子』の故事を内容面での直接的典拠としているわけではなかろうが、漢故事の変容という問題を考える上では、この微妙な差異は無視できないように思われる。主な相違点を挙げれば、まず、成美の「負日」には教訓的要素が看取されず、原話よりも日光を浴びる行為に積極的な「たのしみ」を見出している。また、原話の季節が「東作」の行われる春であるのに対し、成美の「負日」は冬の描写の中で用いられる。後者については、『誹諧をだまき綱目』（元禄十六年〈一七〇三〉刊）「漢之句四季文字事」に冬の季語として「負《テフ》レ暄《ケンヲ》　寒き時日なたにゐるをいふなり」が挙げられ、『俳諧塵塚』（寛文十二年〈一六七二〉刊）上巻・木屑立圃両吟漢和俳諧百韻、

迎《テ》レ卯《ヲ》催《スノ》二南祭《ヲ》一／負《テ》レ暄《ヲ》凌《グノ》二北颸《ヲ》一

では、日光の暖かさによって北風の寒さを凌ぐという冬の句において当該表現が用いられており、何らかの背景を持つ用法であることが推測される。

もう一点、留意すべきは、俳諧辞書の『常陸帯』（元禄四年〈一六九一〉刊）「時分」や『反故集』（元禄九年〈一六九六〉序刊）下に「負暄《ヒナタボクリ》」とあるように、「負暄」がしばしば「ひなたぼくり」と訓じられる点である。上述のような故事や詩文の理解の問題と和語「ひなたぼこ」とはいかに関わるのだろうか。

本稿では、『列子』の漢故事を端緒とし、その受容と展開および和語「ひなたぼこ」との関係性を吟味することで、「負日」のモチーフの系譜を素描してみたい。

一、『列子』「負日之暄」の受容

『列子』「負日之暄」の故事は、第一義的には愚人の逸話として理解される。たとえば『列子鬳斎口義』に見える宋の林希逸の注は、

以二負レ暄《ヲ》之楽《ヲ》一而欲二献《ノ》以求《ント》一レ賞《ヲ》。此形二容其《スノ》見《テ》一レ小《ヲ》不レ見

レ大《ヲ》之意《ヲ》一。

と、小を見て大を見ぬ農夫の視野の狭さの形容とする。また、『湯山聯句鈔』尤韻には、『列子』の表現に基づく「献愚檐炙背（愚を献じて　檐《のき》　背を炙る）」の句に対して、

宋ノ愚人ガ日向ボコウヲシテ、アマリ好イホドニ、天子ニ献ト云タゾ。

と、「愚人」の逸話と捉える。また、仮名草子『理屈物語』（寛文七年〈一六六七〉序刊）巻六の六「日なたを君に献ずる事　列子」は、『列子』の故事を和文にやわらげて記し（原話後半の「里之富室」以下は省略される）、その末尾に、

まことに井のうちの蛙は大海をしらずといへる語もまたかくのごとし。おろかなる人わたくしの智をもつて、公のうへをうかゞひはかること、天にはしたて《（梯）》ゝのぼるべからざるがごとし。人それつゝしまざらんや。

という教訓が付され、小智をもって天子の考えをはかろうとする農夫は「おろかなる人」と捉えられる。

ところが一方で、農夫の振舞に肯定的な要素を見出す流れも存在する。その片鱗は古く嵆康《けいこう》「與《アタヘテ》二山巨源《ニ》一絶《シ》レ交《リヲ》書一首」（『文選』巻四三所収）に見られる。

野人有《ル》三快《コ、ロヨシトシ》レ炙《アブルコトヲ》レ背《カヲ》而美《ウマシトスルコト》二芹子《ヲ》一者《ノハ》、欲《ス》レ献《ゼマクヲ》二之至尊《ニ》一。雖《ドモ》レ有《ト》二区区之《ノ》意一、亦已《タ》疏《ニウトイカナ》矣。願《ハ》足下勿《レ》レ似《ノレルコト》レ之《ニ》。

（寛文二年〈一六六二〉刊和刻本『六臣注文選』）

嵆康と山濤《さんとう》（字、巨源）はともに竹林の七賢の一人。山濤が選曹郎に任ぜられたとき、代わりに嵆康を推挙したところ、嵆康は自分が仕官を望まぬことを山濤が理解していないとして絶交を申し渡した手紙である。「芹子」「炙背」のようなつまらぬものを天子（至尊）に献上するのは、たとえそれが天子をひたすらに大切に思う心（区々之意）から発するものであったとしても道理に疎い行いであり、自分のような者を推挙する愚者となってはならぬ、と嵆康は山濤に忠告する。注意すべきは、「炙背」「芹子」を天子を慕う民の真心と結びけて語る点である。この文章は和歌の世界でも早くから知られ、たとえば『和歌童蒙抄』「芹つみし昔の人もわがごとや心にものはかなはざりけむ」の注には、和文にやわらげた『文選』本文の一部と『列子』の故事を摘記した注文（「注曰、博物記曰、宋に田夫あり。みづから日にさらす。…」）とが引用され、それは『袖中抄』にも引き継がれている。

また、宋代においては蘇軾「集英殿春宴口号并致語」に、

雖白雪陽春、莫致天顔之一笑。而献芹負日、各尽野人之寸心。臣猥以賤工、叨塵法部。幸獲望雲之喜、敢陳撃壌之音（白雪陽春と雖も、天顔の一笑を致す莫し。而して芹を献じ、日を負ひ、各野人の寸心を尽くす。臣、猥りに賤工を

以て切《みだ》りに法部を塵し、幸に望雲の喜を獲、敢て撃壌の音を陳す)。（乾隆二十六年〈一七六一〉刊『東坡先生編年詩』）

とある。右は宮宴での「致語」（雑劇の冒頭で奏上される口上）の一部であり、天子を喜ばせるため、臣下が「寸心」を「尽」くして余興をすることを、「献芹負日」と表現する。この言葉は、雑劇の演者と蘇軾自身の謙辞としての役割を果たしつつ、民の君主に対する「区々之意」を象徴的に示している。

『列子』の農夫の行為に、天子に対するひたむきな敬慕の情を読み取る解釈は、日本にも流れ込み、たとえば『集義和書』二版本（熊沢蕃山著、延宝四年〈一六七六〉頃刊）七、

遠国ノ山賊マデモ天子ヲ大切ニ思奉リテ、何ニテモヨキ物アレバ王ニサヽゲントテ都ヘ上レリ。日南北向《ヒナタホクカウ》の暄ヲ王ニサヽゲント思ヒシ昔物語ヲ、オロカナル事ニ云テ笑ヘドモ、王化ノ至リ、感ズルニ堪タリ。

は、農夫が「日南北向《ヒナタホクカウ》の暄ヲ王ニサヽゲント思」うのは「オロカナル事」とされるが、それは「天子ヲ大切ニ思」う民の真心ゆえの行動であり、天子の徳が国の隅々まで行き渡っていること（王化）の表れであるとする。また、一絲文守《いっしぶんしゅ》が後水尾院に献上した漢詩の前書には、

臣僧文守有《リ》レ聞《ケルコト》。昔在《シ》宋之田夫負《テ》レ暄《ヲ》為《ス》レ楽《ト》。自謂《ヘリ》可《シト》三以《テ》献《ズ》二于時君《ニ》一。雖《ドモ》レ以《テスト》二至愚之《ノ》甚《キヲ》一、而亦《モ》尽《シテ》二己《ガ》之誠《ヲ》一、不敢《テ》少《シモ》容《レ》二其《ノ》偽《ヲ》一矣。（寛文七年〈一六六七〉刊『一糸和尚語録』）

とあり、先の蘇軾の例と同様、自身の詩文に対する謙退の文脈において、農夫の「至愚」の甚だしさを認めつつも、それを天子に対する「誠」を「尽」くしたものと捉える。

このように、『列子』の故事は、愚者の逸話として広く知られる一方、謙譲の表現と関わりながら、民の愚直な真心をいうものとしても理解されていた。

二、漢詩文の「負日」

右の故事について、『列子鬳斎口義』の注には「負暄之楽」という表現があり、一絲文守の文章にも「負暄為楽」という文言があった。これらは遠く成美の「負日のたのしみ」に繋がるものであろうが、このように「負日」に「たのしみ」を見出す心性は何に由来するのか。本章では当該故事の漢詩文における展開から、この問題を探りたい。

大暦二年（七六七）春、杜甫が夔州の西閣から赤甲山の麓へと転居した折の詩「赤甲」の冒頭には、次のような詩句がある。

卜《シテ》二居赤甲《ニ》一遷居新《ナリ》　両《ビ》見《ル》巫山楚水《ノ》春
炙《テ》レ背《ヲ》可《シ》三以献《ズ》二天子《ニ》一　美《トスル》レ芹《ヲ》由来知《ル》二野人《ヲ》一

（明暦二年〈一六五六〉和刻本『杜少陵先生詩分類集註』。以下『集註』）

傍線部が『列子』の故事を踏まえる。朝廷から離れたことを憂いつつも、新たな寓居で巫山・楚水の春を眺め、「炙《リ》レ背《ヲ》美《トスルヲ》レ芹《ヲ》自楽《ミテ》」（『集註』）「日向ぼっこの心地よさは天子に献上してもよいほど」(5)であると詠う。ここでは『列子』に登場する世事に疎い農夫を、俗世間から離れて生活をする存在と見なし、杜甫自身の境遇に重ねている。

杜甫の夔州時代の詩には同様の表現が散見する。たとえば「西閣曝日」（大暦元年〈七六六〉冬の作）には、次のようにある。

凛冽倦《ム》二玄冬《ニ》一　負《テ》レ暄《ヲ》嗜《ム》二飛閣《ヲ》一　羲和流《シ》二徳沢《ヲ》一　顓頊愧《ヅ》二倚薄《ヲ》一　毛髪具《ニ》自和《ス》　肌膚潜《カニ》沃若《タリ》　太陽信《ニ》深仁　衰気欻《ニ》有《リ》レ託《スルコト》

冬の寒さに倦んで「西閣」（杜甫の寓居）で「暄」を「負」い、「ヒナタボツカウシテ身ガ暖ニ成リユル〳〵トナル」（両足院本『杜詩続翠抄』一六）さまを詠む。日差しを受けることで髪は和やかに、肌もみずみずしくなり、太陽の「深仁」によって「衰気」が癒やされるとする。「負暄」は、諸注が指摘するように『列子』の表現によりながら、『集註』が「正《ニ》宜《ク》二負《テ》レ暄《ヲ》以自遣《ル》一而已」と注するごとく、自身の鬱屈とした気持ちを晴らす（自遣）行為として描かれる。『円機活法』「曝《サラス》レ日《ニ》」条の「事実」の項には、前述のように第一に『列子』の故事を引き、続いて「流沢」と見出ししてこの詩を引く。

白居易「負冬日」詩、

杲杲《トシテ》　冬日出《ヅ》　照《ス》二我《ガ》屋《ノ》南隅《ヲ》一　負《ヒ》レ暄《ヲ》閉《テ》レ目《ヲ》坐《スレバ》　和気生《ズ》二肌膚《ニ》一　（明暦三年〈一六五七〉和刻本『白氏長慶集』）

も右の杜甫詩と類似の詠みぶりである。この詩も『円機活法』「冬日」に「負《フ》レ暄《ヲ》」の見出しで引かれる（「閉目」を「背《テ》レ日」に作る）。このように『列子』の表現を借りた「曝日」「曝背」のモチーフは早くから重要な詩材の一つとなっている。

唐代以降も類例は多く、宋代には蘇軾「薄薄酒」の第一首に、

五更待《テ》レ漏《ヲ》靴満《ルハ》レ霜《ヲ》　不レ如《カ》三伏日高《マデ》睡足《テルニハ》二北窓《ノ》涼《ニ》一　珠襦玉柙　万人祖送《シテ》帰《ル》二北邙《ニ》一　不レ如《カ》懸鶉《ノ》百結　独坐《シテ》負《ハンニハ》二朝陽《ヲ》一　（正保四年〈一六四七〉和刻本『東坡先生詩集』）

とある。「負朝陽」は、李厚注が「宋国有《ニ》二田夫一…」とするように、やはり『列子』にもとづく表現である。『四河入海』十三ノ一が、

千人万人喪葬伴ヲシテ葬ヲ送テ北邙山ニ葬ル、ハ結構ニアリハアレドモ、只百結ノ衣ノ如《ク》レ鶉《ノ》ナルツヾレヲキテ生テ、只一人負《テ》レ朝陽《ヲ》、日南多北向《ヒナタボツカウ》シテイルニハヲトリ

タゾ。

と、出世して豪華な葬式を営まれるよりは、仕官することなく、粗末な衣を着て一人朝日を浴び、「日《ヒ》南《ナ》多《タ》北向《ボッカウ》」をするほうが良いと述べるように、「負朝陽」は「日レ高《マデ》」「睡」と同様の隠士的行為として描かれる。当該詩は、『古文真宝前集』にも収録され、よく知られた一篇である。

このほか、丁直卿「老去」(『錦繍段』所収)、

茅檐曝《シテ》レ背《セナカヲ》　数《フ》二帰鴉《ヲ》一　冷淡《タル》思量到《ル》二日《ノ》斜《ナルニ》一

(万治四年〈一六六一〉刊『新刊錦繍段抄』)

について、宇都宮遯庵は、

老後ナス事モナケレバ、茅屋ノ下ニテ夕日ニ背ヲアブリ曝シテ鴉ノ帰ルヲ数也。イカニモ静ナル体也。終日背ヲサラシテ日ノ暮マデ有ル也。

(同右書)

と、「曝背」を老人の消日のさまとし、また、覚範慧洪「山居」第四首には、

負《テ》レ日《ヲ》自然《ニ》捫《リ》レ蝨《ヲ》　看《テ》レ山《ヲ》不レ覚《ヘ》成《ス》レ詩《ヲ》

(寛文四年〈一六六四〉和刻本『石門文字禅』)

とあり、「負日」は背中を日に炙りながら虱をひねる隠者の振舞として描かれる。『句双葛藤鈔』が「炙背横面」の詩句を「世ノ是非ニマジハラヌ体ゾ」と注するのもこれらと通じよう。

以上のように『列子』における農夫の行為は、漢詩の世界において、俗塵を離れた人のそれと捉え直され、「負日」とその類縁表現は、隠士的な行為の典型として用いられている。成美の「負日のたのしびに春をまたむとす」という表現は、「胸中物にほだされざる」「閑」なる隠士志向を持つ庵主に似つかわしいものであった。(6)

また、右の諸例からは「負日」が特定の季感を具えないことも確認される。『誹諧をだまき綱目』をはじめとした季寄が「負暄」を冬季と理解するのは、これを冬のこととして詠う杜甫や白居易の著名な作例や、それを引いた詩学書の影響が想定される。市河寛斎に句読を学び、寛斎編『日本詩紀』巻五の校訂を任されるなど、詩文に親しんだ成美が「負日」を冬季の言葉と見なすのは自然なことであったように思われる。

三、「負日」と「ひなたぼこ」

このような「負日」の表現史を踏まえたとき、次に挙げる其角俳文の表現はどのように捉えればよいだろうか。

わづかなる旅寝といへども、故郷いそがれて、名に聞所あらましに過ぬ。金沢つるでよければとて、うちわかざしに日を負てゆく〳〵東奥の風月には、猶こゝろをやらず。我むさしの丶眼せばからぬ富峰の奇秀はさらにもい

はず、海岸孤絶、黄金をつむべく覚えたれど、草堂に渇をたすくる茶さへなければ、一時心のとまるべくもあらず。

（貞享三年〈一六八六〉刊『新山家』）

『新山家』は貞享二年五月、其角が箱根木賀山温泉へ赴いた際の紀行文を収める。右に掲出したのは、その末尾近く、帰心のついた其角が江戸への帰途を急ぎ、相模国金沢を通過する場面である。「うちわかざしに日を負て」は、旅中、団扇で日光を遮りながら、背中に強い日差しを浴びつつ旅路をゆくさまを言う。[7]「草堂に渇をたすくる茶さへな」い、盛夏の旅の過酷さをいう措辞であり、漢籍の「負日」のニュアンスを読み取ることはできない。また、同じく其角の俳文「北ノ窓」（宝永四年〈一七〇七〉跋刊『類柑子』）には、

車にめぐる男ども、しばしも立休らふ事なく、夕陽に背を晒し、砂石に足心をいたむといへども、心の苦しまざる所をうらやまれたり。

とある。機車で元結を作る、元結扱きの職人たちの労働を描写したものであり、引用部分の前には、「農夫にことなら」ぬ粗野な風体をした職人たちが「くゐぜのかたはら」、つまり屋外に設えられた機車で作業に従事することが記される。「夕陽に背を晒し」は「砂石に足心をいたむ」（「足心」は足の裏の意）と同様、屋外での労働の辛さを表現するものであり、「心の苦しまざる所」と対比的な構造を取る。

其角俳文の「日を負て」「背を晒し」という表現は、言い回しこそ漢籍のそれに通うものの、意味合いは『列子』の原典とも、漢詩文の「負日」とも隔絶があり、好もしい行為としては描かれない。前節までに検討した漢詩文は其角の教養の範囲にあったと考えられるが、何ゆえこうした差異が生じるのか。

その要因として想定されるのは、太陽を身に受ける行為に対する和漢の文化的差異である。その糸口として、和語「ひなたぼこ」について吟味する。

日常語である「ひなたぼこ」は、中世以前には文献上に現れることが稀であり、その語感を把握するのが難しい。一方、俗語を豊富に掬い取った俳諧資料では、この言葉が頻繁に用いられ、重要な手掛かりを与えてくれる。なお、『かた言』（慶安三年〈一六五〇〉刊）二に「ひなたぼかうとは、日南北向と書侍ると云り。然るを、ひなたぶくり、ひなたぼくりなどゝいふは、よろしからじと云り」とあるように、この語は形に幅がある。宛字も様々であり、「日南」は「日向・日面・日当・日方」とも、「北向」は「北面」などとも表記される。以下適宜「ひなたぼこ」と総称する。

「ひなたぼこ」は現代俳句においては冬の季語であり、た

しかに『せわ焼草』（明暦二年〈一六五六〉刊）「初冬」条に「日《ひ》なた北向《ぼつかう》」が掲出される。しかしながら一方で、『毛吹草』をはじめ近世前期の他の季寄類にこの語は殆ど見えず、『四季題林』（天和三年〈一六八三〉刊）には「非季詞」として「日南北向《ヒナタボツコウ》」が立項される。実作例には『寛永十四年熱田万句甲』一一九、

　雞の巣をあたゝかにこしらへて／家居ははるの日なたぼつかう

や、『新板誹諧浜荻』（寛文十二年〈一六七二〉刊）「夜ルノ錦七百韻」第一の発句と脇、

　天の気や地にあらはれて春の草／日なたぼこりの胡蝶数々

のように、春の句において用いられる例も多く、『季寄新題集』（嘉永元年〈一八四八〉刊）では「二月」条に「日南ぼこが掲出される。つまり、前近代において「ひなたぼこ」の季は定まっておらず、必ずしも「寒き時日なたにゐるをいふ」（『誹諧をだまき綱目』）とは限らない。では、「ひなたぼこ」とは、どのようなニュアンスの言葉であったのだろうか。

四、「ひなたぼこ」の語感

この疑問を解決するにあたり、貞門俳諧の所産である付合語辞書『俳諧類船集』（梅盛編、延宝四年〈一六七六〉刊）「日南北向《ヒナタボツカウ》」条が参考になる。左に全文を掲げる。

　日南北向《ヒナタボツカウ》　苔《コケ》猿　猫　童《ワラベ》　非人　石亀　犬

　雨はれし朝は、鵄《トビ》も鴉《カラス》も屋の棟に羽をひろげてほせり。わたしに人まつ船頭は、竿《サホ》をまくらに夢をむすぶ也。山野にすめる獣も、人気遠ければ、日かげをうけてまろびふせる。

「日南北向」から連想される言葉が列挙され、「雨はれし朝は」以下に短文による説明が付される。連想語を一覧すると、「苔猿」「猫」「石亀」「犬」や、文章部分の「鵄」「鴉」、「山野にすめる獣」など、動物が大半を占めることに気付く。また、漢詩文は引用されず、隠士的行為と即座に結びつくような言葉は見当たらない。以下、列挙された語がなぜ「日南北向」と連想関係にあるのかを確認してゆく。

　まず「猫」については『誹諧千句寄』（寛文〈一六六一～七三〉頃成）頼永独吟百韻の、

　猫の出つゝ日方北面／家々の見渡しひくきやねの上

は、屋根の上で「日方北面」をする猫を詠む。「石亀」は『寛永十三年熱田万句』九三、

　石の上も三年おればやあたゝまる／岩ほに亀は日当北向

のように、岩の上で甲羅干しをする亀の姿を連想したもので

ある。文章部分の「鵈も鴉も屋の棟に羽をひろげてほせり」は、『ゆめみ草』（明暦二年〈一六五六〉刊）一・春部の、

いたどりもはをのばしぬる日なた哉　天満貞晴

が、植物の「いたどり」に「鳥」を掛けて、鳥が「日なた」で羽を伸ばすさまを描写するのと通じる。(8)「苔猿」については、『続猿蓑』（元禄十一年〈一六九八〉刊）下・冬之部、

山陰や猿が尻抓く冬日向　コ谷

に、山の傍らの日なたで尻を掻く猿が描かれる。「犬」についても同様で、文章部分に「山野にすめる獣も、人気遠ければ、日かげをうけてまろびふせる」とあるように、動物が寛いだ体勢で日光を受けることを「日南北向」と表現したようである。

一方、人間として挙げられるのは「童」や「非人」（「乞食」の意）、文章部分の「船頭」のみである。「童」については『武蔵野千句』（慶安三年〈一六五〇〉頃成）九、

園の胡蝶をとるやわらはべ／こゝろよき日なたぼこりのおり〳〵に

は「わらはべ」が「日なたぼこり」の折々に胡蝶を取ろうとするさまを描き、『季吟誹諧集』寛文七年（一六六七）閏二月十一日興行百韻、

守花の木陰に児の砂せゝり／日なたぼこりもたつる東風

も、陽光の下「砂せゝり」をする「児」のさまを「日なたぼこり」（「埃」と掛ける）とする。

文章部分の「わたしに人まつ船頭は、竿をまくらに夢をむすぶ也」は、客を待つ船頭が船上で眠ることを「ひなたぼこ」と捉える。『眠寤集』（天和二年刊〈一六八二〉）「漢和千句」第七、

退屈や舟やりかねて春も暮／のびよあくびよ川口の僮《ヤツ》／猫《ネコハ》日南担北《ヒナタボカフ》

の「のびよあくびよ川口の僮《ヤツ》」は、前句との関係では、河口で客の訪れを待ちながら眠そうにする船頭を描く。付句との関係では、それを猫の「日南担北《ヒナタボカフ》」のさまに取り成すのであるが、言葉の上では「川口の僮《ヤツ》」（船頭）から「日南担北《ヒナタボカフ》」を連想したものであろう。

終日屋外で労働する船頭は日陰に入ることが少ない。日に曝され続けることには様々な弊害があり、『其袋』（元禄三年〈一六九〇〉序刊）冬部、

うきふしを又ゆり起ス渡し舟／日なたくささもふり醒ス袖

は、渡船で長く日に曝された人につく独特の匂いを「日なたくささ」と表現する。また、『あら野』（元禄二年〈一六八九〉

序刊）には、

雪の日や船頭どのゝ顔の色　其角

と、謡曲『自然居士』の詞章を採り、日焼けした船頭の顔と雪の白さとを対比した一句が載る。「名をあげしなすの与一も日にてられあたら若衆のいろのくろさよ」（『策伝和尚送答控』）が若衆の日焼けした肌を無念がるように、日焼けは好もしいものではなかった。

路上で生活した「非人」（乞食）も、日なたに身を置くことが常であり、『続山彦』（宝永二年〈一七〇五〉刊）地、

日の当る乞食のかほや夏木立　朱拙

のように日焼けした「乞食」の顔と夏木立の木陰の暗さとを同一視する例があり、やや時代が下るが『俳諧新選』（安永二年〈一七七三〉刊）巻二・夏部にも、

乞食の其日を背負ふ暑かな　麦翅

炎天に向て寝返る乞食哉　李流

と「乞食」が炎天下に身を置くさまが描かれる。ハンセン病などの難病者もこれに含まれ、『破暁集』（元禄三年〈一六九〇〉跋刊）「秋風は」順水独吟百韻、

日南に寝たるあはれ癩病／馬蝿の瓜につかねどうたてさよ

には「日南《ひなた》」の路辺に体を横たえる病者の姿が詠まれている。

このように『類船集』を手がかりに「ひなたぼこ」の用法を吟味すると、この言葉が主に動物の行為とされ、人間を主体とする場合は、子供という境界的な存在や、やむを得ぬ事情によって露天に身を置く者のそれとして描かれることが多いことに気付く。すなわち、「ひなたぼこ」は都会人にとって日常的な行為ではなく、他者の営みとして眺めるものであり、そのように日光に身をさらし続けることは、一種の忌避感をも有していた。

もっとも、『類船集』と同時代にも「ひなたぼこ」を隠者的振舞として描く例は皆無ではない。『京童跡追』（寛文七年〈一六六七〉刊）四「あたゝかな日をやせなかに老の春　池田正式」は、大和郡山藩士で漢学の素養もあった池田正式の句であり、漢籍的な「負日」の素材を詠んだものと思われる。また『功用群鑑』（延宝末年頃刊）下「吁《アア》日なたぼこあだなる春かな／柴の戸に焼場の霞いや立て」は「日なたぼこ」を隠士の行為と見定めて「柴の戸」を付ける。ただし、このような例は珍しく、必ずしも一般的な用法とは言えない。

其角俳文の「日を負て」「背を晒し」といった表現は、漢詩文な「負日」の描かれ方よりも、むしろ右に述べ来たったような『類船集』の「ひなたぼこ」の語感に近い。漢籍の「負日」表現や、それを「ひなたぼこ」と同一視する言説は

ある程度一般的なものであったが、そうした表現伝統をもってしても、「負日」という行為をめぐる和漢の文化的差異は容易には埋めがたいものであった。

おわりに――「負日」のゆくえ

近世中期以降、「ひなたぼこ」に具わる隠士的イメージは次第に強まるようである。たとえば、雑俳書『百衛』（享保十五年〈一七三〇〉刊）には、「ゆるり〳〵と〳〵」への付句「我顔も漆も黒む日南北面《ひなたぼこ》」が載り、「我」が「ゆるり〳〵」と「日南北面」するさまには、自適のニュアンスの片鱗が見いだせよう。ただし、「顔」が「黒む」ことを殊更に詠み、やはり「ひなたぼこ」の負の意味合いはぬぐい去られていない。

さらに時代の下る『古来庵発句集前編』（存義著、明和三年〈一七六六〉刊）春之部「梅が香に日向ぼこするあるじかな」は、余寒の残る早春に、「あるじ」が悠々と梅の香を楽しみつつ太陽を身に受けるさまを詠う。成美にも、次のような句文があった。

日なたぼこりを《（ママ）》いふ事をこのみて、つねに疝瘕の心よきをおぼゆ。かうやうの事はわかき人のせぬことにて、友などのやう〳〵にくみおもふもことはりなり。

日影追《（ママ）》ふ我友にせむ冬の蝿　（『一陽集』）

存義や成美の作品には、古俳諧や其角俳文に見られた負のニュアンスを見出だすのは難しい。「日なたぼこり」によって「疝瘕」を癒やそうとする成美の姿は、むしろ杜甫や白居易の詩文と重なるところが大きい。漢詩文的な「負日」の素材の浸透は、「ひなたぼこ」のイメージの変容に少なからぬ影響を与えていると考えられる。

近代以降、「ひなたぼこ」は冬の季語として確立する。『図説俳句大歳時記冬の部』（角川書店、一九六五年）「日向ぼこり」条はこの語を「風のない日だまりにじっとしている」と説明し、例句を列挙する。一部を挙げれば、飯田蛇笏の「ちかよりて老婦親しく日向ぼこ」は日だまりで談笑する老婦の姿を描き、高浜年尾の「日向ぼこしてゐる前に落葉舞ひ」は、身に日光を受けながら落葉を眺める自身のさまを描写する。これらの例にもやはり日光に身を曝すことへの明確な忌避感は看取されず、漢詩文的な用法に近い。

そのような「ひなたぼこ」理解を決定付けたのは、「日光浴」という新語の登場であると思われる。『大増補改版新らしい言葉の字引』（実業之日本社、一九二五年）には「日光浴」が立項され[9]、「日光を身体に直射せしめて健康増進の一助とすること。日光から放射せられる紫の線の作用を利用する主意からである。肺疾患者などは特に奨励せられる」と説明する。結核の一療法とされた日光浴について、大正頃より関連書物が陸続と出版され、正木不如丘『綜合日光療法』（三光書院、一九三〇年）が、「日本に於ても古くから、俗に云ふ日向ボツコといふ意味に於て日光浴は一般に行はれてゐた」と述べるように、「ひなたぼこ」と「日光浴」とは同一視された。太陽光線が人体に益するものとして認識されるとともに、日光に体を曝すことへの負の感覚は忘れ去られてゆく。かくして、「ひなたぼこ」という言葉の本来の語感も、殆ど永遠に失われることとなったのである。

注

（1）『四山藁』（文政四年〈一八二一〉刊）「賀不老庵落成辞」として収録し、「負日のたのしみに春をまたむとす。市まちのありさまさむけくかしましきに、ひとり此庵ののどけきこゝちするは、あるじの心操たかきによれるなるべし」と、傍点部に小異がある。

（2）『漢語大詞典』は「負日」を「曬太陽」と説明する。

（3）隋末の類書『北堂書鈔』巻一四九「負日」項には、『列子』の逸話が摘記される。

（4）「甘泉茎・芹萍子」と読む説もあるが、底本に従った。

（5）下定雅弘・松原朗編『杜甫全詩訳注四』（講談社学術文庫、二〇一六年）。

（6）土地に執着しない還児の心ざまを殊更に「貴し」と称美することを勘案すれば、旅に生きた杜甫の俤を重ねることで庵主への挨拶とした可能性もある。

（7）辻村尚子「其角『新山家』の方法」（『近世文芸』八三号、二〇〇六年）は、この一節が深草元政『身延道の記』の「星をかざしに月をおびてゆく」（寛文三年〈一六六三〉版本。濁点ママ）を転じたものであることを指摘する。

（8）『今昔物語集』巻一九「西京仕鷹者見夢出家語第八」の「春ノ節ニ成テ、日ウラヽカニテ『日ナタ誇モセム。若菜モ摘ナム』ト思テ、夫、妻子共引烈テ、墓屋ノ外ニ出ヌ」も、主人公が夢の中で雉となった際に発する言葉である。

（9）「日光浴」は『訂正増補新らしい言葉の字引』（実業之日本社、一九二〇年版）には収録されず、この頃より浸透し始めた新語であることが知られる。

附記　本文の引用は特に断らない限り、翻刻・影印があるものはそれにより、それ以外は原本によった。ご所蔵資料の閲覧・複写にご高配を賜った尾道市立大学附属図書館、柿衞文庫、国立国会図書館、天理大学附属天理図書館、内閣文庫に深謝申し上げます。漢詩文は、訓点を具える和刻本は原本の訓点を示し（竪点は適宜省略した）、それ以外は（ ）内に書き下しを付した。俳諧の作者名は適宜省略した。また、資料の一部に今日的には不適切な表現が見られるが、歴史性を鑑み、資料価値を尊重する立場から、そのままとした。なお、本稿はJSPS科研費16H06877の成果の一部である。

其角「嘲仏骨表」に見る韓愈批判
――「しばらくは」句の解釈をめぐって

三原尚子

みはら・なおこ――関西大学博士課程後期課程。専門は近世俳諧。主な著書・論文に『京都大学蔵潁原文庫選集』第五巻（共著、京都大学文学部国語学国文学研究室編、臨川書店、二〇一七年）、「芭蕉蔵伝承試論――中坊家と芭蕉」（『国文学』関西大学国文学会、一〇二号、二〇一八年）などがある。

其角による俳文「嘲仏骨表」は、韓愈の「論仏骨表」を批判する句文である。その文末に掲載される発句「しばらくは蠅を打けり韓退之」を、韓愈批判の句として解釈することは一見難しいが、俳諧独自の蠅の詠み方、蠅打に着目することで、其角が左遷された韓愈を皮肉って詠んだ句であると解釈することが可能となる。

はじめに

（一）其角「嘲仏骨表」

唐宋八大家の一人である韓愈《かんゆ》は日本でも人気があり、『唐《とう》韓昌黎集《かんしょうれいしゅう》』（京都秋田屋平左衛門刊）という大本四十冊にも及ぶ大部の韓愈文集が、万治三年（一六六〇）に出版されている。この和刻本、もしくはそれ以外の書物の記事等に拠り、多くの近世期の俳人たちが韓愈の故事を引用している。

その中で、本稿では、其角による俳文「嘲仏骨表（仏骨の表を嘲る）」を取り上げたい。この文章は許六編の俳文集である『風俗文選』（宝永三年〈一七〇六〉刊）に掲載されるものである。表題の中に「仏骨表」とあるが、これは韓愈の「論仏骨表（ぶっこつをろんずるひょう）」を指す。つまり、「嘲仏骨表」というのは韓愈の「論仏骨表」を非難した文章ということになる。

「論仏骨表」は、韓愈が元和十四年（八一九）に憲宗に献じた、仏骨、つまり仏舎利の廃絶を訴える文章である。これにより憲宗の怒りを買った韓愈は左遷されることとなった。なお、その翌年、憲宗が亡くなったため、韓愈は罪を許されて中央に復帰している。

まず、「嘲仏骨表」の全文を以下に掲載する。

〇むかし韓退之、表を奉つて仏骨を嘲る。今我レこれを読ンで、退子をあざける。人死して骨となり、骨朽《クチ》て土とかはる。仏骨何の王位をけがさむ。仏骨もし人を穢《ケガ》さば、禽獣の皮骨は、猶人をけがすべし。人は天地の霊にして、禽獣人に及ばず。夫レ束帯のかざりには象牙をたふとび、珍簟《チンタン》の舗物《シキモノ》には、虎豹《コヘウ》の皮にふす。鼈甲《ベツカウ》は笄《カンザシ》につくり、尾毛は筆の用にぬかる。鹿茸《ロクジヤウ》、牛角、鯨《クジラ》の髭《ヒゲ》のたぐひ、宮室を飾《カザ》り、器物を造《ツク》る。たゝき醢《シヽビシホ》は、なめて口中を潤し、雉子《キジ》の胴殻《ドウガラ》、蕪骨《カブラボネ》は、噛で直に腹中にはしる。退之仏骨をいやしとし、禽獣をたふとしとするは、何の謂《イイ》ぞや。若シ仏骨細工のたすけにもならずといはゞ、はやく疾鬼《シツキ》にあたへて、銭かねとせざる。仮令《タトヒ》払底《フツテイ》の鬼なりとも、虎の革《カハ》の犢鼻褌《フンドシ》は取べしと。かれが浅見を嘲《アザケ》つて、しかいふのみ。

へしばらくは蝿を打けり韓退之

（『風俗文選』「表」部所収）(1)

(二)「嘲仏骨表」の問題点

「嘲仏骨表」には、「退子をあざける」（退子は韓愈の字）という韓愈批判の旨と、その理由が述べられている。つまり、「嘲仏骨表」には、韓愈の「仏骨を排斥すべきである」という主張に対する其角の反論が述べられていることになる。其角は、仏骨を排斥すべきではない理由として、仏や人より劣る動物の遺物、たとえば「象牙」や「虎豹の皮」が様々な形で役に立つことをまず述べる。そのうえで、韓愈が仏骨を排斥せよ、象牙のたぐいを尊べと言うのは「浅見」であるとし、韓愈を非難する句として、「しばらくは蝿を打けり韓退之」の句を文末に挙げる。

ここで問題となるのが、何故其角が「しばらくは」句のうちに蝿を詠み込んだのかという点である。今見たとおり、「嘲仏骨表」には動物の遺物が多数列挙されるが、虫である蝿は文中に登場しない。

それでは、韓愈の「論仏骨表」に蝿が関係するのであろうか。結論から言えば、「論仏骨表」にも蝿は出てこない。「論仏骨表」は非常に長いため、紙幅の都合上全てを引用することはできない。よって、簡潔にまとめると、「論仏骨表」は「臣某言伏以仏者夷狄之一法耳（臣某言す、伏して以《おもん》みるに仏は夷狄の一法のみ）(2)」という仏教批判の文言から始まり、次に、昔中国が安定していた頃に仏教が無かったことを述べる。そして、仏教が伝えられた後に中国の政治が乱れたこと、仏教を崇拝することが人民にとってよくないことであることと、そもそも仏陀は異邦人であり崇拝する理由がないことを述べる。最後に、韓愈は「乞以此骨付之有司投諸水火永絶根本断天下之疑絶後代之惑使天下之人知大聖人之所作為出於尋常万万也（乞ふ、此の骨を以て、之を有司に付して、諸水火に投じて、永く根本を絶ち、天下の疑を断じて、後代の惑を絶ち、天下の人をして、大聖人の作為する所、尋常に出ること万万なることを知らしめたまへ）」と、憲宗に仏骨の排斥を強く訴える。このように、「論仏骨表」には蝿どころか動物の例すら引用されていない。よって、表層的な見方では、其角が韓愈を批判する意図で「しばらくは蝿を打けり韓退之」と詠んだ意図がわからないのである。[3] この問題を解決するには、「しばらくは」句そのものを検討しなければならない。

(三) 本稿の目的

其角は著名な俳人である。しかし、発句や文章に難解なものが多いため、作品一つ一つの典拠や解釈について踏み込む研究は意外に少なく、今回取り上げる「嘲仏骨表」にも先行研究はない。しかし、其角の作品のそれぞれを取り上げて検討していくことは、其角の作風を考える上で欠かせない作業である。そこで「嘲仏骨表」を検討することで、其角研究の一助としたい。

また、其角のみならず、蕉門の作者による発句や文章には、漢詩文が典拠とされるものが数多くある。その中で、漢詩文において見いだされたモチーフを、漢詩文における扱い方とは違った扱い方で用いることも多い。「嘲仏骨表」における蝿はその典型的な例であると考えられる。韓愈の故事を下敷きにしたはずの「嘲仏骨表」における蝿の扱われ方が、漢詩文におけるそれと異なっていることを証明できたなら、漢故事の受容における興味深い事例の一つとして意義があるだろう。

具体的には、まず漢詩文における蝿の扱いを見た上で、其角以外の俳諧における蝿の扱いを見ていく。その上で、其角の「しばらくは」句がなぜ韓愈批判の句となり得るのかを検討したい。

一、漢詩文における蝿

(一) 漢詩文における蝿（1）

漢詩文における早い時期の蝿の例としてよく知られるのは、『詩経』の「青蝿《せいよう》」である。

営営青蝿　止于樊
豈弟君子　無信讒言

営営たる青蝿　樊《はん》に止まる
豈弟《がんてい》の君子よ　讒言を信ずる
無かれ

営営青蠅　止于棘
讒人罔極　交乱四国
営営青蠅　止于榛
讒人罔極　構我二人

営営たる青蠅　棘《きょく》に止まる
讒人は罔極《ぼうきょく》にして　交《とも》に四国を乱す
営営たる青蠅　榛《しん》に止まる
讒人は罔極にして　我が二人を構ふ

「青蠅」（『詩経』「小雅」）[4]

「営営」は蠅の羽音の擬音語で、うるさい蠅が群れる様子を詠んだ詩である。ここで注目されるのは、「青蠅」では蠅の羽音を讒言、つまり蠅を君子に讒言をなす者と捉えていることである。これは日本の韻文には取り入れられなかった要素である。

ただ、讒言に喩えるとしても喩えなかったとしても、一般的に蠅が鬱陶しい存在として扱われることは、古来より現在に至るまで不変の事実であろう。日本だけでなく、中国でも古くから蠅が不快なものとして扱われていたことが、この詩からわかる。

また、牧藍子氏「一茶『やれ打つな蠅が手をすり足をする』」によると、漢詩文において蠅が多く詠まれるのは、宋詩においてであり、その中でも特に、欧陽脩の「憎蒼蠅賦（蒼蠅を憎むの賦）」はよく知られていたという。[5]「憎蒼蠅賦」も紙幅の都合上全文を引用することは叶わないが、簡潔に内容をまとめておく。

「憎蒼蠅賦」は、蠅の生態を観察し、古人の名を引いて、蠅の害を述べた文章である。蠅の害は大きく三つに分けられる。まず、人の気力を奪うこと、次に、宴会や対談ができないようにすること、最後に、食べ物をだめにすることで、どの害も重大なものであると主張する。末尾の部分で欧陽脩は、前掲の『詩経』「青蠅」を取り上げ、「宜乎以爾刺讒人之乱。誠可嫉而可憎（宜《うべ》なるかな、爾《なんじ》を以て讒人の乱を刺《そし》れり。誠に嫉《にく》んべくして憎みつべし）」と述べる。[6]蠅を讒人に喩えるのももっともだという趣旨である。ただし、蠅の害を述べるに際し、「孔子何由見周公於髣髴。荘生安得与蝴蝶而飛揚（孔子も何ぞ周公を髣髴たるに見るに由《よし》あらん。荘生も安んぞ蝴蝶と飛揚することを得ん）」などと述べ、どこか滑稽味もある文章となっている。

「憎蒼蠅賦」は、近世期の俳人たちによく読まれた『古文真宝後集』に掲載されている。[7]それに加えて、蠅という卑俗なものに対する共感しやすい描写と、俳文にも通ずる滑稽味のある文体が好まれたからか、近世の俳人たちは「憎蒼蠅賦」をしばしば自身の作品の典拠とした。本稿で取り上げる其角も、このような作品を残している。

亦この頃憎むといへる一字題を得て、彼欧陽公のことばを逐
蠅の子の兄に舜なきにくさ哉
（沾州編『類柑子』所収「松の塵」（一部抜粋））

其角は「憎」という題から「憎蒼蠅賦」を連想し、蠅の子の憎らしさを詠んだ。句中にはさらに、中国の五帝の一人である舜がその弟の象に憎まれた故事が引用されており、其角に漢籍の素養があることがうかがわれる一句となっている。

（二）漢詩文における蠅（2）

欧陽脩「憎蒼蠅賦」以外の、漢詩文における蠅の例も見ていきたい。特に注目すべきは、「青蠅」「憎蒼蠅賦」に見られるような蠅の扱い方から逸脱した例があるかどうかである。

近世期の季寄せである『俳諧類船集』「蠅」部には、漢詩文を典拠に持つ表現が複数挙げられている。この点については牧氏が前掲論文中で既に検討しているが、(8)『俳諧類船集』は近世俳人によく読まれた本であるので、本稿では漢詩文由来の項目に限定して、改めて検討する。

塵塚　雪隠　大師講　伊勢参　犬　魚釣　馬　牛　蜘蛛　干魚　糞　日あたり　昼寝　飯　糊　道中　きんかあたま　①筆をなぐる
②欧陽公がにくみし文勢たれかおもはざらん。③奸人之魂佞人之魄と張復之も詠じたり。④白き物には黒き糞をし黒き物には白き糞をしかくる故に蠅を讒人にたとへし事毛詩にも出たり。⑤驥といふ馬尾に付て千里をはしるともいへり。大師講の粥をくらふていねかし。
（『俳諧類船集』「蠅」）

『俳諧類船集』「蠅」項の記述のうち、漢詩文に由来するものに番号を付した。

「憎蒼蠅賦」はやはりよく知られていたようで、文章部分冒頭の②に記されている。④の後半部分も、先に見たとおり『詩経』「青蠅」中に見える。蠅が白いものに黒い糞を、黒いものに白い糞をすることは『詩経』本文中には見えないが、『毛詩抄』など複数の注釈書に見える。②と④に挟まれた③も、蠅を佞人に喩えるもので、北宋の張復之（張詠）の「罵青蠅文」（『乖崖集』）による。これも「青蠅」と同様の例である。

①は『淵鑑類函』に見える、魏の王思が、筆に群がる蠅に腹を立てて筆を投げたエピソードを元にしている。④は『史記』「伯夷伝」中の表現で、蠅のようなつまらないものでも馬の尾に付けば千里を走るという故事である。(9)

①・④には蠅を讒人に喩える要素はないが、蠅を鬱陶しいもの、取るに足りないものとする発想は、これまでに見た蠅の扱いと共通する。他の例と毛色が異なるのは、③の蠅が黒

いものを白くし、白いものを黒くすることであるが、其角の発句との関連があるとは考えにくいし、これも根本的には、蠅は鬱陶しいものであるという概念が根本にあるという点で、他の例とさほど変わらない。

其角の「しばらくは」句は、このような、蠅が単に鬱陶しいものであるという概念だけでは解釈ができない。

(三) 韓愈作品における蠅

では、韓愈作品における蠅の扱いは今まで見てきた蠅の扱いと異なるのであろうか。以下に二つの例を挙げてみる。

凡此五鬼、為我五患。飢我寒我、興訛造訕。能使我迷。人莫能間。朝悔其行、暮已復然。蠅営狗苟、駆去復還。
凡そ此の五鬼は、我が五患たり。我を飢《う》やし我れを寒《こご》やかし、訛《あやま》りを興し訕《そしり》を造る。能我れをして迷はしむ。人能く間《い》るること莫んや。朝に其の行を悔ふれば、暮に已に復た然り。蠅のごとくに営み狗のごとくに苟《ぬす》んで、駆り去れば復た還るといふ。

（韓愈「送窮文」（和刻本『唐韓昌黎集』巻三十六）一部抜粋）

「蠅営狗苟」の部分に、先に見た、『詩経』「青蠅」を踏まえた表現を用いている。ここでの蠅は、窮、すなわち貧乏神を喩えたもので、貧乏神のしつこさを「蠅のごとく」と表現している。

朝蠅不須駆　暮蚊不可拍　朝蠅駆ることを須ひず　暮の蚊拍つべからず
蠅蚊満八区　可尽与相格　蠅と蚊と八区に満てり　尽く与に相格すべけんや
得時能幾時　与汝恣啖咋　時を得んこと能く幾時ぞ　汝が与に啖咋を恣にせしめん
涼風九月到　掃不見蹤跡　涼風九月に到らば　掃て蹤跡を見ざらん

（韓愈「雑詩四首」（和刻本『唐韓昌黎集』巻七、冒頭一首のみ掲載））

「雑詩四首」でも韓愈は、群がる蠅を鬱陶しいものとし、九月になれば蠅が一掃されると慰める。このように、韓愈作品における蠅の扱いも、他の漢詩文における蠅の扱いと変わらない。

勿論、漢詩文における蠅の例は他にも大量にあろうが、管見の限りではこのような蠅の扱いから大きく逸脱するものは見つからなかった。漢詩文における蠅の扱いについて、其角もこれ以上に特殊な知識を持っていたとは考えにくい。つまり、「しばらくは」句における蠅の詠み方を考える上で、漢詩文のみを見ていても不十分である。

ただ、其角が韓愈批判にあたり蠅という題材を選んだこと自体は、漢詩文において蝿が詠まれてきたことと無縁ではないだろう。また、今挙げた韓愈の詩文はいずれも、「論仏骨表」と同じく、『唐韓昌黎集』に採録されている。そのため、其角が、韓愈が蝿を疎んじていたことを知った上で、「しばらくは」句に蝿を詠み込んだ可能性は否定できない。

二、俳諧における蝿

(一) 先行研究

俳諧において、あるモチーフの詠まれ方の変遷を考える場合、一般的には和歌・連歌における用例も顧みなければならない。しかし、和歌や連歌では蝿はほとんど詠まれない。蝿は漢詩文から一足飛びに俳諧に取り入れられたということになる。よって、ここからは俳諧における蝿について見ていく。

蝿の句については、先ほどから引用している牧氏「一茶『やれ打つな蝿が手をすり足をする』」のメインテーマであり、詳細に検討しているのでまず簡単にまとめておく。牧氏によると、貞門談林時代の蝿の句には典拠を踏まえた言語遊戯的な句が多いのだが、元禄期ごろになると身近な蝿の生態をとらえた句が多く詠まれるようになるという。[10]

このような牧氏の見解に、私も概ね同意するが、初期俳諧においては、蝿の生態を技巧を凝らして詠んだだけの、典拠のない句も多いことを付け足しておきたい。先に見た『俳諧類船集』でも、付合語の部分では蝿の生態を多く述べていた。蝿の生態について詠んだ句には以下のようなものがある。

手を揩て拝むやのりにたかり蝿　桜井　貞房（『崑山集』）

蝿が手をするはぼさつのおだい哉　野口　正次（『崑山集』）

額の浪ぬき手をうつや蝿の声　味鶴（『誹諧坂東太郎』蝿部）

蝿や女まくらのころも箱根山　西望（『誹諧坂東太郎』蝿部）

例えば「手を揩て」句、「蝿が手を」句は、蝿が手を擦る様子を、仏を拝む様子に喩えて詠んだものである。「額の波」の句は蝿の飛ぶ音を詠んだもの、「蝿や女」の句は蝿が枕元で飛ぶ様子を詠んだものと考えられる。[11]

蕉門俳諧における蝿については、もう一つ先行研究がある。それは、清登典子氏「『木曽の蝿』考――芭蕉餞別句のメッセージ」[12]で、この中で清登氏は、談林俳諧宗匠であったころの芭蕉が、卑俗性、滑稽性を強めるための素材として蝿を積極的に用いていた事を指摘している。

さらに清登氏は、芭蕉がそのような詠み方から脱却していく中で、其角が一貫して、典拠や故事を踏まえつつも、そこに卑俗な素材としての蠅を持ち込むことで滑稽性を強めようとしていると述べる。(13)

ただし清登氏は、其角の句の典拠は指摘するものの、句それぞれの背景まで指摘している訳ではない。また、本稿で取り上げる「しばらくは」句については、典拠を踏まえていること、蠅の卑俗性を滑稽さとして取り入れていることは首肯しうるが、単にそれだけではやはり「しばらくは」句と韓愈の関係が不明のままである。

(二) 蠅の特徴

次節に進む前に、俳諧全般における蠅という題材の特徴について考えておきたい。蠅は、蝶やきりぎりすと異なり、和歌・連歌には見られない俗言なので、生態を工夫して詠むだけで俳諧らしさが感じられたはずである。和歌・連歌とは異なり、日常の様々な題材の中に面白さを見いだすという俳諧の特性によく合った題材であるとも言える。そのような蠅は、初期の句集ではまだその価値が見いだされなかったのか、独立した部立がない句集もあるが、徐々に作例が増えていく傾向にあり、蕉門ではよく詠まれた。

其角が「しばらくは」句を詠んだ背景には、このような事情があった。

三、「蠅打」ということ

(一) 蠅打の始まり

蠅を俳句に詠むこと自体は、元禄の早い時期に流行したことであり、其角がその流れの中心にいたことは間違いない。とはいえ、まだ「しばらくは」句の解釈には謎が残る。

ここで、視点を転じて、単なる「蠅」ではなく、「蠅を打つ」ということについて考えてみたい。前々節で見た漢詩文では、いずれも蠅そのものの煩わしさを詠んでおり、そこから一歩踏み込んだ、蠅を退治するという発想は主体にならなかった。しかし一茶の名句「やれ打つな蠅が手をすり足をする」に見られるように、俳諧の世界では蠅打というテーマは、ごく当たり前のものになっている。蠅打はいつごろから俳諧に取り入れられたのだろうか。

結論から言えば、蠅打というテーマが多く扱われるようになるのが、まさに其角が「しばらくは」句を詠んだ元禄前期頃である。これは当然と言えば当然のことである。何故なら、先にも述べたように、貞門・談林俳諧では、典拠に基づいた句もまだ多いからである。典拠となる漢詩文において蠅打を詠まない以上、それを踏まえた句作りの中で蠅打を持ち出すのは難しい。勿論、全く皆無というわけではなく、昼は蝿打もねならん端居哉　厚成　（『境海草』）

のような例もあるが、蕉門における用例の豊富さに比べると、少ないことは間違いない。蝿打は俳諧独自のもので、なおかつ蕉門で盛んに詠まれたものと言えるだろう。

（二）蕉門における蝿打の独自性

前掲の「『木曽の蝿』考」には、其角が蝿を好んで詠んだこと、さらに、蝿そのものに焦点を合わせた句よりも蝿と関わる人物（蝿を打つ人、蝿を追う人、蝿を煽ぐ人など）やその姿に焦点を合わせて滑稽性を漂わせながら詠んでいる句が多いことが述べられている。[14]

実は、これは其角に限ったことではない。同時代の蕉門俳人たちの作例を見ると、同様の例が散見される。ここでは蝿打の例のみ挙げる。

たれこめて蝿うつのみぞ五月雨　渭橋　（『其袋』）

蝿打や座頭の傍に妻ひとり　東潮　（『其便』）

蝿打になるる雀の子飼かな　河瓢　（『芭蕉庵小文庫』）

病中の吟

蝿打や暮がたき日も打暮し　史邦　（『猿舞師』）

蝿打を詠むということは、単に蝿を詠むのとは異なり、蝿を打つという動作を行う人物も句に含むことを意味する。そこで、その人物がどういう人であるかが問題となってくる。たとえば、渭橋の句では梅雨のために外に出られず、閉じこもって蝿を打つぐらいしかすることのない人、東潮の句では目の見えない座頭の代わりに蝿を打つ妻、河瓢の句では飼っている雀の子やその餌に群がる蝿を打つ者が描かれている。史邦の句には「病中の吟」という前書があり、病気のため外に出られず、手持ち無沙汰な作者が、蝿打をして長い夏の日を過ごしていることがわかる。

ここで、渭橋の句と史邦の句に共通していることとして、家に閉じこもる者の無聊を慰めるための手段、もしくは時間潰しのための手段として蝿打が詠まれていることに注目したい。

蝿がなぜこのような詠まれ方をするようになったのか考察する上で大きな手がかりになるのは、百里編『遠のく』（宝永五年〈一七〇八〉跋）に掲載される、嵐雪の以下の句であろう。

独座

来るのみか裾から蝿の折節は　（『遠のく』）

一人閉じこもって暮らす嵐雪が詠んだ句である。「来るのみか」には「蚤」と「蚊」が掛けられている。妻を亡くした自分の元にやってくるのは、蚤や蚊、そして蝿ぐらいだ、と嵐雪は言う。

そもそも、漢詩文でも俳諧でも、そして生活に即した実感としても、蝿は厭われるものであった。蝿は厭われるものという発想から更に発展し、世間との繋がりがない自分の元には蝿ぐらいしかやってこないという発想が生まれたのではないだろうか。勿論これは、漢詩文には見られない表現である。ただし、「来るのみか」句には、蝿や蚤、蚊に対する嫌悪だけでなく、愛情めいたものの見え隠れしている。妻を亡くした自分のもとにも、小さな蝿たちだけはやってきてくれるということである。これは、従来の蝿に対するマイナスのイメージを転じた、「来るのみか」句特有の面白さである。

(三)「しばらくは」句における蝿打

蝿を打つということを詠んだ「しばらくは蝿を打けり韓退之」にも、蕉門俳諧独自の蝿打のとらえ方は当てはまるのだろうか。

はじめに見たように、韓愈は「論仏骨表」を上表したことにより左遷された。其角が韓愈の伝記についてどの程度のことを知っていたか、詳細に検討するのは難しい。しかし、おそらく其角は「論仏骨表」を『唐韓昌黎集』もしくは類似する韓愈の全集によって読んだはずであり[15]、『唐韓昌黎集』「論仏骨表」の直後には、「論仏骨表」を献じたことで韓愈が潮州に左遷されたことが述べられる「潮州刺史謝上表」が配されている。よって、其角は韓愈が左遷されたことを知っていた可能性が高い。

左遷された韓愈は、先に見たような、世間との繋がりがなくなってしまった人物であると言えよう。そこでできることは、蝿を打つというつまらないことぐらいである、という解釈であれば、「しばらくは蝿を打けり韓退之」の中に韓愈を嘲る意図が生まれてくる。

なお、「しばらくは」という文言は、「いったんは」「ひとまずは」というような意味を示す文言と考えられる。「しばらくは」で始まる句は、蕉門に複数見られる。例えば、

しばらくは花の上なる月夜かな　芭蕉(『初蝉』)
しばらくは草に落着あられ哉　定松(『陸奥鵆』)
しばらくは茶色になりぬ若楓　曲翠(『俳諧一字幽蘭集』)

というような句で、いずれも其角の句と類似する句の構造となっているので参考となるだろう。これらの句において「しばらくは」という言葉は、後に事態が再び変わることを暗示している。其角の句における「しばらくは」という言葉も、韓愈が左遷の翌年に潮州刺史の任を解かれ、中央に復帰することを知っていて、配したものとも考え得る。もしそうならば、其角は韓愈の伝記について、相当詳しく知っていたことになる。一方で、その韓愈を批判するために単なる蝿ではな

く蝿打を用いたことは、俳人独自の感性である。韓愈の故事を描くことに日本的な詠み方を用いていることは、大変興味深いことである。

さらに、蝿打の俳諧独特の特性はもう一つある。それは「蝿打」が季語となっていることである。俳諧では、韓愈という季節感のないものを発句の主題にする場合、それに合った季語を組み込む必要がある。この際、蝿は夏の季語として働くのみならず、中国風のモチーフとしても働いてもいる。韓愈が南方に左遷されたことも、蝿とよく調和している。実に複雑な句作である。

(四) その他の解釈の可能性

先に見た「青蝿」では、蝿を讒言に喩えていた。其角句の中に、この発想を取り込むことは可能だろうか。

例えば、其角が「論仏骨表」を上表した韓愈こそが讒人であると考え、その蝿のような韓愈が皮肉にも蝿打をすることになったという解釈は、ありえなくはない。ただ、これまで見てきたいずれの発句でも、蝿は讒言やそれに類するものの喩えとして扱われていない。其角の句では、讒人という解釈を含めずとも韓愈を批判することは十分に可能であり、これ以上の皮肉は、文章部分との結びつきを強めすぎるのではないか。

また、蝿と「論仏骨表」の関係が全くない点は、やはり留意される点ではある。しかし、「論仏骨表」もしくは仏教と、蝿の間に特に関係がなくとも、先に述べたような韓愈批判を行うことは可能である。文章部分を見る限り、其角が韓愈批判を超えて、仏教全般に対して何か主張しようとしたとは考えにくい。よって、蝿と「論仏骨表」の関連はないものと考えたい。

おわりに

「しばらくは」句は、元々「仏骨表」という前書を付され、元禄三年刊『花摘』に掲載されたものである。その中では「しばらくは」句に俳文はまだ付されていなかった。

『花摘』は、亡き母のための一夏百句を思い立った其角が、それに加えて、その間の句や文章、他の門人たちとのやりとりなどを記した句文集である。その最中、何らかの形で「論仏骨表」を読んだ其角は、「しばらくは」句を詠んだ。そこにはまだ、「嘲」という強い否定の言葉は用いられていないし、韓愈を批判する文章もない。

しかし、其角はこの時点で「論仏骨表」に対する批判意識を持っていたのではないか。『花摘』を編集していたころの其角は、仏教との関わりがいつも以上に強かった。そのような其角が「論仏骨表」を読んで、何も思わないはずがないであろう。直接的に母を悼んだ句は『花摘』にあまり多く見られない。「しばらくは」句も一見亡き母と何も関連がないようだが、母の死がなければ生まれなかった句であろう。『花摘』における「しばらくは」句が、いつ「嘲仏骨表」となったのかはわからないが、『花摘』の時点では見えにくかった韓愈批判の意図が「嘲仏骨表」では目に見える形で示された。其角は単に漢故事を利用するのではなく、漢故事を知った上で、それに対する意見を、句と文章を用いて、滑稽味も交えて表現した。これは其角でなければできなかったことであろう。特に、『花摘』に掲載された時以上に蝿打の持つ特性は際だって見える。

最後に、一つ疑問を提示して終わりとしたい。「嘲仏骨表」中で其角は「退之仏骨をいやしとし、禽獣をたふとしとするは、何の謂ぞや」と述べる。しかし、韓愈は「論仏骨表」の中で動物を取り上げていない。これはおそらく、これ以前の部分の流れから生み出された文飾なのであろう。しかし、其角が韓愈の他の文章を念頭に置いてこう書いた可能性は捨てきれないのではないか。

其角が芭蕉以上に漢詩文に詳しかったことは常々言及されていることだが、其角の漢詩文受容を更に詳しく検討することで、「嘲仏骨表」もその姿を変える可能性がまだ残っている。

注

(1) 以下、特に表記しない限り、俳諧に関する引用は、『古典俳文学大系』に拠るものとする。なお、「嘲仏骨表」は、題名からわかるように、本来は「表」という形式ではないが、「表」類に分類されている。『古文真宝』で、王荊公の「孟嘗君の伝を読む」が伝類に収められているのと同様の措置である。

(2) 韓愈の文章の引用は、書き下しも含め、本文冒頭に挙げた『唐韓昌黎集』(長澤規矩也編『和刻本漢詩集成』第七輯所収)に拠る。以下全て同じ。

(3) なお、「しばらくは」句は、元々は其角編『花摘』(元禄三年〈一六九〇〉刊)四月二十二日項に掲載されていたものである。『花摘』においては「仏骨表」の前書が付されているのみで文章はない。発句は表記が異なるのみで、全く同じものである。よって、『花摘』からも「しばらくは」句が韓愈批判の句になる意図はわからない。

(4) 明治書院『新釈漢文大系』巻一一二所収。

(5) 鈴木健一編『鳥獣虫魚の文学史——日本古典の自然観3 虫の巻』(三弥井書店、二〇一二年)二七一頁。

(6) 「憎蒼蝿賦」の引用は、書き下しも含め、和刻本『魁本大字「諸儒箋解」(古文真宝後集)』(木村次郎兵衛刊、万治三年〈一六六〇〉)巻一(長澤規矩也編『和刻本漢籍文集』第二十輯所収)に拠る。以下全て同じ。

(7) 例えば、纓片真王氏「『鳥之賦』私解——芭蕉と蕉門の俳文を読む」(『上智大学国文学論集』二十四、一九九一年)に拠ると、芭蕉の「鳥之賦」には、『古文真宝』に掲載される、白居易の「慈鳥夜啼」、李紳「憫農」が引用されている。そもそも「烏之賦」自体が、欧陽脩の「憎蒼蠅賦」を参考にしたものであること、他に去来の「鼠の説」も「憎蒼蠅賦」を参考にしていることも、同論文中で指摘されている。

(8) 前掲注5書、二七二、二七三頁。

(9) 其角は、この故事を踏まえ、「驥の歩み二万句の蠅あふぎけり」(『花摘』・住吉にて西鶴が矢数俳諧せし時に、後見たのみければ)という句を詠んでいる。

(10) 前掲注5書、二七三―二七五頁。

(11) 勿論、漢詩文の典拠を踏まえた蠅の句もある。例えば、「馬の尾やをのが身につく蠅払　丸石」(『誹諧坂東太郎』)は『俳諧類船集』にも引用された『史記』「伯夷伝」を踏まえるものである。ただし、それはあくまでベースにあるもので、全体としては蠅の生態を詠んだ句ともいえる。

(12) 『文藝言語研究　文藝篇』(筑波大学筑波大学大学院人文社会科学研究科、五四号、二〇〇八年)一一七頁。

(13) 前掲注12書、一一二―一一五頁。

(14) 前掲注12書、一一二―一一五頁。

(15) 『唐宋八大家文読本』には、「論仏骨表」「潮州刺史謝上表」が連続して掲載されているが、『唐宋八大家文読本』が日本に伝えられたのは寛政年間であるという(『唐宋八大家読本　一』新釈漢文大系七〇、明治書院、一六頁)。

附記　本稿は、第三十六回和漢比較文学会大会における研究発表、「其角の漢籍受容――『嘲仏骨表』を中心に」を基に作成したものである。席上で賜った多数の貴重なご教示に、深く感謝いたします。

俳諧の「海棠」——故事の花と現実の花

中村真理

なかむら・まり——関西大学大学院博士課程後期課程。専門は近世俳諧。主な論文に「俳諧の猫——「本意」と「季語」の視点から」（『連歌俳諧研究』一二五号、二〇一三年）、「歌を詠む動物たち——「牛の涎」説話と仮名序注をめぐって」（『連歌俳諧研究』一二八号、二〇一五年）などがある。

和歌や連歌のような言葉の制約が少ない俳諧には、様々な来歴を持つ季語がある。和歌の題材にはなり得ない中国趣味の花「海棠」をめぐっては、「海棠の眠り」という楊貴妃の故事に基づく漢詩文の常套に拠りつつも、俳諧らしい新たな表現が模索されている。

一、漢故事の花「海棠」

（一）春の季語「海棠」と楊貴妃の故事

諸説あるようだが、海棠《かいどう》が日本に伝来したのは室町時代だという。例えば三条西実隆『再昌草《さいしょうそう》』（永正十七年〈一五一六〉）第四には「松田豊前守頼亮、海棠一枝、きしをそへて贈たりしに、申つかはし侍し／桜かりいつくの山をつくしてもかくめつらしき花やなからん」とある。

花を求めてどこのどんな山を訪ね尽しても、こんなに素晴らしい花はないだろうという歌が示すように、当時の日本で海棠は珍しかったのだろう。それがいつ一般化したのかは不詳であるが、近世前期の園芸書である『花壇地錦抄』（伊藤伊兵衛三之丞編、元禄八年〈一六九五〉刊）には花海棠、実海棠、杜子美海棠の三種の名が見えるので、少なくともこの頃までには栽培され、人々の目に触れていたようである。

俳諧では、春（三月）の季語である。早くは貞門最初の俳諧撰集『犬子集』（重頼編、寛永十年〈一六三三〉刊）に、「海棠」と題した句群が見え、その冒頭に貞徳の句がある。

海棠

人の目は覚る海棠の睡哉　貞徳

海棠の美しさを「見る人の目が覚める」ようだとし、「海棠の睡り」という故事の言葉と対比させた句である。『犬子集』はこの句に続いて四句の海棠句を収めるが、「海道」との掛詞による言語遊戯が一句ある他は、全て「海棠の睡り」を踏まえた句である。

この故事は出典として『楊太真外伝《ようたいしんがいでん》』を挙げることが多いが、現存する本文に該当する記述は存在しないので、ここでは宋の覚範慧洪《かくはんえこう》による詩話集『冷斎夜話《れいさいやわ》』から掲出する。

太真外伝曰、上皇登沈香亭、詔太真妃子、妃于時卯酔未醒、命力士従侍児扶掖而至、妃子酔顔残粧、鬢乱釵横、不能再拝、上皇笑曰、是豈妃子酔、真海棠睡未足耳。
（太真外伝に曰く、上皇、沈香《じんこう》亭に登て、太真妃子を詔す。妃子、時に卯酔して未だ醒めず。力士従侍児に命じて腋を扶けて至らしむ。妃子の酔顔は残粧、髪は乱れ釵《かんざし》は横にし、再拝すること能はず。上皇笑て曰く、此れ真の海棠、睡り未だ足らざるのみ。）

酒に酔った起き抜けの楊貴妃は、化粧は崩れて髪は乱れ、玄宗に拝礼することすら覚束ない有様だったが、その姿すら玄宗が「まるで海棠の花が睡り足りないようだ」と賞賛するほど美しかったという故事である。これに基づき、海棠の花は「ねぶれる花」と呼ばれ、詩歌に詠み込まれるようになった。

（二）「眠り海棠」の故事と俳諧

和歌や連歌では、漢語をそのまま詠み込むことを嫌う。「ふかみ草（牡丹）」のような、しかるべき和名を持たない海棠は、当然、これらの分野で題材となることはなかった。しかし、唐詩や宋詩、その影響下にある日本の中世や近世の漢詩に「海棠」を詠む用例は多く、中でも楊貴妃の故事を踏まえるものは、表現の一定型を成している。俳諧における「海棠」はむしろ、和歌や連歌ではなく、こうした漢詩文の系譜につらなるものである。

俳諧では、連想語を用いた言葉遊びに故事を用いる例が目立つ。「睡り」の縁で『荘子』の「胡蝶の夢」と海棠を取り合わせる手法は、五山の漢詩にもよく見られるが、俳諧では更に卑俗な事物と組み合わせることで、滑稽味を狙った句が多い。言語遊戯を俳趣の表出として重視した初期俳諧だけではなく、蕉門俳人の句にもその例が見える。

不生不滅の心を
海棠の鼾ヲ悟れねはん像　其角

蕉門の黎明期にあたる撰集『虚栗《みなしぐり》』（其角編、天和三年〈一六八三〉刊）所収の句である。「睡り」から横たわる涅槃像を導き、かつ「鼾」という卑俗な言葉で滑稽味を醸している。

漢詩から継承した楊貴妃の故事を踏まえるという常套に、何らかの形で俳趣を付加する手法は、幕末に至るまで最も基本的な「海棠」の表現であった。

一方、楊貴妃を介した見立てや連想なども、すでに漢詩の常套として定着していたものだが、[1] これも俳諧に継承されている。

楊妃が歯を痛ム図に
海棠のうつぶくや歯の痛ム時　越人《えつじん》

『鵲尾冠《しゃくびかん》』（越人編、享保二年〈一七一七〉序）所収の句である。前書きからも明らかであるように、楊貴妃を描いた絵への賛で、句中の「海棠」も故事によって固定化した心象を利用し、枝から垂れる海棠の花を俯く楊貴妃に見立てたものである。

故事の俤から海棠を女性の姿と結びつけるこの趣向も、俳諧では好まれた。その中でも、樵花の「海棠やうき世美人の空ねいり」（『虚栗』所収）、卜宅の「四睡／海棠に女郎と猫とかぶろ哉」（嵐雪編『其袋《そのふくろ》』元禄三年〈一六九〇〉刊）など、楊貴妃の故事から当代の美女、それも遊女の姿を連想するいう手法は、漢詩にはない俳諧特有のものと言えようか。

（三）其角『句兄弟』と蘇東坡の「海棠」

俳諧における海棠の句で最も有名なのは、『句兄弟』（其角編、元禄七年〈一六九四〉刊）第十七番の二句であろう。

兄
海棠のはなは満たり夜の月　介我《かいが》
弟
海棠の花のうつゝやおぼろ月

『句兄弟』は、兄句に据えた句の趣向などを踏まえた上で「反転の一体をたて」た其角の弟句を番え、句合風に添えた判詞で「等類の難をのがれ」るための工夫を示した俳書であり、その形式はもとより、内容も其角の俳諧観を示すものとして後世に大きな影響を与えた。この番の兄句は『猿蓑』（去来・凡兆編、元禄四年〈一六九一〉刊）に普船（介我の初号）の名で見えるのが初出である。

中七の「はなは満たり」は、和歌で満開の桜を「咲き満つ」と言うことを踏まえたものだろうか。月下に咲く海棠を詠む句であるが、楊貴妃の故事が「卯酒」、いわゆる朝酒[2]によるものであることから、「眠り海棠」は通常、昼寝と結びつける例が多い。

また、日本では「海棠ナントハ、未開ノ時ヲ見事ソ。皆開テ睡去ルト云ヘキソ。」（笑雲清三《しょううんせいさん》編『四河入海《しかじっかい》』天文三年〈一五三四〉成立）、「海棠のねぶり、いまださめずとは、楊貴妃を此花のつぼめるにたとへたり」（貝原益軒『花譜《かふ》』元禄七年

〈一六九四〉序）など、楊貴妃の故事の「睡る海棠」を蕾の状態に相当させて美しく価値があるとし、開いた花は蕾に劣るとする解釈も行われていた。開花した海棠を讃えた介我の句は、この中世以来の故事に寄せた価値観をも反転させている。

この句は単なる叙景ではなく、「月夜の海棠」「満開の海棠」という趣向で、それまでの定型を逆手に取った句なのである。其角も判詞の冒頭で「睡れると云字を満ると云字に通はして、満月のたらぬ事なき春興なり」と、花と月にともにかかる「満」の存在を評しているように、このような故事の用い方こそが、俳諧としての眼目であった。

一方で、其角の弟句は、「花のうつゝ」と楊貴妃の故事を素直に利かせているが、下五の「おぼろ月」に新たな工夫がある。先述の通り、「月夜の海棠」は俳諧には珍しい趣向だが、朧月のそれならば、漢詩に先例を見出すことができる。蘇東坡の「海棠」である。

東風嫋嫋汎崇光　　東風　嫋嫋として　崇光汎《ゆら》ぐ
香霧空濛月転廊　　香霧　空濛として　月　廊に転ず
只恐夜深花睡去　　只だ恐る　夜の深《ふけ》て　花の睡り去らんことを
高焼銀燭照紅粧　　高く銀燭を焼《もや》して　紅粧を照らさん

第二句の「空濛」を「霏霏」とするのが一般的な本文であるが、ここでは近世期に広く用いられた『円機活法』巻二十「海棠花」から本文を引用した。いずれも其角の句と同じく、朧月の描写である。『句兄弟』の判詞では直接言及していないが、影響を受けている可能性は否めない。

『円機活法』では「照紅粧」が項目となっているように、この詩は後半が殊に好まれたようで、五山や近世の漢詩にも典拠とした作例が多い。「花睡去」は、もちろん楊貴妃の故事を踏まえた表現である。

（四）楊貴妃の俤と化粧の比喩

蕉門期の俳諧からもう一例、海棠の句を挙げておきたい。

海棠やおしろいげなき花の色　尚白

『忘梅』（尚白編、元禄五年〈一六九二〉成立）所収の句であり、「おしろいげなき」で楊貴妃の故事を踏まえている。故事の中に楊貴妃の乱れた化粧を示す「残粧」という言葉があるためか、漢詩文には化粧の比喩によって海棠を表現する常套があった。

先に挙げた蘇東坡「海棠」詩の「紅粧」もその一例で、本来は女性の顔に引かれた紅色の化粧を示す言葉である。宋の沈立《しんりゅう》が著した「海棠記」も、海棠の花の姿を化粧の比喩を用いて形容している。

其紅花五出。初極紅、如臙脂点々然。及開、則漸成纈暈。

至落、則若宿粧淡粉矣。（其の紅の花は五出なり。初は極紅にして、臙脂の如く点々然たり。開くに及び、則ち漸く纈暈《けつうん》を成す。落るに至り、則ち宿粧淡粉の若し）

「海棠記」自体は逸書なので、本文は陳思『海棠譜』から引用した。「その紅色の花弁は五枚である。蕾は極めて赤く、臙脂が点々と散るようであり、開花するとぼかしになる。散り落ちる際の様子は宵越しの化粧のようである」というこの一節は、他の花譜や『本草綱目』をはじめとする本草書、類書などに多数引用され、海棠の外見的指標として幅広く流布していた。

ここに用いられた「宿粧」は、『玉台新詠』巻五の「雀釵横暁鬢、蛾眉艶宿妝（雀釵《じゃくさ》暁鬢《ぎょうびん》に横たはり、蛾眉宿妝艶なり）」（何遜「嘲劉諮議孝綽」）に同じく、女性の顔にほどこされた化粧が一夜を経て滲み乱れた状態をいう詩語である。「粉」も後述するが化粧を示す語であり、「宿粧淡粉」は「残粧」とほぼ同義の表現と考えられる。沈立もまた、楊貴妃の故事を念頭に、この一文を書いたのだろう。

尚白の句に詠み込まれた「おしろい」は顔を白く見せる化粧で、蘇東坡「海棠」詩の「紅粧」とは異なる。しかし、海棠の花が楊貴妃の美貌に見立てられることや、化粧が崩れた顔貌の美しさという故事の主旨を思い合わせれば、中七の「おしろいげなき」が目覚めたばかりで化粧の薄れた、あるいは未だ化粧をしていない顔の色合いであると明らかになる。これもまた、故事に連なる漢詩文の系譜を反転させた句と言えるであろう。

尚白の句も、『句兄弟』の二句も、直接的な引用はしていないものの、故事を典拠とする漢詩文の表現を承知した上で、自らの句の趣向に生かしている。楊貴妃の「海棠の睡り」の故事は、「海棠」の揺るぎがたい典拠として、俳諧においても表現の底流にあったのである。

二、花の色をめぐる言葉

（一）海棠の色彩

『円機活法』「海棠花」の項には、蘇東坡の詩の引用が多い。先に挙げた「海棠」の他にも、「寒食雨」から「臥聞海棠花、泥汚臙脂雪」が挙げられている。ここでは一つ『円機活法』掲出の句を前の聯も補って引用したい。

今年又苦雨　今年 又 雨に苦しむ
両月秋蕭瑟　両月 秋 蕭瑟《しょうしつ》たり
臥聞海棠花　臥して聞く 海棠の花の
泥汚臙脂雪　泥に 臙脂の雪を汚されしを

春なのにまるで秋のようなうら寂しい境地の中で、床に臥したまま雨音を聞いた時、海棠の美しい花が散り落ちて泥に汚れる様が目に浮かんだという一節である。

『円機活法』の見出し語にもなっている「臙脂雪」は、東坡詩の注釈の集成である『四河入海』に「臙脂喩花紅、雪比花落也（臙脂は花の紅に喩ふ。雪は花の落るに比《たと》ふる也）」あるいは「雪ハ花ノチルニ比《たとふる》ソ」とあるので、中世の日本において「花が赤い雪のように散る」ことの比喩であると解釈されていたようである。

前節で引用した蘇東坡の「海棠」詩にも「照紅粧」という表現があったように、中国の漢詩では海棠の花を「紅」あるいは「臙脂」など赤色の名で表現するのが常套であった。中には、陸游「海棠歌」の「碧鶏海棠天下絶、枝枝似染猩々血（碧鶏《へきけい》の海棠は天下に絶す、枝枝猩々の血に染るがごとし）」（『宋元詩会』巻三十九）のように、血液になぞらえた作例すらある。

その傾向は日本の漢詩でも、中世・近世を通じて変わらない。特に五山詩における海棠については、花色の形容は赤が圧倒的に多く、「紅」や「臙脂」などの語彙を用いた表現が一類型を成すことが朝倉尚氏によって明らかにされている。(3)

ところで、季語に詳細な考証を付した其諺《きげん》編『滑稽雑談《こっけいぞうだん》』（正徳三年〈一七一三〉序）巻二一「海棠」の項には、次のような記述がある。

○時珍本草曰、海棠、二月開花、五出、初如臙脂点々然。開則漸成纈暈、落則若宿粧淡粉。△和において真の海棠なしといへり。中華に真の桜なきに同じ。俗に海棠と称するは林檎の花也。此樹に雌雄あり。雌は花咲実のる、雄は花開て実なし。此花大略海棠の説に似たり。和におゐて海棠と称すべし。

沈立「海棠記」を引く『本草綱目』を引用し、そこに述べられたような中国の「真の海棠」は日本にはなく、世間で「海棠」と呼ばれている花は林檎の花であると、其諺自身の考証を付している。(4) 海棠と林檎は共にバラ科リンゴ属に分類される植物であり、類似点は確かに多い。なお、この考証は其諺個人に限らないようで、季吟編『増山井』（寛文三年〈一六六三〉奥書）をはじめとする江戸期の季寄類は、海棠の別名として「からなし」（唐梨、林檎の別名）を掲出している。

(二)「和において真の海棠なし」

では、中国の漢詩で「紅」や「臙脂」と表現された「海棠」と、日本の俳諧作者たちが認識していた「海棠」は、事実として別の植物であったのだろうか。

そもそも「海棠」は、「花海棠」「垂糸海棠」など様々な種類を包摂する名称である。後年の資料になるが、近世日本の本草学の集大成とも言われる小野蘭山『本草綱目啓蒙』（享和三年〈一八〇三〉刊）「海紅」の項に詳細な考証があるので、それを挙げたい。

蕾ノ時ハ全ク赤クシテ、朱ノ如シ。開ク時ハ半紅半白、内ハ粉紅色ニシテ淡紫蕊アリテ金屑ヲ点ス。蕚茎共ニヒガンザクラノ如シ。花戸ニテ色ノ淡シキ者ヲ杜子美海棠ト云ヒ、色深キ者ヲ南京海棠ト呼ビ上品トス。（中略）黄海棠ハ未ダ渡ラズ。貼幹海棠ハヒボケナリ。カラボケノ中ニシテ色深ナル者ヲ云。花史左編ニ貼梗海棠ニ作ル。一名南海棠群芳譜。

いわゆる「海棠」のおおむねの特徴としては「蕾は赤く、開く時は紅白は半々で、内側は粉紅色、すなわち薄いピンク色をしている」というが、ここで注目したいのは、中国で「貼幹《ちょうかん》（梗《こう》）海棠」と呼ばれている花が、日本の「ヒボケ（緋木瓜）」のことだという記述である。明の文震亨《ぶんしんこう》『長物《ちょうぶつ》志《し》』が海棠の品種を西府海棠、貼梗海棠、垂糸海棠の順で序列化しているように、中国ではこの花も、海棠の一種として賞玩されていた。

蘭山が引書に挙げる明の王象晋《おうしょうしん》『群芳譜《ぐんぽうふ》』では、「貼梗海棠、花五出。初極紅。如臙脂点々然。及開、則漸成纈暈。至落、則若宿粧淡粉矣。（貼梗海棠、花は五出なり。初は極紅にして、臙脂の如く点々然たり。開くに及び、則ち漸く纈暈《けつうん》を成す。落るに至り、則ち宿粧淡粉の若し）」と、貼梗海棠の説明として沈立「海棠記」を引用している。つまり中国では、「海棠」の外見的指標であるこの一文は、「貼梗海棠」すなわちヒボケの特徴を表したものと理解されていたのだ。

中国では、海棠といえば赤い花というのが最も流布したイメージであった。近世初期に活躍した狩野探幽「草木花写生」（図1）には「紅ノ海棠」としてボケの花が描かれているので、当初は日本でも海棠の一種とみなされていた可能性がある。しかし、バラ科ボケ属であるヒボケは、葉や枝の形状や植生がリンゴ属の海棠とは大きく異なることもあって、後の日本では「海棠」とは別種の花として認識されていた。

「木瓜の花」は俳諧では二月の季語であり、露川「あら塚に赤きなみだやぼけの花」（『二人行脚』湖寂編、宝永五年〈一七〇六〉跋）のように赤い花として詠まれているが、それを「海棠」に結びつけている様子はない。寺島良安『和漢三才図会』（正徳二年〈一七一二〉成立）でも、「海棠記」の一節を『本草綱目』の引用の形で挙げて海棠の解説とする一方で、「貼幹海棠」は「花小而鮮（花は小にして鮮なり）」という別種として扱っている。

それでは、近世日本の人々は、「海棠」をどのような花だと思っていたのだろうか。多くの場合は、現実に「海棠」と

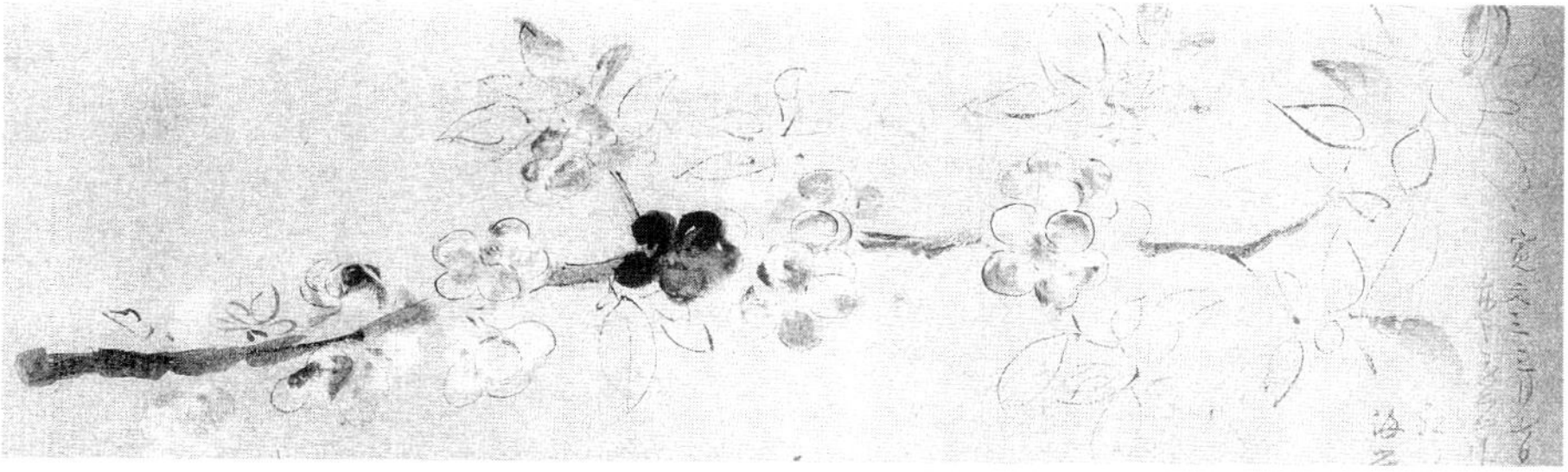

図1　狩野探幽『草木花写生』(東京国立博物館蔵、図版は『狩野探幽　草木花写生』〈紫紅社、一九八二年〉より引用)
右下に「寛文三〈一六六三〉三月七日、森部庄六与来、紅ノ海棠」と添え書きされている。『草木花写生』は実際の植物のスケッチ集である。

呼ばれている花の、淡い紅色や白の色彩であったのではないだろうか。もちろん中国にもそのような海棠の品種は存在していたのだが、先述の通り、中国の漢詩文では「紅の海棠」こそが常套であった。日本における「淡い紅」あるいは「白」という印象とは差異があったと考えられる。

先述の『滑稽雑談』の「和において真の海棠なし」「俗に海棠と称するは林檎の花也」というのも、ヒボケに関する呼称の、中国と日本における差異に起因している可能性が高いのではないだろうか。

(三)花鳥画に描かれた海棠

中国では、「棠」が「堂」と音通であることから、海棠は「玉堂富貴図」「堂上白頭図」など名声を象徴する吉祥画題として好んで描かれていた。これらの花鳥画に描かれた海棠に「貼梗海棠」(紅色のヒボケ)が少ないのも、日本における「海棠」の錯綜を生んだ一因とも考えられる。

明の王世懋《おうせいぼう》「花疏《かそ》」(『学圃雑疏』所収)は、垂糸海棠と玉蘭を傍に植えると色が照り映えて良いと述べているので、玉蘭、海棠、牡丹の組み合わせから成る「玉堂富貴図」の海棠は垂糸海棠である可能性が高い。『本草綱目啓蒙』は垂糸海棠を「花ノ茎色赤クシテ下垂スル事二寸許、ソノ花未ダ開カザルトキ、全ク赤ク、已ニ開ケバ淡紅色ナリ。」と、『長物志』な

図2　沈南蘋「堂上双白頭図」
（部分、乾隆十二年〈一七四七〉、長崎文化博物館蔵、図版は『長崎派の花鳥画　沈南蘋とその周辺』〈フジアート出版、一九八一年〉より引用）
諸葛藍など長崎派の複数の絵師たちにも、この作品を模して描いた海棠図がある。

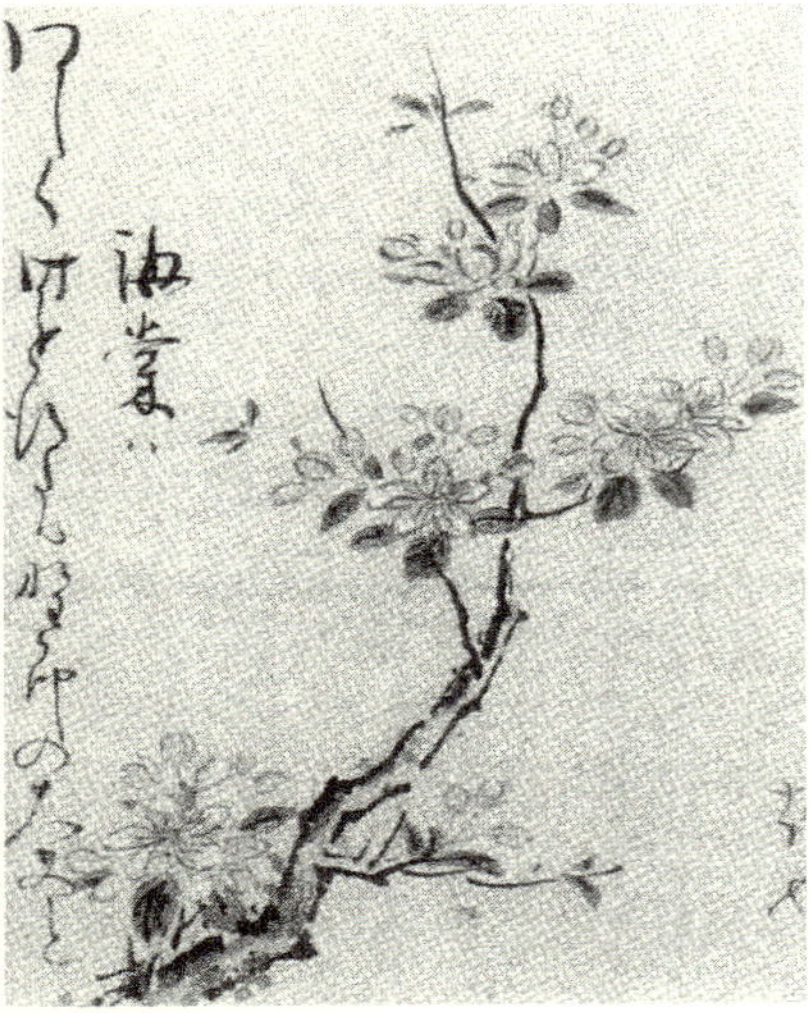

図3　許六「百華賦」
（部分、宝永元年〈一七〇四〉、彦根城博物館蔵、図版は『彦根屏風と書画』〈彦根城博物館、二〇〇九年〉から引用）
許六は彦根藩士。狩野安信に画を学んだという。

どで最上品とされる西府海棠を「色浅キ物ヲ西府海棠ト云。」と説明しているので、いずれにしても薄紅や白に近い淡色の花が描かれる事が多かったのだろう。

近世中期の日本絵画に多大な影響を与えた沈南蘋《しんなんぴん》の「堂上双白頭図」（図2）や、それに先立つ徐熙《じょき》「玉堂富貴図」（五代南唐、台湾・故宮博物院蔵）など中国花鳥画に描かれた海棠は、花弁の内側は薄紅あるいは白色で塗られ、外側は紅色を外周からぼかしていく彩色が施されている。蕾は先に向かうほど紅の濃さを増し、白い花や緑の葉との対比が美しい。

日本の「海棠図」にも、江戸前期の障壁画から浮世絵の花鳥版画に至るまで、ほぼ同様の彩色が見られる。また、蕉門俳人の許六《きょりく》は自身の俳文「百花譜」に画を添えた自画賛を数点残しているが、その中の海棠も薄紅、もしくはほぼ白に近しい淡い色合い（図3）である。これは、俳諧作者たちが接することのできた「海棠」の姿として、参考に供すべき例でもある。

花鳥画の指南書である『画図百花鳥』（享保十四年〈一七二九〉刊）は、海棠の花の内側を胡粉で塗るように指示している。いずれの例にしても、薄紅や白色の花のあいまに蕾や花弁裏の紅い色合いを伴う植物が、日本絵画の「海棠」であった。そしてこれらは、貼梗海棠すなわちヒボケとは様相を全

く異にするのである。(5)

(四) 楊貴妃の「紅粧」と俳諧の表現

中国の漢詩文における海棠の花は、先述の通り「紅」や「臙脂」という、貼梗海棠を思わせる赤い色彩が常套表現を成していた。日本の漢詩もそれに倣うが、中世の五山詩は未見の事物でも典拠を用いて詠むことが珍しくないため、現実との関わりは判然としない。しかし、園芸書からもその栽培が明らかであり、薄紅や白色の「海棠」を作者たちが見知っていた近世期もなお、例えば江馬細香《えまさいこう》「惜春」の「海棠紅落空留蕊、猶有余香撩蝶飛（海棠、紅落ちて空しく蕊を留むるも、猶お余香有りて撩蝶飛ぶ）」（『湘《しょう》夢《む》遺稿』所収）のように、「紅」という常套は継承されている。

一方、「海棠の睡り」の受容では漢詩文の系譜に追従していた俳諧は、花の色の形容に関しては様相を異にする。前節で挙げた尚白の「海棠やおしろいげなき花の色」は、化粧の比喩という故事由来の常套を踏まえていながら、色彩の面では「紅」や「臙脂」の系譜から外れる。尚白は現実の「海棠」の見たままを写そうとしたために、故事をふまえつつも「紅粧」とは異なる色合いを表そうとしたのではないだろうか。

そもそも「海棠の睡り」とは、並みの女性なら見られたものではない、身だしなみの崩れた状態ですら美しいとして、楊貴妃の容貌を讃えた故事である。それを海棠に用いるというのは、すなわち海棠の容姿を賛美することに他ならない。故事本文の「残粧」、沈立「海棠記」の「宿粧淡粉」といった化粧崩れの比喩は、女性の美貌という故事の根幹に関わるからこそ、漢詩の常套ともなり得たのだろう。そしてそれが花の色合いと結びつき、蘇東坡「海棠」の「紅粧」などを介して、日本の漢詩文にも影響を与えたのである。

この「紅粧」という表現を、巧みに用いた俳諧の作例がある。

海棠や紅粉《べに》少しある指のはら

太祇《たいぎ》の一周忌追善集である五雲編『石の月』（安永二年〈一七七三〉刊）の冒頭、「炭太祇四季発句」春の部に見える句である。中七の「紅粉少しある」は、白い指の腹に、口紅をひいた残りの紅が少しだけついている様子を、開花した海棠の半紅半白の色彩にたとえているのである。通常は顔面の化粧を比喩に用いるところを、化粧の過程で紅が付着した指に視点を転じた趣向が、俳趣となり得る捻った発想である。

太祇の友人である蕪村が、其紅《きこう》という女性俳人の改名刷物に寄せた句（年次未詳）では、海棠の蕾が表現されている。

あるおうなのもとより句をもとめければ、其名の文字を照らして申つかはす

爪紅《つまべに》は其海棠のつぼみかな　蕪村

「其」「紅」の二字を折り込みつつ、「爪紅」という化粧に類する題材を用いている。いわゆるマニキュアのことであるが、それを「端紅《つまべに》」との掛詞にして、海棠の蕾を女性の指先に見立てている。顔面の化粧を指先の粧いへ取りなしたところが、俳諧らしい新しみであると同時に、中世以来の解釈で海棠の美点とされる蕾を詠むことで、女性に対する挨拶性も兼ね備えているのだろう。

(五) 化粧の比喩と蕪村の「海棠」

ところで、化粧の比喩という手法は、海棠特有の表現ではない。一般に「花の顔（花顔）」は人間の顔と植物の花の双方に用いられる賛辞であるが、化粧も同様である。

巫女廟花紅似粉　　巫女廟の花は　紅にして粉に似たり
昭君村柳翠於眉　　昭君村の柳は　眉よりも翠《あお》し

『和漢朗詠集』巻上・春の「柳」の題に引かれた白居易の詩句である。柳の色を美女の眉になぞらえた対句で、花の色を「紅似粉」と、化粧の紅になぞらえている。

また、この比喩に用いられる色も「紅」ばかりではない。

大庾嶺之梅早落、誰問粉粧。匡廬山之杏未開、豈趁紅艶。
（大庾嶺《たいゆれい》の梅は早く落ぬ、誰か粉粧を問はむ。匡廬山《きょうろさん》の杏は未だ開けず、豈に紅艶を趁《お》はんや。）

同じく『和漢朗詠集』「柳」にある、紀長谷雄の詩序である。落花した梅の比喩である「粉粧」は、近世期の注釈では求済・季吟註『和漢朗詠集註』（寛文十一年〈一六七一〉刊）に「粉粧《フンサウ》ハ白粉《ハクフン》ヲホドコセル粧《ヨソヲヒ》也。梅既ニ散ヌレバ誰カ白キ色ヲモオヒ問ン。」とあるように、白色のおしろいを指す。

この詩序で「粉粧（白梅）」が「紅艶（杏、『集註』では「紅ノヨソホヒ」）」と対句に仕立てられているように、白い花も赤い花も、共に女性の化粧に見立てて表現する常套が、漢詩文には存在した。そして、近世期の日本で「海棠」と呼ばれた花は、白色と赤色の双方を併せ持つ花であった。画業にも秀でていた蕪村は、写実的な海棠の句を残している。

海棠や白粉に紅をあやまてる

主に『蕪村遺稿』によって知られる句であるが、『蕪村全集』（講談社、平成五年）は安永四年の作としている。蝶夢《ちょうむ》編『類題発句集』（安永三年〈一七七四〉刊）に「海棠や紅粉《べに》白粉《おしろい》もおのづから」という長崎の俳人枕山《ちんざん》の句があるが、先後関係はわからない。

河東碧梧桐は『蕪村遺稿講義』（俳書堂刊、明治三十八年）の中で、この句を「白い胡粉の中に赤い色が交ったやうだといふのを、海棠の艶な処から白粉と紅を持って来た」と評している。絵師であれば、海棠の花にはまず絵の具の胡粉と臙脂が思い浮かぶというのは想像に難くない。蕪村自身の作品こそ伝存していないが、先に挙げたような「海棠図」の諸相を知った上での句であろう。

この句も先の二句と同様に、楊貴妃の故事の核心に触れる「艶な」化粧の見立てをもって海棠の紅色を示すという、漢詩の常套を踏まえている。その上で蕪村は、「紅」だけではなく「おしろい」も花色の比喩になるという漢詩の典型に従いつつ、現実の花の彩色を鮮やかに表現してみせたのだ。蕪村の句はしばしば「絵画的」と評されるが、この句はまさに、花鳥画の世界を詩歌の表現でもって写し取った好例だろう。

三、古典と現実のはざま

中国趣味の季語には、漢詩の表現がその規範として用いられることが多い。楊貴妃の故事を踏まえ「睡れる花」として表現する、漢詩の常套に倣った句作りが定石であった春の季語「海棠」は、その典型例と言える。しかし、花の色の表現に関しては、俳諧独自の展開があった。

本草書を紐解けば、中国では「貼梗海棠」の名で海棠の一種とされていた花が、日本では「ヒボケ」と呼ばれていた事情が知れる。漢詩文における「紅粧」や「臙脂の雪」などの表現は、おそらくはヒボケの描写であった。[6] しかし、それに従うだけでは、現実として作者の眼前にある深紅の蕾に白い花という姿の「海棠」を、見たままに描写することはできなかったのだろう。だからこそ、古典から継承した化粧の比喩をもとに、化粧の落ちた肌に花色を喩えたり、顔ではなく指先の様子に取りなしたりと、俳諧ならではの自在で多様な試みが行われたのだ。

蕪村句の「おしろい」は、花の色に対する化粧の比喩が、海棠という個別の植物に限らない、漢詩文の普遍的な表現であったことをも背景としている。古典の表現を享受しつつ、眼前にある現実の花に忠実であろうというのは、ともすればその名称や種類が正確に伝来していなかった可能性のある、俳諧における中国趣味の季語の表現を読み解くためには、看過できない姿勢なのではないだろうか。

また、本草学や花鳥画など、近世期に流行した博物学的な教養に、季節を彩る動植物へまなざしを注ぐ俳諧作者たちが無関心であったはずはない。『滑稽雑談』をはじめとする考証的な季寄の存在は、近世期の実状を今に伝えるだけではなく、彼らの興味が向く先を如実に物語っている。

本稿で取り上げた漢語の季語「海棠」はその顕著な例であるが、もちろん和歌題の季語も、こうした事象と無縁ではないだろう。俳諧が志向した表現を探る上での、今後の解題としたい。

注

（1）例えば万里集九『梅花無尽蔵』巻二所収「驪山図」第四句には「海棠罪在嬲三郎（海棠の罪は三郎を嬲るに在り）」とある。三郎は玄宗の小名であり、ここでの海棠はすなわち楊貴妃である。

（2）丹羽博之「白楽天の卯酒の詩と平安朝漢詩」（『大手前女子大学論集』第三〇号、一九九六年）。

（3）朝倉尚『禅林の文学　中国文学受容の様相』（清文堂出版、一九八五年）。

（4）近世日本の本草学の周辺で「中華に真の桜なき」は、しばしば海棠と抱き合わせで論じられている。例えば、山科道安『槐記』に白楽天の詩の「桜桃」に関して「桜桃ヲサクラノコトナリト云説アリ、桜桃ノ書ヲ見ルニ全ク桜ニ類セズ、所詮唐ニナキモノナリヤ、少キヤ、桜ト見ユルモノハ海棠ナリ」（享保十六年六月二十九日）とあり、これに続く部分では、貝原益軒『大和本草』（宝永七年刊）の「日本ニテ糸桜ト云物、唐人ハ垂糸海棠ト云」など、垂糸海棠を枝垂れ桜と同一視する説を否定している。

（5）紅色のヒボケ（貼梗海棠）を描いた花鳥画も存在するが、日本では「木瓜の花」と認識されている。

（6）蘇東坡「寒食雨」の海棠については、小川環樹・山本和義選訳『蘇東坡詩選』（岩波書店、一九七五年）の注に「日本の海棠とは異なった種類の花木。貼梗海棠・垂糸海棠などの品種があり、春の初めに淡紅色または紅色の小さな花を開く」との指摘がある。

平安朝の大堰川における漢故事の継承

山本真由子

やまもと・まゆこ――大阪市立大学文学部講師。専門は平安朝文学（特に漢詩文と和歌）。主な論文に『順集』の「うたの序」――源順における和歌序と詩序」（『国語国文』八二巻六号、二〇一三年）、「源道済の詠紅葉蘆花の和歌と序をめぐって」（『国語国文』八六巻四号、二〇一七年）などがある。

延喜七年（九〇七）の宇多法皇の大堰川行幸は、後世に大きな影響を与えた。この行幸は、嵯峨天皇が、河陽（山崎）に行幸し、漢詩文を制作したことに倣う。河陽は、潘岳「河陽一県花」の故事に基づき、春に花の漢詩文を作る場所だった。これに対して、大堰川は、秋に紅葉の漢詩文と和歌、仮名文を作る場所となっていったと考えられる。

一、宇多法皇の大川行幸

（一）洛西の大堰川

大堰川は、平安京の西の郊外を流れる河川である。大井川とも記される。大堰川というのは嵯峨野や松尾を流れるあたりである。さらに下流は桂川と称される。また、東の鴨川に対して西川ともいう。大堰の名は、秦氏の祖先が大堰（堰堤）を設けて、水利を興したことに始まるという。(1) なお、大堰（堰堤）の周辺地域を、大堰と呼ぶことがあったようである（源氏物語・松風巻など）。大堰川の周辺は、小倉山、嵐山などがあり、景勝地として知られる。平安朝においては、天皇や貴族がしばしば大堰川に遊覧し、多くの漢詩文や和歌、仮名文が制作された。小稿では、これら大堰川遊覧の文学作品に大きな影響を与えた、延喜七年（九〇七）の宇多法皇の大堰川行幸における故事の継承について考察したい。

（二）延喜七年の大堰川行幸

天皇の大堰行幸は、古くは大同三年（八〇八）七月二十七日に平城天皇が行ない、弘仁三年（八一二）六月二十四日には嵯峨天皇も行なったことが、『類聚国史』「天皇行幸」の項に見える。しかし、平城朝、嵯峨朝の大堰行幸の際には賦詩の記録はない。

延喜七年九月十日、重陽後朝には、宇多法皇の大堰川行幸が行われた。『類聚国史』に「太上天皇行幸」の項があるように、この時代は、上皇・法皇の外出も「行幸」と表記する。この文事は、漢詩の伝存が長く知られなかったために、「大堰川行幸和歌」として名高い。宇多法皇の行幸では、『日本紀略』同日条に「眺望九詠」とある九つの題で、漢詩と和歌および仮名文の和歌序とが作られた。九つの題は、順に「泛二秋水一」「望二秋山一」「紅葉落」「菊花残」「鶴立レ洲」「猿叫レ峡」「旅雁行」「鷗馴レ人」「江松老」で与えられた、三字句を題とする三字題であったと推定される。漢詩は、「泛二秋水一」以下四つの題で藤原菅根が詠む七言絶句四首と、『新撰朗詠集』「猿」（423）には「猿叫レ峡」の題の三善清行の佚句一聯[2]とが残る。和歌は、紀貫之、凡河内躬恒、大中臣頼基、坂上是則、藤原伊衡、壬生忠岑が詠む。躬恒のみが一題につき二首詠み、他の歌人は一題につき一首詠んで、計六十三首の歌が詠まれたと考えられる。今日では、古今集以下の勅撰集に九首、そのほか『躬恒集』『頼基集』『是則集』『忠岑集』にも伝存し、計四十七首残っている。

和歌序は二篇あり、それぞれ貫之と忠岑によって書かれている。貫之の序は、『古今著聞集』に採録されるほか、『扶桑拾葉集』や仮名文の和歌序を集めた書（『和歌序集』など）にも収載され、広く知られていたと考えられる。一方、忠岑の序は『忠岑集』の一本（冷泉家時雨亭叢書『平安私家集九』所収枡形本）の系統にのみ伝えられている。

二、嵯峨天皇「河陽十詠」の影響

（一）題について

宇多法皇の大堰川行幸については、夙に『文華秀麗集』巻下所収の嵯峨天皇のもとで詠まれた「河陽十詠」との関わりが指摘されている。

まず、『日本紀略』延喜七年九月十日条に「法皇召二文人一、賦二眺望九詠之詩一」[3]とあり、ここで「眺望九詠」と呼ぶことが、この文事への「河陽十詠」の影響を示しているとされる。[4]また、行幸の三字題は、「河陽十詠」の三字題に倣ったものという。[5]「河陽十詠」という題の下には「三字を以ちて題と為す（以三字為題）」と注が附され、続いて「河陽花」「江上船」「水上鷗」などの題で詩が詠まれている。

（二）「鷗人に馴れたり（鷗馴人）」

また、行幸の題「鷗人に馴れたり」は、「河陽十詠」において「水上鷗」の題が詠まれたため、選定されたと指摘される。[6]二つの題の典故は、『列子』（黄帝篇）に見える、鷗を好む者が毎朝海辺で一〇〇羽を越える鷗と遊びたわむれていたが、ある日父親に鷗を捕まえて来るよう言われ、その翌朝海辺に出ると鷗は一羽として下りて来なかったという故事に基づく。鷗の故事が、天皇や上皇のもとで詠まれる詩歌に引かれる理由は、鷗は人に害意が無ければ馴れ親しむ、人の心が分かる鳥であり、その鷗が馴れている様子を詠うことで、天子の徳化が鷗にまで及んでいることを称えることになるからだとされる。

「鷗人に馴れたり」の題で詠まれた和歌では、鷗が馴れている様子が次のように詠まれる。

洲《す》にをれはいさごの色にまがふ鳥手にとるばかり馴《な》れにける哉　（躬恒集23）[7]

白波《しらなみ》や身《み》によせかゝるとも思はで立《た》ちも騒《さは》がず馴《な》るる鳥かな　（頼基27）

一方、次の和歌は、ただ右の故事に対する所感のみを詠んでいる。

馴《な》れてこし沖《おき》の鷗《かもめ》はつげなくに後《のち》の心《こゝろ》をいかで知《し》りけむ　（躬恒集22）

鷗を好む者にずっと親しんできた沖を飛ぶ鷗は、伝えたわけでもないのに、鷗を捕まえて来るように言われた「後の心」すなわち鷗を捕まえたいという心を、どうして知ったのだろうか、と詠う。

（三）「秋水に泛かぶ（泛秋水）」と仙査説話

早くから、宇多法皇の大堰川行幸と「河陽十詠」とに共通して引かれる故事として、注目されてきたのは、仙界である天の河に往来した筏「仙査」の説話（以下、「仙査説話」と称する）である。「秋水に泛かぶ」の題で、躬恒は次の和歌を詠む。

秋《あき》の浪《なみ》いたくな立ちそおもほえずうき木《き》に乗りてゆく人のため　（躬恒集12）

「うき木」は、筏の意である。『倭名類聚抄』（二十巻本・巻十二）に「査、唐韻云、楂〈鋤加反、字亦作査槎、和名宇岐々〉水中浮木也」とある。和歌の「うき木」は、仙査説話をふまえた表現とされる。[8]躬恒の「うき木」については、早くに『大井河行幸和歌考証』が、『博物誌』（巻十）にある、海辺に住む人が毎年八月に筏が去来するのを見ていぶかしく思い、それに乗って天の河に到り牽牛に会って帰った、という仙査説話を引く。[9]後藤昭雄氏は、行幸の漢詩の伝存を報告した際に、躬恒の歌の「おもほえずうき木に乗りてゆく人」と同題の漢詩の第三句「覚えず応に星漢の客となりしなるべ

し（不覚応為星漢客）」とが、措辞典故ともに酷似すると指摘した。(10)

仙査説話を用いた詩は、『懐風藻』以来、天皇や上皇の宴遊でしばしば詠まれている。「河陽十詠」には、「江上船」の題で仙査説話を用いた次のような嵯峨天皇の御製（97）が見られる。第三・四句のみ掲げる。

風帆遠没虚無裡　　風帆遠く没る虚無の裡、
疑是仙査欲上天　　疑ふらくは是れ仙査の天に上らむとするかと。(11)

御製に唱和した仲雄王の詩の第三・四句（103）は次のとおりである。

為虚物情不相怨　　物情を虚しくするが為に相怨みず、
乗吹遙度浪中天　　吹に乗りて遙かに度る浪中の天。

仲雄王の「度浪中天」という表現が、行幸詩の第四句「舟行暗きに渡る水中の天（舟行暗渡水中天）」に近似していることも、大堰川行幸との関わりを示している。(12)

三、嵯峨天皇の「河陽の文学」の影響

（一）河陽の文学

宇多法皇の大堰川行幸への嵯峨天皇の影響は、実は「河陽十詠」にとどまらないのではないか。

「河陽十詠」という題に見える河陽の地は、嵯峨・淳和朝（弘仁・天長年間八一〇～八三三年頃）において多数の漢詩文が制作された場所であった。河陽と呼ばれたのは、淀川の北（陽）、現在の山崎あたりとされる。河陽における作品群に着目し、研究を進めたのは小島憲之氏である。(13) 河陽は、もと黄河の北の地、河陽県を指す。河陽県では、潘岳が県令となり（咸寧五年（二七九）か）、県下一円に桃李の花を植えて咲かせたという故事が知られる。『藝文類聚』（巻三・春）には、北周の庾信「春賦」の「河陽一県併《すべ》て是《こ》れ花（河陽一県併是花）」を挙げる。庾信の別集『庾開府集』には「枯樹賦」に、「若《も》し金谷満園の樹に非《あら》ざれば、即ち是《こ》れ河陽一県の花（若非金谷満園樹、即是河陽一県花）」ともみえる。すなわち「河陽」という語感の中には、必ず潘岳の春の花が連なっていたという。しかも中国の河陽県は狩場として名高く、淀川べりの河陽も付近に水生《みなせ》（水無瀬）、交野《かたの》という狩場があった。奈良朝の人々が吉野川上流を『遊仙窟』に描かれた仙境や黄河上流の龍門に比定して、吉野従駕、吉野遊覧の和歌や漢詩を制作したごとく、嵯峨・淳和朝の人々も、黄河の北にある河陽県を、淀川の北の山崎付近に比定し、そこに新たな「文学境」を誕生させたという。小島氏は、河陽で作られた作品として、『凌雲集』八首、『文華秀麗集』二十首、『経国集』三

首、『雑言奉和』（群書類従・巻百三十四）五首、合わせて三十六首を推定する。

（二）山水の対

　そもそも重陽後朝の行幸の地として大堰川が選ばれたのは、淀川べりの河陽と地勢が類似するからではなかろうか。河陽の北には、平安京の西方に連なる西山の南端がせまる。「河陽十詠」には「山寺鐘」の題が見られる。嵯峨天皇の「和二左大将軍藤冬嗣河陽作一」（凌雲集14）には、

　千峯積翠籠山暗　　千峯の積翠《せきすゐ》山を籠めて暗し、
　万里長江入海寛　　万里の長江海に入りて寛《ゆた》けし。

と、峰々の重なり合って茂る緑は山をたちこめて暗く見え、万里の果てまでも長い川の流れは広く豊かに海に流れこむと詠う。長江は、ここでは淀川を指す。また、皇太弟淳和の「奉レ和二江亭暁興一呈二左神策衛藤将軍一」（凌雲集28）には次のようにある。

　水流長製天然帯　　水流長く製《な》す天然の帯、
　山勢多奇造化形　　山勢多く奇《あや》し造化の形。

自然の帯状をなして流れてゆく淀川と、造化の神が作ったままの奇妙な形をした山の有様とを詠う。ここでも嵯峨天皇の詩と同様、山と水（川）とを対にして詠う。

　大堰川行幸では、第一、二の題が「泛二秋水一」「望二秋山一」と、水と山とが対をなして並ぶ。貫之の序には、「夕月夜小倉の山のほとり、ゆく水の大井の河邊に御ゆきし給へば、」[14] という山と水との対が見られる。大堰川付近には、小倉山、嵐山がある。[15] その上、桓武天皇の頃から遊猟が行われた北野や紫野といった狩場も近い。

　山と水の対偶表現の典故の一つは、『論語』（雍也篇）の「子の曰《のたま》わく、智者は水を楽しみ、仁者は山を楽しむ。智者は動き、仁者は静かなり。智者は楽しみ、仁者は寿《いのちなが》し（子曰、智者楽水、仁者楽山。智者動、仁者静。智者楽、仁者寿）」と考えられる。右の一節を典故とすることにより、行幸の主宰者が、智者でもあり仁者でもあると、称えることになる。

（三）「猿峡に叫く（猿叫峡）」

　さらに、大堰川行幸において、あまり和歌に詠まれない素材である猿の題が選ばれたのは、河陽の漢詩文に多く猿が詠まれることと関わりがあると考えられる。嵯峨天皇の「春江賦」（経国集・巻一1）には、行幸の題に並ぶ雁と猿とを対比する二句がある。

　帰雁欲辞汀洲去　　帰雁汀洲《ていしう》を辞《さ》りて去《い》なむとす、
　飢猿暁動羇旅情　　飢猿《きゑん》暁に羇旅の情《こころ》を動かす。

北方へ帰る雁は水際の洲を去って飛びゆこうとし、飢えた猿は暗い明け方に鳴いて旅先のもの思いをうながすと、詠う。

このような旅愁をかきたてる猿の声を、天皇は「河陽駅経宿有レ懐二京邑一」（凌雲集11）にも詠う。

雖聴山猿助客叫　　山猿の客を助けて叫ぶことを聴くと雖も、
誰能不憶帝京春　　誰か能く帝京の春を憶はざらめや。

猿の声は、長江の巴東三峡（巫峡、瞿塘峡、西陵峡）が有名である。『世説新語』（黜免《ちゅつめん》）には、晋の桓温が三峡を過ぎた時、子猿を捕らえると、母猿が悲しみ鳴いて岸に沿って追うこと百余里にして、ついに力尽きて死んだ。その腹を割いてみると腸が寸断されていたという、断腸の故事が見える。また、『藝文類聚』（巻九十五・猨）所引『宜都山川記』の「峡中猨《さる》鳴くこと至つて清なり。諸山谷其の響を伝へ、冷々として絶えず、行く者之を歌つて曰はく、巴東の三峡猨鳴悲し、猨鳴くこと三声にして涙衣を霑《うるほ》す（峡中猨鳴至清。諸山谷伝其響、冷々不絶、行者歌之曰、巴東三峡猨鳴悲、猨鳴三声涙霑衣）」と、旅情を傷ましめる猿の声を詠う歌もよく知られた。すでに、行幸の題「猿峡に叫く」を詠む三善清行の詩の佚句の「悲又清」「三声」という表現や、是則の歌（是則集45）の「みかえり」という表現に、『宜都山川記』の表現の摂取が指摘される。(16)

一方、河陽で作られた小野岑守「奉レ和二江亭暁興詩一応製」（凌雲集62）の結びの二句は、断腸の故事をふまえて詠まれている。

暁猿莫作断腸叫　　暁猿作《な》すことなかれ断腸の叫《さけび》を、
四海為家帝者心　　四海を家と為すは帝者の心ぞ。

まだ暗い夜明けに鳴く猿よ、腸を断つような悲しい叫び声をあげないでくれ、天下をわが家とする帝王の御心のために、と詠う。この二句に見られる、猿への呼びかけ、天皇に応えた詩歌にふさわしい表現などが、大堰川行幸における躬恒の歌の発想と共通する。躬恒の歌は、古今集（巻十九雑体・誹諧歌）に収められる。

法皇、西河《にし》におはしましたりける日、猿《さる》山のかひに叫《さけ》ぶといふことを題にてよませ給《たま》うける　躬恒《みつね》
1067 わびしらにましらな鳴きそあしひきの山のかひある今日《けふ》にやはあらぬ

心細くさびしそうに猿よ鳴かないでくれ、ここが山の谷間「峡《かひ》」であるように、まことに鳴く効果「効《かひ》」のある今日の佳き日ではないか、と詠い、行幸を誉め称えている。古今集にとられたのは、歌の出来もさることながら、河陽の漢詩文から継承された素材、表現を一首の中に巧みに詠む点も評価されたのではなかろうか。

四、宇多法皇の展開

（一）重陽後朝の行幸──詩序と和歌序

第二、三節で述べたように、宇多法皇の大堰川行幸は、嵯峨天皇の「河陽十詠」をふくむ河陽の漢詩文から、三字題や題の素材、典故、表現などを積極的に継承したと考えられる。一方で、宇多法皇は、継承するばかりではなく、独自の展開をも意図していたのではないかと思われる点がある。

一つは、行幸の日である。宇多法皇の大堰川行幸は、九月十日、重陽後朝に行われた。重陽の節会の後朝に催される詩宴は、寛平元年（八八九）に宇多天皇の叡慮に始まり、寛平九年の譲位後も上皇主催の詩宴として続けられたが、宇多天皇の一代で終焉を迎えたといわれている。[17] 重陽宴は、嵯峨天皇の弘仁三年（八一二）に節会となった。重陽の節会の詩宴の名残を惜しんで、宇多天皇は、後朝の詩宴を始めたとされる。大堰川行幸は、重陽後朝の詩宴と一連の催しである。重陽後朝という行幸の日は、宇多天皇の文事が、嵯峨天皇の文事を継承し、さらに発展させたものであることを象徴する日と言えよう。

宇多天皇の重陽後朝の詩宴では、漢詩が詠まれ、それらの漢詩に冠せられる序文、詩序が書かれた。また、古今集の真名序、仮名序は、延喜五年の年を記す。そのような和歌隆盛の気運を反映し、延喜七年の大堰川行幸においては、和歌が詠まれることになった。そして、紀貫之らの和歌序が書かれたのは、漢詩に詩序が冠せられることに対応してのことだったと考えられる。

（二）『荘子』と潘岳

さて、大堰川行幸より前に、重陽後朝の詩宴で作られた、詩序と詩を見てゆくと、行幸における作品に強い影響を与えたと考えられる作品がある。菅原道真が、行幸の十年前の同月同日、すなわち寛平九年（八九七）の重陽後朝に、宇多上皇主催の詩宴で詠作した「閑居楽二秋水一」という題の詩序と七言律詩（菅家文草・巻六443）である。このことについては、かつて拙稿で詳述したが、[18] ここでは、嵯峨天皇と関わる点を記しておく。

まず、道真の作品と行幸詩歌の第一の題「秋水に泛かぶ」とは、同じ「秋水」の語を有する。「秋水」の語を、『荘子』を典故として用いる例に、晋の潘岳の「秋興賦」（文選・巻十三）がある。「秋興賦」は、嵯峨天皇のころから重陽宴の賦詩に佳句や故事が活用された作品である。「秋興賦」では、「秋水」が『荘子』の用語を多用する一節に用いられる。

秋水の涓涓《くゑんくゑん》たるに澡《すす》ぎ、游鯈《いういう》の潎潎《へいへい》たるを玩《もてあそ》ばむ。（澡

秋水之涓涓兮、玩游鯈之瀲瀲）

滾々とわく秋の水の澄んだ流れに身を清め、すいすいと泳ぐ魚に戯れよう。李善注は「荘子曰く、秋水時に至り、百川河に灌《そそ》ぐ（荘子曰、秋水時至、百川灌河）」と『荘子』（外篇・秋水）を引く。李善注は「游鯈」にも秋水篇を引く。

道真の詩序には、「玄談に非ざれば説かず、故に我が君の虚舟を逐はむことに遇へり（非玄談不説之、故遇我君之逐虚舟）」と、上皇が、老荘の教えについてのみ語り、『荘子』において、からの舟「虚舟」に喩えられる、聖人の理想の境地にいらっしゃるという。また、道真の詩の尾聯は、

池頭計会仙遊伴　池頭に計会す　仙遊の伴《とも》、
皆是乗査到漢浜　皆これ査《うきき》に乗じて漢《あまのかは》の浜に到りなむことを。

と、上皇の遊びに侍る詩人たちは、池のほとりで、皆で筏に乗って天の川のほとりに到達しようと相談すると詠う。この尾聯は、「河陽十詠」の「江上船」の唱和にも見られる仙査説話を典故としている。先に引用した「河陽十詠」の「江上船」の唱和には、仙査説話と共に、『荘子』の用語が用いられる。この唱和では、仙査説話の筏が到る別世界は、老荘の理想の境地として描き出されている。道真の詩の尾聯の仙査説話も、『荘子』の理想の境地に到る媒として、仙査説話の筏を用いている。言い換えると、よく知られていた仙界に到るという仙査説話の故事を用いて、老荘の理想の境地に到るという抽象的な思考を、具体的に表現しようとしたのではないかと考えられる。(19)

（三）潘岳「秋興賦」

河陽の文学から大堰川行幸への展開を考える上で重要なことは、寛平九年の重陽後朝の「秋水」の題を契機として、『荘子』を典故として「秋水」の語を用いる潘岳の「秋興賦」が改めて注目されたであろう点である。先述したとおり、淀川べりの河陽は、黄河の北にある河陽県の県令となった潘岳が、県下一円に桃李の花を植えて咲かせたという故事を背景とする。潘岳の「秋興賦」が改めて見出された結果、宇多法皇は、嵯峨天皇が潘岳の花の河陽を背景として淀川べりの河陽を作ったことに倣って、潘岳が「秋興賦」に描く「秋水」に見立てられる地を求め、大堰川に到ったのではないだろうか。

「秋興賦」に「秋水」の語が見られるのは、賦の最後の一節である。同じ節の中で、潘岳は、官職を捨てて、気ままに生きようと宣言している。

山川の阿《くま》に逍遙して、人間の世に放曠《ほうくわう》せん。優なる哉游なる哉、聊か以て歳を卒《を》へん。（逍遙乎山川之阿、放曠乎

人間之世。優哉游哉、聊以卒歳）

山や川のほとりを遊び歩いて、この人の世を気ままに生きよう、のびのびと楽しく、この一生を終えるのだと、「秋興賦」は結ばれている。大堰川行幸は、退位された法皇が、「山川の阿《くま》に逍遙」するという点でも、「秋興賦」を典故としていると考えられるのではなかろうか。

(四)「悲秋」から「惜秋」へ

宇多法皇が、「秋水」の地を、大堰川に定めた理由の一つは、第三節に述べたとおり、淀川べりの河陽と地勢が類似するからであろう。加えて、大堰川は、嵯峨天皇が離宮とした嵯峨の山院に近く、嵯峨天皇を偲ばせる場所であった。また、「尸子曰、秋為㆑礼、西方為㆑秋」（藝文類聚・巻三・秋）などに見られるように、五行思想において秋が西に配されることも、平安京の西にある大堰川が選定された理由であったと思われる。

宇多朝では、秋を賞し惜しむという、『萬葉集』から見られる日本固有の季節観が、初めて漢詩においても詠まれるようになったとされる。[20] 宇多朝以前は、秋を「悲秋」と呼び、悲しい季節とする、中国文学の伝統的な季節観により、日本の漢詩においても秋が愛惜すべき対象とはされなかった。『日本紀略』寛平元年（八八九）九月二十五日条には、公宴の記事が見える。

廿五日甲寅。（中略）其日。公宴。題云。惜㆑秋翫㆓残菊㆒詩。

これは、「九月尽」の詩が宮廷で作られた最初の例であり、かつ「惜秋」という語の初見とされる。九月尽とは、九月末日を秋三箇月の最後の一日として惜しむことをいう。宇多朝においては、まず、中唐の白居易が三月末日を春の最後の一日として惜しむ、「三月尽」という題材を好んで詠んだ詩群が受容され、菅原道真らが詩を詠むようになった。その「三月尽」に対応する、同じく過ぎゆく季節を惜しむ日として、「九月尽」が詩に詠まれるようになったという。古今集には、「三月尽」と「九月尽」を詠む和歌が、それぞれ春、秋の部立ての巻末に相対して配列されている。

右の寛平元年の詩宴の題「秋を惜しみ残菊を翫ぶ」は、貫之の序の冒頭に、

あはれわが君の御代、なが月のこゝぬかと昨日いひて、のこれる菊見たまはん、またくれぬべきあきを惜《お》しみたまはんとて、

とあることに近似する。大堰川行幸における、秋の季節観は、「惜秋」が基調だったと考えられる。

(五)紅葉を惜しむ

潘岳「秋興賦」は、宋玉「九弁」（楚辞）の冒頭「悲しい

かな秋の気為るや、飋瑟として草木揺落して変衰す（悲哉秋之為気也、飋瑟兮草木揺落而変衰）」を引く。宋玉は、草木の葉が揺らぎ落ちて色が変わり衰えてゆくことが、秋の悲しみを呼び起こすさまを詠う。それをうけて、「秋興賦」でも「嗟《ああ》秋の日の哀しむべき、諒《まこと》に愁へて尽きざる無し（嗟秋日之可哀兮、諒無愁而不尽）」というように秋の悲哀を詠う。

ただ、大堰川行幸においては、先に貫之の序において確認したとおり、秋の季節観としては、「悲秋」ではなく「惜秋」を基調としたと考えられる。そのため、「秋興賦」において、「悲秋」を象徴する景物だった落葉は、散ることが惜しまれる紅葉へと変化したと思われる。

嵯峨朝の重陽宴では、「悲秋」の紅葉が詠まれている。菅原清公「重陽節神泉苑、賦㆓秋可㆒㆑哀応制」（経国集・巻一13）では、

秋可哀兮　　秋哀れぶべし、
哀秋物之変衰　　秋物の変衰を哀れぶ。
草辞翠以委薄　　草は翠を辞りて薄《くさむら》に委《まか》す、
葉帯紅而去枝　　葉は紅を帯びて枝を去る。

秋は哀れである、秋の物の色が変わり衰えてゆくのを哀れに思う。草は緑の色を失い枯れた叢になるままにまかせ、木の葉は紅葉して枝を去って散ってゆく、と詠う。

大堰川行幸において、「紅葉落つ」の題では、次の詩が詠まれている。

露染霜侵又得風　　露染め霜侵して又風を得たり、
可憐紅葉満晴空　　憐れむべし紅葉晴空に満つ。
飄零岸上都無限　　岸上に飄《ひるがへ》り零《お》ち都《す》べて限り無し、
緑水流将晩浪紅　　緑水流れ将《ゆ》きて晩浪紅なり。

露が染め、霜が次第に損ない、そのうえ風を得て、ああ惜しまれることよ、紅葉が晴れた空に満ちる。岸のほとりにひらひらと舞い落ち、まったく果てがない。緑の水は流れゆき夕暮れの波は紅色である。

後藤昭雄氏は、第三句「飄零」に、「舞い落ちること」と語釈を附し、紀長江「奉試賦得㆑秋」（経国集・巻十三158）の「黄葉飄零して秋暮れむと欲す（黄葉飄零秋欲暮）」を引く。長江の詩は「涼秋蕭索《せうさく》太《はなは》だ悲しびに堪へむや（涼秋蕭索太堪悲）」と詠い出す、悲秋の詩である。また、後藤氏は「この詩は、ひっきりなしに舞い散って薄暮の川面を紅に染めて流れ行く紅葉を、故事や比喩を用いず、平明に詠ずる」とする。(21) なお、氏は、他の題の詩三首については、それぞれ故事を指摘する。

第一句、紅葉を露が染めるという表現は、和歌においては、萬葉集の時代の末期から見られ、古今集において定着し

たとされる。(22) 漢詩においては、花について、染めるという表現がある。例えば、小野岑守「雑言於二神泉苑一待讌、賦二落花篇一応製」（凌雲集56）には、「青黄赤白天然の染、南北東西非有《ひいう》の情（青黄赤白天然染、南北東西非有情）」と、落花を染めものとする表現がある。また、第四句、川面に浮かぶ紅葉も、和歌においては萬葉集から詠われているという。それらの和歌の紅葉を賞美する表現には、漢詩文において、花を、錦や纈（くくり染め）に譬える表現が摂取されているとされる。(23) すなわち、「悲秋」の伝統を有する中国文学において、紅葉の美しさをいう表現は発展しにくい。そこで、日本においては、「惜秋」の季節観のもとに、紅葉を賞美し詠う表現に、中国文学の花を賞美する表現方法が摂取されたのだと考えられる。

(六) 河陽の花から大堰川の紅葉へ

大堰川行幸の紅葉の表現においても、河陽の花を詠う表現が摂取されたのではないか。嵯峨天皇のもとでは、劉希夷「洛陽懐古」詩の「詞賦潘岳に帰し、繁華は石崇を称す。梓沢には春草菲として、河陽に乱花飛ぶ（詞賦帰潘岳、繁華称石崇。梓沢春草菲、河陽乱花飛）」が受容され、河陽の花は、その舞い落ちる風景が詠われるという。(24) とりわけ、『雑言奉和』の嵯峨天皇の御製「江上落花詞」（御製は佚する）の奉和詩五首の表現に、「紅葉落」の詩に近似する表現が見られる。行幸詩の第二句「紅葉晴空に満つ」に類する表現としては、次の表現がある。

夾岸林多花非一　　岸を夾《さしはさ》む林多くして花一つに非《あら》ず、
飛満空中灑江扉　　飛びて空中に満ち江扉に灑《そそ》く。
（紀御依）

落花作雪満空裡　　落花雪に作《な》りて空裡に満つ、
空裡飛散投江水　　空裡飛び散りて江水に投《いた》る。
（有智子内親王）

第三句「飄零」の語も次のように用いられている。

儵忽飄零樹与叢　　儵忽《しゆくこつ》にして飄《ひるがへ》り零《お》つ樹と叢《くさむら》と、
須臾鋪地不勝風　　須臾にして地《つち》に鋪く風に勝《た》へず。
（紀御依）

第三句「無限」に類似するのは、次の二句である。

落花数種色　　落花数種の色、
縈盈園圃望無極　　園圃に縈《めぐ》り盈《み》ちて望極《のぞみきはみ》無し。
（菅原清公）

また、川面に浮かぶ花が、「水顔」を紅にすると表現する例がある。

半著江磯浦口駮　　半ば江磯《かうき》に著《つ》きて浦口《ほこう》駮《まだ》らかなり、
半飛波上水顔紅　　半ば波上に飛び水顔紅《すゐがんくれなゐ》なり。

（紀御依）

なお、有智子内親王の詩には、「仙査説話」が詠まれている。

唯有釣船鏡中度　唯し釣船《てうせん》の鏡中を度《わた》ること有り、
還疑査客与天来　還《かへ》りて査《さ》客《かく》天《あめ》より来たれるかと疑ふ。

大堰川行幸では、「紅葉落」の題の和歌にも、

水《みつ》の面《おも》のからくれなゐになるまでに秋《あき》にあひかねおつる紅葉《もみぢ》か　（躬恒集15）

と、水面が唐紅になるほどに、川へと散り落ちる紅葉が詠まれている。以上のように、「紅葉落」は、「江上落花詞」などに描かれる河陽に舞い散る春の花を背景とし、大堰川に散る秋の紅葉を詠う題として選定されたのではないかと思われる。

五、紅葉の「文学境」へ

延喜七年の大堰川行幸においては、紅葉は、まだ題の一つに過ぎなかった。大堰川、大堰において紅葉を詠う歌は、古今集、後撰集には見られず、拾遺集に至って六首入集している。なかでも、巻十七雑秋の貞信公藤原忠平の歌は古来名高い。

亭子院大井河に御幸ありて、行幸もありぬべき所なりとおほせたまふに、ことのよしそうせんと申して
小一条太政大臣
1128 小倉山峰のもみぢば心あらば今ひとたびのみゆきまたなむ

亭子院は、宇多法皇の呼称である。この歌が詠まれたのは、延長四年（九二六）十月十日の宇多法皇の大堰川行幸の時だと考えられる。[25] 貞信公記抄には、十月十日の行幸に続いて、同月十九日には醍醐天皇の行幸があったことが見える。法皇と天皇の意に適った点は、何よりも紅葉を詠んだことではなかっただろうか。

また、大堰川では、和歌序が多く書かれている。これらの和歌序には、次に示すとおり、必ず紅葉が描かれる。

大江匡衡「暮秋、泛二大井河一、各言レ所レ懐和歌序」
沙鷗与二鴛鸞一狎近、紅葉与二紈綺一粉揉。（本朝文粋・巻十一351）

源道済「初冬、泛二大井河一、詠二紅葉蘆花一和歌序」
紅葉亦紅葉、連峰之嵐浅深、蘆花亦蘆花、斜岸之雪遠近。（本朝文粋・巻十一352）

源師房「初冬、扈二従行幸一遊二覧大井河一応製和詞一首幷序」（本朝続文粋・巻十）
青苔纈レ沙、似レ施二綺席於洲渚一、紅葉寫レ水、如レ濯二

貝錦於江波。

藤原国成「初冬、於二大井河一翫二紅葉一、和歌一首幷序」（本朝続文粋・巻十）

彼小有洞之僻遠也、白石之跡誰尋、此大井河之風流也、紅葉之粧足レ観。

慶滋為政「秋日、臨二大井河一、紅葉泛レ水、応令歌一首幷序」（扶桑古文集）

彼水底之無二纖塵一、碧瑠璃之光瑩出、嶺面之経二寒雨一、紅錦繍之色染成。

和歌序を書くことは、延喜七年の行幸の貫之の序に倣ってのことであろう。また、漢文の序を冠することは、延喜七年の行幸において、漢詩と和歌および仮名文の和歌序とが作られたことから、大堰川が漢詩文と和歌、仮名文を作る、いわば和漢兼作の「文学境」となったことを示していると思われる。

注

（1）吉田東伍氏『大日本地名辞書』上巻（冨山房、一九〇七年）。

（2）佐藤球氏「（評釈）大井河行幸倭歌序」（『國學院雜誌』六巻三号、一九〇〇年）。後藤昭雄氏「漢詩文と和歌――延喜七年大井河御幸詩について」（『平安朝漢文文献の研究』吉川弘文館、一九九三年。初出は一九八四年）、および同氏「平安朝詩拾佚――彰考館文庫蔵『詩集』から」（『和漢比較文学』四五号、二〇一〇年）。以下の大堰川行幸の漢詩の引用は、右の後藤論文（一九九三年）による。

（3）『日本紀略』の引用は（新訂増補国史大系、吉川弘文館）による。なお、その他の書の引用・作品番号については、次の本による。ただし、一部表記を改めたところがある。『倭名類聚抄』（臨川書店）。『藝文類聚』（中華書局）。『庾開府集』（四庫全書）。『論語義疏』（藝文印書館）。勅撰和歌集は『新編国歌大観』（角川書店）による。『文選』（中文出版社）。『荘子集釈』（新編諸子集成、中華書局）。『菅家文草』（日本古典文学大系、岩波書店）。『本朝文粋』の本文は身延山久遠寺篇『重要文化財本朝文粋』（汲古書院）により、作品番号は新日本古典文学大系による。『本朝続文粋』は内閣文庫発行の複製による。『扶桑古文集』は『平安鎌倉記録典籍集』（東京大学史料編纂所影印叢書、八木書店）による。

（4）吉川栄治氏「句題和歌の成立と展開に関する試論――紀師匠曲水宴・延喜六年貞文歌合偽書説と併せて」（『国文学研究』六八号、一九七九年）。

（5）峯岸義秋氏『平安時代和歌文学の研究』第一編第一章六（桜楓社、一九六五年）。

（6）前掲注5峯岸論文、後藤昭雄氏「古今集時代の詩と歌」（『国語と国文学』六〇巻五号、一九八三年）、今井上氏「源氏物語「松風巻」論――光源氏の栄華の起点として」（『日本文学』五二巻九号、二〇〇三年）。

（7）以下の躬恒集の本文・歌番号は、『新編私家集大成』「躬恒Ⅳ」（底本：西本願寺蔵三十六人集）による。23第二句「いさこのうら」、22初句「なれくらし」、15初句「にはのおもの」を諸本により校訂した。頼基集の本文・歌番号は、『新編私家集大成』「頼基」（底本：西本願寺蔵三十六人集）による。

(8) 矢作武氏「「天の河うき木に乗れる」類歌と張騫乗査説話について」（『相模国文』五号、一九七八年）。後藤祥子氏『源氏物語の史的空間』第三章2「浮木にのって天の河にゆく話――「松風」「手習」の歌語《うたことば》」（東京大学出版会、一九八六年）。

(9) 井上文雄『大井河行幸和歌考証』文政三年（『国文註釈全書』國學院大學出版部、一九〇九年）。

(10) 前掲注2後藤論文（一九九三年）。

(11) 勅撰三集の本文・作品番号は次の書による。『凌雲集』は小島憲之氏『国風暗黒時代の文学――弘仁期の文学を中心として』中（中）（塙書房、一九七九年）。『文華秀麗集』は小島憲之氏校注『文華秀麗集』（日本古典文学大系、岩波書店、一九六四年）。『経国集』は小島憲之氏『国風暗黒時代の文学―弘仁・天長期の文学を中心として』中（下）Ⅰ―下Ⅲ（塙書房、一九八五～一九九八年）。

(12) 拙稿「延喜七年大堰川行幸の詩歌と『菅家文草』――〈秋水に泛かぶ〉の表現をめぐって」（『和漢比較文学』四八号、二〇一二年）参照。

(13) 小島憲之氏「河陽の文学」（『五福寿第一―第十回高槻市高年者大学講演集』高槻市民生部福祉医療課、一九七五年）、同氏『古今集以前』第二章四（塙書房、一九七六年）など参照。近年では、井実充史氏によって、河陽の作品における表現の形成過程などの考察がなされている。井実氏「山崎駅・河陽宮と嵯峨朝漢詩文――旅情表現の形成とその背景」（『福島大学人間発達文化学類論集』二〇号、二〇一四年）など参照。

(14) 貫之の序の本文は、『古今著聞集』（永積安明・島田勇雄校注『古今著聞集』（日本古典文学大系、岩波書店、一九六六年））に拠る。ただし、内閣文庫蔵『扶桑拾葉集』（204―143）本（紅葉山文庫旧蔵、刊本）により、一部校訂した箇所がある。

(15) 増田繁夫氏「小倉山・嵐山異聞」（『文学史研究』二四号、一九八三年）に、平安朝のころの小倉山は、大堰川の右岸にある山、現在の嵐山とほぼ同一のものと考えられるとする。

(16) 前掲注6後藤論文および丹羽博之氏「紀貫之「大堰川行幸和歌序」と漢詩的表現」（『平安文学研究』七一輯、一九八四年）。

(17) 菅野禮行氏「『九日後朝』について」（『平安初期における日本漢詩の比較文学的研究』大修館書店、一九八八年。初出は一九六八年）。および波戸岡旭氏「菅原道真『九月十日』の詩について」（『宮廷詩人 菅原道真――『菅家文草』『菅家後集』の世界』笠間書院、二〇〇五年。初出は一九八九年）。

(18) 前掲注12拙稿。

(19) Misumi Sadler氏のご教示による。

(20) 太田郁子氏「『和漢朗詠集』の「三月尽」・「九月尽」」（『国文学 言語と文芸』九一号、一九八一年）。以下の「三月尽」「九月尽」に関する説は、この論考による。

(21) 前掲注2後藤論文（一九九三年）。

(22) 鈴木宏子氏「『古今集』における〈景物の組合せ〉――花を隠す霞・紅葉を染める露」（同氏『古今和歌集表現論』笠間書院、二〇〇〇年。初出は一九八九年）。

(23) 大谷雅夫氏「唐紅に水くくるとは――業平の和魂漢才」（『歌と詩のあいだ――和漢比較文学論攷』岩波書店、二〇〇八年。初出は二〇〇七年）。

(24) 李宇玲氏「落花の春――嵯峨天皇と花宴」（『アジア遊学一八八号 日本古代の「漢」と「和」――嵯峨朝の文学から考える』勉誠出版、二〇一五年）。

(25) 迫徹郎氏「『小倉山みねのもみぢ葉』詠歌年次考」（『王朝文学の考証的研究』風間書房、一九七三年。初出は一九七〇年）、山崎正伸氏「大井川の紅葉と花――『大和物語』九九段と一〇〇段の解釈をめぐって」(『二松学舎大学東アジア学術総合研究所集刊』三六集、二〇〇六年)。

附記　本稿は、平成三十年三月六日、イリノイ大学アーバナ・シャンペーン校で行われた同校と大阪市立大学との交換シンポジウムにおける、研究発表「平安時代における大堰川遊覧の和歌と序の表現——典拠の継承をめぐって」の内容に基づく。席上、また発表後にご教示を賜った諸先生方に深謝申し上げる。なお、本稿は平成二十八・二十九年度科学研究費補助金（研究活動スタート支援16H07124）の研究成果の一部である。

［Ⅳ　学ばれる漢故事——日本漢文・抄物・学問］

中世後期の漢故事と抄物

蔦　清行

「抄物」は、中世後期、五山僧や博士家の貴族によって作られた、漢籍・仏典の講義の記録、あるいは註釈書である。蘇東坡と黄山谷の抄物の中に、従来知られていなかった、蘇軾・蘇轍の出生に関する故事が記されている。その故事についての知識は、抄物や講義を通じて五山僧や堂上の貴族たちの間に広まり、それは近世の文化圏にも継承されていった。

はじめに——抄物とは

（一）中世後期の漢文化

中世後期の文化は、近世以降の文化の基礎として、歴史的に重要な位置を占めている。それは、能・狂言や茶の湯、懐石、生け花など、現代において伝統文化とされるもののかなりの部分がこの時代に淵源を持つことからも、了解されよう。

本書のテーマである漢故事の場合でも、その史的重要さは同様である。中世五山禅林では、それまでの文藝史上例を見ないほど広く盛んに漢詩文が作られ、また聯句・和漢聯句の会が至るところで頻繁に催された。当然そのために漢籍・漢故事の知識が学ばれ、蓄積されることとなるが、その媒体として大きな位置を占めていたのが、講義や註釈書であった。

そのような、この時期の漢籍・仏典の講義の記録、あるいは註釈書を「抄物」と呼ぶ。主に五山禅僧や博士家の貴族によって作られ、彼らの知識や教養をさぐる上で大いに有益なものであるが、従来の文藝研究ではあまり参照されてこな

つた・きよゆき——大阪大学日本語日本文化教育センター准教授。専門は日本文献学。主な論文に「両足院所蔵『黄氏口義』の構成と成立について」（『訓点語と訓点資料』一三五輯、二〇一五年）、「中世文化人たちの蘇東坡と黄山谷」（『日本語・日本文化』四四号、二〇一七年）、「『毘沙門堂本古今集註』声点の文献学的検討」（人間文化研究機構国文学研究資料館編『中世古今和歌集注釈の世界——毘沙門堂本古今集注をひもとく』勉誠出版、二〇一八年）などがある。

かった。

(二) 漢故事と抄物

しかし本書の主題である漢故事について考える上で、抄物は中世後期の文献資料として最も有力なものと言うことができる。なぜなら抄物は、当時の漢籍の専門家が、講義の参加者や註釈の読者に、どのような解釈を伝えていたかを記した資料だからである。それらは、その漢籍についての当時の日本人の理解を、最も端的に示す文献と位置づけられよう。さらに抄物は、単純に漢籍の解釈だけを記すのではなく、それにまつわる博物学ないし百科全書的な知識が多量に詰め込まれており、当時の文化人たちの教養の基盤についてうかがう資料としても貴重なものなのである。

本稿は、他分野の文献には見いだされず、従来知られていなかった、一連の漢籍由来の故事を紹介する。それを通じて、抄物が日本人の漢故事の知識について知るのに有益な文献であること、いわばその有用性と魅力について語りたいと思う。

一、資料について

(一) 詩の抄物

抄物には色々な種類があるが、基本的には註釈書であるから、何か註釈の対象となるテキストがあり、その原典によって分類されることが多い。最も盛んに作られ、現在も多くの資料が残されているのは仏経(特に禅宗関係)や儒典の抄物である。しかし文藝作品、特に詩の抄物も多く残されている。その中でも蘇東坡(蘇軾(一〇三六~一一〇一)。姓は蘇、名は軾、字は子瞻。東坡居士の号で知られる)と黄山谷(黄庭堅(一〇四五~一一〇五)。姓は黄、名は庭堅、字は魯直。山谷道人と号した)は、禅林を中心に大いに流行し、最も多くの抄物が残されている詩人である[1]。本稿では、この東坡と山谷の抄物群の中に見出される、東坡に関する一連の説話と、それにまつわる言説を取り上げる。

(二) 本稿で使用する主な抄物資料

本論に先立ち、本稿中で実際に使用する抄物資料とそれに関連する人物の概要について、ごく簡単にまとめておく。ただしあくまで主要な抄と人物の概略を示すにとどめ、なお必要な情報は本文中で適宜追加することとしたい。

〈東坡詩の抄物〉

『東坡詩聞書《とうばしききがき》』 慶長十八年(一六一三)講。文英清韓《ぶんえいせいかん》(?~一六二一)講某(堀川貴司によれば中院通村か[2])聞書。佐藤道生氏蔵の慶長十八年(一六一三)写小本一冊が唯一の伝本。全文が堀川貴司「東坡詩聞書 解題と翻刻」(『花園大学国際禅学研究所論叢』第五巻、二〇一〇年）に翻刻されている。

『四河入海《しかにっかい》』天文三年（一五三四）跋。笑雲清三《しょううんせいさん》（?～?。臨済宗聖一派）抄。二十五巻。東坡の詩の註釈で、瑞渓周鳳《ずいけいしゅうほう》『脞説《ざせつ》』・大岳周崇《たいがくしゅうすう》『翰苑遺芳《かんえんいほう》』・一韓《いっかん》智翃《ちこう》『蕉雨餘滴』・萬里集九《ばんりしゅうきゅう》『天下白《てんかはく》』の四抄を編纂して自説を加えた抄。古活字版の影印が『抄物資料集成』に収録されているほか、国立国会図書館デジタルコレクションで全部の画像を閲覧できる。

〈山谷詩の抄物〉

『帳中香《ちょうちゅうこう》』明應八年（一四九九）跋。萬里集九《ばんりしゅうきゅう》（一四二八～一五〇三ごろ。臨済宗一山派）抄。二十巻序一巻。国会図書館蔵の古活字版・写本がともに国会図書館デジタルコレクションで全部の画像を閲覧できる。

『山谷詩抄』成立年未詳。一韓智翃《いっかんちこう》抄。一韓は生没年未詳だが、桃源瑞仙《とうげんずいせん》の東坡詩の講義を聞き書きしているほか、永正元年（一五〇四）『湯山聯句鈔《ゆのやまれんくしょう》』を成しており、本抄もそのころの成立かと推測される。二十巻。建仁寺両足院《りょうそくいん》所蔵の六冊本が『續抄物資料集成』に影印されているほか、正保四年（一六四七）版の製版本が高羽五郎『抄物小系』「丁亥版癸卯本山谷詩集鈔」に謄写版印刷されている。

『山谷幻雲抄《さんごくげんうんしょう》』永禄二年（一五五九）以前成立。[3] 抄者未詳。柳田征司[4]や根ヶ山徹[5]は月舟寿桂《げっしゅうじゅけい》（一四七〇～一五三三。臨済宗幻住派。別号幻雲）抄とする。確かに月舟の説を多く含むが、彼自身の抄という確実な証拠はなく、むしろ大塚光信[6]の言うように、月舟抄を中心に別人が諸抄を集成したものと考えるのが穏当かと思われる。二十巻序一巻。建仁寺両《りょう》足院《そくいん》本は林宗二《りんそうじ》（一四九八～一五八一。饅頭屋、連歌師、茶人）[7]ほか写。他に、両足院本の転写本である洞春寺《とうしゅんじ》蔵本（巻一、二、五～八、十～十二の零本）があり、『嘯岳鼎虎禅師自筆本　山谷詩抄　長州毛利洞春寺蔵』（正宗山洞春寺、二〇〇六年）に影印されている。

『山谷詩集註』成立年未詳。彭叔守仙《ほうしゅくしゅせん》（一四九〇～一五五五。臨済宗聖一派）抄。二十巻序一巻。月舟寿桂《げっしゅうじゅけい》の抄を中心に諸抄を増補し、さらに独自説を加えたものとされる。市立米沢図書館蔵の自筆十一冊本が唯一の伝本。市立米沢図書館デジタルライブラリーで全部の画像が閲覧できる。

『黄氏口義《こうしくぎ》』永禄三年（一五六〇）～永禄十年（一五六七）抄。林宗二《りんそうじ》抄。一韓智翃《いっかんちこう》『山谷詩抄』や『山谷幻雲抄』などと共通の資料に基づいて編纂した本と考えられる。[8] 二十巻序一巻。建仁寺両足院蔵の自筆二十二冊本が唯一の伝本。未公開。

二、結果と考察一――東坡・子由の梅松夢故事

（一）文英清韓《ぶんえいせいかん》の講義

さて、ここから実際に抄物の内容を検討していこう。最初に取り上げるのは、『東坡詩聞書《とうばしききがき》』と呼ばれる抄物で、扉に

東坡　於　禁韓長老談尺

慶長十八年

八月十日被始

とあるところから、韓長老（南禅寺長老であった文英清韓《ぶんえいせいかん》）が禁裏で行った東坡詩講義の記録であることが知られる。方広寺の梵鐘の銘文を起草し、徳川家康との間にいわゆる方広寺鐘銘事件を引き起こした、あの文英清韓である。

この講義のことは『鹿苑日録』[9] と『言緒卿記』[10] に記されており、特に『言緒卿記』の記述によって、八条宮智仁親王・近衛信尋・良恕法親王・阿野実顕・中院通村といった人物が聴講していたことが判明している。[11]

つまりこの講義は、中世五山の繁栄の最末期の学僧が、近世初期の宮廷文化・文藝の中心的人物たちに、その知識を継承するものなのである。いわば、中世から近世への移行が端的に認められるという意味で、歴史的に重要な意義を認めることができよう。

さて、その文英の講義録の中に、次の簡略な註文が見出される。

母梅ヲ夢ニ見テ生ム東坡ゾ。[12] 梅仏子。

松ヲ――子由ヲウム　松仏子（二ウ）

この記述は、東坡・子由（蘇轍。子由は字。一〇三九～一一一二。蘇洵の次子、蘇軾の弟）の母が、梅を夢に見て兄東坡を産んだので、東坡を梅仏子と呼び、松を夢に見て弟子由を産んだので、子由を松仏子と呼ぶ、という故事を伝えていると解釈される。

ところがこの故事は、中国の現存する註釈書や類書・詩話にも、また日本の他種の文献にも、なかなか類例を見出せないものなのである。文英は、何に基づいてこの故事を講じたのだろうか。

（二）瑞渓周鳳《ずいけいしゅうほう》『脞説《ざせつ》』と笑雲清三《しょううんせいさん》『四河入海《しかにっかい》』

この註釈は特定の詩句に附されたのではなく、資料の冒頭、いわば序に当たる部分に記されている。そこで、東坡詩の最も広く流布した抄物と目される『四河入海《しかにっかい》』の冒頭附近をひもとくと、次のような記述が認められる。

　未だ生まれずして、母梅松を夢みる。産に及びて、眉山の草木皆枯る。已に死して、江興の竹尚ほ墨痕を留む。蓋し非情の盛なり。（『四河入海』一之一、二一ウ）(13)

『四河入海』は諸註集成的な性格の抄物であり、ここは瑞渓周鳳《ずいけいしゅうほう》（一三九二～一四七三。臨済宗夢窓派）の東坡詩註釈『脞説《ざせつ》』を引いたものである。従ってこの梅松夢故事は、少なくとも瑞渓までは遡りうることが知られよう。ただしここには「梅仏子・松仏子」の語はなく、文英が東坡詩註の権威として『四河入海』を参照していた蓋然性は高いが、それにのみ基づいて講じたのでないこともまた確かである。

彼の実見した資料について、さらに詳しいことは不明である。しかし本稿としては、それを強いて詮索することはあまり意味がないのではないかと考える。この説話は、抄物や講義の世界においてはもう少し裾野が広く受容されており、「梅仏子・松仏子」もその中で共有された知識だったように思われるのである。次節以降、黄山谷の詩の抄に見られるこの故事の展開の跡を追ってゆくことにしたい。

三、結果と考察二――抄物に見る故事の展開

（一）萬里集九《ばんりしゅうきゅう》『帳中香《ちょうちゅうこう》』・一韓智翃《いっかんちこう》『山谷詩抄』

さて、黄山谷の詩に東坡に贈られた『古詩二首上蘇子瞻』（宋任淵註『山谷黄先生大全詩註』巻一。北宋の元豊元年（一〇七八）、山谷が三十四歳で北京國子監教授の任にあったときの作。東坡はこのとき四十三歳、いわゆる新法党との対立がもとで、徐州知事に左遷されていた。この詩は、東坡のために、梅と松に託して不遇を慰めようとしたもの）がある。その第一首は東坡を梅に比して

　江梅有佳實、託根桃李場。
　江梅佳實有り、根を桃李の場《ぢやう》に託す。

と始まるが、ここに附された抄文に、東坡・子由の梅松夢故事、および梅仏子・松仏子の称が現れるのである。

山谷詩の抄物は東坡詩のもの以上に多数の系統があり、この詩にも多くの抄物がさまざまな説を残しているが、中でも最初に取り上げるべきは萬里集九《ばんりしゅうきゅう》『帳中香《ちょうちゅうこう》』である。というのは、本抄は抄者の判明している抄物としては古い世代に属するもので、それ以降の抄物にも多く引用されており、さらに慶長元和間（一五九六～一六二四）には古活字版が作ら

れるなど、その権威と影響力の強かったことが知られるものだからである。次の引用部が、「江梅」以下に対する抄文の一部であるが、梅松夢故事に言及するとともに、「梅仏子・松仏子」の称との関わりを明確に記している。

天章《てんしょう》老人（天章澄彧《てんしょうちょういく》。一三七九〜一四三〇以降。臨済宗夢窓派）云はく、東坡母、夢に梅を見て坡を誕《う》む。故に梅佛子と云ふ。又夢に松を見て子由を誕む。故に松佛子と云ふ。天章の説を傳ふと雖も未だ拠實を見ざるなり。或いは云はく、此の事『詩眼』（宋、范温（?〜?）編『潛溪詩眼』(14)）に載ると。『詩眼』は即ち範元実の編む所なり。或いは云はく、『遯斎閑覧』（随筆。宋、范正敏（?〜?）著）に在りと。北禅《ほくぜん》和尚（瑞渓周鳳の別号）『脞説』叙に云はく、「九州・四海、東坡の有るを知るなり。未だ生まれずして、母梅松を夢みる。産に及びて、眉山の草木皆枯る。已に死して、江興の竹尚ほ墨痕を留む。蓋し非常の感あり」と。北禅の叙と天章の説、同じ。豈に拠實無からんや。

（『帳中香』一之上、一六ウ〜一七オ）(15)

内容面で注目すべきは、この説が天章老人（天章澄彧）のものとされていることであり、それが正しいならばこの故事は少なくとも、天章澄彧・瑞渓周鳳、そして本抄の編者たる萬里集九の知るところであったということになる。

なお、比較的古い世代の抄で、後の時代までよく学ばれた抄として、もう一つ一韓智翃《いっかんちこう》抄『山谷詩抄』を挙げることができる。この抄は江戸時代正保四年（一六四七）に整版本が作られ、近世期には最も流布した山谷詩の抄物と言えるが、梅松夢説話はここでも言及されている。

此詩ハ全篇以梅比坡ゾ。是モユワレガ有ゾ。範元実ガ詩話ニ、坡ガ太夫人、子ヲ祈テ、松ト梅トヲ夢ニ見テ、軾・轍ノ二子ヲ生ダゾ。『遯斎閑覧』ニ梅佛子・松佛子ノ事アリト云々。此書ハ未見ゾ。日本ヘ未渡ゾ。

（巻一、一二ウ）

簡略な記述で、内容上は『帳中香』に附け加えるべきことはないが、事実として報告しておく。

(二)『山谷幻雲抄《さんごくげんうんしょう》』・彭叔守仙《ほうしゅくしゅせん》『山谷詩集註』・林宗二《りんそうじ》『黄氏口義《こうしくぎ》』

次に、右の『帳中香』が影響を与えた抄物について紹介する。

まず月舟寿桂《げっしゅうじゅけい》の説を中心に諸抄を編纂して成立したと考えられる『山谷幻雲抄《さんごくげんうんしょう》』では、次のように説話の由来を『帳中香』以上に詳しく論じている。

『遯斎閑覧』蘇老泉（蘇洵。字は明允。老泉は号。一〇〇九〜一〇六六。東坡と子由の父）嘗て梅・松二木を夢み、子瞻・子由を生む。故に子瞻、小名梅佛子、子由、小名松佛子と云ふ。刻楮子《こくちょし》（瑞渓周鳳の別号）曰く、此の故事、定水《じょうすい》庵主、等森蔵主の方より書来たる。蓋し東越の見出す所か。但し、『邇斎閑覧』此方に在りや否や。未だ見ず。或いは餘書『閑覧』を引くか。『類説』（叢書。宋、曽慥編。六十巻。南宋の紹興六年（一一三六）成立）諸書を載するに、『邇斎閑覧』有り。此の中に梅佛子・松佛子の事無し。天英《てんえい》（天英周賢《てんえいしゅうけん》（一四〇四～一四六三）。臨済宗夢窓派）曰く、『宋事宝訓』（不詳。南宋の紹興十五年（一一四五）、江少虞の撰した類書『皇朝類苑』の別名『皇宋事宝類苑』のことか。ただし、この書は巻三十四に蘇東坡の説話を収載するが、梅松夢の故事は伝えない）ト云者ニアリト云ゾ。訓、鑑か。蕉雨（桃源瑞仙《とうげんずいせん》（一四三〇～一四八九）の号。臨済宗夢窓派）本。『香』（『帳中香』に言及する際の略記法）云はく、或いは『詩眼』に在りと云ひ、或いは範元実詩評と云ひ、或いは『邇斎閑覧』と云へども、未だ実拠を見ず。然れども天章此の事を説き、北禅『脞説』序に之を載す。豈に実拠無からんや。（巻一、四ウ）[16]

ここでは既出の天章澄彧・瑞渓周鳳・萬里集九に加えて、いずれも詳細は不明の人物であるが、定水庵主（瑞渓周鳳の日記『臥雲日件録《がうんにっけんろく》』に、文安三年（一四四六）十月から寶徳元年（一四四九）閏十月にかけて数回登場する。[17] 定水庵は清水寺門前。江戸時代以前に廃寺）・等森蔵主・東越らが説話の発見者として関わっていたことを記している。また天英周賢・蕉雨（桃源瑞仙）の名も、説話の出典の議論の中で言及されており、彼らもまたこの知識を共有していたことが知られるのである。

なお、本抄は月舟寿桂自身の抄とされることもあるが、その確実な徴証は見いだしがたく、当該個所が月舟の独自説なのか他抄を引用した説なのかも不明であるため、彼がこの故事を知っていたかどうかは不明としておくのが穏当である。ただ、右に引いた『幻雲抄』抄文と内容上ごく近い抄文が、米沢図書館『山谷詩集註』に採録されており、梅松夢故事を伝える人の列には、その抄者彭叔守仙《ほうしゅくしゅせん》をさらに加えることができる。

（これより以前、『幻雲抄』とほぼ同文につき省略）天英曰く、建仁僧云はく、『宋事宝訓鑑』に此の故事有り云々。天英近日其の本を借りむとするも、未だ来たらず云々。両説耳を信じ、未だ目を信ぜざる者なり。然りと雖も江湖の説は此の如きのみ。知らざるを「不知の知」と為さんか。故に之を書く。又範元実『詩眼』云はく、東坡小字梅仏子、轍松仏子といふ。

（『山谷詩集註』巻一、六オ～六ウ）[18]

また両足院本『幻雲抄』の書写には林宗二《りんそうじ》が加わっているが、彼は後に自ら『黄氏口義』を編纂し、そこにもこの故事が記されている。

蕭《しょう》云、此詩ハ全篇比ノ詩ゾ。坡ヲ梅ニ比スルゾ。是モイハレガアルゾ。梅ト松トヲ蘇老泉ガ夢ニ見テ、東坡子由ヲ生ト、『遯斎閑覧』ニアルト云ガ、此本ハ、未渡ノ本デ見ヌゾ。梅佛子・松佛子ハ、童名ヲ云タト云ゾ。是ニヨツテ、梅ヲ東坡ニ比スル也。

（『黄氏口義』巻一本七ウ〜八オ）

註釈の最初に「蕭云」とあり、以下の説が蕭庵《しょうあん》（正宗龍《しょうじゅうりゅう》統《とう》（一四二九〜一四九八）の別号。臨済宗黄龍派）によるものであることを伝えている。ただしそれがどこまでを含むものなのかは分からない。蘇東坡を梅にたとえたこと（「坡ヲ梅ニ比スルゾ」まで）のみが彼の説かもしれないし、梅と松の夢（「梅ト松トヲ蘇老泉ガ夢ニ見テ」以降）をも含んでいるのかもしれない。もしも梅松夢故事までも含むのだとすれば、正宗もまたこの故事を知っていたことになる。

なお、『幻雲抄』『山谷詩集註』『黄氏口義』いずれも、夢を見たのは母ではなく父蘇老泉であったとするほか、説話の典拠についても前節の『帳中香』『山谷詩抄』とはそれぞれに少しずつ異なる説明をしている。このような小異も、漢故事の変奏をテーマとする本書の立場からは、その変奏の現場をうかがう資料として興味深いが、詳論は避け、事実の指摘にとどめたい。

四、結果と考察三
——禅林から公家・宮廷社会への展開

（一）蘭坡景茝《らんぱけいし》の禁裏での山谷講義

山谷の抄物の中でも、『幻雲抄』・『黄氏口義』には、もう一つ注目すべき記事が認められる。

ここまで挙げてきた註釈はいずれも、『古詩二首上蘇子瞻』の、第一首に附されたものであったが、東坡を松に比した第二首の冒頭の語句

青松出澗壑、十裏聞風聲。
青松澗壑《かんがく》を出づ、十裏風聲を聞く。

の註文に、次のような記述が見出されるのである。

蘭講云は、青松は松佛子に非ず、唯だ東坡を比するのみ。然れば則ち、「江梅有佳実」の句、未だ必ずしも梅佛子故事を用ひず。

（『幻雲抄』巻一、一〇オ。『黄氏口義』巻一本一五ウにも同文あり）[19]

引用冒頭「蘭講」は蘭坡景茝《らんぱけいし》（一四一九〜一五〇一。臨済宗

夢窓派）の講義の説を引くときの略記法である。この抄文でまず確認しておくべきは、蘭坡が梅仏子・松仏子の称について言及しており、それゆえ恐らくは梅松夢説話についても知識を有していたであろうことである。しかしそれ以上に重要なのは、これが蘭坡の講義の内容を伝えているということであろう。彼が講義をしている以上、それを聴き、その知識を伝えられた人々がいたはずだからであり、その人々が当時の記録から推測できるからである。

（二）講義の出席者

蘭坡の山谷講義については、『實隆公記』『お湯殿の上の日記』に記録が残っている。それによれば、文明十一年十一月（一四八〇年一月）から延徳二年（一四九〇）十月にかけて、禁中で断続的に開講されているが、[20]『お湯殿の上の日記』が一度だけ、次のように出席者を記している。

> こよひはかうしん《［庚申］》にて御まぼりあり。御れんく《［聯句］》御さた《［沙汰］》あり。くわんぱく《［関白］》をも御申。そのほか中院かぢうけ《（せ）》ん。侍従中納言。新宰相。らんぱ《［蘭坡］》だむぎ《［談義］》申さるゝつゐでにそのまゝしこう《［伺候］》。しゆ《［修］》ざうす《［蔵主］》もしこう《［伺候］》。
>
> （『お湯殿の上の日記』文明十三年十月十九日条）

「くはんぱく（関白）」は近衛正家。「中院」は中院通秀。「かぢうけ《（せ）》ん」は海住山高清か。「侍従中納言」は三条西實隆。「新宰相」は中山宣親。言うまでもなく、いずれも当時宮廷文化の代表とも言うべき人々である（「しゆざうす（修蔵主）」は實隆と親交が深かった学僧月江元修《げっこうげんしゅ》（一四四二～一五〇八。臨済宗大覚派））。これは厳密には「御れんく（聯句）」の参加者であるが、両日記のその他の記述を見ると、講義と聯句または連歌の会はごく頻繁に併せ開かれており、講義の参加者もおよそこの通りであった蓋然性は高い。

ただもちろん、この記事から、彼らが蘭坡の講義を通じて梅松夢故事についての知識を伝えられた、と推測するには、いくつかの留保が必要である。

まず『幻雲抄』・『黄氏口義』における「蘭講」が、この禁裏での講義のことを指しているのか、それとも別の折の講義のことなのかが不明である。従って、松仏子の故事をこの宮中の講義で披露したかどうかも、確実には分からない。ただし蘭坡は、この一連の講義の終わる延徳二年には既に七十二歳とかなり高齢で、彼自身はそのときにはこの故事の知識を得ていたことと思われる。そうすると、講義の中でもそれを披露したと見るのが穏当ではなかろうか。

また右の『お湯殿の上の日記』の記事は、あくまで文明十三年（一四八一）十月十九日の回の出席者を記すのみで、他の回も同一の出席者であった保証はない。事実、實隆が『實隆公記』にこの講義について記しているのは、『お湯殿の上の日記』に記録されているよりもずっと少なく、毎度出席していたわけでないことが知られるのである。

(三) 蘭坡の高い評価

もっともこの問題についても、記録こそ残っていないものの、毎回優れた文化人たちが相当多数出席していたのではないかと思われる。蘭坡はこの山谷詩の講義の直前、文明十年(一四七八)十二月三日から翌十一年(一四七九)閏九月二十二日にかけて、『三体詩』の講義も行っており、[21]そこでの出席者が何度か『實隆公記』『お湯殿の上の日記』に記されているのである。それによれば、三条西實隆のほか、勧修寺教秀、中院通秀、海住山高清、姉小路基綱といった、やはり当時を代表する文人たちの名が見いだされる。[22]

山谷詩の講義が始まったのは、その『三体詩』の講義の二ヶ月後で、恐らくは前の講義が好評を博したためであっただろう。さらに蘭坡は聯句の合点や添削を依頼されることも多く、漢籍の碩学として宮中においてきわめて高い評価を受けていた。[23]そして梅松夢故事が註釈中に現れる「古詩二首上蘇子瞻」は、山谷詩の巻一冒頭に置かれている。

好評を博した人気講師の、当時流行を極めた山谷詩の講義の、しかも最初(またはそれに近い)回であるから、参加者が少ないはずはない。その評価に相応の多数の聴講者があったと推測して大過ないであろう。そうするとこの故事は、具体的人物名までは特定できなくとも、宮廷を取り巻く縉紳たちにまで伝播していたと考えてよいのではなかろうか。

(四) 梅松夢故事の展開のまとめ

以上、山谷詩の抄物を調査して、当時の五山の学僧たちが梅松夢故事と梅仏子・松仏子の呼称について知識を伝え、その由来について様々に議論を繰り広げる様相を辿ってきた。

第二節に述べたように、東坡詩の講義でこの故事を紹介した文英清韓が、どのような媒体を通じてそれを学んでいたかは分からない。しかし彼が五山の学統を継ぐ者であり、その学問界の知識を何らかの形で受容することができたことは疑われまい。その中世五山の知識が、彼の講義や、あるいは慶長元和間(一五九六〜一六二四)に古活字版が作られた『帳中香』、正保四年(一六四七)に整版が作られた『山谷詩抄』などの抄物を通じて、近世の人々へも受け継がれた。そのような学問史的な流れを確認できれば、本稿の考察にとっては十分なのである。

五、結論と展望

(一) 結論

本稿は、抄物に認められる、蘇軾蘇轍兄弟の出生にかかわる梅松夢の一連の故事について紹介した。この故事は、抄物を通じてその一端をうかがいうる中世後期の学問界においては、相当に流布し議論されたものであることを、改めて強調しておきたい。

(二) 課題と展望

ただし冒頭に述べたように、この梅松夢故事はこれまでほとんど知られていなかったものであり、現存する他分野の資料には、この故事が記されているものは、管見の限り存在しない。講義などを通じて相当流通していたとおぼしいこの故事がなぜ文藝その他の資料に現れないのか、不審ではある。学問の世界のことがらはあくまで教養の基礎であって、現実には応用しにくかったということかもしれない。それでもそれらは、水面下の氷山のように、文藝・文化の表現を下支えしていたのではないかと思われる。現代の我々にとっては、残された抄物を通じてこのような知識を積み重ねることが、当時の文化をより高い水準で知ることにつながるのではなかろうか。

また中国の文藝・文化の研究という視点からは、抄物は逸文資料の宝庫と言うこともできる。本稿で取り上げた梅仏子・松仏子故事では、『遯斎閑覧』『潜溪詩眼』『宋事宝訓』あるいは『宋事宝鑑』といった資料の逸文を見出すことができたが、抄物に残る諸書の逸文はさらに多様かつ多量である。この方面の研究にも有益な貢献をなし得るものであることを附言しておきたい。

(三) 抄物ヲ読マウゾ

抄物は中世後期の文献資料として有益であるとはいえ、註釈原典の知識も必要であるし、とっつきにくい資料である。だが私は、抄文を読み解いて室町心と通いあうその楽しみを、ぜひ多くの人々に感じてもらいたいと思う。

数百年前の一流の知識人たちが、膝を突き合わせ、蘇軾蘇轍の母の(あるいは父の)梅と松の夢について語り合い、それがあの本に書いてあるとかこの本に書いてあるとかあれこれ議論し、さらにその本が日本にあるとかないとか、今度借りるつもりだとか言いながらそれを記録に残している。戦乱の時代[24]に何の役に立つかも分からぬ無駄なことを、と不審に思わないでもないが、難解な典籍に真摯に遊び、精力的に学んでいる。それは、現代の人文学の徒――たとえば本書の筆者や読者諸氏――のやっていることと、要するに同じ営みなのではないか。

のである。

当時の知識の内容や議論のあり方を知るのに有用な資料だというのはもちろん正しい。しかし無理にそんなふうに堅苦しく考える必要はない。我々の古い古い仲間の存在を、こけからびた資料の向こう側に感じられる、少なくとも私にとってはそれこそが、抄物の最大の魅力なのである。

注

(1) 柳田征司「抄物目録稿（原典漢籍集類の部）」（『訓点語と訓点資料』第一一三輯、二〇〇四年）二〇―三五頁。

(2) 堀川貴司「『東坡詩聞書』解題と翻刻」（『花園大学国際禅学研究所論叢』第五巻、二〇一〇年）五七頁。

(3) 拙稿「両足院所蔵『黄氏口義』の構成と成立について」（『訓点語と訓点資料』第一三五輯、二〇一五年）二二頁。

(4) 柳田征司「抄物目録稿（原典漢籍集類の部）」（『訓点語と訓点資料』第一一三輯、二〇〇四年）三三頁。

(5) 根ヶ山徹「月舟壽桂講『山谷幻雲抄』考」（『東方學』一一五号、二〇〇八年）二頁。

(6) 大塚光信「山谷抄」（『續抄物資料集成　第十巻　解説・索引』清文堂出版、一九九二年）。

(7) 大田章義『林宗二林宗和自筆毛詩抄』解説（臨川書店、二〇〇五年）下巻七二九頁。

(8) 拙稿「両足院所蔵『黄氏口義』の構成と成立について」（『訓点語と訓点資料』第一三五輯、二〇一五年）。

(9) 『鹿苑日録』慶長十八年八月十日、十八日、二十一日、二十四日、二十七日、九月二日、六日、二十三日、二十九日、十月三日、九日、十二日条。

(10) 『言緒卿記』慶長十八年八月十日、十二日、十八日、二十一日、二十四日、二十七日、九月二日、六日条。

(11) 「禁裏ニ東坡ノ講談韓長老被申、各參衆翟飛鳥井中納言・四辻宰相中將・阿野宰相中將・中御門宰相中將・通村朝臣・予・冬隆朝臣・永慶朝臣・雅《ママ》・嗣良・安倍泰重、今出川三位中將後參、上壇ノ次ニハ式部卿宮・近衛准后・同内大臣、御門跡衆照高院宮・曼珠院宮等也、廣縁ニハ晫長老・勤西堂・鹿苑寺光西堂・玄首座等也」（『言緒卿記』慶長十八年八月十日条）。

(12) 原文ママ。本稿の筆者は原本未見だが、恐らくは、「生《ム》㆓東坡《ヲ》㆒ゾ」のように返読することが想定されているものと思われる。

(13) 原文「未生、而母夢梅松。及産、而眉山草木皆枯。已死、而江興之竹尚留墨痕。蓋非情之盛也」。

(14) 荒井健「「滄浪詩話」と「潜溪詩眼」――宋代詩學おぼえがき」（『東方學報』第四四号、一九七三年）を参照。

(15) 原文「天章老人云東坡母夢見梅誕坡。故云梅佛子。又夢見松誕子由。故云松佛子。雖傳天章之説未見拠實也。或云、此事載『詩眼』。々々即範元実之所編也。或云在『遯斎閑覧』。北禅和尚〈注〉鳳瑞溪○『脞説』叙云、「九州四海知有東坡也。未生、而母夢梅松。及産、而眉山草木皆枯。已死、而江興之竹尚留墨痕。蓋非常之感。」北禅之叙與天章之説同。豈無拠實乎」。

(16) 原文「『遯斎閑覧』蘇老泉嘗夢梅松二木、生子瞻子由。故子瞻小名梅佛子、々由小名松佛子云。刻楮子曰、此故事定水庵主自等森蔵主方書来。蓋東越所見出歟。但『遯斎閑覧』在此方否。未見。或餘書引『閑覧』乎。『類説』載諸書、有『遯斎閑覧』。此中無梅佛子松佛子之事。天英曰、『宋事宝訓』ト云者ニアリト云ゾ。訓、鑑乎。蕉雨本。香云、或云在『詩眼』、或云

範元実詩評、或云『遯斎閑覧』、未見実拠。然天章説此事、北禅載之于『脞説』序。豈無実拠乎」点線部は次に引く『山谷詩集註』にほぼ同文がある。

(17)「赴清水定水庵点心、曹源和尚、先予既來、点心罷、与庵主・曹源、品字坐談、…」(『臥雲日件録』寶徳元年七月二十六日条)など。

(18) 原文「『遯斎閑覧』蘇老泉嘗夢梅松二本、生子瞻子由。故子瞻小名梅佛子、子由小名松佛子云。刻云、此故事定水庵主自等森蔵主方書来。蓋東越所見出歟。但『遯斎閑覧』在此方否。未見。或餘書引『閑覧』乎。『類説』載諸書、有『閑覧』。其中無梅佛子松佛子之事。天英曰、建仁僧云、『宋事宝訓鑑』有此故事云々。天英近日借其本、未来云々。両説信耳、未信目者也。雖然江湖説者如此耳。不知為不知之知乎。故書之。又範元実『詩眼』云、東坡小字梅仏子、轍松仏子」点線部は前に引いた『山谷幻雲抄』とほぼ同文であるため、本文では書き下しを省略した。

(19) 原文「蘭講云、青松非松佛子、唯比東坡耳。然則、江梅有佳実之句、未必用梅佛子故事」。

(20) 芳賀幸四郎『東山文化の研究』(河出書房、一九四五年)三四二―三四三頁、および拙稿『中世文化人たちの蘇東坡と黄山谷』(『日本語・日本文化』第四四号、二〇一七年)二〇―二二頁。

(21)『お湯殿の上の日記』文明十年十二月三日、五日、十日、十二日、十五日、十六日、十九日、十一年七月二十六日、八月五日、十日、二十日、閏九月四日、六日、八日、十日、十八日、二十日、二十二日条。『實隆公記』文明十一年二月七日、二十一日、三月九日、十四日、十六日、二十一日、五月二十日、二十六日、二十八日、六月二日、五日、閏九月二日、四日、十四日、二十日条。『兼顕卿記』文明十年十二月三日、五日、十日条。

(22)「茝長老三躰詩被□談之講論、退出之後有御聯句七十句、勸修寺大納言、勘解由小路前中□□(納)(言)、新中納言(量光)、大藏卿、下官(執筆)、姉小路三位、承英、元修、源富仲等也」(『實隆公記』文明十一年二月七日条)、「蘭坡三體詩講釋已後有御和漢、中院前大納言、勘解由小路前中納言、日野新中納言、下官(執筆)、姉小路三位、蘭坡、元修、周洪藏主(蘭坡同宿)、菅原長胤等祗候」(『實隆公記』文明十一年後九月四日条)など。

(23) 朝倉尚「蘭坡景茝小論」(『国文学攷』第四八号、一九六八年)三八―四二頁。

(24) たとえば『黄氏口義』奥書からは、林宗二が合戦のまっただ中で講義を行い註釈を編纂したことが知られる。岡嶌偉久子『林逸抄』解題(おうふう、二〇一二年)一三〇〇―一三〇一頁を参照。

引用文献 引用に用いた文献は次の通り。読解の便を考慮し、濁点・句読点を適宜加えた。書き下し文は私に作成した。假名表記で意味の通りにくいところには、[ ] 内に漢字を当てて傍記した。また難読と思われる語句にはふりがなを加えた。

『お湯殿の上の日記』…『続群書類従　補遺三　お湯殿の上の日記』(続群書類従完成会、一九三二～三四年)。『臥雲日件録』…大日本古記録(岩波書店、一九六一年)。『黄氏口義』…建仁寺両足院蔵本。『山谷幻雲抄』…『嘯岳鼎虎禅師自筆本　山谷詩抄　長州毛利洞春寺蔵』(正宗山洞春寺、二〇〇六年)を底本とし、建仁寺両足院本で校合。『山谷黄先生大全詩註』…静嘉堂文庫蔵五山版(215/10/5-25)。『山谷詩集註』…市立米沢図書館蔵本(米沢善本129)(市立米沢図書館デジタルライブラリーによる)。『山谷抄』…大塚光信編『續抄物資料集成　第六巻山谷抄』（清文堂出版、一九八〇年）。『四河入海』…国立国会図書館蔵古活字版（WA7-93）（国立国会図書館デジタルコレクションによる）。『帳中香』…国立国会図書館蔵古活字版（WA7-92）（国立国会図書館デジタルコレクションによる）。『東坡詩聞書』…堀川貴司「〔東坡詩聞書〕解題と翻刻」（『花園大学国際禅学研究所論叢』第五巻、二〇一〇年）。『言緒卿記』…大日本古記録（岩波書店、一九九五〜九八年）。『鹿苑日録』…『鹿苑日録』（続群書類従完成会、一九六一〜六二年）。

附記　貴重な資料の閲覧をご許可いただいたご所蔵者・機関に篤くお礼申し上げる。

資料の解釈について、竹島一希君・楊昆鵬君の示教を仰いだところがある。記して感謝申し上げる。もちろん、誤りがあれば、その責は筆者に帰するものである。

◎コラム◎

桃源瑞仙『史記抄』のことわざ「袴下辱《こかのはじ》」について

山中延之

やまなか・のぶゆき――京都女子大学文学部講師。専門は日本語の歴史（中世語を中心に）。主な論文に「古活字版『帳中香』カナ抄集成」（共著、『京都大学國文學論叢』三三号、二〇一五年）、「桃源瑞仙『百衲襖』の世界」（『国語国文』八五巻一号、二〇一六年）などがある。

一、『史記』と『史記抄』

こんにち漢籍に由来することわざは数多く流通し、例えば司馬遷の『史記』などはその有力な出典として知られている。本稿で主にあつかう「淮陰侯列伝」（劉邦を支えた漢の三傑の一人、韓信の列伝）に限っても「背水の陣」「千慮の一失」「匹夫の勇」といった有名なことわざの出典となっている。

その『史記』に注釈を付した、いわゆる抄物の一つに桃源瑞仙『史記抄』がある。文明九年（一四七七）、応仁・文明の乱を避けて近江国の永源寺へ居を移していた桃源瑞仙は、その地で『史記抄』を著した。注釈のために当時の口語を交えることから、従来から口語資料として名高い。また、注釈書という性質から、注釈対象となる語句をわかりやすく言い換える必要があり、その言い換えが言語表現の研究のためには有用である。本稿ではそのことわざに着目してみたい。

二、『史記抄』の「袴下辱」

『史記抄』の中に、次のように「袴下辱」という表現がある。

（1）嘿而――アレヤウニ大義ヲ成《なさ》ント思フ者ハ小々事《せうせうの》ヲバセヌゾ。韓信ガ袴下辱ト同心ゾ。コヽデモナントモタテヤワウズレドモ大義ヲ成スト思ホドニ嘿而逃去タゾ。（刺客列伝）[1]

この箇所は「刺客列伝」のうち、荊軻《けいか》の伝の一部に注釈を付したものである。荊軻は、後に始皇帝暗殺未遂で知られるようになるが、それより前のこと、蓋聶《がいじょう》という男と議論をしてにらみつけられ、ただちにその街を立ち去ったことがあった。そして、ふたたび同じようなことが荊軻の身に起こった。『史記』から「嘿而」の前後を引用してみる。

（2）荊軻、邯鄲に游ぶ。魯句踐《ろこうせん》、荊軻と博《はく》し、道を争ふ。魯句踐、怒りて之を叱す。荊軻、嘿《もく》して逃げ去り、遂に復た会せず。

（原文：荊軻游於邯鄲、魯句踐与荊軻博、争道、魯句踐怒而叱之、荊軻嘿而逃去、遂不復会。[2]）

荊軻は魯句踐と賭博に興じていたが、盤上の道争いでいさかいが生じ、蓋聶の時と同じく逃げたのである。その後、荊軻は燕の太子・丹と出会い、始皇帝暗殺に赴き、非業の死を遂げることになる。

さて、先の『史記抄』によれば、荊軻のように大志を果たそうとする者は小さなことにはこだわらない、それはあたかも韓信の「袴下辱」と同じだ、というのである。韓信と同じく荊軻の場合も、なんとかすれば張り合えるだろうが、将来に大事を成すのだと心に決めているから、嘿《だま》って逃げたのだという。「タテヤワウズレドモ」の「タテヤウ」は、現代語の「張り合う」に近い意味を持つ。

（3）「Tateai, ŏ, ŏta（タテアウ）反抗する、または、抵抗している。」

（日葡辞書[3]）

三、「韓信ノ袴下辱」が韓信伝に無いこと

ここまでに見てきたように、「袴下辱」が登場するのは荊軻の伝の中である。「袴下辱」を持ち出さなくとも、説明は可能なはずである。それなのにあえて「袴下辱」を用いたのは、この表現が既に慣用化したものだったからであろう。

まず、『史記』淮陰侯列伝に「袴下辱」の語句が無いことを確認したい。韓信は、先にも記したとおり、漢の三傑の一人であるが、若い頃は困窮を極める生活を送った。その具体的なエピソードが、洗濯を業とする女性に食事を恵まれたこと（『史記』『漢書』のほか、『蒙求』の「漂母進食」でも知られる）や「袴下辱」である。しかし、次のとおり、「袴下辱」は『史記』に書かれていない。

（4）淮陰の屠中の少年に信を侮る者有り、曰く、「若《なんぢ》長大にして好みて刀剣を帯《お》ぶと雖《いへど》も、中情は怯《けふ》なるのみ。」衆に之を辱めて曰く、「信能く死せば我を刺せ。死することを能はずは、我が袴下より出でよ。」と。是に於《おい》て信、之を孰視して、俛《ふ》して袴下より出でて蒲伏《ほふく》す。一市の人皆信を笑ひ、以て怯と為す。

（原文：淮陰屠中少年有侮信者、曰、「若雖長大、好帯刀剣、中情怯耳。」衆辱之曰、「信能死、刺我。不能死、出我袴下。」於是信孰視之、俛出袴下、蒲伏。一市人皆笑信、以為怯。[4]）

ここには「袴下」はあっても、「袴下辱」はない。すなわち、「袴下辱」は

『史記』を直接引用したものではない。

ちなみに、『史記抄』ではどのようになっているだろうか。

（5）怯《ツタナキ》耳 袴《ハカマノ》下 袴ハ作㆑胯テ、マタニモスルゾ。袴字デヲイテモ、マタトモヨムゾ。蒲伏ハ、ハラバイニハウタゾ。（淮陰侯列伝）(5)

このように「袴」字が「胯」に通用することを言うのみで（『漢書』は「胯」に作る）、「袴下辱」には触れない。

次に掲げる『信玄家法』下の一条は、室町時代に「袴下辱」が流布したことの一例ではないだろうか。同書は、上巻は武田信玄（一五二一〜七三）、下巻は弟の信繁（一五二五〜六一）の著とされる。

（6）一 毎事堪忍之二字可㆑懸㆑意事。古語云、胯下恥小辱也。成㆓漢功㆒大切〔功歟〕也。又云、一朝怒失㆓其身㆒。(6)

また、明の丘濬《きゅうしゅん》（弘治八年〈一四九五〉没）が著した『故事必読成語考』に「胯下辱」が挙げられている。

（7）韓信受㆓胯下辱㆒。（故事成語考・武職）(7)

『史記抄』に見たように「胯」は「袴」に通じるから、これは「袴下辱」と同じと言ってよい。やはり、「袴下辱」は定型句として成立していたことになる。『史記抄』は、『史記』『漢書』をやや逸脱して生まれた「袴下辱」を受容して、注釈にふさわしいわかりやすい表現として利用していたと考えられる。

以上の二点、つまり、ひとつの例えとして「袴下辱」が用いられていることと、故事成語として登録した書物があることとから、「袴下辱」をひとつのことわざと認定してよいであろう。

四、「袴下辱」から「韓信のまたくぐり」へ

しかし、今日では「袴下辱」は一般的なことわざではなくなってしまった。江戸時代以降は「韓信のまたくぐり」がよく用いられている。『日本国語大辞典』第二版のことわざ項目を増補した『故事俗信ことわざ大辞典』第二版にその一端が窺える。

（8）韓信＝の股《また》くぐり〔＝が股〕韓信が、若いころ人の股をくぐらされるという屈辱に耐えて、後年大成したという「史記―淮陰侯伝」に見える故事。大志を抱く者は、小さな恥辱には耐えなければならないというたとえ。＊浄瑠璃・鬼鹿毛無佐志鐙（1710頃）二「韓信が股《マタ》をくぐるの心を持ち大事の命と思ふべし」＊浄瑠璃・源氏大草紙（1770）二「韓信が股漂母の食《じき》、皆勘忍

を守りし故、人の鑑《かがみ》と云るるぞや」＊続拾遺尾張俗諺（1832）「かんしんまたくぐる」〔日本俚諺大全（1906～08）〕「韓信《カンシン》の股《マタ》潜《クグ》り」[8]

なお、「韓信のまたくぐり」はことばとして普及しただけではなく、伝統的な江戸いろはかるたの「負けるは勝」の絵柄にもなった。森田誠吾氏『いろはかるた噺』によれば、江戸時代から現代にいたるまで「韓信のまたくぐり」の図が継承されているという[9]。現在市販のいろはかるたにもこの絵柄は健在である。

ここで興味深く感じられるのは、「淮陰侯列伝」由来のことわざのうち、「韓信のまたくぐり」のみが原文から大きく変化している、という点である。既に見たように、『史記抄』においては『史記』原文をやや改変した「袴下辱」ということわざが用いられていた。江戸時代の文献ではさらに変化した「韓信のまたくぐり」が見られる。他にも韓信伝には、背水の陣・匹夫の勇・千慮の一失のように現在人口に膾炙することわざがある。しかし、これら三つのことわざは、いずれも『史記』原文の一節を訓読したもので、その後の改変は見られない。原文とともに、ことわざを示すと次のとおりである。

背水の陣　（原文：背水陣）

匹夫の勇

（原文：不能属賢将、此特匹夫之勇耳。）

千慮の一失

（原文：広武君曰、「臣聞智者千慮、必有一失。愚者千慮、必有一得。」）

一方、「胯下辱」は「韓信のまたくぐり」へと変貌を遂げた。これはどのような理由に拠るのか。

五、人名とことわざ

ことわざに人名が使われることは今日でこそ一般的であるが、そのような状況は古いものではないのではないかと思われる。次にいくつか、人名を含んだ著名なことわざを挙げ、辞典による初出文献を併記してみる。再び『故事俗信ことわざ大辞典』第二版を利用する[10]。

お釈迦様にもお経、鬼めにもくろがねの寄り棒（雑兵物語・一六八三年頃）

弘法にも筆の誤り　（世話詞渡世雀・一七五三年）

弘法筆を選ばず　（俚諺調・一九〇六年頃）

釈迦に説法　（尾張俗諺・一七四九年）

泣いて馬謖を斬る

（石坂洋次郎『若い人』・一九三三～三七年）

ことわざの集成として現存最古の書、源為憲『世俗諺文』（寛弘四年（一〇〇七）序）にも同じような傾向が見られる[11]。こんにち存するのは上巻のみの零本であることとも関係するかもしれないが、人名を含んだことわざはわずかに「尭子非尭」「尭舜之民可比屋而封」「周公之才」「孔席《むしろ》不暖」「孔子仆《だお》れ」が見られるのみである。ただし、尭・舜・周公・孔子の四人は儒学における聖人であり、理想的な人物の例えである。韓信のように、恥辱に堪えて功績を挙げたものの、最後は裏切り者となって非業の死を遂げる、といった人物とは大きく異なるのではないか。つまり、ことわざに幅広く人名が用いられるようになるのは、江戸時代を俟たなければならないのではないか。その一例が、「袴下辱」から「韓信のまたくぐり」への変遷なのではないだろうか。

なぜこのような変化が生じたのか、現段階では確たる解答を用意することができていないが、次のような見通しを立てている。すなわち、江戸時代に入ると、次第に教養が広く普及するようになり、それまで知識人が独占していた古典の知識が一般にも広まって個人名を含むことわざが多く生まれ、現代にも多く受け継がれるに至ったのではないだろうか。あるいは、中世以前のことわざの研究に未開拓の部分が多いため、実際には多く用いられた人名のことわざが知られていないだけかもしれない。今後も資料の収集・整理、そして分析を継続することを課題としたい。

注

（1）本文は、亀井孝・水沢利忠『史記桃源抄の研究（本文篇三）』（日本学術振興会、一九七〇年、四〇五頁）による。ただし、濁点を私に付した（以下同じ）。

（2）本文は、水沢利忠『新釈漢文大系第八十九巻史記九（列伝二）』（明治書院、一九九三年、四一六頁）による。

（3）土井忠生・森田武・長南実編訳『邦訳日葡辞書』（岩波書店、一九八〇年）。

（4）本文・訓読は、水沢利忠『新釈漢文大系第九十巻史記十（列伝三）』（明治書院、一九九六年、一〇八頁）による。

（5）本文は、亀井孝・水沢利忠『史記桃源抄の研究（本文篇四）』（日本学術振興会、一九七一年、一三頁）による。なお、「袴」には左傍訓「マタノ」もある。

（6）『群書類従・第二十二輯　武家部』（続群書類従完成会、一九九二年訂正三版七刷）による。下巻末には「永禄元年戊午」（一五五八）の本奥書が存する。「古語云」は、「胯下辱」が当時ある程度流布していたことを示すだろう。なお、『史記集解』には、「徐廣曰、「袴、一作『胯』。胯、股也、音同。」とあり、袴・胯・股が通用することが知られる。

（7）諸橋轍次『大漢和辞典』第九巻（修訂版、大修館書店、一九八五年、三〇四頁）。

（8）北村孝一編『故事俗信ことわざ大辞典第二版』（小学館、二〇一二年）。この項目の初出例は、『日本国語大辞典』第二版を遡る。

（9）森田誠吾『いろはかるた噺』（求龍堂、一九七三年、二五九頁）。

（10）北村孝一編『故事俗信ことわざ大辞典第二版』（小学館、二〇一二年）。

（11）『新天理図書館善本叢書第12巻　世俗諺文　作文大躰』（八木書店、二〇一七年）

附記　本稿は、JSPS科研費16H07324による研究成果の一部である。

◎コラム◎

五山文学のなかの故事
——邵康節を例に

堀川貴司

ほりかわ・たかし——慶應義塾大学附属研究所斯道文庫教授。専門は日本漢文学。主な著書に『書誌学入門　古典籍を見る・知る・読む』（勉誠出版、二〇一〇年）、『五山文学研究　資料と論考』（正続、笠間書院、二〇一一年・二〇一五年）などがある。

はじめに

北宋の邵雍（一〇一一～一〇七七、字を堯夫、諡を康節という）は、朱子が大成する宋代儒学（道学）の源流に位置づけられる学者である。『易経』の解釈に新生面を開いたこと、その思想を込めた道学詩を詠んだこと（『伊川撃壌集』二〇巻）などが知られる。

五山においては、詩文作成や注釈の際に参考にされた中国の類書・辞書等に見える、二つのエピソードが広く受容されていた。

一、花外小車

人名辞典『排韻氏族大全』壬集・去声三十四嘯・邵に収めるその伝「安楽窩」(1)には、一生出仕せず、洛陽の自宅を「安楽窩」、自らを「安楽先生」と称して、酒と書と詩と花を愛した様子が記されている。そのなかに、一つ目のエピソードがある。すなわち、いい季節には小さな車に乗って外出、知人の家を泊まり歩き一月も自宅に帰らないことがあったが、あるとき約束をすっぽかされた司馬光は、「林間高閣望已久、花外小車猶未来」（たかどのから林のあたりを眺めて随分時間がたったが、安楽先生の車は花の中に止まっているのか、まだやって来ない）と詠んだという。

この詩句は、『韻府群玉』巻二・上平声六魚韻・車の項に「花外車」の見出しで簡略な説明とともに記されるほか、『詩人玉屑』巻十七・邵康節、『詩話総亀』後集巻七・達理門、『苕渓漁隠叢話』後集巻二十二・邵康節といった詩話の総集にも、安楽窩での暮らしぶりの記述とともに収められて、邵雍の風流人としての側面を象徴するものになっている。

画題でもあったらしく、『後素集』巻一・儒者(2)には「華外小車図」として「司馬温公華ヲ植テ邵康節ヲマツ。温公亭ニアガリ邵康節ノヲソキヲマチテ詩ヲ作ル。康節小車ニ乗テ来ル体ナリ」とある。

二、天津橋の上で杜鵑を聞く

もう一つのエピソードは、洛陽にある天津橋の上でホトトギスが啼くのを聞いて、北方であるこの地にこの鳥はいないはず、（地の気が北から南へ向かえば天下は治まり、その逆であれば乱れる。これは南の気が来ている証拠だから）遠からず江南の人が天下を乱す兆候だろう、と予言したところ、南方出身の王安石が宰相となって新法により政治を混乱させた、という話である。やはり『韻府群玉』巻五・下平声一先韻・鵑の「禽名杜鵑」のなかに記されるほか、『新編古今事文類聚』後集・巻四四・羽虫部・杜鵑に「天津聞杜鵑」として載る。(3) こちらは、易を深く究めたことによって予知能力を身につけた、一種マジカルな力の持ち主という、風流人とは別のイメージを示すものである。

先に挙げた詩話の類には見えないが、江西龍派（一三七五～一四四六）が応永七年（一四〇〇）頃編纂した中国詩の総集『新選集』、その約十年後の続編で慕哲龍攀編『新編集』にはずばりこれをテーマにした詩が見える。(4)

又（杜鵑）　僧聖徒
（『新選集』鳥獣・八〇九）

今古相伝望帝魂、見之再拝感孤臣、
天津橋上人初聴、腸断江南三月春

（昔も今も、ホトトギスと言えば、蜀の望帝が死後その魂が化してこの鳥になった、という伝説があり、それを踏まえて蜀に逃れた玄宗皇帝を思う詩を詠んだ忠臣杜甫が思い起こされる。しかし一方では、天津橋の上で初めて鳴き声を聞いて、春の江南から世の乱れが起こるという予感に断腸の思いをした人もいたのだ）

鍾山　曾茶山
（『新編集』懐古付題詠・四五三）

致君堯舜事何難、投老鍾山賦考槃、
愁殺天津橋上客、杜鵑声裏両眉攅

（堯舜の理想を再現するというのは何と難しいことか、鍾山で『詩経』の「考槃」よろしく隠居生活を送った王安石はそう思っていたことだろう。思えば天津橋の上でホトトギスの声を聞いて、眉を顰め不安を抱いたあの人の予感は正しかったのだ）

書事　劉静脩
（『新編集』雑賦・一一五二）

当時一線魏瓠穿、直到横流破国年、
草満金陵誰種下、天津橋畔聴啼鵑

（大器量の君子でなければ使いこなせない大きな瓢箪（『荘子』逍遙遊）のような天下を宋の天子たちは治めきれず、穴を空けて糸を通すがごとき大運河も氾濫して、結局国の破滅に到ったのだ。南朝の都金陵の廃墟を見て唐の詩人は涙するが、同じように北方の異民族に滅ぼされた原因はと言えば、康節が天津橋でホ

トトギスを聞いてその出現を予言した人、王安石だ）

又（東坡）　僧蔵叟

（増補本系統（彰考館本）『新選集』懐古付題詠・三三九）

天津橋上聴啼鵑、従此南人弄相権、
多少衣冠落沙漠、朱崖宜着玉堂仙

（天津橋でホトトギスを聞いてから、南方の人が宰相となって政治をほしいままにした――対勢力の官僚たちは沙漠へと追放だ、あの翰林学士（玉堂仙はその美称、蘇軾のこと）は海南島の崖州（朱崖）へと流すがよい）

このなかで、曾茶山の「鍾山」は『新選集』『新編集』からの抜粋本である天隠龍沢編『錦繍段』にも収められている。月舟寿桂らによる抄物『錦繍段抄』(5)には次のように説明がある。

王荊公（安石）ハ、君ヲ堯舜ニ致ス心アレドモ、竟ニ成ラズ、鍾山ニ隠居シテ、毛詩ノ考盤ヲ賦シテ居タ也。考盤ハ、隠居シテ楽ムノ義也。荊公ガ詩ニ「霜松雪竹鍾山寺、投老帰歟寄此生」ト作ルゾ。サテ老ヲ投ズルノ字ヲ作ゾ。三四ノ句、邵康節、天津橋ニテ杜鵑ヲ聞テ、眉ヲ攅ムル心ハ、鵑ハ南方ニアリ、北方ニナキモノニテアルニ、今北方ニ有ハ、南人ガ出テ天下ヲ誤ルベキカト云タレバ、幾クモ無クシテ王荊公南方ヨリ出デテ、天下ヲ誤ルナリ。却ハ邵康節ゾ。

中国の類書にある説明をかいつまんで述べるとともに、「投老」や「考盤（槃が正しい）」といった表現の典拠を指摘している。なお、ここには指摘がないが、第四句「両眉攅」は、先に触れた『詩人玉屑』(6)に「邵堯夫居洛四十年、安貧楽道、自云未嘗皺眉」（邵雍は洛陽に住むこと四十年、貧乏生活に安んじ、儒学者として道を楽しんだ。自ら「私は一度たりとも眉を顰めたことなどない」と言っていた）を踏まえていよう。

また、僧蔵叟の「東坡」は、月舟編『続錦繍段』にもあり、継天寿戩『続錦繍段抄』(7)では次のように解釈している。

（第一・二句）邵康節天津ニ在テ杜鵑ヲ聴テ眉ヲ攅メテヨリ、南人出テ相権ヲ弄スル也。南人ハ荊公ヲ指ス也。（第三・四句）イカホドノ大臣ドモガ沙漠ニヲチツラウ。中ニ就テモ朱崖ト云ヲソロシイ処ヘ玉堂仙トイワルル程ノ東坡ヲヤツタハ恰好シタ（似合っている）事ゾ、ト鼻ニノセテ（小馬鹿にして）云タ也。又ノ義（別の解釈では）、多少ノ衣冠ガ沙漠ノ中ニ落テアルヲ以テ見レバ、玉堂仙ガ朱崖ヘ謫セラレタハ随分ヨイヂヤゾ。

これ以外にも、第四句の表現は蘇軾自身が流されてここに来て詠んだ詩の一節「此邦宜著玉堂仙」を踏まえていることの指摘なども記され、詳細な注釈になっている。

三、五山の作品での扱い方

五山詩を集大成した『翰林五鳳集』巻六十一・支那人名部には邵康節についての詩が十二首集められているが、それも含めて所収詩を見渡し、二つのエピソードの詠まれ方を見ていこう。(8)

まず前者、隠逸のイメージを詠むもの。(9)

康節安楽窩図　江西龍派

（巻六一）（別集に見えず）

四十余年百不労、結窩東洛為花逃、
温公老去終成相、独楽争如安楽高

（四十年以上にわたって何の苦労もせず、洛陽に庵を結んで花に身を隠し過ごしてきた。友人司馬光は年を取って宰相にまでなったが、彼の独楽園（『古文真宝後集』所収「独楽園記」で知られる）も安楽窩の安楽さにはかなわない）

温公候康節図　瑞渓周鳳

（巻六一）（『臥雲藁』、五文新五―五四九）

堯夫有約思悠哉、高閣登臨晩未回、
安楽窩中無此楽、小車花外問春来

（康節との約束が待ち遠しいと、たかどのに登って眺めるが、日が暮れてもまだ戻ってこない。友人の訪れを待ちわびるというのも楽しみのひとつなのだ、小車を気ままに走らせて遠くまで花を見に行く康節の安楽さの中にはこの楽しみはない）

いずれも画賛詩で、司馬光との対比で詠むところは共通するが、江西が康節の隠逸さを高く評価するのに対し、瑞渓は司馬光の心に分け入って、康節をやや批判的に詠む。

依花待人　英甫永雄

（巻四・春部）

春色将衰園圃花、故人来晩約相差、
客其康節我司馬、何日林間迎小車

（この庭の花も春が進むにつれ色衰えてきたが、友人はまだ来ず約束は果たされない。言ってみれば客は邵康節、待つ私は司馬光、こうなったらそのうちこちらから林に出かけて彼の車を迎えようか）

友人との関係を邵康節と司馬光のそれに擬えてユーモラスに表現する。英甫の詩集『倒痾集』にも収め、その注記によると中院通勝が出題した着到百首題のひとつ、すなわち和歌題の題詠である。

次に後者、予言者のイメージを詠むもの。

天津橋図　春沢永恩

（巻六十一）（続群書類従所収『枯木稿』にもあり）

堯夫怪底独傷神、橋上洛陽逢晩春、
杜宇声々似来報、不如緘口過天津

（康節はなぜ一人心を痛めているのか、洛陽の晩春の橋の上で。ホトトギスの声々が南方の人の到来を告げるものだと

しても、黙って天津橋を渡ってしまえばよかったのに）

（文明十八年十月、建長寺で泊まった時の作）万里集九

（巻五四・本朝名区部）（『梅花無尽蔵』巻二、五文新六―七一七）

左撃古塔右残碑、霓様天津横澗崖、
老樹蔵鵑冬不度、都無驚起一声詩

（左に古い塔がそびえ、右には崩れた碑がある。その間に虹のように谷川にかかるのが天津橋だ。あたりの老木にはきっとホトトギスが隠れているだろうが冬は飛び回らないので、康節とは違ってその声は聴けず、したがって鳴き声に目覚めたなどという風流な詩をつくることもない）

前者は予言などして心を痛めることはなかったのだという、故事への異議申し立てをする体の詠み方、後者は英甫詩同様、故事そのものではなく、別の状況に故事を組み込んで詠むやり方である。

両者を組み合わせたものも多い。

邵堯夫伝　蘭坡景茝

（巻六十一）（別集に見えず）

杜鵑啼裂宋山河、独架小車誇楽多、
草是成茵花是錦、尽将春色寄行窩

（ホトトギスの一声で宋は滅んだが、康節はおかまいなく小車に乗って安楽をほしいままにした。草は敷物、花は錦、全ての春の美しさを行く先々で自分の隠逸の場としたのだ）

賛邵康節　村庵（希世）霊彦

（巻六十一）（『村庵藁』上、五文新二―一七四）

洛中遺逸宋名賢、楽道安貧四十年、
畢竟皺眉唯一事、天津橋上聴啼鵑

（洛陽の隠者は実は宋代の賢人、道を楽しみ貧乏に安んじて四十年暮らした。その間結局いやな思いをしたのはただ一度だけ、天津橋の上でホトトギスの鳴き声を聴いたときだった）

ともに徹底した隠逸ぶりを賛美したものであるが、蘭坡は国が滅ぼうと関係ない、春を楽しむのだ、という康節の強烈な意思を詠む。第三句は『詩人玉屑』等に引かれる康節の詩句「花如錦時高閣望、草如茵処小車行」を踏まえる。希世も表現は穏やかながら同様の意図が詩に込められているであろう。『錦繍段抄』の説明で引いた『詩人玉屑』の一節を第二・三句に用いている。

こうして、両者のイメージを合体させることにより、隠者の凄みといったものを描き出すことに成功している。

おわりに

五山においては中国の歴史上の人物をテーマに詩を詠むことが多く行われた。古代から唐代にかけてのそれは、平安時代においても馴染みの題材であったが、宋代以降の人物は五山によって初め

て取り上げられたものがほとんどであろう。彼らは、史書や筆記類などにも直接当たってはいるが、とりあえずまとまった知識が得られる類書や総集などに親しみ、そこに載っているエピソードを共通認識として取り上げ、詩作の題材としてどのように料理するか、その腕を競った。邵康節はそれほど作例がある人物ではなく、エピソードも限られているが、それだけに五山における故事詠のサンプルとして恰好のものであろう。二つのエピソードを、さまざまに加工しながら七言絶句にまとめ上げる様子が見て取れるのである。

注

(1) 五山僧の編になる中国人名集成『名庸集』(中本大編『名庸集　影印と解題』和泉書院、二〇一三年)坤・一〇四丁「邵康節」にも引かれる。なお、同書には後述するもう一つのエピソードも記されている。

(2) 山崎誠「後素集とその研究(上)」(『調査研究報告』十八、一九九七年六月)により、一部表記を改めた。

(3) 同書には、最初のエピソードに類するものとして、前集巻三十三・退隠部・隠逸に「召邵康節」「為買園宅」の項があり、時の宰相ほか高官の招聘に応じなかったこと、彼らが康節のために安楽窩となる園宅を買い与えたことが記されるが、これらはあまり受容されていないようである。

(4) 『新選集』『新編集』研究その一(〜三)」という副題を持つ堀川貴司稿(それぞれ、『新選集』『新編集』および増補本系統による補遺。『斯道文庫論集』四五〜四七、二〇一二・二〜一四・二)による。

(5) 寛永二十年版本に基づく高羽五郎編『抄物小系』(私家版、一九七五年)により、漢文部分を訓み下しにするなど、適宜表記を読みやすく改めた。

(6) 寛永版本の影印を収める『和刻本漢籍随筆集』一七(汲古書院、一九七七年)による。

(7) 東洋文庫蔵古活字版による。『錦繍段抄』同様読みやすく加工し、( )内に注記を加えた。

(8) 大日本仏教全書による。検索には花園大学国際禅学研究所が公開しているデータベース「電子達磨#2」を利用した。それぞれの別集にある場合は書名巻数および五山文学新集の巻頁を記す。

(9) このイメージは近世初期の林家周辺にも継承されている。李国寧「林鵞峰と邵康節——詩体の模倣から詩境の反芻へ」(『国文学研究』一八四、二〇一八年)。

花園院と「誡太子書」の世界

中村健史

なかむら・たけし――神戸学院大学人文学部准教授。専門は鎌倉・南北朝時代の和歌。主要な論文に「光厳院の治世歌――「我」の形象――」（『国語国文』八五巻九号、二〇一六年）、「『弱法師』と阿那律説話――世阿弥本『弱法師』の一典拠をめぐって――」（『国語と国文学』九一巻一号、二〇一四年）などがある。

二つの皇統によって天皇の座があらそわれた鎌倉時代末期、持明院統《じみょういんとう》（北朝）の花園院は、甥のために君王の道を説いた漢文の訓戒書を残している。「誡太子書《かいたいししょ》」と名づけられたその文章には、しばしば『尚書《しょうしょ》』無逸《むいつ》篇に基づく記述が見られる。こうした古典の利用は、作者にとってどのような意味を持っていたのだろうか。

一、はじめに

誡太子書

元徳二年（一三三〇）二月、花園院は甥量仁《かずひと》親王（のちの光《こう》厳《ごん》天皇）に「誡太子書《かいたいししょ》」と題する文章を与え、ゆくすえ万乗の君となるべき者の心構えを説いた。ときに親王十八歳。すでに後醍醐天皇の東宮にそなわり、前年十二月には元服を終えている。即位の日は近づきつつあった。

親王に対する教育は、読書をはじめ和歌、聯句にいたるまで、ほとんどを叔父花園院が行った。『花園院宸記《しんき》』によれば、まず漢字を覚えさせ、十五歳に及んで文意を把握できるようになれば、以後は「儒教の大綱を教ふべき者か」（元応元年十月二十六日条）と計画を立てたという。徳義をとうとび、聖賢の道をおさめることこそ、天皇のつとめだと院はかたく信じていた。長きにわたる薫陶のしめくくりとして、このような帝王観をまとめたものが「誡太子書」にほかならない。

全体は一千字をこす長文であるが、今、その概要を示せば以下のとおりである。

内容

そもそも君主なるものは、人々を治め、利益を与えるために天が定めた存在である。当然、天子となるにはしかるべき才徳が必要である。

けれども、太子は恵まれた環境に育ったため民の逼迫《ひっぱく》をご存じなく、学問もまた充分とはいえない。ただ先祖のいさおしによって皇位を践《ふ》もうとしている。

おべっかつかいどもは「わが国は万世一系であるから、天命によって王朝があらたまる他国とは事情が異なる」というが、孟子は「紂《ちゅう》は王としての徳を失ったので、一庶民として武王に討たれた」と戒めている（梁恵王下篇）。日本にはたしかに異姓簒奪《さんだつ》の例がないにしても、在位の長短はおのずから天子の徳と無関係ではない。

よくよく時勢をうかがうに、太子が位に即《つ》かれるころ、天下に衰乱がおとずれるだろう。末の世は、ただ詩書礼楽によってしか治めえない。しいて読書の業をおすすめする所以《ゆえん》である。

ただし、天皇たる者は、詩賦をたくみにつくり、あるいは議論にふけって時間を空費してはならない。善政を行うための修養が大切なのである。

先行研究

「誡太子書」は政治史、思想史の分野で早くから注目を集め、さまざまな先行研究が積みかさねられてきた。なかでも、南北朝の動乱をいちはやく予見するかのごとき内容は、

> 鎌倉最末期における時局認識の仕方を直接的に示すとともに、嵐の前の静けさを直感した花園の危機意識をよく伝えており、鎌倉最末期の政治・社会状況をうかがわせる文字どおりの一級史料である。
> （森茂暁氏『後醍醐天皇――南北朝動乱を彩った覇王――』中央公論新社、二〇〇二年）

と高く評価される。

しかし一方で、これをひとつの文学表現ととらえ、作者の意図を探ろうとする試みはかならずしも多くなかったように思う。「何が書かれているか」はともかくとして、「いかに書かれているか」という関心はとぼしかった。だが、その結果、われわれはひどく大切なものを見落としてきたのではないか。

たとえば、中世人の常として、独創によって文を成すということはない。「誡太子書」にも下敷きとなった作品があるはずだが、従来ほとんど顧慮されてこなかった。はたして花

園院が参照したのはどのような書物だったのか。本稿では、まず典拠の問題を考えるところからはじめてみたい。

二、稼穡《かしょく》の艱難《かんなん》

典拠は何か

「誡太子書」の漢籍摂取について、坂本太郎氏「帝範と日本」は次のように指摘している。

とくに太子の地位の甘さを説き、反省の必要をのべた所では、文章の上にまで直接の関係があると思われる。誡太子書に「而《しか》して太子宮人の手に長《ひととな》り、未だ民の急を知らず。常に綺羅の服飾を衣《き》て、織紡《しょくばう》の労役を思ふこと無し。鎮《とこし》へに稲粱《たうりやう》の珍膳に飽いて、未だ稼穡《かしょく》の艱難《かんなん》を弁《わきま》へず。」とあるのと、帝範に「汝《なんぢ》幼年なるを以て、偏《ひと》へに慈愛《じやう》を鍾《あつ》む。義方闕《か》くこと多く、庭訓乖《そむ》くこと有り。維《ゐ》城の居より擢《ぬき》んでて、属《しょく》するに少陽の任を以てす。未だ君臣の礼節を弁へず、稼穡の艱難を知らず。」とあるのとは、それである。誡太子書に限らず、天皇が太子に遺《ゆい》誡《かい》を残すことは、嵯峨天皇・宇多天皇・醍醐天皇等次々に見られたが、そのことにも帝範の影響があるのではあるまいか。

（『日本古代史の基礎的研究』所収、東京大学出版会、一九六四年）

『帝範《ていはん》』は貞観二十二年（六四八）、唐の太宗が撰して太子（のちの高宗）に与えた訓戒である。日本には平安初期に伝わり、くりかえし宮中の講書で取りあげられてきた。ほかならず花園院も十代のころ、近臣と会読を行った経験を持つ（『花園院宸記』正和二年条）。

しかし、坂本氏が「文章の上にまで直接の関係がある」として挙げた表現については、なお再考の余地があるのではないか。「誡太子書」にいう「稼穡《かしょく》の艱難《かんなん》」とは、農事の労苦を指す。「稼」は作物の植えつけ、「穡」は取りいれの意で、「太子は宮中で育ち、民の切迫した生活をご存じない。いつも立派な着物を身につけているが、それを紡ぎ、織った人々の辛労をお思いになったことはないだろう。終始満腹になるまでご馳走を召しあがっていても、農事のつらさはお分かりにならない」というのである。

その次に引用されるのは『帝範』の序である。文中「維城」とあるのは宗子、「少陽」は東宮。太宗がわが子に向かって「そなたは幼いため皆から可愛がられ、修養を欠きがちである。君臣の礼をわきまえず、農事の苦しみを理解しない。私は憂えのあまり、寝食を廃するありさまだ」と語りかけた部分である。

なるほど、二つの文章はたいへんよく似ている。だが、かならずしもそれが直接的な影響関係をあらわすわけではない。なぜなら「稼穡の艱難を知れ」という教えは、『帝範』以前の文献にひろく見られるものだからである。

『尚書』無逸

なかでも特に注意すべきは、『尚書《しょうしょ》』（書経《しょきょう》）無逸《むいつ》篇の

嗚呼《ああ》。君子其《そ》れ所として逸する無し。先《ま》づ稼穡《かしょく》の艱難《かんなん》を知りて、乃《すなは》ち逸す。則《すなは》ち小人の依を知る。

「為政者は安逸に流れてはいけない。まず何を置いても農事のつらさを知り、その上で遊ぶことを考えよ。庶民がどのように暮らしを立てているか、理解しておくべきだ」という記述であろう。

院が用いたのは主に『尚書正義』の説であるから（『花園院宸記』元亨二年二月二十三日条）、あわせてそれを参照しておきたい。「民の性命は穀食に在《あ》り。田作苦なりと雖《いへど》も、為《な》さざるを得ず。寒に耕し熱に耘《くさぎ》り、体を沾《うるほ》し足に塗る」。民は穀物によって命を保つのだから、どんなにつらくても耕作から逃れるすべはない。寒暑にかかわらず泥だらけになって働いている。こうした苦しみを知らずに、世の中を治めることは不可能である。もとより天子にもしかるべき「逸」を求めることは許されよう。だが、人々の暮らしに対する共感や同情を伴わないならば、それは不徳のそしりをまぬがれまい。

『帝範』の「稼穡《かしょく》の艱難《かんなん》を知らず」という一節は、明らかに無逸を踏まえたものである。[1] そもそも太宗は、同書の序において「博く史籍を採《と》り、其《そ》の要言を聚《あつ》めて、以て近誡《きんかい》と為《な》す」、しかるべき史籍の語を取りあつめて君道のいましめとすると述べており、当然そのことは読者もよく承知していたにちがいない。単に字句の出典として用いたにしても、[2]『尚書』との関係を花園院が理解してなかったとは考えづらいのである。

「誡太子書」の執筆にあたって、無逸のはたした役割は思いのほか大きかったのではないか。影響は細かな言葉づかいや表現にとどまらず、全体の構想や主題にまで及ぶ。思想的な問題を考えるうえでも、『尚書』は重要な意味を持つであろう。

以下ではさらにいくつかの具体例を取りあげつつ、両者のかかわりについて検討を加えてゆきたい。

三、宝祚《ほうそ》の脩短《しゆうたん》

帝徳と宝祚

薄徳を以て神器を保たんと欲す。豈《あ》に其《そ》の理《ことはり》の当る所ならんや。之《これ》を以て之を思ふに累卵《るいらん》の頽岩《たいがん》の下《もと》に臨むよりも危く、朽索《きうさく》の深淵の上を御《ぎよ》するよりも甚《はなはだ》し。仮使吾《たとひわ》が国異姓の窺覦《きゆ》無きも、宝祚《ほうそ》の脩短《しうたん》多く以て茲《ここ》に由《よ》る。

「誡太子書」のなかでもことに有名なくだりである。「徳に欠けた王であっても天下を保ちうる」という俗説に対し、花園院は「それは理にはずれたことであり、くずれそうな岩の下に卵を積みかさね、くさった手綱で馬車をあやつって淵を渡るよりいっそう危険だと言わねばならない。なるほどわが国に異姓簒奪《さんだつ》の例はないが、在位の長さはしばしば徳の有無による」と批判を加える。

当時の常識的な考えかたにしたがえば、中国には王朝の交代があるが、「キハマリアルベカラザルハ我国《わが》ヲ伝《つたふ》ル宝祚《ほうそ》也」（『神皇正統記』巻上）、すなわち日本は万世一系である。たとえ薄徳の君主であったとしても、天命があらたまり、異姓に帝位がうつることはありえない。

しかし、院はこうした考えかたをよしとしなかった。ゆきつくところ、天皇にとって修徳は無意味だということになりかねないからである。そこでわざわざ「宝祚《ほうそ》の脩短《しうたん》」を持ちだして、太子に注意をうながしたのだろう。

数年ごとに譲位がくり返された両統迭立《りようとうてつりつ》の時代、「自分はどれほどのあいだ位にとどまりうるか」と心を悩ませた天皇は少なくなかった。花園院の日記にも、

不徳の質、在位已《すで》に十年に及ぶ。新院、後二条院共に十年に及ばず。愚身を以て已に此《こ》の両院を過ぐる条、誠に過分の事なり。（中略）已に十年の在位、天道神慮悦《よろこ》ぶべし悦ぶべし。

「不徳の質」たる自身が、後伏見院、後二条院をこえ十年の在位に及んだことを、過分の神慮として恐縮する記事が残されている（『花園院宸記』文保三年三月三十日条）。

かつて橋本義彦氏は「『誡太子書』の皇統観」（『平安の宮廷と貴族』所収、吉川弘文館、一九九六年）のなかでこうした問題を取りあげ、「そこには中国の天命思想ないし革命思想が色濃く反映している」「天命思想を背景として展開した皇位・皇統観」と指摘された。たしかに天が帝徳を嘉《よみ》するというあたり、儒教の影響は明らかである。しかし、それならば、院

は一体どのような書物に基づいて治世の長短を論じたのか。(3)橋本氏は特段言及していないが、「誡太子書」における発想の源を探ってみたい。

享国の思想

たとえば、無逸には次のような文章がある。殷朝二十四代の王、祖甲《そこう》について述べた一節である。

> 其《そ》れ祖甲に在りては、王と惟《な》るを義《よ》しとせず、旧《ひさ》しく小人と為《な》る。其《そ》の位に即《つ》くに作《およ》びて、爰《ここ》に小人の依を知り、能《よ》く庶民を保恵し、敢へて鰥寡《くわんくわ》を侮らず。肆《ゆゑ》に祖甲の国を享《う》くること、三十有三年。時《こ》の後の立王より、生《い》くれば則《すなは》ち逸し、生くれば則ち逸し、稼穡《かしよく》の艱難《かんなん》を知らず、小人の労を聞かず、惟《た》だ耽楽に之《これ》従ふ。時《こ》の後より亦《ま》た克《よ》く寿《ひさ》しき或る罔《な》く、或いは十年、或いは七八年、或いは五六年、或いは四三年。

「祖甲ははじめ庶民として暮らしていたので、天子となってからも人々の生活に理解があった。在位三十三年の長きに及んだのはそのためである。以後の王たちはみな遊んでばかりで、農事のつらさや庶民の苦労を知らない。だから若死にしたのだ」。伝に「耽楽の故《ゆゑ》を以て、是《こ》れより其《そ》の後も亦《ま》た能《よ》く寿考有る無し。(中略)逸楽の寿を損《そこな》ふを言ふ」、歓楽におぼれた王たちは命を縮めたという。

あるいはまた、周の文王についても似たような記述がある。

> 文王卑服《ひふく》し、康功田功に即《つ》く。(中略)敢へて遊田を盤《たの》しまず、庶邦を以て惟《こ》れ正を之《これ》供す。文王命を受くるは惟《こ》れ中身にして、厥《そ》の国を享《う》くること五十年。

「康功」は民を安んずるの意。「田功」は農事をいう。「文王は狩りをして遊んだりせず、政につとめた。そのため、中年で即位したにもかかわらず、国を保つこと五十年であった」。『尚書正義』には「亦《ま》た逸せざるを以て長寿を得るなり」と注する。

こうした逸話の根底にあるのは「有徳の君主は治世が長く、暗愚の王は逸楽にふけって短命になる」という考えかたである。祖甲や文王の場合には「享国」(在位期間)、庸主の場合には「寿」(寿命)が問題とされており、やや混乱があるようだが、若死にすれば治世が短くなるのは当然だから、二つをあまりきびしく区別する必要はないだろう。贅沢をつつしみ、人々の苦しみを思いやる、という王の意志的な行動によって、天下は長く保たれるのであった。

このような帝王観は「誡太子書」にきわめて近いものである。享国の寿夭は「宝祚《ほうそ》の脩短《しゅうたん》」と対応するだろうし、それが運命の偶然ではなく、人為によって定まってゆく点も双方に共通している。君主としてしかるべきつとめを放棄すれば、「天に順《したが》ふ所以《ゆゑん》」（『尚書正義』）にそむき、身を滅ぼすという天命思想は、先に引いた橋本氏の論とも合致しよう。「稼穡《かしょく》の艱難《かんなん》を知らず」という言葉がふたたび登場することも含め、花園院が無逸を参考にした可能性は高い。

四、中人《ちゅうじん》と帝徳

上知と中人

「誡太子書」にはまた、次のような文章もある。

> 而《しか》して近曾《さいつごろ》染むる所は則《すなは》ち小人、習ふ所は唯《た》だ俗事のみ。性相近《あひちか》く、習ひ則ち遠し。縦《たと》ひ生知の徳有りと雖《いへど》も、猶ほ陶染する所有るを恐る。何ぞ況《いは》んや上智に及ばざるにおいてをや。

「近ごろ太子はもっぱら小人に感化され、俗事ばかり学んでいらっしゃる。人間の本性はみな大して変わらないが、その後の学習によって大きな差が現れるという。たとえ生知の徳があったとしても、悪い影響を恐れるものだ。まして、「上智に及ばざる」人はいっそう注意せねばならない」。「上智」は、すぐれた知や徳を生まれながらにそなえた人の意。こうした発想は、おそらく

> 子曰く。唯《た》だ上知と下愚とは移らず。（陽貨篇）

> 子曰く。中人以上は以て上を語るべきなり。中人以下は以て上を語るべからざるなり。（雍也篇）

といった『論語』の説を踏まえるのだろう。

孔子の説くところによれば、人はその資質によって上知、中人、下愚に分かれる。「上知と下愚とは移らず」とあるとおり、上知はどんな境遇にあっても堕落しないし、下愚はいかなる感化を受けようとも向上しない。後天的なことがらは人の性に影響を与えないという、一種の決定論である。

ただし、中人にかぎっては例外で、「上を語る」、すなわち「上知の知る所」（『論語集解』所収王粛注）を語り聞かせてその修徳をうながしうる。『論語』の本文には見えないが、向上の可能性があるからには、堕落することもあるのだろう。

日々の「習ひ」によって善悪双方へ変化するからこそ、学問にはげみ、すぐれた環境に身を置かねばならないのである。

量仁親王は「上智に及ばざる」人である。生知の徳をそなえず、その性は移りやすい。だからこそ、みずから努力を重ねることが大事だと花園院はいうのである。たとえ東宮であろうとも中人の資質しか持たないのならば、悪しき陶染を避け、つとめて徳をおさめるほか手だてはない。

中人の天子

こうした儒教的な人間観、なかでも「中人としての天子をいかに導くべきか」という考えかたは、無逸の注釈に色濃く見られるものである。むしろ唐以前の『尚書』理解において、主題的な位置にあると言ってもいいだろう。

たとえば、漢の孔安国がつくったといわれる伝には、

中人の性逸予《いつよ》を好む。故に戒むるに逸する無きを以てす。

「中人は逸楽を好みがちなので、戒めて無逸をつくった」と記す。『尚書正義』はこれをさらに敷衍して

上智は非を為《な》すを肯《うべな》はず、下愚は之《これ》を戒めて益無し。故に中人の性上たるべく下たるべく、勉強する能《あた》はざれば多く逸予を好む。故に周公書を作りて、之を戒むるに逸する無からしむるを以てす。此《こ》れ成王を指戒すと雖《いへど》も、以て人の大法と為す。成王聖賢を以て之を輔《たす》くるは、当《まさ》に中人以上に在るべきも、其《そ》の実《じつ》本性は亦《ま》た中人なるのみ。

「そもそも、上知は悪事をなそうとはしない。下愚はどれほど注意したところで無駄だ。ただ中人だけが性を上下させる。しかしみずから努力するのはむずかしいので、たいてい怠けて遊んでしまう。そこで周公は書をつくって、「逸する無かれ」と諭したのだ。これは特に成王に向けて注意をうながした文章ではあるが、万人にあてはまる内容を持つ。なぜなら、彼の本性は中人だったからである」と述べる。

成王は周朝二代の王。父武王の死後幼少で即位したため、後見役の周公がいましめて無逸をつくった。その結果、立派な政治を行ったが、本来は中人に過ぎないというのが『正義』の理解である。

いたずらに逸楽にふけることなく「勉強」せよ、という教えは「誡太子書」と共通する。しかし、それ以上に注意すべきは、成王を「其《そ》の実《じつ》本性は亦《ま》た中人なるのみ」ととらえる態度であろう。天子もまた人である。かならずしも上知の資質を持つとはかぎらない。「中人が帝王の位にそなわるとき、

何をなすべきか」という問題意識こそ、無逸を特徴づけるものであった。量仁親王に向かって「何ぞ況《いは》んや上智に及ばざるにおいてをや」と語りかけるとき、花園院の念頭にあったのは成王の面影ではなかったか。

五、周公と花園院

叔父から甥へ

以上、三つの例を紹介しつつ、「誡太子書」が無逸をもとに執筆されたであろうことを論じてきた。

しかしながら、帝王の心構えを説いた書物は、何も『尚書』に限られるわけではない。学問を好んだ花園院は『帝範』『貞観政要《じょうがんせいよう》』『資治通鑑《しじつがん》』などにも目を通していた。数ある漢籍から、あえて無逸を選んだのはなぜだろうか。

ここで大きな意味を持つのが作者の問題である。たとえば『帝範』は唐の太宗がみずから撰し、太子（李治）に授けた著述であった。序に「汝《なんぢ》幼年を以て（中略）庭訓に乖《そむ》く有り」とあるとおり、李治はその第九子にあたり、いわば親が子を諭す形式を取っている。

『帝範』にかぎらず、こうした例は少なくない。中世にひろく読まれた宇多上皇『寛平御遺誡《かんぴょうのごゆいかい》』も、醍醐天皇にあてて書かれている。一般に帝位は父から子へ譲られることが多いため、おのずから訓戒書も家父長的な権威をよりどころにして執筆されがちなのだろう。

図1　周・持明院統系図

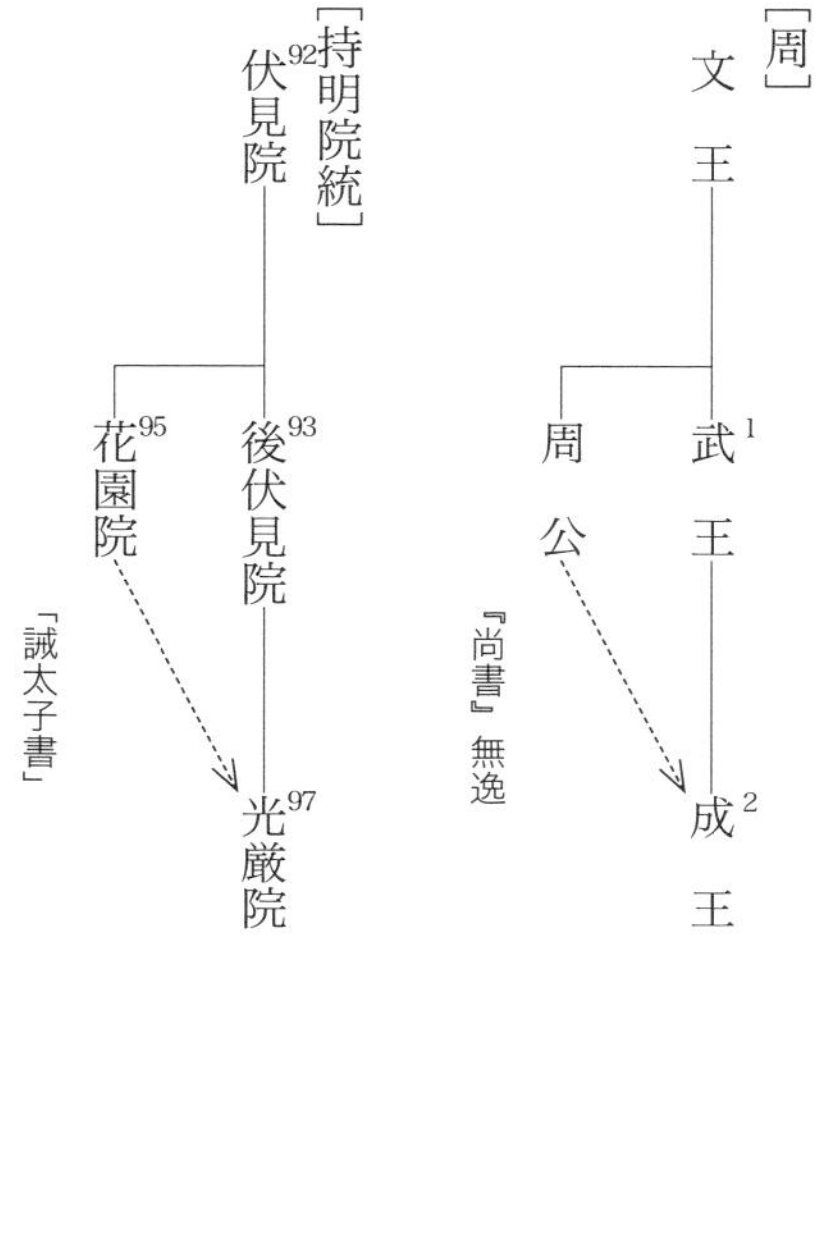

だが、花園院の場合にはやや事情が異なる。量仁親王は兄の子であり、「誡太子書」は叔父から甥に贈られた文章であった。

他方、無逸の序には

周公無逸を作る。

とあり、『尚書正義』はさらに「成王を指戒す」と解説する。

すでに触れたとおり、周公（姫旦《きたん》）は武王の弟、成王には叔父にあたる。兄を補佐して周朝の基礎をきずき、のち幼い甥の摂政となった。七年にして政をかえしたものの、「成王の壮にして、治に淫佚《いんいつ》する所有《あ》らんを恐れ」無逸をつくったと伝える（『史記』魯周公世家）。

院が「誡太子書」執筆にあたってとりわけ無逸を重視した背景には、周公へのつよい親近感があったのではないか。

実際に二人の人生を比べてみると、そこにはいくつかの共通点があることに気づかされる。

一代の主

正安三年（一三〇一）、花園院は五歳にして後二条天皇の東宮となった。このとき兄後伏見院にはいまだ男子がなく、「弟が即位することによって、将来、自分の子孫が皇統からはずれてしまうのではないか」という危惧を抱いていた。そこで二人の父にあたる伏見院は、次のような書翰を送って慰撫につとめたのである（『伏見院御文類』巻三所収）。

> 皇子未《いま》だ出来せざる間《あひだ》、其《そ》の仁無きに就《つ》きて、御猶子《いうし》の号に依《よ》りて立坊已《すで》に了《をは》んぬ。皇子出生の時は嫡孫《ちやくそん》の儀と為《な》して、向後《きやうこう》一流を継体《けいてい》する外《ほか》、更に稀望《きばう》有るべからず候《さうらふ》。春宮若《も》し謂《い》はれを以て先途《せんど》に達し、御子孫に対して相争《あひあらそ》ふの所存候《さうら》はば偏《ひとへ》に不義不孝の仁為《た》るべく候。

「あなた（後伏見院）にはまだ子どもがいないので、今回はやむなく（花園院を）猶子として立坊した。将来子どもが生まれたら、「嫡孫」として即位させ、家系を分裂させないように。東宮はみずからの子孫を天皇にしようと望んではならない。不義不孝のふるまいである」。

文中「嫡孫の儀と為して」とあるのは、生まれた子を花園院の猶子にしたうえで位に即《つ》けよという意味らしい。量仁親王の誕生は十二年後のことであるが、伏見院は家長としてあくまでこの原則をつらぬいた。文保元年（一三一七）につくられた置文《おきぶみ》にも同様の遺志が示されているし、『花園院宸記』元応元年九月六日条には

> 院仰《おほ》せて云《いは》く、親王の事以下扶持《ふち》すべき由《よし》の事《こと》先皇の仰せなり、又叡慮《えいりよ》相違無しと。

後伏見院が「あなたが量仁親王の扶持を行うのは、先帝（伏見院）の命であり、自分も賛成である」と言った、という記事が見える。

親王の実父は後伏見院であったが、「一流を継体する」上ではむしろ叔父との関係が重視されたのである。そして引きかえに、花園院の子孫は帝位から遠ざかった。中世の天皇にとって、それは院政の機会を失い、将来にわたって実質的な政事にかかわる道が断たれたことを意味する。

岩佐美代子氏は『花園院宸記』――天皇の日常と思索――」において次のように述べている。

> 十二歳で践祚《せんそ》なさいまして、在位十一年、文保二年いわゆる「文保の御和談」というので、二十二歳で後醍醐天皇に譲位なさいました。お父さまの伏見、お兄さまの後伏見、この方々の院政のもと、まるで形だけの天皇でいらっしゃいましたし、譲位後も御自身全く関知しなかった先の誓約を非常に忠実にお守りになって、生涯、自分が主になって政務を執《と》ろうなどとはお考えにならず、甥《おい》に当る光厳天皇――後伏見院皇子量仁《かずひと》親王の教育に力を尽くされました。
>
> （『宮廷に生きる――天皇と女房と――』所収、笠間書院、一九九七年）

周公に倣って

このような状況に置かれた人にとって、みずからを周公に重ねあわせるのはごく自然な発想であったろう。『礼記』文王世子篇には、

> 周公 政《まつりごと》を摂《す》べて、阼《そ》を践《ふ》む。

とある。「摂政となり、王の代理をつとめた」という生涯は、あたかも天皇として即位し、量仁親王の親代わりでありながら、ついに治天の君（院政を行う上皇）とはならなかった院の境遇と暗合するかのごとくである。

とすれば、「誡太子書」における無逸の影響とは、細かな字句の問題にとどまるものではない。ことは作者の自意識と深くかかわる。

幼くして兄の子を養うことを義務づけられ、「向後《きやうこう》一流を継体《けいてい》する外《ほか》、更に稀望《きばう》有るべからず」と命じられた青年は、自分がいかに生きればよいか、分からなかったのではないか。周囲の人々が求めたのは、「生涯、自分が主になって政務を執ろうなどとはお考えにならず」「形だけの天皇」でありつづけることだった。そうした制限のなかで、君主として何ができるのか、何をなすべきか。恵まれた立場であるだけ

に、無力感は大きかったに違いない。

だからこそ、院は周公のうちにみずからの存在意義を見出そうとしたのである。その人は甥を補佐して政にあたり、辺境の反乱をしずめ、天下に太平をもたらし、礼楽をととのえて、文明の基礎をきずいたという。「文徳を憤発《ふんはつ》し、天下之《これ》に和す。成王を輔翼《ほよく》し、諸侯周を宗とす」（『史記』魯周公世家）という治積を挙げ、後世聖人とあがめられさえした。

周公にならい、周公のように生きる――。たとえ武王や成王にはなれないとしても、師父として量仁親王を導くことによって天下の民を安んじたいと花園院は願った。「誡太子書」もまた、こうした思いのなかで書かれたものである。内容や言葉づかいにおける影響関係はいうまでもないが、むしろ作品自体が「周公無逸を作る」という故事を踏まえて構想されたと考えるべきではないか。

少なくとも、そう読むとき「誡太子書」の味わいはいっそう深くなる。諄々と道を説く辞句のうちに複雑な陰翳が生まれ、やかましやな叔父さんのお小言は、にわかに憂愁と懊悩に満ちた作者の横顔をうつしだす。望んだわけでもない衣裳を着せられて、人知れぬ鬱懐やむなしさを抱きながら、なお真摯であろうとするけなげな志がわれわれの打つのだろう。

ここにはたしかに、文学と呼ぶべき何かがある。

注

（1）唐代成立と目される『帝範』佚名注には「尚書に曰く、稼穡は農夫の艱難の事なり。先《ま》づ之《これ》を知り、乃《すなは》ち逸予を謀れば、則ち小人の依怙《いこ》する所を知るなりと」と出典を記す。なお、文中「尚書に曰く」とあるのは偽孔伝からの引用。

（2）なお管見によれば、「誡太子書」が直接の原拠としたのは『帝範』でなく、『貞観政要』教戒太子諸王篇「深宮の中より生れ、婦人の手に長《ひとゝな》り、高危を以て憂懼《いうく》と為《な》さず、豈《あ》に稼穡《かしょく》の艱難《かんなん》を知らんや。（中略）朕《ちん》一食ごとに便《すなは》ち稼穡の艱難を念《おも》ひ、一衣ごとに則《すなは》ち紡績の辛苦を思ふ」である。しかし、本文で述べたとおり、これもまた無逸との関係を否定しうるものではない。

（3）「宝祚の脩短多く以て茲に由る」という表現そのものは、沈約《しんやく》「恩倖伝論」の「宝祚《ほうそ》の夙《つと》に傾くは実《まこと》に此《ここ》に由《よ》る」（『文選』巻五十）に拠る。ただし「恩倖伝論」は天子の寵愛をたのんで政治を壟断した人々を指して「こうした連中のために、いちはやく国運が傾いたのだ」と述べたもの。内容的な関連はとぼしく、おそらくは措辞を借りたに過ぎない。

参考文献

中村健史「誡太子書箋釈」（『（神戸学院大学）人文学部紀要』三七号、二〇一七年）

李広射石説話と能『放下僧』
——蒙求古注からの展開

中嶋謙昌

なかしま・けんすけ——灘中学校高等学校教諭、龍谷大学非常勤講師。専門は能楽。主な論文に「一門三賢説話と能」（『国語国文』七〇巻九号、二〇〇一年）、「大鼓役者石井滋長の周辺——織豊期・京都新在家における文化的環境」（『能と狂言』二号、二〇〇四年）、「大連能楽界の形成——二十世紀初頭の植民地都市と能楽」（『芸能史研究』一九四号、二〇一一年）などがある。

前漢の李広が虎と誤って石を射抜いた逸話は「石に立つ矢」の故事として知られる。『蒙求』古注は、そこに父を殺した虎を射るという内容を付け加えていた。やがてこの説話は同書を通して日本に伝わり、能『放下僧』など、諸書に取り込まれる。中世では原話になかった復讐の要素が成長し、復讐譚として享受されていった。

はじめに——石に立つ矢のためしあり

「石に立つ矢」とは、一念岩をも通す、強く念ずればどんなことでも不可能はないことの喩えとして用いられ、典拠の故事も一般によく知られている。前漢の武将、李広が猟に出て、草中の石を虎だと思い込み、矢を射ると石に刺さったという『史記』李将軍列伝の一節がそれで、ほぼ同内容の話が『漢書』李広蘇建伝にも見える。虎と間違えて石を射抜く逸話は、『韓詩外伝』に熊渠子の故事が存在し、これを典拠とする場合もある。

登場する人物や動物を変えれば、兕《じ》という野牛に似た獣と間違えて石を射た養由基（『呂氏春秋』）や、兎と間違えた李遠（『北史』）の例もあり、動物のつもりが石を射抜く話は李広だけのものではない。しかし、李広の逸話は、唐の李瀚撰『蒙求』所収の「李広成蹊」に見えることもあってか、日本で諸書に引用されている。また内裏近衛陣の陣座に置かれた障子絵や尾形光琳『李広射石図《りこうしゃせきず》』など、弓矢を携えて石を射る李広は古くから画題として用いられ、射石説話の中でも最も流布したものと言える。

一、『放下僧』の射石説話

(一) 放下僧の語り

射石説話を引用した能作品に、兄弟の敵討を描いた『放下《ほうか》僧《ぞう》』がある。牧野左衛門は利根信俊（ワキ）と口論の末に殺された。そこで子の小次郎（ツレ）と兄（シテ）が、僧形で歌舞雑芸をする「放下僧」に扮して信俊に近づき、ついに敵討を果たすという内容の四番目物である。シテ方五流が現行曲として取り扱っており、現在でも上演機会が多い。作者は不明だが、能作品の作者を記した室町後期の伝書『自家伝抄』には「宮増」と伝えられる。また寛正五年（一四六四）紀河原勧進猿楽での演能記録も残っているため、確実に室町期成立の作品と言える。

構成は二場からなり、前場は牧野左衛門の二人の遺児が敵討を決意する場面である。射石説話が用いられるのは、小次郎が兄を訪れ敵討を持ちかける第二段である。

[問答]

シテ「さて只今は何のためのおん出でにて候ふぞ　ツレ「さん候ふ只今参ること余の儀にあらず、さてもわれらが親の敵のこと、討たばやとは存じ候へども、かれは猛勢われらはただ一人なれば、思ふにかひなく月日を送り候、あはれもろともに思しめしおん立ち候へかしと、このこと申さんために参りて候　シテ「仰せはさることにて候へども、まづ時節をおん待ち候へ　ツレ「いや親の敵を討たぬ者は不孝のよし申し候　シテ「そも親の敵を討つて、孝に供へたる謂はれの候ふか　ツレ「さん候ふさる物語りの候ふ語つて聞かせ申し候ふべし

[語リ]

ツレ「唐土のことにやありけん、母を悪虎に取られ、その敵を取らんとて、百日虎伏す野べに出でて狙ふ、ある夕暮れのことなりしに、尾の上の松の木隠れに、虎に似たりし大石のありしを、敵虎と思ひ番へる矢なればよつ引いて放つ、この矢すなはち巌に立ち、たちまち血流れけるとなり

[問答]

ツレ「これも孝の心深きによつて、堅き石にも矢の立つと申す謂はれの候へば、ただ思しめしおん立ち候へ　シテ「唐土のことまで引いて承り候ふほどに、この上は思ひ立たうずるにて候（以下略）(1)

(二) 放下僧の射石説話

敵討に慎重な兄に対し、小次郎は［語リ］の中で射石説話

を語り、説得を試みる。兄もこの話に後押しされて、敵討を決心する。利根信俊を瀬戸三島明神で討つ後場につながる重要な場面である。さて兄の心を動かしたこの話はいかなる主旨の説話であったのか。また射石説話としてどのように位置づけられるのか。

まず手掛かりとすべきなのは、『放下僧』の射石説話が何に依拠したのかということである。同曲では「唐土のことにやありけん」と述べるだけで、李広の名前を出すことはなかった。これに対して、江戸中期の謡曲注釈書『謡曲拾葉抄』は、『韓詩外伝』に収められた熊渠子の射石説話と、『今昔物語集』に収められた李広の射石説話を比較し、母を殺した虎に復讐を企てる内容の『今昔物語集』に依拠するものと考えた。

『史記』『漢書』に収められた李広の逸話は、親を殺した虎に復讐するものではなく、猟で虎を射ようとするものであった。それが日本では復讐譚の要素を含んだ形で流布していった。そのうち、虎が父親を殺したとするものと母親を殺したとするものがあり、『今昔物語集』は後者の系統に位置づけられる。現在、同曲が依拠したのは、『今昔物語集』と同系統の説話だったと考えられている。(2)

(二) 射石説話をどう捉える

ただし、後に引用するように、虎が母親を殺したとする射石説話はほかにも存在している。それにしても、『放下僧』と完全に一致するものは見出されていないし、そのようなものが存在するとも断言できない。同曲の射石説話がどのようなものかを捉える上で、われわれは異なるアプローチを考えるべきだろう。

そこで本稿では、能作品の典拠論から視点を変え、日本における漢故事の展開という側面から問題を捉えたい。李広射石説話が中世を中心にどのような広がりを見せ、どのような変化を遂げていったのか。その検証を通して、『放下僧』の李広射石説話が持つ性格が見えてくるのではないだろうか。

二、李広射石説話の広がり

(一) 李広射石説話の整理

まずは、中世までの諸書に見られる李広射石説話を、虎を射ようとした動機に基づいて整理しておきたい。

徳田和夫氏は、親（主に父親）を殺した虎に復讐するものとして、『蒙求和歌《もうぎゅうわか》』第一、『塵袋《ちりぶくろ》』巻六、仮名本『曽我物語』巻七、了誉『古今序注』、能『石竹』をあげ、さらに室町期の浄土宗鎮西派の講義書と推定される学習院大学国文学研究室蔵『佚名書《いつめいしょ》』に所収の説話を含めた。また母親を虎が殺したとするものに、『今昔物語集』巻十「李広箭、射立似母巌語第十七」、『雲玉和歌抄』左注（三五一番歌）をあげ、能『放下僧』もその一つとした。このほかに説話体でないが「石に立つ矢」に言及するものとして、宴曲「弓箭」、能『恋重荷』・『虎石』の存在が指摘されている。(3)

この中で『石竹』と『虎石』は室町期成立を裏付ける資料が見当たらず、江戸期の能作品である可能性も否定できないため、今回の考察からは除いておく。また徳田氏が報告された『佚名書』の説話は、虎を射る動機として「親ヲ虎ニ害殺セラレ」と記すのみで、父か母かの判別ができないことに注意したい。なお『曽我物語』の射石説話では、李広が虎に殺され、子の「かふりよく」が虎に復讐しようとする内容になっており、かなり潤色が施されたものであることは徳田氏の指摘のとおりである。

これに加えて、氏の指摘から漏れたものを列挙すると、母が殺されたとする系統に、『注好選』上「李広貫巌第七十」、ならびに、室町前期頃の成立と推定される書陵部本系和漢朗詠集注（書陵部本『朗詠抄』・広島大学本『和漢朗詠集仮名注』）、日蓮「四条金吾殿御返事」（弘安元年閏十月二十二日）があり、能『咸陽宮』にも「石に立つ矢」を用いた表現が見られる。徳田氏の指摘したものと合わせると、中世以前の日本において、射石説話がいかに広く用いられていたのかが窺える。(4)

（二）蒙求古注の射石説話

その起点となる説話は『蒙求』古注に見える。『蒙求』は幼学書、初学者向けの故事集で、現在一般に知られている本文は、南宋の徐子光が正史に基づいて注を施し直した徐注本である。近世以降の日本ではこの徐注本がもっぱら用いられた。しかし、早川光三郎氏が射石説話を例に指摘するように、中古、中世に用いられていたのは徐注以前の古注であった。(5)

射石説話は両注の間で内容が異なっている。「李広成蹊」のうち該当する部分だけを抜き出すと、徐注本は「広出猟、見二草中石一、以為レ虎而射レ之、中レ石没レ矢。視レ之石也。他日射終不レ能レ入。」と記す。李広が猟で草中の石を目にし、虎だと思ってこれを射た。矢は当たり中に突き刺さったが、よく見ると石であった。別の日に射たところ、結局矢は石に刺さらなかったというもので、『史記』『漢書』の内容と一致している。

これに対し、古注本は「広父為レ虎所レ死。広猿臂射、見二草中石一、以為レ虎、遂射レ之没レ羽。更射レ之、終不レ能レ没レ石也。」と記す。後半はほとんど同じ内容だが、最初の状況が異なっている。李広が虎を射ようとしたのは、父親がその虎に殺されたためであり、李広は父の敵を討とうとしたことになる。徐注本はこの内容を正史で訂正したのである。しかし中世の日本に流布した射石説話は、復讐の要素を持った『蒙求』古注の方であった。

(三) 蒙求和歌の本文の違い

さて、『注好選』や『今昔物語集』、『放下僧』などに見られる射石説話は、それとはやや異なり、母親が虎に殺されるというものであった。この中で最も古いのは仁平二年（一一五二）以前成立の『注好選』で、同書が何に拠ったのかは不明だが、復讐の設定があることからひとまず『蒙求』古注の展開上に置いてよいだろう。

虎に殺された者が父から母へと変容する過程を、『注好選』より少し後の例からではあるが推測してみたい。『蒙求和歌』は鎌倉初期の歌人源光行が『蒙求』の説話を抜粋、編集して、仮名文に直し、新たに和歌を付したものである。同書の「第一春部」に「李広成蹊」が収められており、その中の射石説話の部分を、片仮名本（第二類本）では次のように記している。

李将軍オヤヲ虎ニ食ハレテ、野ベヲ行クニ、草ノ中ニ虎アリト見テ、此ヲイツラヌキテケリ、其矢飲羽ト云ヘリ、近クヨリテ見レバ、虎ニハアラズシテ、オホキナル石ナリケリ、石ト見テ後ニイルニ、其矢立ツ事无シ、オヤクラヒシ虎ト思ヒテイケルニヨリテ、石ヲツラヌケル也。

基本的には『蒙求』古注に依拠しており、内容もほぼ重なってはいるものの、虎に食われた者を「オヤ」と記し、父母のいずれであるのかは明言しない。これに対して平仮名本（第一類本）では「李将軍が父、虎にくはれて後」と『蒙求』古注と一致する。なお、この両者の混態本文とされる第三類本では、片仮名本と同じく「おや」とする。[6] どちらの本文が先行するのかは一概に決められないが、同じ『蒙求和歌』で「オヤ」も「父」も用いられうる点に注目したい。

(四) 父から親、親から母へ

さらに時期はかなり下るが、先述した室町期の浄土宗系講義書『佚名書』でも、「親」が虎に食われたと記しており、虎に殺された者を父とも母とも記さない射石説話があり得た。実際のところ、説話の内容が『蒙求和歌』程度の素朴なものにとどまっているのであれば、食われたのが「父」であろうと、「オヤ」であろうと、あるいはそれが母であったとしても、日本では大きな違いはなかったのだろう。

ちなみに、母が殺される系統の李広射石説話は中国で見出されておらず、今は日本において生み出された設定と考えておきたい。父が殺されたとする『蒙求』古注の内容が、片仮名本『蒙求和歌』のように、「オヤ」という無性別の表現にひとたび置き換えられてしまえば、そこから母を殺された李広の説話へと変化するのにそれほど複雑な操作は要しない。

論拠に乏しい中でこれ以上の議論は慎むべきであろうが、ここでは「父」から「オヤ」を介して「母」の設定が生まれた可能性のみを指摘しておきたい。

三、復讐譚としての射石説話

(一) 復讐する李広

『史記』『漢書』の射石説話は、武芸に優れ、匈奴さえも「飛将軍」と呼んで臆したという李広が、辺境の右北平で太守に任じられていたとき猟に出掛け、虎と誤って石を射抜いたというものである。そこに虎が親を食い殺した末の復讐譚という新たな設定を付加したのが『蒙求』古注であり、その影響を日本では強く受けている。そして李広が武芸の人であったことよりも、敵討の内容の方を大きく成長させていったようである。

例えば『今昔物語集』では「今昔、震旦ノ□代ニ李広ト云フ人有ケリ。心猛クシテ弓芸ノ道ニ勝レタリ。」と李広を弓の名手としながらも、次のように続ける。

而ル間ニ、一ノ虎《と》ラ、李広ガ母ヲ害セリ。人有テ、李広ニ此ノ由ヲ告グ。李広、此レヲ聞テ、驚キ来テ見ルニ、実ニ母、虎ノ為ニ被害《がいせら》レタリ。然レバ李広、弓箭ヲ取テ、虎ノ跡ヲ尋テ追ヒ行ク。即チ、一ノ山口ノ野中ニ追ヒ至テ見ルニ、虎臥シタリ。李広、此レヲ見テ喜テ射ルニ、虎ニ箭ヲ射立テツル事、彇《ゆみはず》ノ斉《ほそ》ニ至ル。李広、我ガ母ヲ害セル虎ヲ射ツル事ヲ喜テ、寄テ見ルニ、射タル所ノ虎、既ニ虎ニ似タル岩ニテ有リ。「奇異也」ト思テ、其ノ後、此ノ岩ヲ射ルニ、箭不立《たた》ズシテ踊リ還ル。

爰ニ李広思ハク、「我ガ母ヲ害セル虎ヲ射ムト思フ心ノ深キニ依テ、岩ニモ箭ハ立ツ也ケリ。岩ゾト思テ射ル時ニハ不立《たた》ザリケリ」ト思テ、泣ゝク《なくな》還ヌ。其ノ後、此ノ事、世ニ広ク聞エテ、李広ガ虎ヲ追テ射タル心ヲ讃メ哀ビケリ。

然レバ、実ノ心ヲ至サム時ハ、諸ノ事如此《かくのごと》キモ有ヌベキ也ケリトゾ世ノ人云ケルトナム語リ伝ヘタルトヤ。

結語にあるとおり、「実ノ心」を持っていれば岩を射通すような難事もできるという話であろうが、虎が李広の母を殺したことについて四カ所も記しており、それを足掛かりにすれば虎に対して復讐する話としても読める。ただし復讐譚としてはまだ素朴さを残している。というのも、李広は母が殺されたことを知ると、すぐにその後を追いかけて敵討を志している。『蒙求和歌』が「李将軍オヤヲ虎ニ食ハレテ、野ベヲ行クニ」と記すのと同様、ここにはまだ執念深く虎を付け狙うような内容は描かれていない。

（二）復讐を諦めない執念

これが『塵袋』になると少し変化が見えてくる。同書は鎌倉中期頃の類書で、「兼名苑曰」として射石説話を引く。説話自体はそれほど長いものではないが、「弓ヲ張リテ三年、山中ニ於テ虎ヲ覓《もと》ムルニ得ズ」と、敵虎の追跡に三年の月日を掛けている。また仮名本『曽我物語』では、「かふりよく」が母の胎内にいるときに、父の李将軍を虎に殺される。やがて子は出生、成長して七歳になり、敵討を企図する。さらに「かふりよく」は「千里の野辺にいでて、七日七夜」の間、虎を探して回り、ついに「八日の夜半におよびて」一丈あまりの大虎に行き会う。

幼時に親を殺され、成長して虎退治を志す射石説話は、応永十三年（一四〇六）の了誉『古今序注』にも見える。

昔大唐ニ李将君ト云者有キ。幼クシテ父ヲ虎ニ害ラレヌ。又年長シテ草ノウチニ斑ナル石ノ有ヲ虎ト思キ。念ガ強盛ニシテ、ネラヒヨリテ一矢射、矢ブクラセメテ立。其時高キヨリトンデヲリ、頸ヲカヽントシケレバ、苔茂タル石也ケリ。石ト見テ後ニ射ケレバ、タヽザリケリ。[7]

この説話は「虎ト見テイル矢ハ石ニ立ナルヲナド我ガ恋ノトヲラザルラン」という和歌の注釈に用いられたものである。仮名本『曽我物語』でも「虎と見ている矢の石にたつものをなどわがこひのとをらざるべき」という類歌を持ち出し、射石説話をその本説にあてる言説が見られ、両者に和歌注釈としての類同性を感じる。[8]ともあれ「幼クシテ」父を殺された子供が「年長シテ」敵を討とうとするところに、敵討に向かうまでの長い雌伏の時が想定されており、復讐譚としての説話的成長を垣間見ることができる。

（三）虎を百日間付け狙う

ここで改めて能『放下僧』を見ると、「その敵を取らんとて、百日虎伏す野べに出でて狙ふ」と語られる。「百日」という日数は、深草少将の百夜通いを描いた『通小町』や、妖狐退治の訓練のため百日犬を射たという『殺生石』の挿話など、長期間を意味する定型表現として能でも用いられるが、そこまで考えなくとも、これが執念深く虎を付け狙う表現であることは容易に読み取れよう。

細かく見れば小異はあるが、『放下僧』の「語リ」で用いられた射石説話は、親を殺されてから復讐の矢を射るまでの長い日々を強調するという点で、同時代の類話とよく似た成長を遂げている。ここまでくると、もはや李広という名武将の名前は説話にとって重要ではない。親の敵を討とうとする執念が、石を矢で貫く奇跡を引き起こした話として発展し、李広や李将軍という固有名詞はこの説話が漢故事であることを示す意味しか持たなくなる。ついには『放下僧』のように単に「唐土」の物語とするものも現れたのではないだろうか。

四、射石説話の二つの目的

(一) 強い思いが石を貫く

射石説話は復讐譚として成長する一方、現在における「石に立つ矢」と同じように、信念の強さが難事の実現につながることを主張する上で利用される場合も当然あった。

世阿弥作の能『恋重荷』では、女御に恋をした菊守の老人が、重荷を持つことを条件に女御との面会を許される。老人は「重くとも、思ひは捨てじ唐国の、虎と思へば石にだに、立つ矢のあるぞかし、いかにも軽く持たうよ」と、恋の成就に一縷の望みを抱いて、女御からの難題に当たろうとする。また始皇帝暗殺の失敗を描いた能『咸陽宮』には、燕の刺客である荊軻と秦舞陽が秦の城門を目前にした場面で、「たとひ轅門は高く共、思ひの末は、石に立つ、矢たけの心あらはれて」という詞章が見られる。堅固な城門にも臆せず、二人は暗殺の強い決意を示し、成功を念じて勇み立つ。

(二) 射石説話と信心

このような用法は仏教の場においていっそう顕著である。日蓮の弘安元年（一二七八）閏十月二十二日「四条金吾殿御返事」は、有力檀越の四条頼基に送った「四条賜書」の一つである。その中で日蓮は「李広将軍と申せしつはものは、虎に母を食れて虎に似たる石を射しかば、其矢羽ぶくらまでせめぬ。後に石と見ては立事なし。後に石虎将軍と申き」と、母が虎に食われる射石説話を引用する。そして「貴辺も又かくのごとく、敵はねらふらめども法華経の御信心強盛なれば大難もかねて消候歟。是につけても御信心あるべし」と記し、法華経に対する信心の強さが大難の解消につながることを説いて、なおも信心を勧めている。

また、再三触れている浄土宗鎮西派系の『佚名書』は、浄土宗で重視されている至誠心・深心・回向発願心の「三心」を説く講義書と推定されている。同書の射石説話は、三心のうち、深心つまり念仏往生を深く信じる心がいかに重要であるかを説く際に利用される。岩を虎だと疑念なく思えば矢でも岩を射通すように、深心によって極楽往生を遂げることも疑いないとする。

(三) 放下僧前場の問題点

能『放下僧』にしても、小次郎は前場の「語リ」で射石説話を語り終え、この話を「孝の心深きによつて、堅き石にも矢の立つと申す謂はれ」とする。石に矢が立つ故事が、親への深い孝心によって実現困難なことを可能にする例として用いられ、親の敵討を兄に決意させる契機を作っている。これは本来の射石説話の用法にほかならない。

ところが事はそれほど単純ではない。そもそも小次郎がこの故事を語ろうとした理由は別のところにあった。つまり、兄は「親の敵を討つて、孝に供へたる謂はれ」があるか否かを弟に尋ね、小次郎はその一例として射石説話を語り始める。しかも、親の敵討が孝行になる例と言いながら、説話では敵の虎の生死に触れることはない。『放下僧』の射石説話が孝心の重要性を説くものなのか、敵討が孝行であることを主張するものなのか、方向性は分裂している。

なにより矢が刺さった石から血が流れていたという結末の意図が判然としない。矢で射られた虎のように、本当に石から血が流れる奇跡が起きたのか。あるいは石を虎に見間違えたように、何かを血に見間違えたのか。血が流れたということで虎の死を暗示しようとしているのか。結末が見えにくい。

（四）未完成な復讐譚

伊海孝充氏も、『放下僧』所引説話を敵の虎を討つ話ではないとし、この説話を敵討の拠りどころとすること自体に無理があると指摘するが、(9) その原因には中世の李広射石説話が内包していた問題があったのではないか。射石説話は本来、石を虎と思い込む意識の強さが、石に矢を突き立たせる結末をもたらす。その点では首尾一貫している。そこに『蒙求』古注の段階で敵討の要素が加味され、復讐譚としての性格を持ち始めた。やがて日本で流布するうちに、復讐の要素を中心にした享受が行われるようになったが、完全に復讐譚として読める結末が伴っていないものもあった。『放下僧』はそのような問題を孕んだままの射石説話を引用したのではあるまいか。

五、復讐の結末と説話の読み

（一）復讐は成功か失敗か

李広の逸話が復讐譚として享受されていたことは、説話に付された結末からも窺える。

『和漢朗詠集』将軍、菅原文時の「隴山雲暗　李将軍之在家　穎水浪閑　蔡征虜之未仕（隴山雲暗し　李将軍が家に在る　穎水浪閑かなり　蔡征虜が未だ仕へざる）」の前半は、隴山に雲が垂れ込める中、名将軍の李広は出身地の隴山にある家の中にいて、まだ世に出ていない、つまり、よい武将が世に埋もれたままになっているという意味で解釈されるが、室町初期成立と推定される書陵部本系の古注釈は、母親が虎に殺される系統の射石説話を用いて、異なる解釈を行っている。

例えば書陵部本『朗詠抄』の所収説話では、李広が母を虎に食われ、その復讐のため山中を探したところ、虎を見つけてみごと射抜く。しかし虎と見えたのは石であり、石であることが分かった上で再度射たところ、矢は刺さらなかったという。そこまでは他話にもある内容だが、その後に「李広、道心ヲ発シテ、此山ニ隠居ス」という独自の結末をつける。さらに「隴山雲暗　李将軍之在家」の詩句が、母を殺された李広がその報復に失敗し、仏道を修める心を起こして隠居した様子を描いたもの、という特殊な解釈を示す。同様の解釈は広島大学本『和漢朗詠集仮名注』にも見える。

これは射石説話を復讐譚と見たがために、虎のかわりに石を矢で射抜いたことを復讐の失敗と捉え、発心、隠遁という結末で説話を完結させようとしたものと思われる。

もう一つ、これとは逆に、復讐が成功したとする射石説話もある。仮名本『曽我物語』の同話は潤色の度合いが大きいものであったが、結末においても「かやうの心ざしにて、つゐに敵をうつ」という独自の文言を付す。曽我兄弟が敵の工藤祐経を討ちに行く場面で語られる説話であるため、敵討が成功するという結末が施されたのであろう。

どちらの結末がふさわしいかを議論することは今は重要ではない。ここで指摘したいのは、復讐の結末を示さなければ話が閉じられなかった享受者の姿勢であり、その背後にあった復讐譚としての読みの存在である。

(二) 観世元章の結末

なお『放下僧』の射石説話は中途半端な結末のままであったが、これに対しても後になって復讐譚としての完結を意図した動きがあった。江戸後期の観世大夫、観世元章が改訂した「明和改正謡本（明和本）」である。

元章は中世から伝わる従来の謡曲詞章を大幅に改訂し、明和二年（一七六五）に新たな謡本を出版した。その中に『放下僧』が含まれており、当該部分に改訂の手を加えている。矢が巌に立ち血が流れたという詞章の後に、「其後山に入てみるに、彼虎死して有しといへり」という一文を挿入したのがそれである。

元章は国学の影響を強く受け、典拠考証による詞章の改正や、新演出の創出を多数行ったことで知られている。その改革が過度なものであったために不評を買い、約九年後に元章が没すると、明和本はすぐに廃止された。『放下僧』の詞章も旧に復され、現在、明和本の詞章は各流とも用いていない。しかし、第二段［語リ］の射石説話に、復讐譚としての結末を示すことで、この故事は親の敵を討った孝行にも、深い孝心のために石をも射通す奇跡にもなった。合理性を好む元章の思考が窺われる改訂で、[10] これもまた射石説話を復讐譚として享受した一例となるだろう。

おわりに

(一) 蒙求古注から能へ

以上、能『放下僧』を中心に、李広射石説話の展開について論じてきた。『蒙求』古注の「李広成蹊」は、猟に出た李広が虎と誤って石を射抜いたという内容の原話に、親の復讐という新たな要素を付け替えた。その説話は日本に伝来し、復讐の要素を成長させていった。『放下僧』が利用したのは成長途上にあった射石説話だったと思われる。

『蒙求』古注と能の関わりは、すでに小林健二氏が能『合浦』に着目して論じている。氏は『蒙求』古注からの展開上に能『合浦』を位置づけ、「淵客泣珠」「孟嘗還珠」の説話が注釈や講釈、談義の世界で物語化したものを、『合浦』が取り込んで成立したことを明らかにしている。(11)『放下僧』の射石説話も、『合浦』と同じく『蒙求』古注の展開上に置くことができる。

中世における能作品成立の場は、同時代の詩歌注釈や仏教講説の世界と知識的基盤を共有している。そのような環境の中で様々な言説が交錯し、新たな虚構をまとった所説が生み出される。幼学書などを通して享受された漢故事はその端的な例であった。その一部は能作品に流れ込み、近世期にさらなる展開が指摘されたものもある。(12)中世の所説が後世まで生き残る上で能の果たした役割は大きい。「石に立つ矢」の中世的伝承も、名の知られた正史の陰で今なお能作品の中に息づいている。

注

(1) 能作品の詞章は『日本古典文学大系　謡曲集』(放下僧・恋重荷)ならびに『新日本古典文学大系　謡曲百番』(咸陽宮)に拠った。

(2) 横道萬里雄・表章校注『日本古典文学大系　謡曲集(下)』(岩波書店、一九六三年)四〇二頁。

(3) 徳田和夫「三心談義と説話――室町期逸名古写本の紹介」(臼井甚五郎先生の古稀を祝ふ会記念論文集編集委員会『日本文学史の新研究』三弥井書店、一九八四年)。

(4) 諸書の引用は以下のものに拠った。

・注好選―『新日本古典文学大系　注好選』
・今昔物語集―『新日本古典文学大系　今昔物語集(二)』
・蒙求和歌(片仮名本・平仮名本)―『新編国歌大観』第十巻
・塵袋―『東洋文庫　塵袋』(ただし書き下しは引用者による)
・曽我物語―『日本古典文学大系　曽我物語』
・日蓮書状―立正大学日蓮教学研究所『昭和定本日蓮聖人遺文』(総本山身延久遠寺、一九五三年)
・和漢朗詠集注―伊藤正義・黒田彰『和漢朗詠集古注釈集成』(大学堂書店、一九八九〜一九九七年)

なお『曽我物語』の射石説話は流布本である仮名本には見られるが、真名本や大石寺本には見られない。

(5) 早川光三郎『新釈漢文大系　蒙求』(明治書院、一九七三年)二頁。なお徐注本の本文は同書に拠った。古注本は池田利夫『蒙求古註集成』（汲古書院、一九八八～一九九〇年）所収の国立故宮博物院蔵上巻古鈔本に拠り、引用者が返り点を施した。

（6）『蒙求和歌』第三類本の本文は、小山順子・竹島一希・蔦清行・中島真理・浜中祐子・森田貴之・山中延之「『蒙求和歌』第三類本　本文〈一〉――四季部」（『京都大学国文学論叢』二七、二〇一二年）に拠った。伝本の性格については、森田貴之「『蒙求和歌』第三類本の性格――解題にかえて」（『京都大学国文学論叢』三五、二〇一六年）が参考となる。

（7）国文学研究資料館所蔵の島原松平文庫本写真に拠った。ただし引用者が濁点等を補い、表記を改めた部分がある。

（8）鈴木元「中世注釈史のために」（『日本文学』五四―七、二〇〇五年）には、東国に伝承された『蔵玉和歌集』の射石説話による、古活字本（仮名本）『曽我物語』射石説話への影響が指摘され、仮名本『曽我物語』と和歌注釈の近接性が窺われる。

（9）伊海孝充「作品研究　敵討物としての〈放下僧〉」（『観世』七三―一〇、二〇〇六年）。

（10）明和本の改訂が国学思想の影響によるものだけでなく、主題の統一や文意の明確化などの意図を持っていたことは、中尾薫「観世元章の《鉄輪》――明和改正の実態とその影響」（『演劇学論叢』五、二〇〇二年）、同「明和本《冊子洗》をめぐる諸問題――詞章・演出・改訂者」（『演劇学論叢』七、二〇〇四年）などに指摘がある。

（11）小林健二「能《合浦》の説話的背景」（説話と説話文学の会『説話論集　第一五集』清文堂出版、二〇〇六年）。

（12）拙稿「一門三賢説話と能」（『国語国文』七〇―九、二〇〇一年）、「江戸初期における一門三賢説話の消長――能《正儀世守》と古浄瑠璃『小篠』を手掛かりに」（説話と説話文学の会『説話論集　第十五集』清文堂出版、二〇〇六年）。

浄瑠璃作品と漢故事――近松が奏でる三国志故事

朴 麗玉

パク・リョオク――慶北大学人文学術院契約教授。専門は近世劇文学。主な論文に「近松の浄瑠璃作品と『三国志演義』」(『国語国文』七六巻三号、二〇〇七年)、「近松の作品と朝鮮通信使――『大職冠』の場合」(『国語国文』八〇巻三号、二〇一一年)、「朝鮮通信使と日本近世演劇――異国情報としての朝鮮通信使と近世日本人の異国観」(『日本語文学』六四輯、二〇一四年)などがある。

『三国志』や『三国志演義』に因んだ三国志故事は日中韓が共有した文化コードである。三国が三国志故事を享受していく中には、普遍性、個別性が見受けられる。ここでは近松の浄瑠璃作品を対象にして三国志故事が如何に日本独自の視点で解釈され、換骨奪胎して演劇化されているのかについて見ていきたい。

はじめに――和漢故事が交差する

近松門左衛門は和漢故事を自由自在に操った浄瑠璃作者である。古今和漢の故事を以て素晴らしいハーモニーを奏でている代表的な例として『国性爺《こくせんや》合戦《かっせん》』(一七一五)の九仙山の場を挙げたい。難を逃れ太子を奉じて福建の九仙山に登った呉三桂は碁を打っている二人の老翁に出会う。「今日本より国性爺といふ勇将渡つて。大明の味方と成只今軍まつさいちう。これより其間はるかなれ共。一心の碁情眼力にあり〳〵と。合戦の有様目前に見すべし」と碁盤の上に下界の国性爺、鄭成功の戦いぶりが手に取るように映し出される(図1)。次々と勝利を収める国性爺の姿を見ているうちに五年の年月が経つという仕組みで、二人の老翁は明の太祖洪武帝と宰相の劉伯温であった。

大カラクリで見物の目を眩惑させたこの九仙山の場は晋の王質の「爛柯《らんか》」の故事を枠組みにしながら類比する和漢の故事が交差する。呉三桂の境遇には陶朱公、鄭成功の戦術の描写には武蔵坊弁慶、樊噲、朝比奈義秀、源義経、木曾義仲、楠正成、項羽の故事が引き出される。これらの故事は、明朝再建のために唐土に渡って奮闘する日中混血児の鄭成功の人物像をより浮き彫りにし、なおかつ本作における最も重要な場面と言える鄭成功の合戦を描き出しているのである。

また、本作は中国を舞台にしているだけにとりわけ漢故事を用いた異国情緒の漂う場面も目立つ。栴檀皇女と李蹈天との縁定めのため行う花軍は、花の枝を武器に見立てて宮女に戦闘の真似事をさせたという「風流陣」の故事を踏まえている（図2）。他にも所々、玄宗と楊貴妃に因む故事を引用して絢爛豪華な異国の宮中を表現している。一方、劇中世界が日本へと変わる平戸の浦の場では鄭成功が鴫と蛤の争いから軍法の奥義を悟る場面が描かれる（図3）。これは「漁夫の利」の故事を演劇化したもので、鄭成功はその戦術を明と韃靼の争いに利用しようと考える。

このように近松は漢故事を適材適所に用いながら、新たな趣向として日本の演劇の中に取り入れているのである。

図1　『国性爺合戦』

図2　『国性爺合戦』

図3　浮世草子位立浄瑠璃本『座敷操御伽軍記』

一、近松作品と漢故事

近松の浄瑠璃作品における漢故事は先述した九仙山の場のように舞台上の見せ場を作るほか、「会稽の恥を雪」いだ曽我兄弟の仇討ちを描く『曽我会稽山《そがかいけいさん》』（一七一八）のように作品の構想に深く関っている場合もある。また『関八州繋《かんはっしゅうつなぎ》馬《うま》』（一七二四）では楚の荘王の「絶纓《ぜつえい》の会《かい》」の故事を翻案してその後の劇展開における重要な局面を作り出している。源家家督定めの場で箕田二郎纜が暗闇の中で将門の娘小蝶に戯れかかり、面目を失うところを源頼平の処置によって救われる。劇の山場である三段目では纜がその恩を報い頼平のために死を遂げることが描かれる。

近松が材を採った漢故事は実に多様多種であるが、その中で注目したいのが『三国志』や『三国志演義』に因んだ「三国志故事」である。

『本朝三国志《ほんちょうさんごくし》』（一七一九）はその外題が示しているように『三国志演義』の日本版を書いたものである。実際、春長居城門前の場では諸葛孔明の「空城の計」を踏まえて、本能寺の変で夫を亡くした信長（劇中では小田春長）の御台所の活躍を描く。城楼に上って琴をかき鳴らす諸葛孔明の姿を見て伏兵があると思った司馬仲達が退却したように、春長の御台所は大手門の櫓で琴を奏でて光秀の軍勢を誘い入れ、敵軍を破る（図4）。

図4　『本朝三国志』

あつはれ春長公のみだい所にてましますな。か程根ふかく仕込たる逆心女まじりの無人数にて。力軍叶ふまじとの御了簡。しよかつ孔明が司馬仲達をあざむきしはかりこと。天然孔明が心にかなひ給ふみだい所の琴の音は。百万騎の軍兵にもまさつたり。（『本朝三国志』）

『三国志演義』に見られる「空城の計」の故事は京劇で演

じられ、現在でも人気のある演目である。城楼の孔明の弾琴は名場面として名高く、その歌も聞かせ所である。**図5**は「空城の計」の舞台演出の実況を描いた年画である。年画とは、正月に民家の門の扉や壁に貼られた多色刷りの一枚もので日常生活の中で生きた民間絵画である。説話や伝説、戯曲を題材にしたものが多く、『三国志演義』の名場面は古来、主要なテーマとして描かれてきた。

一方、**図6**は『西遊記』、『水滸伝』、『三国志演義』など朝鮮で人気のあった中国小説の挿絵を模写した『中国小説絵模本』（一七六二）に収録されている「空城の計」の故事図である。[1]『三国志演義』は出版されてまもなく朝鮮にも流布し、広く読まれた。筆写本や人気のある部分だけを切り抜いたものや改作も登場し、軍談小説、詩調、語り物、ことわざなど文化全般に影響を与える。その中で、三国志故事も民衆の間で親しまれ、流通していた。

以下は近松が三国志故事を如何に変奏して浄瑠璃化しているのか、中国や韓国における三国志故事の享受の様相も視野に入れて見ていきたい。

図5　「空城計」（清末、山東平度）（中国美術全集編輯委員会編『中国美術全集　絵画編　民間年画22』人民美術出版社、2006年、135頁）

図6　金徳成ほか「臥龍西城弾琴」『中国小説絵模本』（韓国国立中央図書館蔵）

二、近松作品と三国志故事

『近松語彙』には附録として、近松が作品中に拠った典拠がまとめられている。諸書の漢書のうち、『三国志』からの引用例として「名も水に棲む亀すずき、魚と水との如くなり」（『孕常盤』）、「三度諫めて用ひざれば身を奉じて去る」（『雪女五枚羽子板』）、「良禽は木を相て棲み、忠臣は君を択んで事ふ」（『聖徳太子絵伝記』）の三例を指摘している。[2]

まず、『孕常盤《はらみときわ》』（一七一〇と推定）ではそれぞれ平家と源家の臣であるが、牛若のため力を合わせるようになった兄弟のことを「名も水に住亀すゞき魚と。水とのごとく也」と語っている。「魚と水」とは『三国志・蜀書』で劉備が、諸葛孔明を得たのは、魚が水を得たようなものだと言ったことから来ている、あまりにも有名な「水魚の交わり」である。『孕常盤』の他にも夫婦や朋友、恋人の仲として「天ぢく仏の御国には。けんまい女色となづけからのみかどの色ごのみ。手いけの魚と水ふかき。いもせに国もかたふきて名をけいこくと」（『用明天王職人鑑《ようめいてんのうしょくにんかがみ》』一七〇五）、「日来水魚のはうばいの。討手に向ふ恨のはらか」（『雪女五枚羽子板』一七〇八と推定）、「小女郎あわてこれ九右衛門様。魚と水とのお仲間なんのうそがござんしよ」（『博多小女郎波枕《はかたこじょろうなみまくら》』一七一八）などの用例があり、近松は作中に好んで用いている。

そして『雪女五枚羽子板《ゆきおんなごまいはごいた》』には何度主君を諫めても聞き入れられない時は、潔く辞職することを表す「三度諫めて身退く」ことを用いた場面がある。斯波左衛門義将の諫言の中に「三どいさめて用ひざれば身を報じて去といへり」とあり、結局斯波は職を辞して他国に去る。例の故事は『礼記・曲礼下』を出典とするが、『三国志・呉書』では歯に衣着せぬ物言いをする張昭と進言を聞き入れない孫権との度重なる対立について、習鑿歯が注で臣としてなすべきことではないと張昭を評価する中に出てくる。

また、『聖徳太子絵伝記《しょうとくたいしえでんき》』（一七一七）では「良禽は木を見て住、忠臣は君をえらんでつかふといふ」と守屋側に加わろうとする川勝に聖徳太子への味方を勧める葛木島主の言葉として語られる。『三国志・蜀書』に「良禽は木を相て棲み、賢臣は主を択んで事う」とあり、臣下にも主君を選ぶ権利があるというで『三国志演義』でもしばしば引用される。董卓の参謀李粛が呂布を説得する場面、満寵が徐晃の元を訪れ曹操への帰順を促す場面、そして李恢が劉備に投降する場面に出てくる。只、『三国志』や『三国志演義』、『三国志演義』の和訳本『通俗三国志』（一六八九〜一六九二）に「賢臣」とあるものを近松は「忠臣」と変えて忠義を強調する故事として用いている。

これらの用例以外にも文中に三国志故事や関連人物が引かれている例が散見される。『雪女五枚羽子板』では、『三国志演義』の描く、五丈原の戦いの最中に病死した諸葛孔明の代わりに木像を使って司馬仲達を退却させた、所謂「死せる孔明、生ける仲達を走らす」の故事を引用して斯波が「水魚」の仲である勝秀に忠義の心底を明かしている。『源義経《みなもとのよしつね》将棊経《しょうぎきょう》』(一七一一年正月二十一日以前と推定)でも「つたへ聞諸葛孔明は五丈原に死て後。木ざうに魂を残しぎの大ぐんをおどろかす。今の秀ひらも孔明程はあらず共。御影にうつすたましひは六十年のね物語」と国衡兄弟の母が夫の秀衡の画像を見せながら教訓する中にこの故事が語られる。

三国志関連人物を見ると、『薩摩歌《さつまうた》』(一七一一年正月二十一日以前と推定)では長崎に住む黄陳が「南蛮外科」の名手であることを強調するため華佗の名が引かれている。華佗は『三国志・魏書』によると針灸に精通し、薬の処方に詳しく、麻酔薬を用いて外科手術をも行った神医であった。『三国志演義』では毒矢の傷を負った関羽を治療する医者として登場する。肘を切開し、骨を削って毒を取り除く手術を施すが、その間関羽が馬良を相手に碁を打ち続ける逸話は有名である。頭痛に苦しむ曹操に対しては脳を切開する治療法を勧めるが、暗殺するための策略と疑った曹操は華佗を投獄して拷問にかけて殺してしまう。近松はこれらの華佗にまつわる故事を踏まえ、『持統天皇歌軍法《じとうてんのううたぐんぽう》』(一七一四年夏以前と推定)では謀叛を企てる春彦尊に対して橋立が「異国の華駄(ママ)が伝をつぎ尊の胸を切やぶり。悪心の腸をくり出す療治也」と切りかかる場面に仕立てている。

図7 『天神記』

『天神記《てんじんき》』(一七一四)では夢の中で与えられた「綸巾深衣の裳」と異国の装束を着けて、唐土照宣皇帝の使者の饗応役として参内した道真主従の姿(**図7**)を描写するために「いにしへの照烈帝に関羽がそふたるごとく也」と劉備と関羽の名が登場する。また、『源義経将棊経』には良馬を誉めるため「異国の呂布が赤兎馬も是にはいかでまさるべき」とあるが、『三国志演義』には赤兎馬に乗った呂布の姿を「人中有呂布 馬中有赤兎（人中に呂布あり、馬中に赤兎あり）」と称える場面が出てくる。他にも『嵯峨天皇甘露雨《さがてんのうかんろのあめ》』（一七一四年九月十日以前と推定）では乱暴な王子について語る中に献帝を擁立し、権勢を振るった董卓の名が安禄山の名と連なって引かれている。

その一方、『吉野都女楠《よしののみやこおんなくすのき》』（一七一〇と推定）の場合は単なる引用に止まらず、三国志故事を積極的に利用して演劇化している。

おく病神に。眼もくらみ二人を千騎万騎と見て。逃足落足ふか田にふんごみ岩ねに乗かけ。我が打物にて死するも有片時が間に手負死人三百余騎。いきたる者は落うせて残りずくなに成ければ。矢ぜめにせよと山口兄弟。森に向つて立ならび矢だねをおしまずゐかけたり。みかたには弓一張矢は一本もなかりしに。正行しあんしかり捨たる稲かきあつめ。五尺計にたばね上ケ社人のゑぼし浄衣をきせ。木の間にそつと立ければ。すは天皇よ余すなと。さし取引取さん〴〵にゐる矢さき。わら人形にとゞまつて針をうへたるごとくにて。みかたの矢だねと成たりしをさな心に孔明が。昔をみゝにふれつらんとんちの程こそやさしけれ。

（『吉野都女楠』）

傍線の「孔明が。昔をみゝにふれつらん」とは『三国志演義』の描く赤壁の戦いにおいて諸葛孔明の発案で曹操の陣から射かけられる矢を、船に用意した藁人形で受け止めて、十万本余の矢を調達する場面を指しているものと思われる。即ち「草船借箭の計」の故事（図8）を踏まえ、楠正行が数人で大勢の敵を大敗させる場面を創出しているのである。

このように近松が三国志故事から想を得て新たに浄瑠璃化している例についてより詳しく見てみよう。

三、近松が奏でる三国志故事

近松作品における『三国志演義』の利用例とその特徴については拙稿で論じた(3)。先行研究及び拙稿で指摘した『三国志

図8 「臥龍先生用奇計借箭」（19世紀後半）（ソウル歴史博物館蔵、ソウル市有形文化財第139号）

表1

近松作品	『三国志演義』関連事項
『国性爺後日合戦』 ・甘輝による陳芝豹一家の殺害 ・韃靼の将、阿克将が変装して逃げる	・曹操による呂伯奢一家の殺害 ・曹操が変装して馬超から逃げる
『本朝三国志』 ・春長の御台所による軍略 ・久吉による三韓征伐	・空城の計 ・孔明による南蛮征伐
『信州川中島合戦』 ・信玄が、山本勘介を軍師として迎える為、彼の庵を訪れる ・輝虎側が勘介の老母の偽筆を以て勘介を招き寄せる ・勘介の女房、お勝の創出	・三顧の礼 ・徐庶とその老母の話 ・左慈の逸話
『唐船噺今国性爺』 ・朱一貴と呉二用の人物像 ・朱一貴が欧陽鉄、斉万年と主従の関係を結ぶ ・欧陽鉄奮闘の場面	・関羽と諸葛孔明 ・桃園の誓い ・関羽の最期

演義』から浄瑠璃化している事例をまとめると**表1**のようである。その利用の様相はまず「三顧の礼」、「桃園の誓い」、前述した「空城の計」などよく知られた三国志故事が含まれている。他にも外国関連の作品において『三国志演義』は良い題材源になっている。即ち、朝鮮通信使の訪日の噂を当て込んで上演された『本朝三国志』では孔明による南蛮征伐の構想を借用して秀吉の朝鮮出兵（劇中では久吉による三韓征伐）を描いている。また、台湾で起こった朱一貴の乱をわずか半年余りで作品化した『唐船噺今国性爺《とうせんばなしいまこくせんや》』（一七二二）では朱一貴と軍師呉二用の造形に関羽と孔明像が投影されている。

その一方で近松はあまり目を向けられることのなかった三国志故事にも注目し、日本の語り物の中で奏でている。曹操による呂伯奢一家の殺害の話を例に挙げたい。

『国性爺合戦』の後編として上演された『国性爺後日合戦《こくせんやごにちがっせん》』（一七一七）には三国志故事、中でも曹操にまつわる故事を翻案した二つの場面がある。(4) 韃靼の将である阿克将が甘輝に追い詰められ変装して逃げる場面（**図9**）は馬超の率いる西涼軍に大敗した曹操が、目印となる服を脱ぎ捨て、髭を切り落として逃げる「割鬚棄袍」の故事からヒントを得ている。

図9　浮世草子仕立浄瑠璃本『国性爺後日軍談』

図10　歌川国芳「通俗三国志之内馬超大戦渭水橋曹操髭切敗走」(1853年)(Museum of Fine Arts, Boston蔵)

この故事は元の雑劇『曹操夜走陳倉路』として上演され、朝鮮では語り物のパンソリ作品『赤壁歌』(十八世紀頃成立か)で脚色されている。題名が示しているように赤壁の戦いが題材であるが、大戦の内容よりは曹操が敗退して、華容道に逃れることが重点的に描かれる。原典にはない無名の兵士達が登場して戦争の苦労を語るなど創作が加えられている中、馬超ではなく黄蓋に追われることに変わっているが、曹操を笑いものにしていることは共通している。「割鬚棄袍」の故事は図10と図11のように絵の世界でも画題となって享受されており、日中韓の人々の共感を呼ぶ痛快で面白いエピソードである。

再び『国性爺後日合戦』に戻るが、その滑稽な場面の直前までは同じく曹操にまつわる故事ではあるが、打って変わり曹操が引き起こした無残な故事から取った場面が展開されている。本作は前編では協力し合う仲であった国性爺と甘輝が対立することから始まる。国性爺の予想通り、韃靼に内通した石門龍は逆心を表し、甘輝は永暦帝を奉じて落ちることになる。その途次、叔父陳芝豹の家に泊まり、叔父が酒を求めて外出した後、錯誤による悲劇が起きる。「刃がついたか。更ぬさきに切てのけふぞや」と羊を殺して饗応の準備をする音を、帝を殺害しようとするものと思った甘輝は叔母を殺し

図11　「割鬚棄袍」（清、江蘇蘇洲）（中国美術全集編輯委員会編『中国美術全集　絵画編　民間年画22』人民美術出版社、2006年、162頁）

嫁を谷底へ蹴落とす。そして逃げていく途中に出くわした叔父まで斬り付ける。この場面の原話が『三国志演義』において悪人曹操像の始まりである呂伯奢一家の殺害の物語である。

四、残酷非情な悪人から悲劇の忠臣へ

曹操は董卓暗殺に失敗して故郷へ逃走する途中、中牟県で捕まるが、曹操の志を大いに感じた県令陳宮は曹操を釈放した上に、官職まで捨てて共に逃げる。曹操は叔父同然の呂伯奢を訪れ、呂伯奢が二人のために美酒を買いに外出した後、惨劇が起きる。料理の準備をしている物音を疑い、八人の家人を惨殺するが、後ろには生きた猪が縛られていた。立ち退く途中、呂伯奢に出会った曹操は呂伯奢まで切り殺し、陳宮はその不義を見て曹操から去る。

一方、『三国志』には曹操が呂伯奢一家を皆殺しにしたことについて、本文中の記述はないが、裴松之の注は次の三つの資料を提示する。

『魏書』にいう。太祖は、董卓の計画は必ず失敗に終わると判断したので、遂に任命に応じず、郷里に逃げ帰った。数騎の供を引き連れ、旧友である成皐の呂伯奢の家に立ち寄った。呂伯奢は不在で、その子と賓客が共に太祖をおどかし、馬と持物を奪い取ろうとした。太祖

は自ら刃を手にして数人を撃ち殺した。

『世話』にいう。太祖は呂伯奢の家に立ち寄った。呂伯奢は外出しており、五人の子供が皆家に居て、賓主の礼を備えた。太祖は董卓の命令に背いて逃げたので、彼らが自分を害するつもりかと疑いを抱き、自ら剣を手にして夜、その八人を殺害して去った。

孫盛の『雑記』にいう。太祖は彼らの用意する、食器の音を聞いて、自分を害するつもりと思い込み、夜のうちに彼らを殺した。その後、悲惨な思いにとらわれた太祖は「わしが人を裏切ることがあろうとも、他人にわしを裏切らせはしない」と云い去った。


『三国志演義』は『世話』や『雑記』の記述を受け継いだと思われるが、この冷酷で傲慢な曹操像の誕生秘話は朝鮮ではあまり注目されることがなく、中国では年画のうち、図12のように関連場面を描いたものがある。曹操が昼寝中の董卓を暗殺しようとするが董卓に気付かれ、とっさに刀を献上するふりをして難を乗り切る場面と呂伯奢殺害の場面を前後に分けて描いたものである。上段に「猜灯謎」とあるが、これは「元宵節や仲秋節に謎々を書いた灯籠を飾り、これを道行く人々が解いて楽しむ。物語よりも謎解きのおもしろさを前面に出している」[5]ものだという。曹操が呂伯奢を殺す場面を画題にしたものとしては管見によると唯一の年画である。

それに対して、『国性爺後日合戦』では図13のように紙面を割愛して、阿克将が陳芝豹の庵を訪ねて甘輝が来たら注進するよう話を持ちかけるところから甘輝が叔父に斬り付けるまで事件を追うように忠実に描かれている。かなり力を注いだ場面であることが窺われるが、近松は曹操の疑い深さ、残酷非情さを物語る故事から甘輝による忠義の物語へと変奏している。甘輝は叔母を殺した途端、自身の錯誤を悟ったにも関わらず、すがり付く嫁の蘭玉に「汝は我いとこの妻。不便

図12　「捉放曹」(民国、河北武強)(中国現代美術全集編輯委員会編『中国現代美術全集　年画1』遼寧美術出版社、1998年、98-99頁)

図13　『国性爺後日軍談』

ながらも君の忠にはかへられず」と谷底へ蹴落とす。そして逃げる途中に出くわした叔父にも「たすけおかば我君の。後日の敵を招く」と斬り付けるのである。瀕死の叔父は、実は韃靼の阿克将に内通した事を打ち明け、「忠義には親をがいし叔父を殺すも臣下の道」と、甘輝を励ますことに脚色されている。残虐で平気で不義をする悪玉の曹操像を創り上げようとして用意された故事が忠義のために非道をせざるを得なかった忠臣の物語へと大きく変貌を遂げているのである。

五、リアルな人間ドラマの変奏曲

そもそも曹操による呂伯奢一家の殺害の故事には錯誤による悲劇、縁者による訴人、秘密が漏れることを恐れての殺害など、近松が以前からよく用いてきた馴染み深い趣向が含まれている。中でも「誤殺の悲劇」は、『列女伝』、『孝子伝』所収の「京師節女（東帰節女）」譚（**図14**）が、袈裟御前と文覚の悲劇として作り上げられたように日本の古典文学の世界

図14　「京師節女」（仇英絵図、汪氏増輯『絵図列女伝』正中書局、1971年、542-543頁）

において重要なテーマであった。(6) 原話では夫の仇人に父を人質とされた節女が、板挟みとなり夫の身替りに立って仇人に殺されるが、日本では節女の夫と思って節女を誤殺してしまった仇人の行為の方に、より注目が集まる。そして終にその無名の仇人の話が『源平盛衰記』などで描かれているように誤って袈裟御前を殺害してしまったがゆえに出家する文覚の発心譚として脚色されたのである。

古典世界の伝統を受け継ぎながら人間をつきつめて描いていた近松は思わぬ悲劇に巻き込まれていく弱い人間に目を向けることを忘れていない。近松は甘輝が疑心暗鬼になって悲劇を引き起こすようになる過程を丁寧に描く。宮中における日本風の風習や作法をめぐって甘輝は国性爺と口論になり、国性爺は一家を連れ東寧に立ち退く。その夜、国性爺の言った通り韃靼に内通した石門龍が逆心を表し、甘輝は佞臣の計略に乗せられて国性爺と対立したことを後悔する。帝を奉じて近国へ落ちていく甘輝は心身ともに疲れ切った状態で陳芝豹一家を殺害し、自らの運命に絶望する。

なむ三宝仕損じたり。扨は君の御もてなし主は酒を求に出。羊を殺すも君が為。切かぬるは女業女の詞しどけなく。こと〱敷物ごしに聞まがひしは天罰か。吹風雲の色迄も御運を考ゆだんせず。用心たるまぬ身の上尤とは思へ共。それは我身の了簡せんずる所かんきが誤。ぜひもなし口おしし。明朝の礎。国の柱の国性爺が立さりしも我ゆへ。かれといひ是といひ。さんぎ将くんかんきが忠義かへつて不忠と成。よつく武運につきはてしとどうと座してはをくいしめ。つゝむとすれど無念の涙眼に。もるゝぞ道理成。（中略）叔父をきるは天を切其罰いかでのがるべき。そもいかなる運命ぞや。なすことする事左縄国性爺とは義絶と成。きのふの味方はけふの敵。けふの情はあすのあた。頼む方なくなりはつる君の聖運つたなきか。かんきが武運につきはてしか。くだり坂の車はおさねどひかねどくだり行。我運命の車の輪。いつか会稽の岑にはめぐりのぼるべき。無念至極と計にてふかくの。涙にくれければ。　（『国性爺後日合戦』）

近松は漢故事に物語の想を得、そのストーリー展開に深い関心を寄せている。しかしながら、あくまでもそこでの主題は話の趣向や展開の面白さではなく、その時の「人間」の行動や心の動きにある。近松は悲劇の忠臣像を作り上げる中、度重なる不幸に見舞われる人間そのものに焦点を当て、予期せぬ失敗を招いてしまった登場人物の心情を観客に追体験させる、リアルな人間ドラマへと変奏しているのである。

まとめ——東アジアが共有した文化コード

他にも三国志故事を以て奏でる近松の変奏曲は『信州川《しんしゅうかわ》中島合戦《なかじまかっせん》』（一七二二）でも続いている。本文中に「もろこししよくの単富（ママ）が古事」と種明しをしているように『三国志演義』における単福こと徐庶とその老母の故事から輝虎側が勘介の母の偽筆を利用して勘介を呼び寄せる話に脚色している。『三国志演義』には曹操が劉備の軍師徐庶を獲得するため、徐庶の老母を手厚くもてなし、息子を呼び寄せる手紙を書くように勧めるが、老母は曹操に硯を投げつけることが描かれる。これに曹操の参謀程昱の進言で老母に贈物をして礼状を貰い、その筆跡に似せた偽筆の手紙を徐庶に届けさせる。親孝行である徐庶は見送る劉備に諸葛孔明を推挙して曹操のもとへ赴くが、老母は「棄明投暗」と息子の愚かさを叱責して、自害する。

言わば、諸葛孔明登場の序幕に過ぎないエピソードから近松は、周辺人物への想いと義理のため死を選ぶ老母のドラマを創出しているのである。[7] その一方、出所は不明であるが、韓国では息子が自身の偽手紙のせいで駆け付けたことを知った母が「女子識者憂患」と嘆いたとし、徐庶と老母の故事が故事成語の「識者憂患」の由来[8]とされていることは興味深い。

『三国志』や『三国志演義』に因んだ三国志故事は日中韓が共有した文化コードで、文学作品や絵の世界、そして人々の日常生活の中で流通していた。それぞれ三国志故事を享受していく中には普遍性、個別性が見受けられる。特に、本稿では近松作品を対象にして三国志故事が如何に日本独自の視点で解釈され、換骨奪胎し、日本の演劇の中に溶け込んでいるのかについて見てきた。

膨大な利用例に比べ、浄瑠璃作品と漢故事に関する先行研究は少数に止まっている。[9] その中で、日中韓の三国における三国志故事の享受に関する考察は、和漢比較文学の研究に広く東アジアという新たな視点を提供してくれる。また、日本と東アジア諸国との交流と協力が求められる今日において、東アジアが共有し、共感した文化コードであった三国志故事は相互理解のための一つの手がかりとして今後も取り組むべき研究テーマである。

注

（1）本書が収録する小説挿絵は一〇〇点ほどで、『西遊記』が四十、『水滸伝』が二十九、『三国志演義』は九点である。

（2）上田万年、樋口慶千代『近松語彙』（冨山房、一九三〇年）附録。

（3）拙稿「近松の浄瑠璃作品と「三国志演義」」（『国語国文』第七十六巻第三号、二〇〇七年）。

（4）藤井乙男『近松全集』十一巻（朝日新聞社、一九二八年）の解説。

（5）王樹村、立間祥介『年画・三国志』（集英社、一九九四年）一五頁。

（6）曹操の逸話の浄瑠璃化をめぐって、近松作品のうち「誤殺」、「縁者による訴人」、秘密が漏れることを恐れての「意識的殺害」の趣向が用いられている詳細な先例及び「京師節女」譚に関しては注釈三の拙稿でふれた。

（7）勘介の母の死に関しては大橋正叔氏による解説（新日本古典文学大系『近松浄瑠璃集　下』岩波書店、一九九五年）に詳しい考察がなされている。

（8）林鍾旭編『故事成語大事典』（時代の窓、二〇〇八年）。

（9）神谷勝広『近世文学と和製類書』（若草書房、一九九九年）所収「近松と『絵本宝鑑』」、「海音と和製類書」は中国故事を摂取した事例を指摘した貴重な研究である。

附記　近松作品の上演時期と本文及び図像の引用は近松全集刊行会編『近松全集』（岩波書店、一九八五〜一九九四年）に拠る。

漢故事から和故事へ
――『本朝蒙求』に見える詩歌の文学観

クリストファー・リーブズ

クリストファー・リーブズ――早稲田大学文学学術院講師。専門は和漢比較文学。主な論文に「『唐土訓蒙図彙』への誘い」（『国文研ニューズ』四五号、二〇一六年）などがある。

拙稿は江戸時代に刊行された『本朝蒙求』という書物を紹介しながら、その中に見える漢詩や和歌の文学観を一瞥するものである。本書は唐土の『蒙求』から影響を受けているとは言え、漢故事をそのまま書き写すよりは、故事文学あるいは「蒙求物」の大まかな形をとりながら、日本独特な和故事の世界を作り上げ、まさに漢故事から和故事への橋渡しである。

はじめに――「蒙求型」という視点

『蒙求』を以って日本における漢故事の受容および変容を調べるのは有意義な作業である。漢故事の出典（原点）を知り、時代とともにその内容の変遷する過程を辿る事によって、日本における漢故事の独特なあり方が明瞭になる。この方面の研究はすでに蓄積があり、それぞれの漢故事の出典や変貌の詳細は先学の所論に委ねる。本論は専ら江戸前期に刊行された『本朝蒙求』と題する書物をとりあげ、それに収録されている幾つかの逸話・故事を紹介しながら、江戸時代に見える『蒙求』から派生した「蒙求物」のあり方を一瞥する。ここでは漢故事の受容・変容の細かい論述をするつもりはない。より遠い視点から観察し、蒙求物をひとつの文体、いわば一種のジャンルとしてとらえ直すのが本論の方法である。換言すれば、「故事文学」の視点から江戸時代の蒙求物を再検討する方法でもある。本書に見える霊験談や異物談などをこの方法で再検討しても価値はあろうが、筆者の専門もあれば、紙幅の制限もある故に、本論では『本朝蒙求』に見える漢詩や和歌の文学観に注目するにとどめる。

一、『蒙求』と『本朝蒙求』という書物について

『蒙求』とは、七四六年以前に中国の李瀚《りかん》（生没年未詳）が著した初心者向けの学習書である。中国歴代の著名な人物の逸話をまとめ、大筋を簡潔に記述し読者の記憶を助けるため、それぞれの逸話に四字熟語のような題を付けている。漢故事の入門書にあたるこの『蒙求』は、平安初期にすでに日本の宮廷で読まれていた。延喜元年（九〇一）に奏上された勅撰史書『日本三代実録』に、清和天皇の第四皇子にあたる貞保《さだやす》親王（八七〇～九二四）が元慶二年（八七八）、九歳で『蒙求』を勉強し始めたと記されている。平安時代から江戸時代まで広く愛読され、嘗ては日本人に馴染みのある書物であった『蒙求』に収録されている各々の逸話は『史記』、『漢書』、『後漢書』など、中国の古い史書や諸文献から幅広く蒐集され、夥しい文献を一々読まなくても、『蒙求』一書で漢故事の知識が簡単に手に入る便利な手引きになっている。

『本朝蒙求』（一六七九年刊）の作者菅原仲徹《ちゅうてつ》（名は亨《とおる》、一六五八～一七〇二）は、江戸前期に活躍していた京都出身の儒者であった（本間洋一『本朝蒙求の基礎的研究』和泉書院、二〇〇六年、三七―三八頁）。『本朝蒙求』の先行研究には本間洋一の論文があるのみで、活字本もなく、注釈も施されておらず、あまり注目されていないのが現状である。早稲田大学の古典籍データベース公開の『本朝蒙求』（請求番号　文庫0601723）は、貞享三年（一六八六）の版本（三冊の完本）であり、整然とした訓点が全文に行き渡って施され、片仮名の振り仮名も散見する。人名である事を明記するための朱書きも所々見えるが、均等性や計画性に乏しく、読者の書き込みと推察される。保存状態がよく、文字が解読しやすく、研究に値する貴重な資料である。

『蒙求』は三巻からなり、上巻二〇四話、中巻二〇〇話、下巻二〇〇話、合計六〇四話が収録されている。『本朝蒙求』もまた三巻からなり、上巻一三六話、中巻一三六話、下巻一二八話、合計四〇〇話が収録されている。『本朝蒙求』は『蒙求』に倣い、四〇〇話を二話ずつ組み合わせ一項目として掲げている。『蒙求』の上巻に見える第三十五話と三十六話は「朱博《しゅはく》烏集」（朱博という官人の身辺に烏が常に集まる話）と「蕭芝《しょうし》雉随」（蕭芝という官人に雉が常に着いて行く話）を組み合わせているが、二つの題名は対句的な存在であり、それぞれの話の内容も類似している。『本朝蒙求』もまたこの編

集方針を取り入れている。上巻の第二十五話と第二十六話は「宿儺二面」（宿儺《すくな》という人は頭が二つもあった話）と「厩戸八耳」（厩戸《うまやど》皇子（聖徳太子）が八人もの奏する言葉を同時に聞き入れる話）とが一対になっているように見える。ただし、『本朝蒙求』の各話の題名が『蒙求』と同じく対句的な存在になっている場合も、両話の内容はさほど似ておらず、類似性があると言っても、あくまでも表面的な類似性にすぎない例が少なくない。要するに『本朝蒙求』は『蒙求』の編集方針を倣い、そのかたちを取り入れながら、一組となっている両話の内容の類似性に関してはさほど重視していないようである。

二、俊成は人を採らず、歌こそを採る

『本朝蒙求』に見える文学観には「作品本位」とでもいえる姿勢が見え、『蒙求』に盛り込まれている道徳教訓的な逸話は、ほとんど入っていない。反対に、『本朝蒙求』に散見する詩歌に関する故事は、『蒙求』には皆無と言ってよい。和歌界の巨匠であった藤原俊成（一一一四～一二〇四）の逸話は『本朝蒙求』下巻の第一二四話「俊成採詠」——俊成が和歌を採集する話——として載っている。俊成が『千載和歌集』（一一八八年奏上）を編纂するに際し、悪名を帯びていた歌人の作品までも入集している理由が問われている。俊成は編纂の方針について次のように弁明する。「余撰倭歌、豈取人之行乎。唯取咏吟耳。蓋以為君子不以人廃言」——私が和歌集を編集するにあたっては、歌人やその人柄を採取しているわけではない。歌そのものを採取しているのだ。君子が参考になりそうな言葉を聞き、話し手の人柄が宜しからぬといって言葉を無視するはずがないのと同様だ——。文学の鑑賞に関しては、その作者の道徳性を問うのではなく、専ら作品そのものの性質を吟味すべき、という作品本位的な見解を提供している。

古代中国からはやく日本に伝わってきた文学観によれば、詩を吟味すればそれを書いた人の性格がよく分かるとされる。皇帝が饗宴を開き臣下に詩を作らせるのは、臣下の心中に潜んでいるものを明らかにするためである。逆に言えば、詩の内容は詩人の人柄を忠実に反映しているので、理論上では、人柄の悪い人はすぐれた詩が書けるはずがない。俊成はこの理論を否定しているとまで言わなくとも、少なくとも歌人の人柄とその人が詠んだ作品の優劣との関係を重視していないのである。日々の行いが望ましくなくとも、素晴らしい歌を詠む可能性もあると唱えている。仲徹があえてこの話を『本朝蒙求』に載せた意図を推測すれば、やはりこのような作品

本位的な文学観を主張しようとしているのではないか。文学作品を鑑賞しその優劣を判断する際に、内容そのものに即して吟味すべく、作者より作品に注目しようと努めている一端であろう。

三、『本朝蒙求』に見え隠れする漢故事の世界

作品本位的な文学観といっても、それが『本朝蒙求』のすべてを特徴付けている訳ではない。同じ蒙求型ではあるが、『蒙求』に見える道徳教訓性が乏しく、漢故事の世界を踏襲しているものの、やはり異なった世界を展開している。仲徹は漢故事に倣いながら、場合によってはその原像が見えなくなるまで変容している。七夕に登場する織女と牽牛の神話やその祭事は、前近代の文人にとって身近なものであり、仲徹も勿論そうであった。以下は二例を取り上げ、織姫の漢故事は『本朝蒙求』において如何なる形で織り込まれているかを考察する。

(一)下照姫の夷曲——記紀歌謡に登場する織姫

大昔、天稚彦《あまわかひこ》という神が死んだ際、妻の下照姫《したてるひめ》があまりにもひどく泣いたため、兄貴の味耜高彦根《あじすきたかひこね》という神がわざわざ天から降りて喪屋——葬儀を行うまでに死体を一時的に安置するところ——の前に現れた。天神の威厳を帯びる兄貴の体は華やかな光彩を放ち、周りの丘や谷を遠くまで照り輝いていた。ここに降臨しているのが我が兄貴に他ならない、ということを衆人に知らせようとする下照姫は、歌二首を高唱した。この神話の所見は『日本書紀』二巻・神代下にあり、『本朝蒙求』上巻・第四三話「下照夷曲」の記事は、その中に見える「一書」(第一)の前半を抜粋している(図1を参照)。跋文の最後に、歌二首について「今号夷曲」——今の人々はこの歌のことを「夷曲《ひなぶり》」と呼んでいる——と短い注がついている。ここでのヒナブリが一体何を意味しているかは不明であるが、二首目の歌詞に見える「夷女《ひなつめ》」(田舎からやって来る女たち)に因んでいるかも知れない。あるいは、短歌式とは異なった節奏を持ち、中央(宮廷)的な歌ではなく辺鄙なところの歌い振りを意味しているかも知れない。

そもそも、仲徹がこの「ヒナブリ」を二首とも『本朝蒙

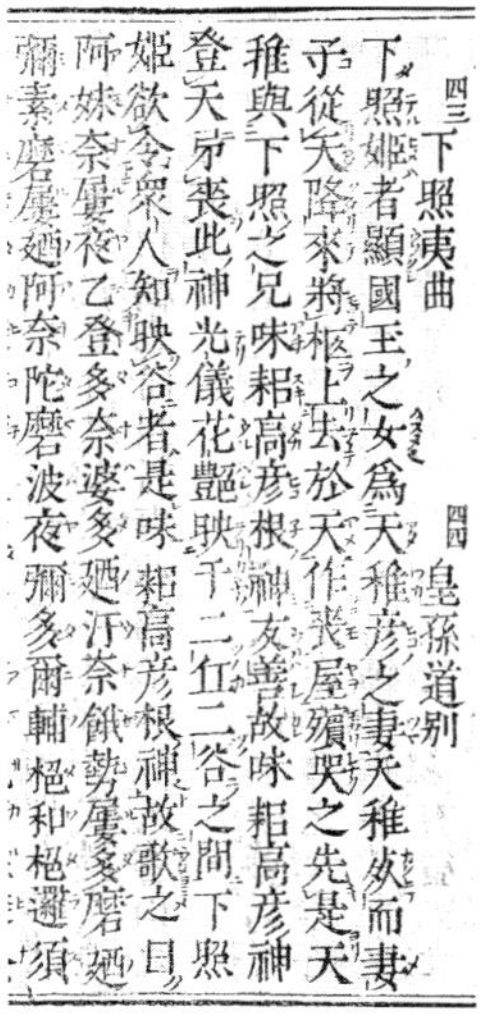

図1 『本朝蒙求』上巻・第四三話「下照夷曲」の前半の記事。左から二行目(「阿妹奈屡夜」云々)が下照姫の詠んだ歌の第一首である。万葉仮名で書かれている。

求』に収録している意図は何であろう。歌詞はとりたてて優れたものとも見えず、歌そのものも有名ではない。有名な神詠といえば、素戔嗚《すさのお》という神が妻を連れて出雲の須賀の地に着た時に謡った「八雲立つ」の歌があり、『古事記』や『日本書紀』のみならず、『古今和歌集』の仮名序にも見える。名高い神詠にもかかわらず、『本朝蒙求』に入っていないことに注目すべきであろう。歌が有名か否かに執着しない仲徹はむしろ、「ヒナブリ」という用語の珍しさに惹かれたのではなかろうか。輝かしい天神の降臨を謳っているものと伝承されながら、後人はそれを「ヒナブリ」と、天神に似つかわしくない名称で呼んでいることにも、面白く感じたのではないか。

『古事記』および『日本書紀』に散見する歌は「記紀歌謡」と呼ばれている。これらの歌謡は『古事記』や『日本書紀』が編集される前にすでに流行っていたものであったことはほぼ定説となっている。『古事記』や『日本書紀』に見えるこれらの歌謡にまつわる伝承――誰がいつでいかなる経緯でこの歌を謡ったか――と歌詞の内容とを比べてみた結果、伝承と歌詞はもともと関係が希薄であることに気付く。下照姫の歌二首もまた同様である。第一首は「天《あめ》なるや　弟織女《おとたなばた》の　頸《うな》がせる　玉御統《たまのみすまる》の　穴玉《あなたま》はや　御谷《みたに》　二渡《ふたわた》らす　味耜高彦根《あじすきたかひこね》」――天に暮らしている織女（織姫星）の首飾りには宝石が連なり、その光彩は谷を二つほど渡って照り輝いているように、味耜高彦根もそれに劣らないほど輝かしいものだ――と謡っている。最後の「味耜高彦根」は後人の手による竄入であろう。織姫の美しい容飾を褒め称えているのがこの歌の元来の主題であったに違いない。

下照姫の歌に登場する「弟織女」すなわち織姫は牽牛（彦星）の恋人として、七夕神話の中心たる人物である。中国を発祥地とする七夕に関わる神話ならびに祭祀は、日本の奈良時代においてはすでに宮廷の年中行事に織り込まれていたらしく、『古事記』や『日本書紀』では、漢詩文の世界は勿論、大和言葉で書かれた歌の題材にまでなっている。織姫と珠玉との組み合わせは中国の漢詩に見えるが、首飾りではなく、佩玉、つまり帯に吊り下げる玉製の装身具としてあらわれ、銀河の星の見立てになっている。七世紀の終わり頃から『古事記』や『日本書紀』が編纂された八世紀初頭の間に活躍していた文人山田史三方（生没年未詳）は、漢詩にも和歌にも長じ、その作品が『懐風藻』と『万葉集』に見える。『懐風藻』に限って言えば、「七夕」と題する詩は数首あり、第五十三首が三方の作詩である。その詩に次の一聯がある。「窈窕鳴衣玉　玲瓏映彩舟」――淑やかに装っている織姫の衣に吊り下がっている珠玉は、さやさやと触れ合い冴えた音で鳴り、織姫が銀河を渡るのに乗っている小船にまでその光彩が映っている――と織姫の美貌とその佩玉の艶美たる様子を称えている。なお、この小船は次節にも出てくる、七夕祭りに欠けてはならないものであった。

(二)庶幾が灯を詠む――七夕祭りの祭具を手掛かりに

仲徹が下照姫の「ヒナブリ」を『本朝蒙求』に収録した理由の一つは、その歌に見える織姫の描写にあるのではなかろうか。同じ『本朝蒙求』下巻の第七十三話に「庶幾詠燈」――庶幾《もろちか》が灯を詠む――があり、これもまた七夕の漢故事を踏まえている。平安中期の文人菅原庶幾(生没年未詳)は、菅原道真の孫であった。ある夜、餞別会に参列していた庶幾に次の句が渡された。「一葉舟飛不待秋」――小舟のような葉っぱ一枚は秋に先立ち、いち早く落ちて空に飛んでいる。それに次ぐべき下の句を必死に考え巡らしたが、相応しい句がすぐに浮かばなかった。そこで同じく参列していた先輩の文豪大江朝綱(八八六~九五八)が「この句には灯の事を詠んで次ぐべきではないか」と一言すすめた。これで想を得た庶幾は即座に「九枝灯尽唯期暁」――九枝灯《きゅうしとう》はすでに消えており、これからはただ暁を待つのみだ――と下の句を詠んで間に合ったとする。

この下の句は一〇一二年頃に編集された『和漢朗詠集』下・餞別に第六三六首として収録されている名句である。しかし、『和漢朗詠集』にはこの句の詩作事情の逸話、つまり庶幾と朝綱の談話を記載していない。詩作事情の逸話の原典は、『江談抄』(一一一一年成立)巻四の第五十二話に求める事ができる。本書によると、この餞別会は来朝していた渤海使を送る大事な行事であった。岩波書店の新日本古典文学大系『江談抄』の脚注は「送別の宴も終わり燭台も燃え尽きて、出発の朝を待つばかり、木の葉の散る秋を待たずに、君の乗る一隻の舟は飛び去って行くのか」と訳している。当面の歴史的事情をよく反映しており、詩を詠んだ当時の現場の雰囲気を如実に述べている。ただし、これだけの説明では本話の面白さを十分に味わえるとは言えない。「九枝灯」とは何であろう。「一葉の舟」は小船の詩的表現にすぎないのか。

この一聯は七夕を連想させている可能性を念頭に入れる必要があろう。七月七日は旧暦の初秋にあたるが、この日に乞巧奠《きっこうでん》という行事を催し、牽牛と織女、つまり彦星と織姫二星の会合を祭り、手芸や諸芸能の上達を祈る。繰り返しにはなるが、この行事は中国から奈良時代の日本に伝来し、宮廷の行事として定着したようである。乞巧奠の祭具の一種である九枝灯については、『故事類苑』歳時部十七・七日七日中、『江家次第』の「七月乞巧奠事」に詳述されている。それによると、九枝灯とは要するに黒漆の灯を指している。庭に祭り専用の机が九台ほど置かれ、一台ずつに灯を据えていた事により、その名を得た。同じ『江家次第』に、「居朱彩華盤一口、置楸葉一枚」とあり、華やかなお皿を据え、その上に楸《ひさぎ》の葉を置く、と記している。楸の同定は確かでないが、おそらくは木豇豆《きささげ》、あるいは赤芽柏《あかめがしわ》であろう。楸の葉と言えば、「楸の葉を戴く」と中国の熟語を連想させる。唐朝では立秋の日に女性たちが楸の葉を花の形につくり頭の上に載せる風俗が流行っていた。立春を祝う風俗である以上、日本の乞巧奠に取り入れられたのは少しもおかしくない。

以上の事を踏まえながら、庶幾の一聯に対する新たな解釈を試みる。上の句の「一葉舟飛不待秋」は祭具のお皿に載せてある楸の葉を、織女の許へと牽牛が銀河を渡るのに使う小舟にたとえ、立秋がまだ来てないにもかかわらず、もう七夕になっているので、すでに船出している、という意味であろう。下の句の「九枝灯尽唯期暁」は同じく祭具の灯九台を、牽牛・織女が同衾している銀河の閨の灯台にたとえ、灯火は何時の間にか消えてしまい辺りは暗くなっている。それに気のつかない二人っきりの楽しい会合は、暁が明くことによって終わりを迎えざるを得ない、と解釈してもよかろう。上の句はこれからの会合を楽しみ、下の句はその離別を悲しむ、時間の流れと感情の変化を巧みに表している。

仲徹が庶幾の一聯をどう理解していたかは分かるすべがない。七夕との関係に気が付いたかどうかも分からない。単に『和漢朗詠集』ならびに『江談抄』に出てくる名句として認識し、『本朝蒙求』に収録するそれなりの価値があると判断したかも知れない。何れにせよ、織姫の漢故事を表に出さず、あくまでも話の背景として仄めかすのが、『本朝蒙求』における漢故事のあり方である。漢故事を和故事に変貌させたり、日本の逸話にそれを溶け込ませたりするのが、仲徹の漢故事に対する自由な扱い方を顕している。

四、『本朝蒙求』が展開する和故事の世界

仲徹は中国産の故事ばかりではなく、日本産の故事も自由自在に取り込んだり変貌させている。本稿では、『本朝蒙求』におけるこれらの「和故事」のありかたを明らかにするため、二つの例を紹介する。

（一）良香と羅城門の鬼

都良香《みやこのよしか》（八三四～八七九）は平安前期の貴族文人であった。後輩の菅原道真が八七〇年に官吏登用の試験を受験した折に、良香が試問を出す役になっていた。良香にまつわる逸話は幾

つかもあるが、仲徹は「良香動鬼」――良香が鬼を感動させる話――を『本朝蒙求』下巻の第一〇五話として収録している。その逸話によれば、良香は春の月夜に乗じて羅城門を通りながら次の一聯を「得た」と書いてある。「気霽風梳新柳髪　氷消波洗旧苔鬚」――空は綺麗に晴れてきて、芽吹く柳の柔らかい糸を梳くかのように風が吹いている。池の上に残っていた氷は、その温かい風により溶けていて、古い髭を洗うかのように漣は岸辺の苔を洗っている――。羅城門の辺りに佇んでいた鬼がそれを聞いて、「この一聯こそ妙を得たものだ」と感動した。なお、この一聯は『和漢朗詠集』に収められていて、平安以降、様々な作品に引用されている甚だ有名な対句である。

良香が「気霽云々」の上の句を吟じると、鬼がそれに「氷消云々」と下の句を付け加えたと伝える文献もある。田中玄《げん》順《じゅん》（生没年未詳）の編んだ『本朝列仙伝』（一六八六）は『本朝蒙求』の七年後に刊行された。これもまた良香の逸話が収録され、絵も入っている（**図2**を参照）。さすがに列仙伝らしい記事で、例の一聯の上の句を良香のものとし、下の句を羅城門の鬼の吟ずるところとして語っている。それから一世紀ほど下がって編集された『扶桑蒙求』は中巻の第三話に「良香一聯」と題し、この逸話を僅か二行で記している。この記事によれば、良香が菅原道真に上の対句を自慢げに唱えた時、道真は特に下の句を「鬼詞耳」と絶賛した。「鬼詞耳」は本文に付してある訓点に従い「鬼詞のみ」――鬼の言葉だぞ――と読み下している。同じ本文の左側にまた別の読みが付されている。「鬼詞耳」のもう一つの読みは「ニンゲントハオモワレヌ」――人間の詞とは思われない、としてある。「鬼詞のみ」であれば、まさに鬼が自ら吟じた詩句と解釈してもよいところに、「人間とは思われぬ」と読み直している。つまり良香が作った句になり、まるで凡人を超えた心境に達している鬼神が詠むような素晴らしい句であると、より現実味のある解釈になっている。

『本朝蒙求』はどちらかと言えば「人間に思われぬ」の解

図2　羅城門の上に悠々と寛ぎ、良香（左）とその御供（右）を見下ろしている鬼は、口を開け下の句を吟じているところ。人も馬も吃驚している。左上に見えるのは上の句に出る柳の木。『本朝列仙伝』巻二「都良香」より（三四丁オ）。

釈を取っている。両句とも良香が唱えたことになっているが、この一聯は良香が自ら作ったかどうかを明記せず、一聯を「得た」と微妙な表現を使っている。必ずしも誰人（或いは鬼）から聞き入れたのではなく、自分なりに思索を重ねてやっと考え出したものとも解釈しうる表現である。

同じく、山本序周《じょしゅう》（生没年未詳）の編集した『絵本故事談』（一七一四年刊）にも良香の逸話が載っており、大阪の街絵師として多くの絵本を出版した橘守国《もりくに》（一六七九～一七四八）の絵も入っている（**図3**を参照）。記事の内容は『本朝蒙求』と酷似しており、鬼が良香の一聯を聞いて「特に妙なり」――なんと素晴らしい対句だ――と感激する。つまり『本朝蒙求』も『絵本故事談』も、一聯の二句とも良香が吟じたものとしている。

庶幾が餞別会の席で詠んだ一聯と、都良香が羅城門を通った際に吟じた著名な一聯と、二つの話を比べると、『本朝蒙求』が作り上げている文学世界における特徴としての聯句の存在に気がつく。良香が一聯を「得た」とは、『本朝蒙求』こそ明記していなくても、羅城門の鬼との関わりがその背後にあり、良香の自力というよりは、鬼神から何らかの想を得てやっと作り得たものであると思わせている。庶幾もまた独自の文才ではどうにも間に合わなさそうな折節に、朝綱が肝心な一言を提供する事によって、やっとできあがったものである。すぐれた聯句は複数の文人の才能によって完成しうるものであり、大きく言えば、文学の社会性を意識させている。

図3　都良香が羅城門を通る月夜の風景。眩しいほどの月光を袂で目を翳し羅城門を見つめている良香(右)と御供(左)の姿。「特に妙なり」と鬼の歎声を聴いた瞬間である。鬼の姿はあえて描いていない。『絵本故事談』上巻の第十八話「都良香」より(二十五丁オ)

五、為憲が頭を嚢に入れる故

『本朝蒙求』中巻に第六話として「為憲入嚢」――源為憲《ためのり》が嚢《ふくろ》に頭を入れる話――が見える。光孝天皇（在位八八四～八八七）の玄孫にあたる源為憲（?～一〇一一）は、文章生――大学寮に在籍する漢文博士――の身分を有し知識に富んだ文人であった。『本朝蒙求』の記事によると、為憲は詩文などを披露し批評し合う「文会」(詩会とも)に参加する度に、必ず嚢一枚を持参する。自分が作った句にせよ他人が作った句にせよ、兎に角その場で優れた詩句が披露されると、為憲は決まって頭を嚢の中に入れ、長くひとりで吟じながら感嘆する。この記事で述べられている為憲の妙な仕草をどう解釈すればよいであろうか。何故に頭を嚢の中まで突っ込む必要があったのであろう。余りにも変わった記事で、本文の解釈が間違っているのではないかと疑われる。ただし、『本朝蒙求』のこの記事をそのまま載せている『絵本故事談』に、肝心な箇所を間違いなく「頭を嚢の中に入れて」と読み下しており、為憲が頭を嚢の中に入れている絵が付してある(図4を参照)。解釈にはやはり問題がないようである。すくなくとも、『本朝蒙求』および『絵本故事談』の編集者ならびに読者は以上のように理解していたに違いない。

　解釈があっていても、もとの質問はまだ解決されない。為憲が頭を嚢の中に入れる故はいまだ不明である。為憲の逸話の素となる文献を求めるに、『江談抄』と『古今著聞集』(一二五四年成立)があげられる。『江談抄』巻四の第九二段には、貴族文豪の大江以言《もちとき》(九五五～一〇一〇)がこの文会で披露した対句を為憲が聞いた瞬間、「不堪情感、入頭於嚢、而涕涙数行」——感動に堪えず頭を嚢に突っ込み涙を流した。文会の参加者は為憲の行為を目撃し、或いは感動して或いは笑った、と記してある。『古今著聞集』巻四・文学第五の第七段「源為憲が書嚢の事」にもほぼ同じ記事が見える。なるほど、菅仲徹が『本朝蒙求』を編纂した際に、為憲が文人仲間の目を憚り、感激の涙を隠すために嚢の中に顔を入れた、という『江談抄』の記事を誤って、為憲は(なぜか)優れた句を吟ずるために嚢に頭を入れた、と語りなおしてしまった。

　今しばらく上の憶説を認めよう。さて、為憲が頭を嚢に入れる動機を明記している『江談抄』を、菅仲徹が誤解して語りなおした理由は一体どこにあろう、という新たな質問を答

図4　『絵本故事談』巻八「為憲」という話に付いている絵には、文会に参加している文人たちの優雅な風景画が描かれている。為憲(一番左)は頭を嚢に入れて優れた句を何遍も吟じている。

えなければならない。もう一度『江談抄』と『古今著聞集』の記事を参照すると、為憲が文会に随身した嚢の事を「土《ど》嚢《のう》」と名づけ、しかもそれは「抄など」――詩句や名文の覚書つまり現代の備忘帳にあたるもの――を入れるためのものである、と両書ともに記している。為憲は文会において即座に詩句を作る手立てとして、役に立ちそうな詩句などがたくさん控えてある備忘帳を嚢に入れて随身した。その心理は分かりやすいが、「土嚢」とは馴染みのない名称である。

為憲はもちろん、平安文人の詩文教養の土台となっていた中国の詩文集『文選』（六世紀前半成立）に「土嚢」という表現が使われている。戦国時代の文人宋玉（紀元前二九八～二二二）の「風賦」（風のことを詳しく描写する長い詩文）に旋風の凄まじい動きを形容するところに「盛怒於土嚢之口」――旋風は土嚢の口に盛んに怒鳴る――とある。『文選』全文に亘る注釈を施した唐の李善（?～六九〇）は「土嚢」の事を「大穴」――大きい穴すなわち洞窟――と解している。旋風が山の洞窟に激しく吹き込み、怒鳴るかのように凄まじい音を立てる。逆に言えば、土嚢、つまり大きな洞窟に風が入ると、はじめて音を出す事ができる。宋玉のこの句は『文選』のみならず、詩文を作るのに最もよく使われた中国の類書『芸文類聚』（六二四年成立）や『太平御覧』（九七七）それぞれの「風」の項目にも引用されている。杜甫（七一二～七七〇）の詩「九成宮」に風が宮殿に吹き廻る様子を描写し、「岌嶪土嚢口」――険しい山々の大きい洞窟（へ旋風は吹き込む）――と「土嚢」一語を用いている。為憲もまたこの言葉に惹かれ、随身する嚢を風の入る穴に見立て「土嚢」と名づけ、そこに「風の音」――詩文の表現――のもととなる様々の詩句を入れていたのではないか。

仲徹が『江談抄』の記事を誤解し新しい解釈をもたらした理由は、この「土嚢」一語にあるのではないか。『本朝蒙求』における為憲の記事に、注目すべき文句がある。「偶有可喜之句、則入其頭嚢中、而吟哦良久」。本論の底本となっている一六七九年刊の『本朝蒙求』の訓点に従って読み下すと、次の通りになる。「偶々《たまたま》 喜《よろこ》ぶ可《べ》きの句が有《あ》れば、即《すなわ》ち 其《そ》の頭《こうべ》を嚢中《のうちゅう》に入れて、而《しこう》して吟哦《ぎんが》すること良久《ひさ》し」。冒頭の「偶有」云々と末尾の「而吟哦」云々に関しては問題ないが、最も肝心な部分――「入其頭嚢中」――を漢文に慣れた目で見ると、どうも腑に落ちない。「入其頭於嚢中」と「嚢中」の前に入るべき「於」一字（日本語の「嚢中に」の「に」にあたる前置詞）を欠いているからである。これに相当する『江談抄』の原文では「入頭於嚢」と「於」の字を入れており、読みやすい漢文になっている。『本朝蒙求』全体の漢文にはいわゆる「和習」――中国本土の漢文とはやや異なった語順や表現の混ざった漢文――が所々入っている。「於」抜きの「入其頭嚢中」はその一例だと判断すればよいかもしれない。しかし、もう一つの可能性がある。菅仲徹は『江談抄』、或いはそれと似た記事の載っている文献から「土嚢」という名称を知りながら、嚢に顔を隠した記事と混同し、「入其土嚢中」を書くべきところに「入其頭嚢中」と、「土」の変わりに「頭」を誤写した。

「入其頭嚢中」の中の「頭」を「土」に変え、「入其土嚢中」――其の土嚢に入れて――と読みなおす事が許されるならば、『本朝蒙求』における為憲の逸話は『江談抄』などのそれと一致し、読みやすい漢文になる。菅仲徹はその誤写に気が付いたかどうかは分からないが、一字の誤写だけで『絵本故事談』の不思議な絵までが生み出されるのは、なんと面白い事であろう。これに似た例は他にもあろうが、漢故事にせよ和故事にせよ、元となる話のわずかな一点もしくは一語を変えることによって、話全体がここまで変容してしまう例はさほど多くない。

この類の変容を可能ならしめる一因としては、蒙求型の体裁にある。『江談抄』における為憲の記事は大江以言の詩句から始まり、文会の経緯を述べてから為憲が顔を嚢に隠した行為の動機、その場に出席した文人同士の反応など、話の文脈を丁寧に伝えている。学習や暗記の便宜を助ける蒙求型に属する書物は、文脈を述べる余裕がなく、最も肝心なところに注目し簡潔に記すに止まる。

結び

『本朝蒙求』はその書名が明示しているように、中国の『蒙求』を踏襲しながら、日本の逸話を故事の文体（ジャンル）の中に語り直している。話の背景として漢故事を仄めかし、或いは和故事を変容させ、内容こそ違っていても、ジャンルとしての体裁や語りぶりは中国の『蒙求』、即ち蒙求物の命脈を忠実に受け継いでいる。同じ蒙求物といっても、相違点は幾つもある。『本朝蒙求』に散見する詩歌談は『蒙求』に見えず、日本における故事文学の特徴になっている。しかも、『本朝蒙求』の詩歌談における文学観は『蒙求』とは根本的に異なっており、道徳教訓的なものではなく、もっぱら実現的または興味本位な逸話が極めて多く収録されているのである。

【V 拡大する漢故事――思想・芸能】

日本人と中国故事

木田章義

きだ・あきよし――京都大学名誉教授。専門は国語学。主な著書・論文に『毛詩抄』（共著、岩波書店、一九九六年）、「活用形式の成立と上代特殊仮名遣」（『国語国文』五七巻一号、一九八八年）、「顧野王『玉篇』とその周辺」（『中国語史の資料と方法』京都大学人文科学研究所、一九九四年）などがある。

日本人が中国故事・漢詩文由来の成句を利用するとき、日本的文脈に合うように変形して用いることが少なくない。「衣錦還郷」「衣錦夜行」という成句から「錦を着て故郷に帰る」「夜の錦」が生み出されたが、その用い方はかなり違っている。それは日本と中国との習慣の違いや感性の異なりから生じている。また、高尚な中国文学の世界と日常的な日本人の生活との位相の違いが、用いる故事成句の選択に反映する。

一、故事成句と諺と成句

「我的丑娘（私の醜い母）」という江蘇衛星放送のドラマ（二〇〇八年）は、設定も不自然で、見ごたえのない作品であったが、主人公の農村の老女がさかんに成語や諺を使っているのが興味を引いた。

（一）「寧拆十座廟不破一門婚（十の廟を潰すより一つの結婚を守るべきである）」、

（二）「大人不計小人過（大人は小人の過ちを咎めない）」、

（三）「家貧不是貧、路貧貧殺人（家で貧しいのは貧しいのではなく、旅で貧しいのは命に関わる）」、

（四）「刀子嘴豆腐心（口はきついが心はやさしい）」

のような成句である。（三）は十七世紀後期の歴史小説『隋《ずい》唐演義《とうえんぎ》』（第七回）[1]、十八世紀中頃の章回小説『儒林外史《じゅりんがいし》』（三十四回）[2]、でも使われているので、それらに由来するのかもしれない。（四）は他のドラマでも頻用される。このドラマ

の成句は俗語的なものばかりであるが、都会の浮ついた世相を描くものであるから、古典に基づく成語は使う場所がなかったのかもしれない。

『隋唐演義』や『儒林外史』、そして十九世紀初の章回小説『官場現形記《かんじょうげんけいき》』(3)は俗語で書かれた白話小説であるが「俗語説」「古語説」「古人云」「自古云」「自古道」などと称して、故事成語がたくさん用いられる。

「自古云『天下危、注意帥』」(『隋唐演義』九十回)は『史記』陸賈《りくか》伝、「摽梅之候」(『儒林外史』二十回)は『詩経』(召南・摽有梅《ひょうゆうばい》)、「真有沉魚落雁之容、閉月羞花之貌」(『儒林外史』十回)は故事(西施、王昭君、貂蝉《ちょうぜん》、楊貴妃)を集めたものである。もちろん古典に基づいているがすでに固定した表現となっている「附驥尾」(『史記』伯夷伝)、「大器晩成」(『老子』四十一章)のような句も使用されている。『儒林外史』の作者・呉敬梓《ごけいし》は科挙を目指した知識人であり、描いた世界も科挙を目指す人々の生態であるから、古典を典拠にした成句が多いのかと思えば、意外に少なく、日本の俗諺「馬鹿と鋏は使いよう」「口は禍の門」式の生活の知恵としての成句がほとんどである。『論語』に基づく成句は、「孔子只講得個『言寡尤、行寡悔、禄在其中』」(『論語』為政)のように明示していることが多い。

これらの作品に使用される成句はいわゆる俗諺と言われるものが多いが、俗諺と故事成語との区別は曖昧なところがある。たとえば俗諺の「朽木不彫」は『論語』(公冶長)「朽木は彫るべからず」から来ている。「青天霹靂」(王令「寄満子権」、『官場現形記』二十一回)、「一字千金」(『史記』呂不韋伝、『隋唐演義』八十二回)なども典拠らしきものがある。「井水不犯河水(井戸水は河水を侵さない)」は『官場現形記』(五十一回)でも諺として使われおり、更に古い例があるかもしれないが、俗諺であろうし、「胖子不是一口吃的(一口食べただけではデブにならない)」になると典拠はないと思われる。古典句が現代語の中に使われると、やはり古い語感になってしまい、厳かな、あるいは改まった印象になる。たとえば、現代語の文章の中に「朽木不可雕也」とあれば、古くさい表現であることはすぐに分かり、改まった場面や厳かに表現するとき以外は使いにくい。しかしそれが「朽木不彫」の四字成句になると、『論語』の匂いが薄まり、単なる一つの成句として利用しやすくなる。「青天霹靂」「一字千金」なども「突然の出来事」「優れた文章・文字」という意味の句と理解されて、典拠は念頭に浮かばないだろう。日本語でも「切磋琢磨」を使う度に『詩経』(衛風・淇奥《きいく》)を思い出す人はいないだろう。「粒々辛苦」は日本でも中国でもよく使われる成句であるが、李真「憫農」（『古文真宝』前集）との関連はほぼ絶たれている。このように俗諺と故事成語は時折つながっているので、特に出典との関係が深いことを示すときには「故事成語」と言い、典拠のない生活の知恵に基づくものは「俗諺」と呼んで、これらをまとめて便宜上「成句」と表現しておく。

中国では古くから『論語』は尊重され、現在の中学高校でも、道徳教育の一環として学んでいる。従って『論語』の中の箴言・格言はよく知られているはずであるが、「君子」や「聖人」などの心構えや「仁・徳・恕・知・忠・恭・敬・義」などは、俗な世界を描くには重々しすぎるのであろう。科挙を目指した呉敬梓などは『論語』を暗唱していたはずであるが、それでも現実を写す物語の中では、その成句を利用することができなかったのである。

日本でも『論語』の故事はよく利用される。たとえば、「不惑の歳」は日本人がよく使う『論語』（為政）の一句である。四十才になった感慨をこの句で表現するのである。日本人にとっては人生の中で、四十才が一つの感慨を催す年齢であるということなのであろう。『論語』の同じ文脈に用いられる「而立の歳（三十才）」「知命の歳（五十才）」「耳順の歳（六十才）」「従心の歳（不踰の歳、七十才）」などはあまり使われないようである。日本で故事成句を集めると、『論語』に基づくものが多くなりがちで、例えば、『中国古典一日一言』(4)では三六五句が選ばれているが、

『論語』四十三、『史記』二十四、『老子』二十、『孟子』十九、『菜根譚』十八、『易経』十六、『書経』十六、『荘子』十六、『荀子』十四、『礼記』十三……

となっている。故事成語の選択には個人的な好みが反映するので、この比率が全体的なものとは言えないだろうが、『論語』が多いことは分かる。

「温故知新（故きを温《たず》ねて新しきを知る）」
「不怨天、不尤人（天を怨まず、人を尤《とが》めない）」
「易者三友、損者三友（役に立つ三種の友があり、損になる三種の友がある）」
「和為貴（和を貴しとなす）」
「過猶不及（過ぎたるは猶及ばざるがごとし）」
「後生可畏（若者は畏怖すべきである）」
「巧言令色、鮮矣仁（口がうまくて柔らかい物腰の人には仁者が少ないものだ）」
「徳不孤、必有隣（徳ある人は孤独ではない、必ず隣人がいる）」
「無遠慮、必有近憂（遠き慮りがなければ、必ず身近に困り

事がおこる)」

「聞一以知十(一を聞いて十を知る)」

「過而不改、是謂過矣(過ちて改めず、是を過ちという)」

など、耳慣れた句が多い。『論語』は修身の書でもあるから、こういう成句が尊ばれたのであろう。


ちなみに、『日本語のなかの中国故事』(5)では、

『史記』四十二、『孟子』十三、『後漢書』十二、『礼記』十二、『易経』八、『漢書』八、『詩経』八、『荘子』八、『論語』七、『列子』七、『老子』六

のように、『論語』は多くないが、これは筆者の好みの反映もあり、また漢語語彙や四字熟語が多いことも関係しているようである。本書には「女子と小人は養い難し」(『論語』陽貨)が上げられているが、これは日本ではほとんど成句としては取り上げられなくなっている。現在の中国でも名言集には入れられていない。社会の変化とともに格言とされるものも変わってくる。

二、衣錦還郷と衣錦夜行

「錦を着て故郷に帰る(故郷へ錦を飾る)」もよく使われる成句である。これは項羽の「富貴にして故郷に帰らざるは錦を衣て夜行くが如し」(富貴不帰故郷、如衣繡夜行)という言葉に基づくものと言われている。「金持ちになったことを故郷の人々に知られなければ意味がない」という意味になるが、これを聞いた人物(『漢書』陳勝項籍伝では韓生)が「項羽が世間から猿が冠を被っているといわれるが、それは本当だ」と言って、殺されてしまう(『史記』項羽本紀)。項羽がせっかく秦の都を平定したのに、その財宝を掠奪しただけで楚へ帰ってしまうのでは天下を取る資格がない、単なる「田舎者」と評されたのである。この項羽の逸話では、その言葉は否定的なものであった。『漢書』朱買臣伝には、朱買臣が故郷の呉に居るとき、薪を背負いながら書を読み、貧しい暮らしをしていたが、妻に「私は五十才になれば富貴になる。今はもう四十才を越えている。私が富貴になったらあなたの苦労に報いる」と言ったが、妻はそれを信じず、怒って「あんたのような人は終にはドブの中で餓死するだけだ。どうして富貴になれようか」と言って去っていった。朱買臣はその後、長安に行き、武帝に仕えて出世し、会稽太守に任じられた。その時、武帝が「富貴不帰故郷、如衣繡夜行、今子何如?」と言った。朱買臣が故郷に帰ると、新しい太守を迎えるために、彼の元の妻が新しい夫とともに、道路の掃除をしていた。元の妻と新しい夫を呼び止めて車に乗せ太守の館に連れて行き、食を与えて養うが、妻は一と月後に自殺した。この逸話では

『史記』項羽本紀の句を利用していると言われるが、肯定的に表現されているようにみえる。ただ、文脈としてあまり適切ではなく、会稽太守になれば故郷の呉もそこに含まれるのであるから、故郷に帰らざるを得ないのである。わざわざこのように表現する必要はない。ここで「富貴不帰故郷、如衣繡夜行」というのはやはり『史記』を意識しているからであろう。逸話の内容は太公望の「覆水盆に返らず」の逸話と似ているが（『野客叢書《やかくそうしょ》』巻二十八）、朱買臣が元妻の夫婦を養ったり、妻が恥じて自殺してしまうという点を見ると、再会後の男女の態度がまったく異なり、儒教的な価値観が反映しているようである。

漢の高祖（劉邦）は、黥布《げいふ》の叛乱や楚王の叛乱を平らげ、帰還する時に故郷の沛《はい》に立ち寄って、旧知を招いて大盤振る舞いをし、また立ち去るとき、沛人達が盛大な別れの宴を張った（『史記』〈高祖本紀〉）。これはついでに立ち寄るとは言え、「故郷に錦を飾る」に近い逸話である。

洛陽の蘇秦《そしん》は遊説に失敗し、貧乏になって故郷に帰った。故郷では家族からも馬鹿にされていたが、後に、六国の宰相を兼ねるまでに出世し、再び帰郷すると、昔、彼を冷たくあしらった兄嫁まで這いつくばってあやまったという逸話がある。蘇秦は「自分にもし洛陽の街に近くに田地が二頃もあったなら、六国の宰相にまでなれなかっただろう」と述懐し、親族、友人などに金を与えた（『史記』蘇秦伝）。この逸話などは「故郷に錦を飾る」と見ることができるが、導き出された述懐を考えると、必ずしもそういう意図の帰郷でもなさそうで、むしろ故郷に対する感謝である。

孟浩然（六八九～七四〇）、李白（七〇一～七六二）、杜甫（七一二～七七〇）などの唐代の詩人をはじめとして、宋代の蘇軾（一〇三七～一一〇一）、陸游（一一二五～一二一〇）など、漢詩においては、望郷の念は重要な主題となっている。中国文学においては故郷は追憶し、あるいは隠棲する場所として表れることが多く、生々しく綺羅を着て凱旋するところとして描かれることは希である。

ただし、散文的表現では、「錦を着て夜行くようなものだ」という裏からの表現ではなく、積極的に「衣錦還郷（錦を衣て郷に還る）」という表現もある。

『梁書』（陳・姚察《ようさつ》、姚思廉《ようしれん》、六二九年）に、

高祖餞於新亭謂曰、卿衣錦還郷、朕無西顧之憂矣。
（巻九・列伝三・柳慶遠伝）

高祖謂曰、卿母年徳並高、故令卿衣錦還郷、尽栄養之理後、転為西中郎湘東王、長史太守如故。
（巻四十・列伝三十四・劉之遴伝）

の例がある。第二の礼は母親に孝養を尽くすためにという条件がついているが、ともに日本で言うところの「錦を着て帰る」に近い意味である。

『周書』（六三六年）にも、

　謂之曰、観卿風表終至富貴、我当使卿衣錦還郷。

（巻二十八・列伝二十史寧伝）

という例がある。

例としては『梁書』が最古であろうと思われる。他にも、時代が降るが「衣錦過郷」「衣錦栄帰」などの似た句が使われており、中国においても珍しい発想ではなかったと思われる。

『旧唐書』（巻五九・列伝九・姜謩《きょうぼ》伝）にも「高祖謂曰、衣錦還郷、古人所尚」とあるが、これは姜謩が秦州刺史を拝命した時の高祖の言葉で、姜謩は秦州の人であるから、まさしく「衣錦還郷」になる。注意すべき事は、「古人ノ尚ブ所」と表現されていることである。古くからこのような発想があったことが推察できるのである。項羽の言葉もこのような発想が一般化していたために生まれたみることもできるだろう。

そうなると日本の「錦を着て故郷に帰る」という表現は、実は項羽の逸話からではなく、『梁書』『周書』『南史』などの南北朝の史書に見られるこの表現に由来するとみる方が良いかもしれない。『日本書紀』には『梁書』や『南史』に基づく句があり（小島憲之『上代日本文学と中国文学』（上）、塙書房、昭和五十二年〈一九七七〉三版）、おそらく奈良時代には読まれていたと思われる。『日本国見在書目録』（藤原佐世、寛平三年〈八九一〉頃）には『周書』や『建康実録《けんこうじつろく》』（唐・許嵩《きょすう》、成立は八世紀中頃か。「衣錦還郷」の句が一例ある）は記載されており、古くに日本に舶載されていた可能性はある。

三、日本の「錦を着て故郷に帰る」

日本では、菅原道真（八四五～九〇三）に、

「宮滝御幸記略」（岩波書店・日本古典文学大系『菅家文草』参考付載）

　満山ノ紅葉破《くだ》ク二小機ヲ一
　況ヤ遇ムヲヤ二浮雲ノ足下ヨリ飛ブニ一
　寒樹不レ知ラ二何処ニ去ルヲ一
　雨中衣テレ錦ヲ故郷ニ帰ラム

とあるのが一番古い例になると思われる。第三句の意味がはっきり分からないのであるが、第四句は、韻の関係で「帰」を用いて、句末に持ってきている。この句は「衣錦還郷」を下敷きにしているとみて良いだろう。これは紅葉を錦に喩えた表現で、富貴になって故郷に帰るのではない。この

最古例が漢詩の中に用いられ、錦を紅葉に対する表現に用いていることは、これ以降のこの句の使用と関わって、注意されるところである。

「仁安二年（一一六七）八月太皇太后宮亮平経盛家歌合」の、

草花・七番　左　右近少将源有房

萩が花　分けゆくほどは　故郷へ　帰らぬ人も　錦をぞ着る

紅葉・一番　左　重家朝臣

山姫や　着て故郷へ　帰るらん　錦とみゆる　衣手の杜

も紅葉を錦と見立てており、故郷に帰ることも読み込まれ、やはり「衣錦還郷」のような句を背景に考えることができる。

『源氏物語』（梅枝）にも、

めづらしと　故郷人も　待ちぞ見ん　花の錦を　着て歸る君

という歌がある。これは蛍宮に歌いかけたものであるが、この「故郷人」は蛍宮の妻を喩えて言っている。妻も美しい錦を着た蛍宮を待ち望んでいるのだろうというので、実際に故郷に帰るというのではないし、富貴になったというのでもない。しかし、「錦を着て故郷に帰る」という発想がなければ成り立たない歌である。

日本の例では「如衣錦夜行」という迂遠な表現を背景にしていると見るよりも、「衣錦還郷」のような積極的な帰郷と見る方がしっくりする。

一方、歌の世界では、「夜の錦」（「闇の錦」）という歌語があり、頻繁に使用されている。

『古今集』（巻五秋下）にある、紀貫之（八六六～九四五）の、

見る人も　なくて散りぬる　奥山の　紅葉はよるの　にしきなりけり　（二九七）

がその最初であろう。他にも、

『躬恒集』（凡河内躬恒〈八五九？～九二五？〉）

こゑにのみ　ちるときこゆる　もみぢばの　よるのにしきは　かひなかりけり　（三一九）

『元真集』（藤原元真〈？～九六五～？〉）

たつたやま　ふかきもみぢも　きみみずは　よるのにしきと　なほぞくちまし　（七三）

などで、その後も頻繁に使われている。歌だけでなく、『無名抄』（五十四話）にも「よろしき歌を詠めるにつけても、夜の錦に異ならず」という。不熱心な人々の歌会では立派な歌を詠んでも、誰も分からないという意味である。

これらの「夜の錦」も項羽本紀の故事に基づいた表現と解釈されるのが普通のようである。ただ、歌では「故郷」には

関係がなく、はたして項羽本紀の故事を背景に想定して良いのかはっきりしない。紀貫之の歌でも、「誰も知らないうちに、夜を飾っているのだなあ」と、見えぬ世界を想像して、暗い中を染め続ける紅葉の美しさを形象しているとも受け止めることができる。しかし一般的に歌語としての「夜の錦」は紅葉について使用され、躬恒の歌のように「甲斐がない」という意味で用いられる。それが歌語としての伝統になっている。桜や梅については暗くて見えないと捉えることはほとんどなく、見えない場合でも、梅の香りが流れてきたり、散った桜が夜道に見えるというように、その存在は感知できるのであるが、紅葉に限って、見えなくて無駄になるという表現になる。見えないことを惜しむという発想に「如衣錦夜行」との連想があったかもしれないが、描こうとした世界はまったく異なったものである。しかし道真の漢詩以来、「錦」という言葉が「紅葉」に結びつき、それによって背景の「故郷に還る」こととは離れてしまい、見えないことを惜しむという文脈に使用されるようになったとみれば、やはりこの句の根底には「衣錦夜行」が横たわっているとみることが出来るのであろう。それを典拠と呼ぶかどうかは別としてであるが。

　少し時代が降ると、故郷へ帰る時は錦を着るものであるという意識もあったようである。『平家物語』（七巻）に、

　事の喩候ぞかし。古郷へは錦をきて帰れといふ事の候。錦の直垂御ゆるし候へ。　（下・八一頁）

という例があり、これは七十才を過ぎた老武者・斎藤実盛が故郷の越前に攻め上る際、死を覚悟して錦の直垂の着用を願う場面である。武士としての面目から、通常は許されない錦を着て、華々しく故郷で死にたいというのである。中国故事の句を下敷きにしてはいるが、意味が全く異なって、まるで独立した成句のように見える。その後の『源平盛衰記』や謡曲「実盛」でも、実盛の逸話としてこの句が引かれるので、人口に膾炙した表現であったと思われる。

浅井了意『狂歌咄』（巻三）「故郷へ帰るも今は恥ならず錦にまさるすみ染の袖」なども「衣錦還郷」を背景にしているのであろう。

「如衣錦夜行」の形では、『曽我物語』（巻十）に「『人とみて、古郷に帰らざるは、錦をきて、夜行くがごとし』といふふるきことばお（を）やしりけん」という例もあるが、所領安堵の報告に故郷に帰るという意味で、文脈にはそぐわず、いかにもとってつけられた句という感じである。もちろん真名本にはない。

　このように見てくると、中国に於ける「衣錦還郷」「衣錦

夜行」の成句はたしかに日本語の表現の中に定着していたようだが、その使用する文脈は、中国とはかなり異なったものとなっていることが分かる。

四、社会背景の相違

このように、江戸時代以前の「故郷に錦を飾る」は譬喩であったり、単なる帰郷について使用され、現代的な「故郷に錦を飾る」の意味で使われた例は無いようである。

これは、室町以前の日本の社会的状況からみると、当然ともいえる。地方から都へ出てきて立身出世して、あるいは大金持ちとなって故郷に帰ることはほとんど不可能であった。農民が都で官位官職を得ることはあり得ず、商売をして大金持ちになることも難しい。それが可能になるのは、商人の地位が上がり、官位官職が売り買いされるようになってからのことと思われる。おそらく室町末から江戸時代以降でないと、そのような状況は起こらなかったであろう。

中国では、農民や商人でも、少し余裕があれば、子どもに県試や府試を受験させ、貧困から逃れようとした。貧農の子でも、優秀な子は親戚や村で面倒を見て勉強させ、県試や府試を受験させることもあった。院試に合格して成員（秀才）になれば、相応の尊敬を受け、家庭教師や地方の文書係などに就いたりもできた。更に郷試を通過して挙人になれば、町中、村中が大騒ぎで、知識人として大切にされ、地方官に任命されたり、役職を得た。特に宋代以降は科挙の制度が安定して、しっかりとした出世の道となったので、多くの若者（時には老人まで）が科挙合格を目指した。『官場現形記』（第一回）では、科挙に合格すると何が良いのかと尋ねる子どもに、官吏になれば、「有銭賺、還要坐堂打人、出起門来、開鑼喝道（金儲けは出来るし、役所に座って人を打擲することも出来るし、門を出れば、銅鑼を鳴らして、人を追い払うことができる）」と説明している。つまり地方官になれば、自然と富貴になるので、文章にはあまり出てこなくても、現実として「衣錦還郷」は珍しいことではなかったのである。

ところが、日本にはその科挙に当たる試験はなかったので、農民や商人の子が出世する機会もなかった。僧として立身するという道はあったが、富貴を誇ることはできなかった。商売で小金を貯めることはできても、富貴というにはほど遠い。戦国時代になると、下克上の結果、ようやく北条早雲や斎藤道三のように戦国大名にのし上がることもあり得たが、彼らとて貧農や商人の出ではなかったようである。日本で本格的に「故郷に錦を飾る」ことができる社会になったのは、明治以降といってもよいであろう。どういう身分であっても、高等教育を受け、大学を出れば、官吏・官僚になれた。明治時代に官吏になるのは中国ほどではないが、大きな出世であった。ただ、そのような社会になったとはいえ、出世して、あるいは金持ちになり、わざわざそれを誇るために故郷に帰るという行動はあまり見られず、あくまで表現の上でのことのようである。明治時代の例をみると、

三遊亭円朝（一八三九〜一九〇〇）「時にお差支もあるまいが此の中には五十両あります、故郷へは錦を飾れといふ事でございますから、飾りは立派にして帰れば親族の手前も鼻が高い」（「業平文治漂流奇談」十五）

夏目漱石（一八六七〜一九一六）「故郷へ錦を着るといふほどでもないが、まあ教師になって這入った。」（「模倣と独立」大正二年（一九一三））

泉鏡花（一八七三〜一九三九）「帰省者も故郷へ錦ではない。」（「古狢」）

菊池寛（一八八八〜一九四八）「父の仇、滝沢休左衛門を討って、故郷へ晴がましい錦を飾ったことである。」（「仇討三態」）

のような例が多く、実際には、堂々と帰郷できる、あるいは晴れて帰郷するという比喩的な表現として用いられている。もともと帰郷するのに尾羽うち枯らしては帰れないもので、出世するまでは帰らないと誓うのが普通である。「兎追いし彼の山」で始まる文部省唱歌「故郷」の三番は「志を果たして、いつの日にか帰らん、山は青き故郷、水は清き故郷」（作詞は国文学者の高野辰之）と歌われる。大正三年（一九一四）頃の歌であるので、「志を果たす」というやや規範的な価値観で作詞されているが、これが当時の故郷を出るときの心構えとして普通だったのである。つまり明治以降の日本でも「故郷に錦を飾る」という成句は知られていても、あくまで比喩的な表現としてであり、現実の生活の中ではそれははしたない行為で、日本的感性にはそぐわない行動であったと思われるのである。

ただ例外は、農村では、一選抜上等兵となったり、将校になって帰郷する場合に「錦を飾る」と意識されたようで、よく回顧の文章に使われている。これは富貴にはなっていないが、志を果たした、また有為な人材と認められて帰ってきたということで、「錦」と表現されたのである。従って軍人に関する回想では、「瀬島のなかには、明治維新以来の出世主義やエリート意識も同居している。身を起こし、名をあげ、故郷に錦を飾りたいという気持ちも強い」[6]のような表現が出てくるのである。

「故郷に錦を飾る」が「衣錦還郷」を典拠としているとし

ても、社会的背景の違いもあり、日本ではあまり具体的な行動としては表れず、中国では官吏となって帰郷することは「衣錦還郷」そのものであり、具体的な行為としては盛んに行われているのである。これは故郷に対する両国人の受け止め方も異なっていることも原因であろう。中国人にとっては故郷は家族が居るだけではなく、面倒を見るべき多くの親戚もいる。面子を重んじるために派手な宴会も開き、祝い事があれば相応の祝いを渡す必要もある。その様子は『儒林外史』に描かれた世界に詳しい。この作品には次回の展開を告げる末尾の句に「衣錦還郷」が一例だけ使われているが、それは罪を逃れて晴れて帰郷できるという意味で、実際に富貴になって帰郷するのではない。この作品でも文章として表現はされないが、具体的な行動として「衣錦還郷」となる場面は頻繁に描かれている。表現が必ずしも実態を語るのでは無いのである。

五、日本人と中国故事

このように、中国故事に基づく成句であっても、日本の社会の状況によって、表現だけが利用されていたり、あるいは歌語の「夜の錦」のように、故事とはほとんど繋がらない表現として利用されることもある。改めて、日本人にとって中国故事はどのような位置にあるのかを考えてみよう。

日本人は古くから漢詩文を崇めてきている。そこに描かれた世界も、自分の住む世界とは異なった、崇めるべき世界であった。現実の活動や生活、またそれを写した文学は、それらの高尚な世界とは隔絶したものであり、あくまで知識としての世界である。

『枕草子』(二九九)の白居易の詩「香炉峯下新卜山居草堂初成偶題東壁」についての、

雪のいと高う降りたるを、例ならず御格子まゐりて、炭櫃に火おこして、物語などして集まりさぶらふに、「少納言よ、香炉峰の雪いかならん」と仰せらるれば、御格子あげさせて、御簾を高くあげたれば、わらはせ給ふ。人々も、「さることは知り、歌などにさへうたへど、思ひこそよらざりつれ。なほ、この宮人には、さべきなめり」といふ。

という有名な逸話がある。「香炉峰の雪はどうだろう」という問いに対しては、即妙の歌に詠んで、それに答えるのが通常であろうが、それを簾を上げて、その詩の世界を再現して見せるという答え方は、中宮定子やその周囲の女官たちの予想外の行動であり、感心するとともに、笑わざるを得なかったであろう。清少納言と定子とが親密な関係にあったことがうかがえ、同時に、人々が「さることは知り、歌などにさへうたへど」と言ったように、女房達の世界でも有名な故事となっていたことも分かる。自分たちの現実生活とは異なった高尚な世界であったはずの漢詩文の世界を、現実の世界として演じて見せたところに機知があるのであろう。

日常生活は高尚な世界とは無縁であるが、何らかの感慨を催すとき、あるいは述懐するときに、この中国の世界を利用することになる。いわば掛け軸を眺めるようにその世界を一瞥し、格調を高めたり、感慨を表現した上で、再び現実生活に戻るのである。

はじめに触れたように、『論語』は中国故事の一つの源泉になっている。どの部分を利用して故事成語とするかは、読み手によって変わってくる。例えば、「述而」を例にすれば、

「述べて作らず(述而不作)」、

「久しきかな、吾また夢に周公を見ず(久矣、吾不復夢見周公也)」、

「暴虎馮河、死して悔なき者は、吾与にせず(暴虎馮河死而無悔者、吾不与也)」、

「仁を求めて仁を得たり、また何か怨みんか(求仁而得仁、亦何怨乎)」、

「不義にして富み且つ貴きは、我において浮雲の如し(不義而富且貴、於我如浮雲)」、

「子、怪力乱神を語らず(子不語怪力乱神)」

など、故事となりそうな句はたくさんある。「仁を求めて仁を得たり」だけを切り取っても良いだろう。しかし実際には使われる句は、「述べて作らず」「暴虎馮河」「怪力乱神を語らず」くらいであろう。一般的な文章中で用いられる時には、「作り話をしない」「向こう見ず」「いい加減なことは言わない」というごく狭い意味で用いる。それでもこれらの句を使うと改まった感じになり、用いる場所は限られてくる。やはり『論語』が修身の教科書と捉えられているからであろう。「聖人」や「君子」は日本の社会では「聖人君子ではないから」というように否定的に用いられ、「聖人である」、「君子である」と評価されることは希である。日本人はそういう存在を信用していないのである。

日本人が使う成句は俗諺に近いものが多い。先に一で、人口に膾炙しているとして挙げた『論語』の故事成句でも、「巧言令色鮮矣仁」は「甘い言葉に気をつけよ」、「温故知新」は「亀の甲より年の功」「松かさより年かさ」、「無遠慮、必有近憂」は「転ばぬ先の杖」、「聞一以知十」は「目から鼻に抜ける」、「不怨天、不尤人」は「人を怨まば穴二つ」のように日本の俗諺に似た意味のものがあり、そういうものは故事

成句として使いやすいのである。「易者三友、損者三友」「徳不孤、必有隣」「過而不改、是謂過矣」なども使われはするが、たとえば、「易者三友、損者三友」は三人と限定する必要もないし、良い友人と悪い友人に分けること自体に納得できないとか、「徳不孤、必有隣」は特に好まれる句であるが、現実には「徳」があると認められながら孤立させられた人間はたくさんいるとか、「過而不改、是謂過矣」というが、認めれば失敗にならないなどというのは屁理屈であって、文章としても初めに「過（あやまち）」と言っているのであるから、改めても過ちであるはずである……などと考える人がいれば、これらの句はほとんど意味のない成句となる。『論語』を崇めているからこそ、これらの句が箴言・格言としての位置を得ているということである。

日本人は中国の文物・制度を受け容れるときに、日本的選択を行ってきたのであるが、漢詩文、特に儒教は学問の骨格として受け容れたために、その価値観もそのまま引き継いでいる。したがって漢詩文由来の句は格言にも、成句にもなり得た。しかし実際に使用する際、日本的選択を行い、改まった時、格好を付けるとき、学を見せるときに使用するものと、俗諺に近い意味のものとを選択して使用するようになっているのである。日常生活で、「君子は和して同ぜず」と言った時、真摯にその典拠を考えて言うことは希で、どこかおどけた調子で使用していることを感じることと思う。それは結局、日本人が心の深い所では儒教の価値観を受け容れていなかったことを示しているのではないだろうか。

注

（1） 褚人獲『隋唐演義』（一六三五～一六八一～？年）。
（2） 呉敬梓『儒林外史』（一七〇一～一七五四年）。
（3） 李宝嘉『官場現形記』（一八六七～一九〇六年）。
（4） 守屋洋『中国古典一日一言』（PHP文庫、一九八七年）。
（5） 小林祥次郎『日本語のなかの中国故事』（勉誠出版、二〇一七年）。
（6） 新井喜美夫『転進　瀬島龍三の「遺言」』（講談社、二〇〇八年）。

あとがき

小山順子

本書は、科研費（16K02379）「中世における漢故事のパラフレーズ」（研究代表者・森田貴之、研究期間二〇一六〜一八年度）の成果の一部としてまとめたものである。この研究は『蒙求和歌』に見る漢文学と和文学の融合」（研究代表者・森田貴之、研究期間二〇一三〜一五年度、研究課題番号・25370245）をうけ、研究対象を『蒙求和歌』から漢故事全体へと広げて発展させたものとして申請し、採択されたものである。

元来、この二つの科研費による研究は、京都大学大学院でスタートし、現在まで続いている『蒙求和歌』輪読会を基にしたものである。私の手元にある資料ファイルによると、第一回輪読会は二〇〇四年五月。遠い記憶をたどると、第一回輪読会の発表者であった森田貴之氏と、大学院の彼の同期である竹島一希氏・山中延之氏が企画した勉強会で、説話・韻文・語学など、分野を横断して『蒙求和歌』を分析し読んでゆきたいというものだった。和歌を専門にする私にも参加してほしいと声を掛けられ、第一回から加わった（ちなみに研究会のメンバーでは私が最年長であるので、この「あとがき」も担当している）。蔦清行氏が数ヶ月遅れで参加するようになり、後に阿尾あすか氏が加わったように記憶している。

早いもので、あれから十四年が経つ。メンバーも就職し、遠方に住むようになった人もいるなど、今では年に数回集まって輪読会を開くのがやっとである。京都大学大学院のOB・OGを中心に、様々な人々が参加してくださって続いている。しかし十四年変わらないのが、輪読会の雰囲気である。『蒙求和歌』の本文批判、典拠探索、和歌注釈と、きわめて真面目な内容で進めているのは言うまでもないが、各自の専門分野から自由に発言し、しばしば脇道にそれながら本道に帰ってくる。研究とは基本的に孤独な営為であるが、仲間で集まって取り組む以上は、楽しく意見を出し合い交換しながら、各々の考察を深めてゆきたい。笑いが絶えない中で進む輪読会というのは、端から見れば不真面目に映るかもしれないが、当人たちはいたって真面目に取り組んでいるのである。

本書には、『蒙求和歌』輪読会の参加者だけではなく、京都大学大学院出身者を中心とする方々に寄稿をお願いした。特に、編集者三名にとって恩師にあたる木田章義・大谷雅夫両先生と、常々御学恩を蒙っている漢文学研究者・堀川貴司先生にご寄稿いただけたことは、本書にとって大変嬉しいことであった。関係者の中でも、特に寄稿をご快諾くださった三先生、また本書の出版にご高配を賜った吉田祐輔氏に、編集者一同、篤く御礼申し上げます。

執筆者一覧（掲載順）

大谷雅夫　黄　一丁　濵中祐子
阿尾あすか　小山順子　瓦井裕子
黄　昱　森田貴之　竹島一希
河村瑛子　三原尚子　中村真理
山本真由子　蔦　清行　山中延之
堀川貴司　中村健史　中嶋謙昌
朴　麗玉　クリストファー・リーブズ
木田章義

【アジア遊学223】

日本人《にほんじん》と中国故事《ちゅうごくこじ》

変奏《へんそう》する知《ち》の世界《せかい》

2018年9月20日　初版発行

編　者　森田貴之《もりたたかゆき》・小山順子《こやまじゅんこ》・蔦《つた》　清行《きよゆき》

発行者　池嶋洋次

発行所　勉誠出版株式会社

〒101-0051　東京都千代田区神田神保町 3-10-2

TEL：(03)5215-9021(代)　FAX：(03)5215-9025

〈出版詳細情報〉http://bensei.jp/

印刷・製本　㈱太平印刷社

ISBN978-4-585-22689-5　C1395

『何典』研究の回顧と展望　周力
宣教師の漢文小説について―研究の現状と展望　宋莉華（後藤裕也・訳）
林語堂による英訳「鶯鶯傳」について　上原徳子

Ⅳ　中国古典小説研究の未来に向けて

中国古典小説研究三十年の回顧と展望　金健人（松浦智子・訳）
なぜ「中国古典小説」を研究するのか？―結びにかえて　竹内真彦
大会発表の総括及び中国古典小説研究の展望　楼含松（西川芳樹・訳）

219 外国人の発見した日本

序言　外国人の発見した日本（ニッポン）石井正己

Ⅰ　言語と文学―日本語・日本神話・源氏物語

ヘボンが見つけた日本語の音―「シ」は si か shi か？　白勢彩子
バジル・ホール・チェンバレン―日本語研究に焦点を当てて　大野眞男
カール・フローレンツの比較神話論　山田仁史
【コラム】アーサー・ウェイリー　植田恭代

Ⅱ　芸術と絵画―美術・教育・民具・建築

フェノロサの見た日本―古代の美術と仏教　手島崇裕
フェリックス・レガメ、鉛筆を片手に世界一周　ニコラ・モラール（河野南帆子訳）
エドワード・シルベスター・モース―モノで語る日本民俗文化　角南聡一郎
【コラム】ブルーノ・タウト　水野雄太

Ⅲ　地域と生活―北海道・東北・中部・九州

ジョン・バチェラーがみたアイヌ民族と日本人　鈴木仁
イザベラ・バードの見た日本　石井正己
宣教師ウェストンのみた日本　小泉武栄
ジョン・F・エンブリー夫妻と須恵村　難波美和子
【コラム】フィリップ・フランツ・フォン・シーボルトのみた日本各地の海辺の営み　橋村修

Ⅳ　文明と交流―朝鮮・ロシア・イギリス・オランダ

李光洙と帝国日本を歩く―『毎日申報』連載の「東京雑信」を手がかりに　金容儀
S・エリセーエフと東京に学んだ日本学の創始者たち　荻原眞子
日本はどのように見られたか―女性の着物をめぐる西洋と日本の眼差し　桑山敬己
【コラム】コルネリウス・アウエハント　川島秀一
資料　関連年表　水野雄太編

220 杜甫と玄宗皇帝の時代

序説　松原朗
総論　杜甫とその時代―安史の乱を中心として　後藤秋正

Ⅰ　杜甫が生まれた洛陽の都

武則天の洛陽、玄宗の長安　妹尾達彦
杜甫と祖父杜審言　松原朗
杜甫の見た龍門石窟　肥田路美

Ⅱ　玄宗の時代を飾る大輪の名花＝楊貴妃

武韋の禍―楊貴妃への序曲　金子修一
楊貴妃という人物　竹村則行
楊貴妃を描いた文学　竹村則行
「麗人行」と「哀江頭」―楊貴妃一族への揶揄と貴妃不在の曲江池　諸田龍美

Ⅲ　唐の対外政策（唐の国際性）

漠北の異民族―突厥・ウイグル・ソグド人　石見清裕
蕃将たちの活躍―高仙芝・哥舒翰・安禄山・安思順・李光弼　森部豊
辺塞詩の詩人たち―岑参を中心に　高芝麻子
杜甫「兵車行」　遠藤星希

Ⅳ　杜甫の出仕と官歴

詩人たちの就職活動―科挙・恩蔭・献賦出身　紺野達也
杜甫の就職運動と任官　樋口泰裕

Ⅴ　杜甫の文学―伝統と革新

杜甫と『文選』　大橋賢一
李白との比較―「詩聖と詩仙」「杜甫と李白の韻律」　市川桃子
杜甫の社会批判詩と諷喩詩への道　谷口真由実

長島淳子
女装秘密結社「富貴クラブ」の実像　三橋順子
女性装を通じた考察　安冨歩
Ⅱ　アジア
唐代宮女「男装」再考　矢田尚子
異性装のヒロイン—花木蘭と祝英台　中山文
韓国の男巫の異性装とその歴史的背景　浮葉正親
衣と性の規範に抗う「異装」—インド、グジャラート州におけるヒジュラとしての生き方について　國弘暁子
タイ近代服飾史にみるジェンダー　加納寛
ブギス族におけるトランスジェンダー—ビッスとチャラバイ　伊藤眞
Ⅲ　ヨーロッパ・アフリカ
初期ビザンツの男装女性聖人—揺れるジェンダー規範　足立広明
ヨーロッパ中世史における異性装　赤阪俊一
英国近世における異性装—女性によるダブレット着用の諸相　松尾量子
十九世紀フランスのモードと性差　新實五穂
異性装の過去と現在—アフリカの事例　富永智津子
あとがき　新實五穂

211 根来寺と延慶本『平家物語』—紀州地域の寺院空間と書物・言説

【イントロダクション】紀州地域学というパースペクティヴ—根来と延慶本、平維盛粉河寺巡礼記事について　大橋直義
【総論】延慶本『平家物語』と紀州地域　佐伯真一
【書物としての延慶本『平家物語』と聖教】
延慶本平家物語の書誌学的検討　佐々木孝浩
延慶本『平家物語』周辺の書承ネットワーク—智積院聖教を手懸かりとして　宇都宮啓吾
延慶本『平家物語』の用字に関する覚書　杉山和也
【根来寺の歴史・教学・文学とネットワーク】
「束草集」と根来寺　永村眞
高野山大伝法院と根来寺　苫米地誠一
延慶書写時の延慶本『平家物語』へ至る一過程—実賢・実融：一つの相承血脈をめぐって　牧野和夫
頼瑜と如意宝珠　藤巻和宏
寺院経蔵調査にみる増吽研究の可能性—安住院・覚城院　中山一麿
【延慶本『平家物語』の説話論的環境】
十三世紀末の紀州地域と「伝承」—延慶本『平家物語』・湯浅氏・無本覚心　久保勇
崇徳関連話群の再検討—延慶本『平家物語』の編集意図　阿部亮太
称名寺所蔵『対馬記』解題と翻刻—延慶本『平家物語』との僅かな相関　鶴巻由美
【延慶本『平家物語』・紀州地域・修験】
延慶本『平家物語』と熊野の修験—根来における書写を念頭に　源健一郎
承久の乱後の熊野三山検校と熊野御幸　川崎剛志
紀州と修験—縁起から神楽へ　鈴木正崇

212 関ヶ原はいかに語られたか—いくさをめぐる記憶と言説

序文　関ヶ原の戦いのイメージ形成史　井上泰至
石田三成—テキスト批評・中野等『石田三成伝』　井上泰至
小早川秀秋—大河内秀連著『光禄物語』を中心に　倉員正江
【コラム】大阪歴史博物館蔵「関ヶ原合戦図屏風」について　高橋修
大谷吉継—軍師像の転変　井上泰至
小西行長—近世の軍記から演劇まで　原田真澄
島左近—『常山紀談』の逸話などから　田口寛
【コラム】関ヶ原合戦図屏風の近世　黒田智
吉川広家—「律儀」な広家像の形成と展開　山本洋
安国寺恵瓊—吉川広家覚書と『関ヶ原軍記大成』を中心に　長谷川泰志
黒田長政—説得役、交渉役として　菊池庸介
関ヶ原合戦と寺社縁起　黒田智
福島正則—尾張衆から見た関ヶ原の戦い　松浦由起
加藤清正—関ヶ原不参加は家康の謀略によるものか？　藤沢毅
島津義弘—島津退き口の歴史叙述　目黒将史
伊達政宗—近世軍書に描かれたその姿の多様性　三浦一朗
【コラム】「北の関ヶ原合戦」をめぐる史料について　金子拓

アジア遊学既刊紹介